André Kaminski

Kaminski erzählt

Die Gärten des
Mulay Abdallah

Herzflattern

Insel Verlag

Erste Auflage 1991
Insel Verlag Frankfurt am Main und Leipzig

Satz: IBV, Berlin
Druck: Franz Spiegel Buch GmbH, Ulm
Printed in Germany

KAMINSKI ERZÄHLT

Inhalt

DIE GÄRTEN DES MULAY ABDALLAH

Der Sieg über die Schwerkraft

Es ist leichter, eine Festung
zu erobern als ein
menschliches Herz.
Marcus Tullius Cicero

Ich versuche seit meiner Kindheit das Unmögliche zu beweisen. Daß die Menschen gut sind, daß unser Leben einen Zweck hat, daß man die Welt verbessern kann. Ich schwimme gegen den Strom. Was heißt gegen den Strom? Gegen den Mississippi schwimme ich. Gegen den Yang Tse Kiang. Gegen die Stromschnellen des Sambesi. Ich riskiere jeden Augenblick in die Tiefe gerissen zu werden. Ich möchte zeigen, daß die Naturgesetze nur ein Vorurteil sind. Daß es keine Schwerkraft gibt. Daß der Geist stärker ist als das Fleisch, aber jedesmal kriege ich Prügel. Vom ersten besten Leimsieder, der sich auf die Erfahrungen beruft und nachweist, daß es sein muß, wie es ist und nie anders sein wird. *Ich* bin der gegenteiligen Überzeugung. Ich glaube, daß die Phantasie nichts anderes ist als die Widerspiegelung einer zweiten Realität. Unsere Träume sind Schattenrisse des Möglichen. Darum klammere ich mich an jeden Strohhalm. An Genfud zum Beispiel, der aussah wie ein Stockfisch und nichts für mich übrig hatte als Verachtung. Ihn wollte ich emporheben, denn in seinen Augen schimmerte ein Licht. Das Leuchten der Antimaterie.

Ich sollte eine Fernsehschule aufbauen. In Algier. Ein

Jahr nach der Befreiung. Wir setzten ein Inserat in den »Mudschahid« und gaben bekannt, daß am 1. Oktober 1963 eine Prüfung stattfinden werde. Es meldeten sich viertausend. Ein Weltrekord. Es schien, als wollte jeder zweite Algerier Regisseur werden. Oder Drehbuchautor. Oder Kameramann. Viertausend Jungen haben sich gemeldet. Und drei Mädchen. Von den viertausend Kandidaten beriefen sich 3980 auf ihre vaterländische Gesinnung. Auf ihren Wagemut während des Befreiungskriegs. Sie zeigten uns Narben, Holzbeine, Verstümmelungen sowie die verschiedensten Orden und Ehrenzeichen. Wir schickten sie zur Offiziersschule, denn bei uns waren sie an der falschen Adresse. In unserem Beruf hatten sie nichts zu suchen, weil wir Hasenfüße sind. Unsere Perversionen werden in der Phantasie ausgelebt. Wir morden nur in unseren Träumen. Wir stehlen höchstens fremde Ideen, und wenn uns nach des Nachbarn Weib gelüstet, geschieht es bestenfalls in unseren Drehbüchern.

Die übrigen Kandidaten, die keine heroische Vergangenheit nachweisen konnten, wurden einem Examen unterzogen. Die Prüfungskommission bestand aus vier Zivilisten: Hossein, Kersabi, Dschaffar und ich. Keiner von uns hatte je eine Waffe getragen. Keiner hatte je im Gefängnis gesessen, und den Ernstfall kannten wir vom Hörensagen. Das machte uns Kummer. Wir wurden von Schuldgefühlen gepeinigt, weil wir noch am Leben waren. Wir gehörten jener Generation an, die zum Heldenkult erzogen wurde, zur Ehrfurcht vor höheren Zielen und Verachtung des Alltäglichen. Darum gingen wir zum Film. Oder zum

Fernsehen. Um uns wenigstens auf der Leinwand zu opfern. Oder auf dem Bildschirm.
Wir waren das Fundament der künftigen Fernsehschule und sollten zwanzig Männer examinieren und drei Frauen. Wir hatten geniale Ideen aber keine Ahnung, nach welchen Gesichtspunkten wir die Schüler aussuchen würden. Gleich zu Anfang ging die Türe auf und Genfud trat in den Saal. Kaum stand er vor uns, begann er auch schon seine Chancen zu versauen. Er war häßlich und verschwitzt. Roch nach ranzigem Öl. War dünn, grauäugig, abweisend. Das alles hätten wir ihm verziehen, wenn er nicht so ruppig gewesen wäre. Er war gegen uns. Versuchte nicht einmal, mit uns ins Gespräch zu kommen. Er stand da und stank. War abgeblitzt, bevor er zu Wort kam. Ich stellte ihm – der Ordnung halber – eine Routinefrage, damit er nicht herumerzählte, man habe ihn nicht geprüft:
– Warum wollen Sie zum Fernsehen, Monsieur Genfud?
– Weiß ich nicht, antwortete er und blickte zur Decke.
Kersabi war nicht gewillt, sich beleidigen zu lassen, und erklärte frostig:
– Kommen Sie wieder, wenn Sie es wissen. In einem Jahr oder sonst einmal.
Ich hatte Mitleid mit dem Jungen und fragte ihn, wozu er denn die lange Reise gemacht habe, von Tlemcen nach Algier, wo er doch keine Ahnung hatte, welches sein Ziel sei. Da gab er zurück, es sei nicht unsere Aufgabe, ihn auf seine Ziele zu prüfen, sondern auf seine Kenntnisse. Was er sich wünsche, sei seine Sache und gehe mich nichts an.

Die Antwort war unerhört. Sie war sogar logisch. Ich bekam Lust, den Kerl kennenzulernen, und versuchte, näher an ihn heranzurücken:

– Haben Sie eine Beziehung zur Malerei?

– Nein.

– Zur Literatur?

– Nein.

– Die Kunst läßt Sie kalt?

– Ich habe mich nie satt gegessen, Monsieur. Für Leute wie mich ist die Kunst ein Luxus.

Damit hatte er mich erwischt. Er traf ins Schwarze meiner Schuldgefühle, denn ich hatte immer gut gegessen.

– Wie meinen Sie das, »nie satt gegessen«?

– Das heißt, daß ich einen leeren Magen habe, sagte er und riß sein Hemd auf. Wie ein schlechter Schauspieler. Da war nichts zu sehen als ein Skelett mit gelblicher Haut darüber. Ich schämte mich in den Boden hinein und fragte unsicher:

– Sie sagen, daß Sie noch nie ein künstlerisches Erlebnis, noch nie Gänsehaut gehabt haben?

– Einmal.

– Erzählen Sie!

– Musik habe ich gehört. In Tlemcen. Da bin ich aufgewachsen.

– Also ein Konzert?

– Nein.

– Aber was?

– Ein Transistor. Auf dem Suk. Jeder Krämer hat einen Transistor, um die Kunden anzulocken. Tausend Transistoren; stellen Sie sich den Lärm vor!

– Aber Sie hören gerne Musik?

– Nein.
– Soeben haben Sie gesagt, daß Sie Musik gehört haben, die Ihnen Gänsehaut verursachte.
– Einmal, habe ich gesagt.
– Und? Was war das?
– Die neunte Symphonie von Beethoven.
Hossein lächelte herablassend. Kersabi putzte ärgerlich seine Fingernägel, und Dschaffar zündete sich eine Zigarette an. Genfud machte sich lustig über uns. Oder wollte uns imponieren. Ein Lumpenproletarier aus Tlemcen. Wollte sich interessant machen. Ein bekannter Trick. Die neunte Symphonie von Beethoven. Hatte ein Fremdwort aufgeschnappt und warf es uns an den Kopf! Meine algerischen Kollegen waren wütend. Und ich verwirrt. Möglicherweise sprach er die Wahrheit, und ich bohrte weiter, ob er sich an etwas erinnere aus dieser Symphonie.
– An alles, Monsieur. An jeden Ton. Und besonders an den letzten Satz. Den mit dem Chor.
– Was für ein Chor?
– Die Ode an die Freude. Wissen Sie nicht, was das ist?
Jetzt verschlug es uns den Atem. Das klang echt, aber wir wollten es noch immer nicht glauben. Ich fragte, worum es sich denn handle, bei dieser Ode an die Freude.
– Um die Freude.
– Natürlich um die Freude – was weiter?
– Der Text ist von Schiller. Ich habe Deutsch gelernt, um ihn zu verstehen.
– Deutsch haben Sie gelernt?
– Bei einem Fremdenlegionär, der nicht nach

Deutschland zurück will. Ein Freund von mir. Arbeitet bei einem Metzger nebenan.
– Der geeignete Lehrer, murmelte ich vor mich hin. Genfud spürte meine Ironie, schaute mich herausfordernd an und fragte, ob ich Deutsch verstehe.
– Ein wenig, sagte ich lächelnd, das ist meine Muttersprache.
– Dann will ich Ihnen etwas sagen in Ihrer Muttersprache.
– Bitte schön!
– Freude schöner Götterfunken
Tochter aus Elysium
wir betreten feuertrunken
Himmlische, dein Heiligtum.
Seine Aussprache war erbärmlich. Wenn ich nicht gewußt hätte, was er da aufsagte, hätte ich gemeint, es sei Arabisch. Aber es stimmte. Das waren Schillers Worte. Und er sprach sie mit soviel Innigkeit und strahlender Beglückung, daß wir uns gezwungen sahen, unser Urteil zu überdenken. Er konnte wirklich Deutsch. Er hatte die neunte Symphonie gehört. Eine fremde Sprache gelernt, um Beethovens Botschaft besser zu verstehen. Jetzt wollte ich etwas tun, damit er aufgenommen würde und stellte ihm eine Prüfungsfrage:
– Hören Sie, Monsieur Genfud. Nehmen wir an, Sie wären ein Regisseur. Beim algerischen Fernsehen, das wir hier aufbauen sollen. Oder sagen wir neu aufbauen, denn die Franzosen sind gegangen und ihr habt keine Fachleute, um es wieder in Bewegung zu setzen. Nehmen wir also an, Sie müßten die neunte Symphonie übertragen. Aber so, daß jeder Algerier ihren Sinn begreift. Ohne Deutsch zu lernen. Wie würden Sie das

Orchester aufstellen und den Chor, damit auch der letzte Fellache Gänsehaut bekommt? Machen Sie einen Vorschlag! Wie würden Sie das inszenieren?
Genfud starrte durchs Fenster. Aufs weite Meer hinaus. Jetzt war er wieder ein Stockfisch. Knöpfte sich mechanisch das Hemd zu. Begann zu schwitzen. Zog knackend an allen Fingern seiner Hand und sagte dann plötzlich mit veränderter Stimme:
– Haben Sie schon gehört von der »opération pierre précieuse«?
– Nein.
– Das war eine Strafexpedition gegen uns.
– Ich war nicht in Algerien während des Kriegs.
– Kann ich mir vorstellen.
– Erzählen Sie weiter!
– Die Fallschirmjäger überfielen die Kabylei, weil sie von Fellagas verseucht war. Wissen Sie, was Fellagas sind?
– Heckenschützen, oder nicht?
– Wenigstens das wissen Sie.
– Und?
– Die kabylischen Dörfer sitzen ganz oben. Auf den Gipfeln der Berge. Wie Storchennester auf dem Minarett. Eines Tages kamen die Franzosen. Eine Wolke von grünen Heuschrecken mit Kanonen, Napalm, Raketen. Alles haben sie niedergebrannt und kaputtgeschlagen. Kein Haus ist stehen geblieben. Tausend Dörfer sprengten sie in die Luft. Und dann haben sie aufgeräumt. Mit Bajonetten und Maschinengewehren. Jeder wurde niedergemetzelt, der sich nicht ergeben wollte. Den Dorfältesten brannten sie die Augen aus. Mit glühenden Eisen.

– Und die neunte Symphonie, Monsieur Genfud?
– In einem gemordeten Dorf, in den Ruinen einer geschändeten Moschee, plaziere ich das Orchester. Die Sänger stelle ich an eine zerschossene Mauer. Einen neben den anderen. Mit verbundenen Augen. In zerfetzten Kleidern. Barfuß. Und ihnen gegenüber eine Truppe von Fallschirmjägern. Mit gezückten Pistolen und...
Genfud verstummte. Schien sich an etwas zu erinnern. Schloß die Augen.
– Erzählen Sie, sagte ich mit trockener Zunge.
– Und dann würde die Musik einsetzen. Alle Instrumente. Und hundert Stimmen würden losbrüllen, gewaltig und hoffnungsvoll: Freude schöner Götterfunken Tochter aus Elysium.
Genfud war aufgenommen. Der erste Schüler unserer Schule. Und ich hoffte fest, daß er auch der erste Regisseur des künftigen Fernsehens würde.
Aber das künftige Fernsehen war vorläufig nur ein Projekt. Etwas mehr als ein Projekt, denn es stand da in seiner unübersehbar penetranten Pracht. An den blühenden Abhängen zwischen El Biar und dem Hafen. Etwa in der Mitte. Zweihundert Meter über dem Meer. Ein stolzer Bau aus Eisenbeton und Glas. Zwölf Stockwerke. Feudale Büros. Moderne Studios. Kameras, Regieräume, Schneidekabinen, Laboratorien. Und aus allen Fenstern ein unvergleichlicher Blick über die Bucht von Algier. Alles war da. Außer dem Personal. Es war vom Erdboden verschwunden. Hinweggespült von der Weltgeschichte. Sechshundert Personen hatten hier ein Fernsehprogramm gemacht, um die Köpfe der Eingeborenen zu manipulieren: Té-

lévision Française, Studio d'Alger. Auf französisch wurde hier angesagt, abgesagt und durchgesagt. Auf französisch gesungen, getanzt, getingelt und getangelt. Sieben Jahre lang hatten sie die frohe Botschaft verkündet. Daß die Fellagas bereits geschlagen seien und sich nie wieder erheben würden. Bis das Unvorstellbare eintrat. Bis die Naturgesetze widerlegt wurden. Die Algerier kamen und besetzten Algier. Alles hatte man sich vorgestellt, nur das nicht. Ein Rechenfehler war unterlaufen, und eine Million Herrenmenschen wälzten sich zu den Häfen, Flugplätzen und Bahnhöfen, um der Vergeltung zu entgehen. Sie klapperten mit den Zähnen. Schlotterten vor Angst und schlechtem Gewissen. Besonders die sechshundert Gehirnwäscher von der Télévision Française. Sie drohten zurückzukehren und stießen Verwünschungen aus: Faulpelze sind das und Spitzbuben. In drei Monaten ersaufen sie in der eigenen Scheiße. Es wird keinen Strom geben in Algier. Kein Wasser und kein Gas. In drei Monaten sind sie bankrott und werden uns anflehen wiederzukommen! So redeten sie alle. Auch Monsieur Bertholet, der glattrasierte Herr, der bis gestern noch der Direktor des Studio d'Alger gewesen war; der Gauleiter dieser Fernsehstation. Aber im Gegensatz zu seinem Personal hatte er beschlossen dazubleiben. Auszuharren und zu warten, bis man ihn holen würde – auf den Knien natürlich – um die Zauberlaterne wieder anzudrehen. Seelenruhig saß er in seinem Salon und schlürfte Whisky, denn es war ein heißer Tag:

– Der Bildschirm wird schwarz bleiben, darauf könnt ihr Gift nehmen. Diese Buschneger wollen uns nicht?

Bitte schön; aber aufs Fernsehen werden sie verzichten. Entweder *wir* senden oder niemand!
Während er so sprach, marschierten die Buschneger an seiner Villa vorbei. Schon am frühen Morgen hatte es angefangen und wollte nicht aufhören. Wie viele Fellagas gab es eigentlich? Eine Million? Zehn Millionen? Bertholet rieb sich vergnügt die Hände. Er war nicht bereit, das Debakel anzuerkennen: Sie haben eine Schlacht gewonnen, doch den Krieg gewinnen wir. Morgen. Vielleicht übermorgen. Wir haben Zeit und Geduld, denn wir sitzen am längeren Hebel. Heute abend werden sie ihre Kästen aufdrehen, und dann merken sie, daß wir nicht mehr da sind. Keine Franzosen, kein Fernsehen! Und dann kommen sie zur Besinnung, denn sie werden sich zu Tode langweilen mit ihrer läppischen Freiheit!
Bertholet war sicher, daß es an jenem Abend kein Programm geben würde. Von den 600 Angestellten waren nur ein Dutzend geblieben: zwei subalterne Beamte, ein tauber Kassierer, der bucklige Mersug, sieben Laufburschen und Moaki. Aber Moaki zähle nicht, der sei schwachsinnig.
In Wirklichkeit war Moaki der pfiffigste Schlawiner im ganzen Haus. Er hatte die Visage eines Hofnarren, der ständig lächelte, wenn man zu ihm sprach, und unterwürfig nickte, wenn man ihn beschimpfte. Niemand hätte geahnt, daß er ein Major der Befreiungsfront war. In engstem Kontakt mit dem Oberkommando. Beim Fernsehen war er gewöhnlicher Soldat. Assistent eines Filmcutters. Weniger als das. Der Zubringer eines Assistenten eines Filmcutters. Er wußte nichts von Elektronik. Theorie hatte ihn nie belastet.

Dafür hatte er zugeschaut, wie man es macht und sich alles gemerkt. Fast alles. Als die Soldaten der Volksarmee herannahten, erhielt Moaki den Befehl, um jeden Preis den Sender in Bewegung zu setzen und ein Programm auf die Beine zu stellen. Heute abend um sieben Uhr. Koste es, was es wolle! Das war eine Fieberphantasie, kein Befehl. Das war vollkommen undurchführbar. Ohne Ingenieure, ohne Techniker, ohne Programmleute, Kameramänner und Sprecher macht man keine Sendung. Das gibt es nicht. Das Oberkommando hätte ebensogut befehlen können, zu Ehren des historischen Augenblicks eine bemannte Rakete auf den Mond zu schießen. Doch an jenem Tag war die Schwerkraft aufgehoben. Alles war möglich, und Moaki überlegte, wie er den Befehl ausführen sollte: die Franzosen haben abgeschaltet, spekulierte er, also kann man auch anschalten. Aber welchen Knopf? Es gab schließlich Tausende von Knöpfen. Wenn ich den richtigen finde, geht das Licht wieder an und der Sender funktioniert. Und was passiert, wenn ich den falschen andrehe? Vielleicht fliegt die ganze Station in die Luft und ich selber dazu. Was soll ich tun? Moaki kratzte sich am Schädel und kniff die Lippen aufeinander. Man mußte es versuchen. Im schlimmsten Fall komm ich in den Himmel, sagte er, und machte sich auf den Weg. Es war fünf Uhr nachmittags, als er in den zentralen Schaltraum trat und in totaler Finsternis sämtliche Knöpfe andrehte. Fieberhaft, einen nach dem andern, bis plötzlich ein Blitz die Dunkelheit durchzuckte. Grüne Lampen gingen an. Ventilatoren begannen zu knurren. Neonlichter flakkerten auf. Das war unglaublich. Moaki hatte das

Fernsehen repariert. Einfach so. Wie man einen Strumpf repariert. Die Station war sendebereit, es fehlte nur noch ein Programm. Eine Kleinigkeit. Doch da kam ihm der Einfall seines Lebens. Er schickte die sieben Laufburschen in die Stadt und befahl ihnen, das Volk von Algier ins Studio zu rufen. So wie es war. Mit Trommeln und Fahnen und explodierenden Herzen. Er sperrte die Tore weit auf, und gegen sechs Uhr abends begann die gewaltigste Reportage aller Zeiten. Hunderttausende strömten den Berg hinauf. Der Fernsehstation entgegen, die sieben Jahre lang Symbol der französischen Herrschaft gewesen war. Johlend zogen sie durch die Korridore, in die Studios, wo alle Kameras eingeschaltet waren, alle Scheinwerfer und Mikrophone, und einfach registrierten, was sich hier abspielte. Das war eine Science-fiction von nie dagewesenem Ausmaß. Ein Gespensterstudio ohne Belegschaft. Keine Kameraleute, keine Aufnahmeleiter, keine Kabelträger. Nur ein einziges Männlein, der bucklige Mersug – Tontechniker von Beruf –, der aussah wie ein Abgesandter vom Jupiter. Er trug einen Kopfhörer über den Ohren und führte wortlos die Befehle aus, die Moaki übers Interkom erteilte. Moaki saß oben in der Regie. Gott auf Kap Canaveral. Ein riesiges Mischpult vor sich und eine Gegensprechanlage. Vor ihm standen 12 Monitoren, die auf 12 Kanälen Bilder übertrugen, Zeugnis ablegten von diesem überbordenden Umzug, dieser tobenden Demonstration beglückter Zügellosigkeit und überspannter Illusionen. Das war die Anarchie. Die Freiheit einer Nacht. Die Mikrophone waren offen. Der Sender funktionierte. Eine Sendung ging über die Antenne, wie sie nie zuvor gesehen worden war. Und niemals nachher. Legionen zogen vorbei. Männer, Frauen und Kinder. Ein jubelndes Lumpengesindel. Die besten Schauspieler aller Zeiten, denn sie stellten sich nicht zur Schau. Sie wußten nicht einmal, daß sie von 12 Kameras beobachtet wurden. Sie brüllten ihre Freude in die Luft. Sie lachten und weinten und umarmten sich. Marschierten, hinkten, hüpften. Schrien, sangen, trompeteten und in ihren Augen glänzte der Glaube, daß es keine Schwerkraft mehr geben werde. Nie wieder!

Ich sagte es bereits, das war die Reportage aller Zeiten. Ohne Regisseur, ohne Reporter, ohne Hilfspersonal. Keine Organisation. Nichts als der Ausbruch ausgelassenen Wahnsinns. Und was das Erstaunlichste war, es gab keine Zuschauer. Alle waren Akteure. An diesem Tag waren alle auf der Straße, die den Krieg überlebt hatten. Der Taumel wogte durch die Eingangspforte herein und durch die Ausgangspforte hinaus. Wenn jemand zuschaute, waren es Ausnahmen. Lahme, Kranke, Einbeinige und natürlich Monsieur Bertholet. Um sieben Uhr drehte er seinen Kasten an – mechanisch, wie er es jeden Abend getan hatte, um die Tagesschau zu kontrollieren – und natürlich wußte er, daß es keine Sendung geben würde. Diese Genugtuung wollte er sich nicht nehmen lassen: ein schwarzer Bildschirm. Trauerflor zum Abschied. Die wohlverdiente Strafe für die Undankbarkeit. Man mag uns nicht. Man will auslöschen, was wir hier geschaffen haben, während 130 Jahren, als sei nichts gewesen. Das dachte der glattrasierte Herr, als er einschaltete und ein Bild gewahrte. Er traute seinen Augen nicht. Er sah ein

Feuerwerk von Bildern, eine Superreportage, wie sie die besten Fachleute der Welt nicht hätten machen können. Er starrte in den Flimmerschirm, wurde schwach und fiel vom Stuhl. Sein Grab befindet sich auf dem katholischen Friedhof von El Biar.
Das Ereignis dauerte 14 Stunden. Gegen 8 Uhr des nächsten Morgens gab es einen Knall, und die Apparaturen setzten aus. Schluß. Kein Licht mehr. Kein Strom. Etwas mußte geplatzt sein. Eine Panne. Moaki rannte durch die Kellerflucht. In den zentralen Schaltraum, wo es wieder finster geworden war. Er drehte an sämtlichen Knöpfen. Vergeblich.
Seither gab es kein Fernsehen mehr in Algerien. Wenigstens eine Zeitlang. Während einiger Wochen fummelte Moaki an allen Kontakten herum. Er hämmerte mit den Fäusten auf die Apparate. Boxte in die Verschalung der Generatoren. Ohne Erfolg. Sendestörung auf der ganzen Linie, und es war niemand da, der hätte helfen können. Die Welt ging nicht unter, wie es der arme Bertholet – Gott habe ihn selig – erhofft hatte. Es gab wichtigere Probleme und nichts geschah. Oder fast nichts. Man ließ einige Leute kommen, aus dem Ausland, um sich mit der Angelegenheit zu befassen. Es tröpfelten Ingenieure herbei und Elektroniker. Filmregisseure und Kameraleute. Auch ich war darunter und wurde gebeten, eine Fernsehschule aufzubauen. Mit drei algerischen Kollegen: Hossein, Kersabi und Dschaffar. Wir waren beauftragt, Programmleute heranzubilden. Man gab uns weder Geld noch Lehrmittel, hatte weder das eine noch das andere. Dafür ein paar wohlgemeinte Ratschläge und Berge von Vertrauen. Das konnten wir brauchen, denn die Auf-

gabe war theoretisch unlösbar. Einige Schüler hatten Talent, aber konnten nicht lesen. Die anderen konnten lesen, aber hatten kein Talent. Das war eine Gratwanderung. Sie dauerte zwei Jahre, und am 1. Juli 1965 fand endlich die Abschlußprüfung statt. Vier Lehrer. Zwanzig Schüler. Drei Schülerinnen. Die älteste hieß Fatima. Sie war hinreißend. Wer sie sah, war bezaubert, ob Schüler oder Lehrer. Sie schien verwegen und war doch unnahbar. Niemand bekam sie, nicht einmal Hossein, der sonst unweigerlich sein Ziel erreichte. Sie war von wunderbarer Unschuld, und doch spürten wir, daß sie kein Mädchen mehr war. Ein Mädchen hat nicht diese Kraft, diese Würde in Gang und Bewegung. Wer mochte sie sein?

Am ersten Juli flimmerte ein dampfiges Licht über den Dächern. Es roch nach Oliven, nach Jasmin, nach Liebe. Um neun Uhr begann ich das Examen mit einer Prüfung in Dramaturgie. Die Aufgabe war einfach. Jeder Student hatte eine Geschichte zu erzählen. Mündlich. In Anwesenheit aller anderen. Eine Filmnovelle zum Thema »ein Niemand«. Die Ergebnisse waren mäßig. Alle hatten etwas zu berichten, die Geschichten aber ließen mich kalt. Keiner holte mich aus meinem Halbschlaf. Bis Genfud erschien. Er war der zwanzigste, der letzte von den Männern. Und schon bei seinen ersten Worten wachte ich auf. Er stand vor der Klasse, blickte auf seine Fingernägel und begann:

Ich erzähle euch die Geschichte von einem »Niemand« namens Gaschgaj, der so häßlich war wie ich. Und der niemals die Haut einer Frau gespürt hat. Wie ich. Er dachte immer nur an die Zärtlichkeit, die ihm niemand geben wollte. Er war mir überhaupt sehr ähnlich. Fischaugen hatte er und einen Ziegenkopf. Er wohnte in der Khasba. Mit seinem Köter. In einem Bretterverschlag. Sein Brot verdiente er als Kesselflikker. Er besaß nichts. Wie ich. Nur einen verbeulten Kinderwagen, den er vor sich herschubste, wenn er durch die Gassen zog. Er lächelte unentwegt. Vom Morgen bis zum Abend. Einfach so. Oder vielleicht aus Angst. Ich weiß es nicht. Wenn er irgendwo auftauchte, krähte er seinen Namen – Gaschgaaaj – und die Weiber liefen herbei. Mit Pfannen und Töpfen und billigem Geschirr. Er hatte eine lächerliche Stimme. Und er druckste und stotterte, wenn er mit den Frauen sprach. Aber sie antworteten kurz und böse. Sie schauten weg, wenn sie ihn bezahlten. Manchmal schenkte er ihnen eine Blume. Da drehten sie sich ab und spuckten aus.

Eines Abends, das war vor fünf Jahren, rief der Muezzin vom Minarett. Gaschgaj warf sich auf die Knie, wie immer, um sein Gebet zu verrichten. Da kamen die Kinder vom Hafen zurück und hatten Fischköpfe in den Händen. Wie sie ihn sahen, mit seinem Teppich mitten auf der Gasse, ergriffen sie die Gelegenheit und fingen an, ihn zu bewerfen. Seebutt, Dorsch, Flunder, Goldbarsch; aber Gaschgaj war versunken in seine Andacht und ließ sich nicht stören. Er wußte sich in Gottes Hand und betete weiter. Als er geendet hatte, nahm er seinen Teppich, legte ihn auf sein Wägelchen und kehrte nach Hause zurück.

Am nächsten Morgen stand er wieder da. Vor der großen Moschee, und flickte einen Zuber. Er hämmerte und grinste. Hinter dem Brunnen lauerten schon die Kinder. Plötzlich, als niemand hinschaute, schossen

sie hervor. Wie ein Schwarm Stechfliegen. Sie packten seinen Karren und flitzten davon. Er hatte sein Gerät darin. Ein paar Kupferkannen und etwas Geld. Die Kinder johlten, und Gaschgaj hastete ihnen nach. Plattfüßig wie eine Ente. Er war zu langsam, natürlich, und konnte sie nicht einholen. Sie rannten die Gasse hinunter, um eine Ecke, und durch die blaue Pforte ins Frauenviertel hinüber. Gaschgaj sah gerade noch, wie sie in einem Hausgang verschwanden. Dann wurde es still. Er stolperte weiter durch ein Eisentor und unvermittelt stand er vor einem Haufen halbnackter Mädchen. Alte und junge, dicke und magere, die ihre Röcke hochhoben, den Hintern zeigten und die Brüste und ihn heranlockten. Er war außer Atem. Keuchte und schielte zur Seite. Da erspähte er seinen Wagen. Er zitterte am ganzen Körper. Zögerte einen Augenblick. Plötzlich stürzte er los, griff zu und lief davon. Die Dirnen fluchten ihm nach, er sei ein Schlappschwanz, ein faules Ei, eine weiche Rübe. Aber Gaschgaj schaute nicht zurück. Er schluchzte.
Am darauffolgenden Sonntag ging er auf den Markt. Zuerst suchte er Layachy, den Zahnausreißer. Als er ihn fand, bat er um vier Eckzähne, und zwar aus Gold. Zwei oben. Zwei unten. Layachy befahl ihm, Platz zu nehmen und das Maul aufzusperren. Das Volk gaffte, und einer rief, er kenne einen Ziegenbock, der hätte sich Goldzähne einsetzen lassen und sei Opernsänger geworden. Die Leute bogen sich vor Lachen, aber Gaschgaj tat, als höre er nichts. Im Gegenteil. Er betrachtete sich im Spiegel, gab Layachy seinen Lohn und schien zufrieden. Darauf ging er zu einem Juden und kaufte eine Kopfbedeckung. Einen violetten Som-

brero aus Spanien. Zog ihn an und stelzte weiter. Er betrat auch den Laden eines Schusters, suchte lange und wählte schließlich ein Paar rote Pantoffeln. So stolzierte er durch die Menge und kaufte noch einen Sack voll Feigen. Reife Früchte aus der Mitidscha, und selbstbewußt kehrte er in sein Viertel zurück. Jetzt hoffte er, mit Respekt empfangen zu werden. In seiner Gasse saßen die Kinder. Im Staub hockten sie und spielten Karten. Wie immer. Sie merkten nicht einmal, daß jemand kam. Da beugte sich Gaschgaj zu einem von ihnen. Lächelte. Zeigte die goldenen Eckzähne und verteilte die Feigen, die er mitgebracht hatte. Da erkannten sie ihn, den Mabul mit dem Ziegenkopf. Den »Niemand« aus der Bretterbude. Ein Geschrei brach los. Eine Meute von dreckigen Bengeln bildete einen Kreis um ihn und das Schützenfest konnte beginnen. Sie schossen die Feigen auf ihn ab, bis er aufheulte vor Schmerz und Scham und die Flucht ergriff. Gaschgaj rannte, flog buchstäblich durch die Khasba, stürzte zu Boden. Erhob sich von neuem. Kam in die Stadt hinunter und plötzlich schrillte eine Pfeife. Eine Polizeipfeife. Französische Militärgendarmen. Militärgendarmen sind gescheite Leute. Wenn jemand flüchtet, hat er ein schlechtes Gewissen, logisch! Für Polizisten ist alles logisch. Der muß etwas verbrochen haben. Ein Fellaga, wahrscheinlich, oder so etwas Ähnliches. Eine Verfolgungsjagd begann. Und zuletzt hatten sie ihn erwischt, den »Terroristen« mit dem violetten Sombrero, mit den vergoldeten Eckzähnen, mit den roten Pantoffeln und von Feigen beschmiert. Pressefotografen eilten herbei. Am nächsten Morgen prangte sein Bild in allen Zeitungen.

Gaschgaj wurde gefoltert. Man wollte ein Geständnis von ihm. Daß er seine Komplizen nenne. Er schwieg, denn er hatte keine Komplizen. Wenn er sie gehabt hätte, würde er sie genannt haben. Laut und stolz. Aber das war ja sein Unglück. Er war ein »Niemand«. Allein wie ein Hund im Bretterverschlag. Man tauchte seinen Kopf in Latrinenwasser bis er fast erstickte. Man klemmte ihm Aluminiumklammern an die Hoden und elektrisierte ihn. Er schrie. Er hatte nichts zu gestehen. Er besaß weder Komplizen noch Freunde noch Genossen. Am dritten Tag ließ man ihn laufen, weil man einsah, daß er ein Idiot war. Kannst gehen, sagte ihm der Sergeant. Aber paß auf! Das nächste Mal schlagen wir dich tot.

Gaschgaj schleppte sich durch die Straßen. Goldzähne, Sombrero, Pantoffeln, Blutschrammen im Gesicht. Er lächelte nicht mehr. Er war geworden wie alle anderen.

Starr humpelte er übers Pflaster und kam in die Khasba. Seine Augen unbeweglich. Wie aus Glas. Zuerst erkannte man ihn nicht. Die Leute liefen herbei. Begrüßten ihn voller Ehrfurcht, verbeugten sich, verschränkten die Hände über der Brust. Man wußte, woher er kam und was er erlitten hatte. Sie sprachen zu ihm, doch er gab keine Antwort. Er schlich weiter. Bis zu seiner Tür, wo der Hund ihm entgegenkläffte. Halb tot. Drei Tage lang hatte er nichts zu fressen bekommen. Gaschgaj nahm ihn auf den Arm. Streichelte ihm das Fell und drehte ihm den Hals um. Der Köter heulte auf und sackte zusammen. Gaschgaj ließ ihn liegen. Dann sammelte er seine Sachen zusammen, verließ den Raum, schloß ab, steckte den Schlüssel in sein Bündel und ging. Zum Meer hinunter, um nie wiederzukehren. Die Küste entlang. Es war Nacht. Er beeilte sich nicht, hinkte vorwärts und hob den Kopf zum Himmel, der schon silbrig wurde. Als es dämmerte, kam er nach Ras el Maasa. Vielleicht kein Zufall. Das heißt Ziegenkopf, und hier wollte er seinen Weg beenden. Er humpelt zum Strand hinunter. Weit und breit kein Mensch. Er knüpft sein Bündel auf und legt seinen Besitz in den Sand. Säuberlich. Den Schlüssel, ein Messer, zwei Silbermünzen und eine Taschenuhr, die längst nicht mehr läuft. Dann zieht er sich aus. Auch die Kleider legt er auf den Boden. Den Sombrero, die Hosen, die Pantoffeln. Pedantisch. Ein Stück neben das andere. Er tritt ins Wasser, und die Sonne geht auf am Horizont. Er watet vorwärts. Er will sterben. Zum letzten Mal schwillt sein Fleisch, er umspannt es mit der Hand, knetet es langsam und feierlich, während er tiefer in die Fluten schreitet. Jetzt bleibt er stehen. Einen Augenblick lang. Er hebt die Fäuste. Er schüttelt sie und stößt einen Schrei aus, »Gaschgaaaj«, den Erkennungsruf für die Weiber. Dann rudert er vorwärts. Das Wasser reicht ihm bis zur Brust, bis zum Hals. Dann rollt eine Welle heran…

Wir hatten vergessen, wo wir uns befanden. Und dann geschah das Unerwartete. Fatima sprang auf, sie zitterte und bebte und flehte:

– Komm zurück, Genfud. Ich liebe dich.

Hier ist meine Geschichte zu Ende. Aber sie hatte noch ein Nachspiel, das ich erzählen muß, denn es beweist… es beweist gar nichts.

Es geschah zwei Monate später, Anfang September, als wir den Schülern das Diplom überreichten, im Haupt-

saal unserer Schule, Hossein, Kersabi, Dschaffar und ich. Wir waren erregt und in festlicher Stimmung, denn wir promovierten die erste Generation algerischer Fernsehschaffender. Wir saßen hinter einem Tisch und jeder, der eintrat, händigte uns seine Dokumente aus: Leumundsnachweis, ärztliches Zeugnis, Heimatschein, und dafür bekam er sein Berufspatent. Genfud wußte sich zu exponieren. Schon bei der Aufnahmeprüfung war er als erster hereingekommen. Heute als letzter. Er war mein bester Schüler, mein Stolz, mein lebender Beweis gegen die Schwerkraft. Er stellte sich vor mich hin, blickte durch mich hindurch und reichte mir seine Papiere. Schon wollte ich aufstehen, ihm gratulieren, eine Rede halten, als er sagte:
– Das ärztliche Zeugnis fehlt, Monsieur.
– Warum?
– Weil ich es nicht habe.
– Aber Sie waren doch beim Arzt, oder nicht?
– Ja.
– Und Sie haben kein Zeugnis?
– Nein.
– Sind Sie krank, oder was haben Sie?
– Den Schanker, Monsieur. Den harten Schanker.
Wir saßen da und starrten ihn an.
– Waren Sie im Bordell?
– Nein. Fatima war im Bordell. Drei Jahre lang.
Es verschlug uns die Sprache.
– Sie kommt aus feiner Familie. Mit Silbergeschirr und Teppichen. Wo man Französisch spricht und Bücher liest. Zwingen wollte man sie, ihren Onkel zu heiraten, einen Viehhändler aus Biskra. Den Bruder des Vaters. Vierzig Jahre älter als sie und ekelhaft wie eine

Warze. Man hat sie aus dem Haus gejagt. Mitten im Krieg. Einen Beruf hatte sie nicht. Sie mußte essen.

– Wußten Sie, daß Fatima krank ist?

– Sie hat es mir gesagt. In unserer ersten Nacht.

– Und was werdet ihr tun?

– Leben, Monsieur!

Frau Zaui

Seid geheimnisvoll!
Charles de Gaulle

Sie trug einen Schleier. Allah allein weiß, warum. Ich werde nie erraten, was hinter ihrem Schleier vorging. Die Frauen von Algier begannen sich zu befreien. Sie wollten ihren Männern nicht mehr gehorchen, fingen an, aufrecht zu gehen, mit bloßem Antlitz. Die lange Nacht war vorbei. Frau Zaui dachte anders. Sie dachte viel, nehme ich an, und sprach wenig. Nur hin und wieder machte sie eine Bemerkung, kurz und scharf, aber jedesmal traf sie mich. Einmal schaute sie zum Fenster hinaus und erklärte unvermittelt:
– Wer den Schleier ablegt, hat nichts zu verbergen.
– Und, fragte ich, was haben denn *Sie* zu verbergen?
– Mich! Das ist alles, was ich besitze.
Ihr Mann war tot. Die Fallschirmjäger waren in sein Haus eingedrungen, hatten die Wohnung durchsucht und drei Maschinengewehre gefunden. Sie nahmen ihn mit, in die berüchtigte Salpetrière, folterten ihn fünf Tage lang, doch er schwieg. Wenn er gesprochen hätte, würde er heute noch leben. Am sechsten Tag erschossen sie ihn. Sie benachrichtigten seine Familie und verscharrten den Leichnam.
Jetzt ist Algerien ein unabhängiges Land. Frau Zaui ist die Witwe eines Märtyrers, eines sogenannten Schahid. Sie bekommt eine Rente, von der sie weder leben noch sterben kann. Oft erkundigte ich mich nach ih-

rem Mann. Sie gab nur flüchtige Antworten. Einmal ging ich gerade auf mein Ziel los und fragte:

– Haben Sie ihn geliebt?

– Ich hatte mich gewöhnt an ihn. Es gibt Männer, an die ich mich nie gewöhnt hätte.

– Sie haben vier Kinder von ihm.

– Die Kinder habe ich vom lieben Gott. Mein Mann hat mit mir geschlafen, um sein Vergnügen zu haben.

– Ist das schlecht?

– Gott wird ihn beurteilen.

Ihr ältester Sohn hieß Mohammed. Sie zitterte um ihn. Tag und Nacht. Betete, daß etwas werde aus ihm. Ein Lehrer oder Apotheker. Einmal kam sie zu spät zur Arbeit. Sie hatte ein blaues Auge, blutunterlaufen und geschwollen. Was ist passiert, wollte ich wissen, wer hat Sie geschlagen?

– Mein Sohn Mohammed. Er kann sich nicht beherrschen.

– Er ist noch ein Kind, Frau Zaui. Er muß sich beherrschen.

– Er ist ein Mann. Männer machen, was sie wollen.

– Ist das gut?

– Gott wird ihn beurteilen. Ich bin seine Mutter.

Und dann erzählte sie. Der Postbote hatte geläutet. Er brachte ein Paket. Sie lief zur Türe, ohne den Schleier umzubinden. Da schlug Mohammed sie ins Gesicht, daß sie gegen die Wand stürzte. – Meine Mutter ist keine Hure, zischte der Junge, verhülle dich, wenn du aufsperrst!

Hanka, meine Frau, hatte mit halbem Ohr zugehört. Jetzt schaute sie auf von ihrem Buch und sagte:

– Wenn mich mein Sohn ins Gesicht schlüge, würde ich ihn umbringen.
– Du hast keinen Sohn, erwiderte Frau Zaui, du weißt nicht, wovon du redest!
Sie ahnte nicht, daß Hanka ein Kind erwartete. Oder vielleicht ahnte sie es, denn sie hatte einen sechsten Sinn.
Frau Zaui fürchtete Gott. Fürchten ist nicht das richtige Wort, denn sie fürchtete niemand. Sie glaubte einfach. An die Gesetze des Islam, die sie befolgte, nach dem Geist und dem Buchstaben. Kersabi pflegte bei uns zu essen. Weil wir Freunde waren, und weil es bei uns verbotene Sachen gab, Schweinefleisch und Schinken, Wein und Wodka. Er hatte in Berlin seine Studien absolviert und die letzten Hemmungen verloren. Er trug einen Schnurrbart, der bis zum Kinn hinunterhing. Er spähte mit kurzsichtig-blitzenden Äuglein durch seine Gläser und sah aus wie ein bebrilltes Walroß. Er verpaßte keine Gelegenheit, Gott zu lästern, besonders in Anwesenheit von Frau Zaui. Nie hätte sie gewagt, ihm offen zu widersprechen, denn er war schließlich ein Mann, ein Gebildeter. Und dazu stammte er aus Tlemcen, einer heiligen Stadt im Westen des Landes. Vielleicht meinte er es gar nicht so bös. Vielleicht wollte er sie nur prüfen und feststellen, wie treu sie zu ihrem Glauben hielt. Andererseits konnte sie sehen, jeden Tag und mit eigenen Augen, daß er mutwillig die Vorschriften verletzte. Als würdige Tochter des Propheten mußte sie aufstehen gegen die Sünde. Als Frau hingegen hatte sie ihm zu gehorchen. Sie löste den Knoten auf ihre eigene Weise. Hartnäckig deckte sie den Tisch nur für zwei Personen. Für

Hanka und mich, denn wir durften essen, was wir wollten, trinken, was uns Spaß machte. Für Frau Zaui waren wir Heiden, gute Heiden, wie sie immer wieder zu unterstreichen pflegte, aber Heiden. Sie schloß uns in ihre Gebete ein und war überzeugt, daß wir am Ende doch noch den richtigen Weg einschlagen würden. Auch für Kersabi betete sie, denn er half ihr, wo er nur konnte. Er war freundlich zu ihr und hatte überhaupt ein gutes Herz. Nur mit der Religion stand er auf Kriegsfuß.

Jeden Tag sprach sie mit dem Allmächtigen und leistete Fürbitte für den Sünder, dem sie insgeheim die ewige Seligkeit wünschte. Aber sie lehnte es ab, ihm verbotene Speisen vorzusetzen. Nicht daß sie es ausgesprochen hätte, doch sie tat es einfach nicht. Dafür deckte sie für ihn, wenn sie den Kuskus servierte, oder Spezialitäten aus Tlemcen. Huhn auf kandierten Zitronen. Pastilla mit gehackten Turteltauben oder zart gebratenen Meschui. Dann stellte sie ihm sogar besonders feines Geschirr hin, damit er sich ergötzte an den Köstlichkeiten der traditionellen Küche und zurückkehrte zum wahren Glauben seiner Vorfahren. Aber Kersabi war ein undankbarer Gast. Er vergalt ihre Aufmerksamkeit mit frechen Reden:

– Ein Festessen ohne einen Trunk, sagte er, ist wie eine Frau ohne Brüste. Warum bekomme ich nichts zu trinken?

Frau Zaui stellte sich dumm und brachte Mineralwasser auf den Tisch. Doch Kersabi soff unbekümmert aus unserer Flasche, wobei er ihr listig zuzwinkerte:

– Was fürchtest du eigentlich Gott? Du bist doch sonst nicht furchtsam.

– Ich bete zu ihm, weil er im Himmel ist.
– Der ist weit weg von hier, erwiderte Kersabi.
– Eben darum. Er ist weniger gefährlich als eure Götzen, die auf Erden regieren und euch blöd machen mit ihrem Geschwätz.
– Mag sein. Aber warum fürchtest du deinen Sohn Mohammed? Der ist nicht im Himmel, sondern in deiner Wohnung. Und verprügelt dich, wenn er Lust hat.
– Das ist nicht das gleiche. Mein Sohn Mohammed ist Fleisch von meinem Fleische. Ich fürchte ihn nicht, aber ich liebe ihn. Wie mich selbst. Liebt ihr eure Götzen?
Es war nicht einfach, mit ihr zu streiten. Weil sie versöhnlich war und von heiterer Gemütsart. Und was sie sagte, hatte Sinn. Einen merkwürdigen Sinn, der einer fremden Logik entsprang. Einer anderen Mathematik, die uns unzugänglich schien. Wir hörten nie auf, für unser Denksystem zu werben. Wir meinten, in unserer Überheblichkeit, sie würde glücklicher werden, wenn sie nach unserer Arithmetik rechnete. Meine Mutter zum Beispiel. Meine Mutter ist überzeugt, daß zwei mal zwei vier ist. Sie ist bereit, dafür zu leiden. Zu missionieren für die Wahrheit des kleinen Einmaleins. Sie war nach Algerien gekommen, um uns einen Besuch abzustatten. Kaum war sie da, hatte sie sich in den Kopf gesetzt, Frau Zaui für ihre Grundsätze zu gewinnen. Für den Fortschritt und die Emanzipation des Menschen. Eine moderne Frau wollte sie machen aus unserer Haushälterin. Einen würdigen Bürger des zwanzigsten Jahrhunderts. Das Kräfteverhältnis betrug nun vier zu eins: Hanka, meine Mutter, Kersabi

und ich. Gegen eine arme Witwe, die weder lesen konnte noch schreiben. Eines Abends saßen wir auf der Terrasse und blickten übers weite Meer hinaus. Da fragte Frau Zaui meine Mutter:

– Warum willst du, daß ich so denke wie du?

– Sie sind Ihr ganzes Leben lang gedemütigt worden. Ich möchte, daß Sie endlich besser leben.

– Habe ich schlecht gelebt?

– Man hat Sie behandelt wie einen Hund. Das muß sich ändern!

– Wann?

– Morgen, wenn Sie endlich lernen, sich zu wehren.

– Morgen, erwiderte Frau Zaui mit einem verächtlichen Lächeln, bei uns sagt man, daß morgen schlechter ist als heute.

– Bei uns sagt man »kommt Zeit, kommt Rat«. Das bedeutet, daß man vorwärtsschauen soll und nicht zurück.

– Ich weiß nur eines, Madame. Und zwar, daß ich morgen älter bin als heute. Und übermorgen kommt der Tod.

Wir redeten aneinander vorbei. Zwei verschiedene Sprachen. Unsere Argumente waren zwar vernünftig, aber Frau Zaui überzeugten sie nicht. Seit Kindesbeinen lernen wir, jedes Ereignis auf seine Ursache zurückzuführen. Nach dem »Warum« zu fragen. Wir verwenden das Allerheilswörtchen »weil« und meinen damit das Leben zu durchschauen. Es regnet, weil Wolken am Himmel hängen. Das Wasser siedet, weil es erhitzt wurde. Dieser Mensch ist glücklich, weil er genug zu essen hat.

– Woher weißt du das? gab sie zurück, hungrige Leute

können glücklicher sein als satte. Und wenn sich jemand überfrißt, hat er Bauchschmerzen und muß sich ins Bett legen. Laßt mich doch in Ruhe mit eurem ewigen »weil«!
Frau Zaui anerkannte keine Ursächlichkeiten. Umgekehrt. Sie wurde reizbar, manchmal sogar böse, wenn wir versuchten, die Welt zu erklären. Gottes Welt ist so, wie sie ist, und daran gibt es nichts zu deuteln. Einmal kam Kersabi und wollte sie aufs Glatteis führen:
– Glaubst du, ich komme ins Paradies?
– In die Hölle kommst du, und zwar je schneller desto besser.
– Das kannst du doch nicht ernst meinen.
– Doch, sagte Frau Zaui mit einem unmerklichen Lächeln, weil du ein Unhold bist, weil du die Gesetze mißachtest und die Religion verhöhnst.
– Weil ich ein Unhold bin, behauptest du, weil ich die Gesetze mißachte. Weil ich die Religion verhöhne. Du bist auch nicht besser als wir. Jedes zweite Wort heißt bei dir »weil«.
Frau Zaui runzelte die Stirn und suchte nach einer Antwort. Der Schnurrbart hatte sie aus dem Gleichgewicht gebracht. Sein Argument war nicht zu widerlegen. Darum kicherte sie in sich hinein und erwiderte:
– Mein *weil* ist gut und deines ist schlecht.
– Wie willst du das denn beweisen?
– Weil ich zu Gott bete und du zu den Götzen, die uns herumkommandieren und uns behandeln wie Dreck unter der Sohle. Das ist ein Unterschied.
Die theologischen Streitgespräche zwischen Kersabi und Frau Zaui waren endlos. Sie glichen einem Fortsetzungsroman, der immer dann abgebrochen wird,

wenn sich eine Lösung abzeichnet. Diesmal verkündete der Schnurrbart, er komme so oder so in den Himmel.

– Wenn das wahr ist, backe ich dir einen Kuchen.

– Es ist wahr und du backst mir einen Kuchen. Mit Rum und mit Schlagsahne.

– Mit Schlagsahne ja; aber ohne Rum. Und jetzt erkläre mir, warum du so oder so in den Himmel kommst.

– Weil ich in Tlemcen geboren bin. Tlemcen ist eine heilige Stadt. Also bin ich ein Heiliger.

– Ich kenne eine Hure, sie heißt Leila und wohnt in meinem Haus, die kommt auch aus Tlemcen und ist bestimmt keine Heilige.

– Ich bin keine Hure und heiße nicht Leila. Wenn ich spüre, daß der Tod kommt, setze ich mich in ein Flugzeug und fliege nach Mekka. Dort wasche ich alle Sünden von der Seele und werde ein Hadsch.

– Du wirst niemals ein Hadsch.

– Ich werde ein Hadsch, und jeder Hadsch kommt in den Himmel.

– Dein Flugzeug stürzt ab, bevor du in Mekka landest.

– Du sollst nicht wahrsagen, heißt es in der Schrift.

– Und trotzdem stürzt es ab, denn Allah kann nicht zulassen, daß ihm ein Ungläubiger den Himmel verschmutzt.

Kurz darauf begann der Fastenmonat. Die frommen Moslems hungerten. Vier Wochen lang. Von der Morgendämmerung bis zum Aufgehen des ersten Sterns. Frau Zaui befolgte alle Vorschriften und biß tapfer die Zähne aufeinander, wenn sie uns die Mahlzeiten vorbereiten mußte. Nur eines war ihr unerträglich. Daß Schnurrbart mittafelte. Unverfroren, als hätte er nie etwas gehört vom heiligen Monat Ramadan. Eines Tages trat meine Mutter ins Studierzimmer und teilte mir flüsternd mit, sie habe eine bedenkliche Beobachtung gemacht. Frau Zaui schneide sich die Fingernägel und verbrenne sie.

– Ich habe schon Schlimmeres gehört.

– Die Asche ihrer Fingernägel mischt sie ins Mehl.

– Das glaube ich nicht.

– Ins Mehl mischt sie die Asche und macht daraus Kuchen.

– Für wen?

– Für Kersabi, soviel ich weiß, um ihn zu bekehren.

– Das ist nicht besonders appetitlich.

– Nicht besonders appetitlich? Ekelhaft ist das. Man muß ihr das verbieten. Sie kann doch nicht ihre Perversitäten an uns ausprobieren!

Hanka führte ein ernsthaftes Gespräch mit ihr. Frau Zaui mußte sich verpflichten, keine Zauberkünste mehr zu treiben. Sie verpflichtete sich. Dann wurde sie einsilbig. Die gute Stimmung im Haus war zum Teufel; doch die erste Runde hatten wir gewonnen. Nicht wir persönlich, aber unsere Sache. Der gesunde Menschenverstand. Der Fortschritt. Das wissenschaftliche Weltbild und so weiter. Daß wir etwas eingebüßt hatten, merkten wir erst später. Vorläufig waren wir stolz auf unseren Erfolg. Kersabi war vielleicht etwas nachdenklich; sagte jedoch nicht warum.

Die ganze Angelegenheit war natürlich grotesk. Wir glaubten nicht an Zauberei oder behaupteten es wenigstens. Wir waren überzeugt, daß nur natürliche Kräfte unser Dasein bestimmen. Zugegeben. Man kann jemanden beeinflussen oder bekehren oder von seinem Weg abbringen. Aber nicht durch das Verbrennen von Fingernägeln. Das wäre ja Hexerei. Gewöhnlicher Animismus. Diese Frau stellte sich vor, daß sie mit der Asche ihrer Fingernägel einen Teil ihrer Person in den Kuchenteig mischte. Ein Fragment ihrer Seele. Das war prähistorischer Unsinn. Heidnischer Aberglauben; daran gab es überhaupt keinen Zweifel. Wovor also hatten wir Angst? Woher kam unser panisches Mißbehagen? Fürchteten wir, in den Bannkreis dieser Hexe zu geraten? Ihren Kunststücken zum Opfer zu fallen? Das war doch lächerlich! Ein Widerspruch in sich. Man glaubt an die Wissenschaft oder an Wunder. Ich glaubte an die Wissenschaft. Sogar in Aufus, wo ich fünf Jahre vorher gewesen war, ließ ich mich nicht ins Bockshorn jagen. Das liegt im östlichen Tafilalet, und ich war dort zu einer Zeit, als der Anblick einer Uhr die Eingeborenen in Todesangst versetzte. Eine biblische Dürre suchte damals jene Landstriche heim. Ich drehte einen Film über die Trockenheit, über die Leute von Aufus, die mit allen Mitteln versuchten, den Regen herbeizulocken. Ein runzliges Weib schlug vor, das große Tauziehen zu veranstalten. Die Männer auf der einen Seite, die Frauen auf der anderen. Der Kampf ging los, wurde immer heftiger, und plötzlich, auf ein verabredetes Zeichen, ließen die Männer das Seil fahren. Die Weiber stürzten zu Boden. Stießen wilde Jauchzer aus, warfen die Beine in die Luft. Und entblößten ihr Geschlecht. Nun taten es die Männer ebenso, begannen zu onanieren. Alle zusammen, und sangen eine inbrünstige Litanei dazu. Der Samen fiel auf die vertrocknete Erde, um sie fruchtbar zu machen. Danach zogen sie an den Ostrand der Oase, um zu beten. Sie fielen auf die Knie und begannen, Allah zu beschwören. Wolken zu schicken, Regen, der sie retten würde vor der Dürre und dem Verdursten. Das Unglaubliche trat ein. Ich sage unglaublich, weil ich nicht daran glaubte. Am Horizont zeigte sich eine Wolke. Ich wußte, daß ich halluzinierte. Ich befahl dem Kameramann, den ganzen Vorgang zu fotografieren. Zehn Minuten lang wurde meine Überzeugung auf die Probe gestellt. Aber ich konnte doch nicht annehmen, daß sich die Materie hypnotisieren lasse. Daß man mit dem Willen Berge versetzte. Daß man die Naturgesetze einfach aufhob, als seien sie nur vorübergehend gültig. Die Wolke näherte sich, schwarz und bedrohlich. Ein paar hundert Menschen hielten den Atem an, bis plötzlich ein Schrei des Entsetzens die Stille durchfuhr. Ich atmete erleichtert auf. Die Wolke brachte keinen Regen, sondern das äußerste Unheil, das eine Oase heimsuchen kann. Heuschrecken. Millionen Heuschrecken. Mein wissenschaftliches Weltbild war gerettet. Die Naturgesetze ließen sich nicht manipulieren. Die Materie war unbestechlich. Nach einer Stunde war von der grünen Oase nichts übriggeblieben als eine Hölle von kahlgefressenen Palmen. Ich hatte mein philosophisches Gleichgewicht wieder, und die Leute von Aufus waren zu Bettlern geworden. Man glaubt an Wunder, oder man glaubt nicht daran. Ich jedenfalls nicht. Frau Zaui aber beunruhigte mich doch. Wer weiß, was sie uns in die Suppe streute. Und zu welchem Zweck.

Im November jenes Jahres brachte Hanka einen Knaben zur Welt. Unseren ersten und einzigen. Er war ein Sechsmonatskind. Wog knappe dreizehnhundert Gramm. Sah aus wie eine Languste, und Professor Veneziano sagte, das Kind müsse sterben. Als Frau Zaui das hörte, erklärte sie, der Professor sei ein Ziegenkopf, ein ras el maasa. Sie sei zwar nicht zur Schule gegangen, aber so eine Erkenntnis hätte sie auch haben können. Jeder Mensch müsse sterben. Es frage sich nur wann! Ihre Worte gaben mir Mut, und Hanka lächelte zum ersten Mal seit ihrer Niederkunft. Dennoch wagte ich nicht, das Kind registrieren zu lassen. Aus Furcht, dem Schicksal vorzugreifen. Mein Sohn lag in einem Brutkasten. Bekam Sauerstoff aus einem Beatmungsapparat, und Professor Veneziano versicherte, daß es keine Hoffnung mehr gebe. Nach zwei durchwachten Nächten kehrte ich nach Hause zurück. Niedergeschlagen und müde. Ich trat in die Wohnung und erblickte Frau Zaui, die am Boden lag und betete. Als sie fertig war, fragte ich, was es Neues gebe. Sie stand auf, machte sich das Haar zurecht und sagte, Gott habe ihr eine Botschaft übermittelt.

– Was für eine?

– Daß du morgen aufs Amt gehst, um den Knaben anzumelden.

– Wer weiß, ob er morgen noch lebt.

– Er wird leben, wenn du ihm einen rechten Namen gibst.

– Was verstehen Sie unter einem rechten Namen, Frau Zaui?

– Den ersten Sohn nennt man Mohammed. Wenn er Mohammed heißt, wird er groß und gescheit.

Bei diesen Worten band sie sich den Schleier um den

Kopf. Dann warf sie den Kaftan über und ging. Unter der Türe drehte sie sich noch einmal um und sagte:
– Mohammed wird hundert Jahre alt, denn es steht geschrieben, daß die Schwachen stark und die Kranken gesund sein werden.
Am nächsten Morgen ging ich zur Stadtverwaltung und meldete meinen Sohn an, dem ich den Namen Mohammed gab. Darauf fuhr ich ins Krankenhaus, um Hanka zu besuchen. Sie lag in ihrem Bett und weinte. Professor Veneziano hatte gesagt, das Kind werde den Tag nicht überleben. Wir sprachen lang miteinander und machten uns darauf gefaßt, unser Kind zu verlieren. Ich blieb bis zum Abend, wartete auf seinen Tod, doch als die Sonne unterging, lebte es noch immer. Ich machte mir keine Illusionen. Ich konnte nichts gegen das Schicksal. Ich fuhr nach Hause und teilte Frau Zaui mit, daß der Knabe verloren sei. Diese Nacht werde er uns verlassen. Sie saß da. Traurig. Mit gekreuzten Beinen und sagte:
– Er wird dich verlassen, weil *du* ihn verlassen hast.
– Ich kann ihm nicht mehr helfen, Frau Zaui. Es ist zu spät.
– Solange er lebt, ist es nicht zu spät. Geh hin und du wirst sehen, daß sie ihn ersticken.
– Woher wissen Sie das, um Gottes willen?
– Ich spüre, daß sie ihn ersticken. Stell keine Fragen und geh zu deinem Sohn!
Ich gehorchte schon wieder. Gegen meine Überzeugung und gegen die Wissenschaft. Ich raste durch die Stadt und kehrte ins Krankenhaus zurück. Wie ein Besessener rannte ich durch die Gänge und in den Saal mit den Brutkästen. Man hatte den Sauerstoffapparat

abgestellt. Um Strom zu sparen, möglicherweise; oder weil das Kind ohnehin keine Chancen mehr hatte. Das Blut schoß mir in den Kopf. Meine ganze Verzweiflung verwandelte sich in Tobsucht. Ich suchte einen Arzt, den ersten besten, an dem ich meine Wut auslassen konnte. Ich fand einen, der mir über den Weg lief, und schlug ihm zwei Zähne aus. Ich brüllte, die Ärzte seien eine Mafia von Mördern, die Krankenpfleger ihre Helfershelfer, und wehe dem Schurken, der den Brutkasten noch einmal abdrehen werde. Ich sank in einen Sessel. In Schweiß gebadet. Am Ende meiner Kräfte und schlief ein. Am darauffolgenden Morgen röchelte das Kind. Schwach und stoßweise. Hatte fast keinen Puls mehr. Wog nur noch zwölfhundert Gramm. Man ernährte es künstlich. Mit Kindermehl und Zuckerwasser. Gegen Mittag verfärbte sich seine Haut. Rost und Grünspan überzogen den kleinen Körper. Das war das Ende. Ich flüchtete nach Hause, um mich auszuheulen. Frau Zaui stand im Wohnzimmer. Mit verweinten Augen, kreidebleich. Sie wußte alles, obwohl niemand sie benachrichtigt hatte.

– Ich habe mit ihm gesprochen.

– Mit wem?

– Mit deinem Mohammed. Er ist mir im Traum erschienen. Hat mir alles erzählt.

– Was?

– Daß er sterben muß.

– Ich weiß.

– Weil du auf den Professor hörst statt auf mich.

– Ich höre auf Sie, Frau Zaui. Mehr als es sich geziemt. Ich war auf der Stadtverwaltung, weil Sie es so wollten. Ich habe ihn angemeldet, wie Sie es wünschten. Ich gab ihm den Namen Mohammed. Was wollen Sie noch von mir?

– Nichts will ich von dir, aber ich habe vier Kinder zur Welt gebracht. Ich lebe allein. Ohne Mann. Ich ernähre fünf Personen durch meine Arbeit. Ich führe meinen Haushalt und deinen. Ich habe mehr Leben im Blut als du und dein dummer Professor zusammengenommen.

– Wozu erzählen Sie das alles? Mein Kind ist nicht mehr zu retten.

– Ich habe genug Leben im Blut, um dein Kind dreimal zu retten, aber man läßt mich nicht. Ich darf ja nicht zaubern. Mußte versprechen, keinen Unfug zu treiben.

– Was haben Sie im Sinn, Frau Zaui?

– Nichts. Ich habe versprochen, keinen Unfug zu treiben.

Ich haßte diese Frau. Jetzt hatte sie die Oberhand. Ich war ihr ausgeliefert, und das wußte sie. Sie konnte tun, was sie wollte. Ich durfte ihr nicht widersprechen. Sie würde irgend etwas verlangen und ich mußte einwilligen, denn ich liebte dieses Kind. Diese zwölfhundert Gramm Protoplasma, die noch gar nicht begonnen hatten zu leben. Ich war zu allem bereit, zu jeder Schandtat, und fragte sie:

– Woher wissen Sie, daß mein Kind gerettet werden kann?

– Ich habe schon andere Kinder gerettet.

– Wie?

– Mit meinem Blut.

– Mit Ihrem was?

– Mit meinem Monatsblut, verstehst du?

Das war zuviel für mich. Ich jagte sie davon. Ich schickte sie zum Teufel und verbot ihr, je wiederzukehren. Sie verließ meine Wohnung, ohne ein Wort zu sagen.
Ich war damals vierzig Jahre alt. Ein reifer Mann. Im Zenit des Lebens. An jenem Tag war ich ein Nichts, ohne Kraft und Willen. Ich schloß mich ein, in meinem Zimmer. Warf mich aufs Bett und schluchzte. Ich weinte stundenlang. Bis die Nacht hereinbrach. Plötzlich klingelte das Telefon. Hanka rief an. Der Todeskampf hatte begonnen. Bald sei alles zu Ende. Noch eine Stunde. Höchstens zwei. Ich solle nicht verzweifeln, sagte sie. Das Leben gehe weiter. Wessen Leben? fragte ich und hängte auf.
Ich hatte noch etwa hundert Minuten. Wenn ich jetzt nichts unternahm, war ich mitschuldig am Tod meines Sohnes. Ich ging zum Fenster. Es war eine seidenblaue Novembernacht. Der Mond hing über den Eukalyptusbäumen. Wie ein silbernes Fragezeichen. Da ergriff mich ein Schauder. Ein kalter Schrecken. Ich sprang die Treppen hinunter, stürzte in meinen Wagen und hetzte los. Durch Ben Aknun, El Biar und hinüber nach Bab el Ued. Dort wohnte sie. In einem der Armenviertel am Rande der Khasba. Ich knatterte durch die leeren Gassen. Kam zu ihrem Haus. Hastete hinauf, drei Stufen auf einmal. Ich rumpelte an ihrer Tür. Schrie, sie solle aufmachen. Sie öffnete, angezogen und verschleiert, als habe sie längst auf mich gewartet. In ihrer Hand hielt sie ein Fläschchen, mit einer dunklen Flüssigkeit. Sie folgte mir, und den ganzen Weg sprach sie kein Wort. Sie schaute vor sich hin und drückte das Fläschchen an ihre Brust. Endlich kamen wir an. Vor

dem Krankenhaus. Die Parkplätze standen leer. Ich riß den Wagen herum. Stellte ihn quer über die Straße. Das Tor war verschlossen. Ich läutete. Ein schwarzer Wächter schlurfte herbei und sperrte auf. Frau Zaui ging ihm entgegen. Flüsterte etwas auf kabylisch, damit es niemand verstünde und drückte ihm eine Münze in die Hand. Der Wächter nickte bedeutungsvoll. Ließ uns eintreten. Führte uns durchs Labyrinth der Korridore. Bis zum Saal mit den Brutkästen, wo mein Sohn seine kleine Seele aushauchte. Die winzigen Augen standen offen. Er schien zu schauen. Sein Körperchen war nackt. Elend und hilflos wie ein Mistkäfer auf dem Rücken. Blau angelaufen. Verkrampft.

Was weiter geschah, weiß ich nicht. Eine Ohnmacht hatte mich überwältigt. Ein Schlaf, den ich mir bis heute nicht erklären kann. Vielleicht war es die Müdigkeit. Vielleicht die Angst, an der ekelhaften Zauberei teilzunehmen. Mag sein, daß sie mich einschläferte, um mich loszusein für die Dauer ihres Experiments. Ich kann mich nur erinnern, daß ich träumte und daß mein Traum mich sanft durchrieselte. Ich schwebte über eine Lianenbrücke. Die Umgebung schien mir vertraut. Da war ich schon einmal gewesen. Unter mir stank das schleimige Wasser eines Flusses. Der Oberlauf des Niger, nehme ich an. Paradiesvögel zitterten in der Luft. Zwerghafte Flügelchen am Ende von langen Schweifen. Sie hielten sich am Himmel wie schillernde Helikopter, fast bewegungslos, und gaben zirpende Laute von sich. Hinter mir, am Westufer, zwei Menschenaffen, auf dem Sprung mich zu verfolgen. Sie trugen Offiziersuniformen mit lächerlichen Epauletten. Dem einen hing eine Filmkamera um den Hals.

Der andere hieß Klindera, hielt einen Stutzer in der Hand und zielte auf mich, als wolle er mich erschießen. Aber ich fühlte mich frei auf meiner Brücke. Drei Lianenseile führten hinüber. Eines unten für die Füße. Zwei oben für die Hände. Ich hüpfte vorwärts. Blieb stehen. Blickte zurück. Schleuderte Kokosnüsse auf die beiden Bestien, doch ich traf daneben. Jetzt wurden sie wild. Kletterten mir nach. Humpelten hinter mir her, daß die Seile ins Wanken gerieten. Ein paar Dutzend Schritte trennten uns voneinander. Sie kamen näher, noch näher. Es war weit bis zum anderen Ufer, aber dort stand ein Pfau, ein tausendfarbiger Pfau, der das Rad schlug und sang. Eine schwermütige Melodie, die ich irgendwo gehört hatte. Ich mußte kämpfen mit meinen Verfolgern. Es gab keinen Ausweg, doch ich hatte keine Angst. Ich begann zu schaukeln auf meiner Brücke. Hinauf und hinunter. Noch höher, noch tiefer, bis die Seile zu ächzen begannen und die Verfolger die Flucht ergriffen. Unter mir, im Wasser, eine Herde von Flußpferden. Über mir die Kronen von urzeitlichen Baobabs und dort die zwei, die das Weite suchten. Da erwachte ich. Vom nahen Minarett rief der Muezzin. Es war taghell geworden. Frau Zaui kniete am Boden und verrichtete das Morgengebet. Im Brutkasten lag mein Sohn Mohammed. Er atmete regelmäßig. Seine Haut war wieder glatt und schneeweiß. Seine Hände entkrampft.
Sie hatte gewonnen, aber sie gehörte nicht zu den Frauen, die ihre Erfolge auskosten. Natürlich war sie stolz, doch sie zeigte es nicht. Frau Zaui hatte bewiesen, daß sie mehr konnte als der berühmte Professor Veneziano. Wir hatten ihr verboten, Zauberkünste an

uns auszuprobieren. Dann aber mußten wir sie anflehen, es zu tun. Das war ein Schlag für unsere Weltanschauung. Für unsere Überzeugung. Für unseren Glauben an die reine Vernunft. Und trotzdem fühlten wir uns wohl. Glücklicher als vorher. Wir waren um eine Erfahrung reicher. Und um einen Menschen, der in seiner Wiege lag und anfing, sich einzumischen in unseren Alltag. Kersabi kam immer noch zum Essen. Die theologischen Streitgespräche begannen von neuem, als wäre nichts geschehen. Nur hatte sich das Kräfteverhältnis ein wenig verschoben. Zugunsten von Frau Zaui. Der Schnurrbart war vorsichtiger geworden und zeigte einen gewissen Respekt für die Frau, die er so oft verspottet hatte.
Eines Tages im Januar – wir feierten den dritten Monat unseres Sohnes – servierte Frau Zaui einen Tadschin, den wir lustvoll verzehrten. Wie gewöhnlich tranken wir Wein dazu, doch als Kersabi die Flasche ansetzte, hob Mohammed ein solches Geschrei an, daß unser Gast die Flasche sinken ließ und verzichtete. Frau Zaui lächelte vielsagend. Sie drehte sich zu Hanka und fragte unvermittelt:
– Wenn dich dein Mohammed ins Gesicht schlüge, so daß du gegen die Wand stürzt und Blut fließt über dein Gesicht. Würdest du ihn dann immer noch umbringen?
– Ich habe ihn zur Welt gebracht, Frau Zaui, damit er ein Mensch wird.
– Du würdest ihm die Hände küssen, weil er lebt und nicht tot ist.
– Sie irren sich, erwiderte Hanka, stand auf und ging aus dem Zimmer.

– Sie wird nie wissen, wovon sie redet, sagte Frau Zaui kummervoll.
– Sie weiß es besser als du und ich, antwortete Kersabi, und wortlos löffelten wir unsere Teller leer.

Der Held

Ihr feiert uns, weil wir euch die
Kastanien aus dem Feuer holen.
Arnold Winkelried,
Schweizer Nationalheld

Wir holperten durch den großen Schott, den die Algerier Erg nennen. Um uns herum flimmerten Salzseen. Die Welt spiegelte sich in endlosen Tümpeln, die vor uns davonglitten. Der Tag war unwirklich. Von bedrohlicher Durchsichtigkeit, wie ein Fiebertraum. Wie ein Föhnmorgen in den Bergen. Am Horizont tauchten Städte auf. Kuppeln und Minarette. Wälder von Dattelpalmen, die stets entschwanden, wenn wir näher kamen. Wir hofften, noch vor Einbruch der Nacht in El Ued zu sein. Aus verschiedenen Gründen. Mustafa hockte am Steuer. Erschöpft. Nahe am Umkippen, denn er durfte nicht essen. Der Fastenmonat zwang ihn zu hungern. Erst beim Aufgehen des ersten Sterns ging seine Qual zu Ende. Achmed saß daneben und verfluchte mich. Seit Tagen kreuzten wir durch die Wüste. Übernachteten im Zelt. Schlotterten in unseren Schlafsäcken. Weit und breit gab es kein anständiges Bett. Und schon gar keine Frauen darin. *Ich* war an allem schuld. Wie immer. *Ich* hatte die Schnapsidee gehabt mit den Schauspielern. Schauspieler in der Wüste! Das ist, als suchte ich Haifische auf einem Apfelbaum. In El Ued gab es einen Wochenmarkt. Den berühmten Suk el Arba. Leute strömten herbei aus allen Himmelsrichtungen. Brachten Hühner zum Verkauf und Ziegen. Oliven, Datteln, Zitronen. Alle Arten von Gemüse. Es kamen Fellachen, Kameltreiber, Töpfer, Kupferschmiede, Juweliere, Tänzerinnen, Bänkelsänger, Märchenerzähler und Akrobaten. Hier hoffte ich die Schauspieler zu finden für unseren Film. Wo denn sonst? Dieses Volk hatte ein explosives Temperament. Eine blühende Phantasie. Sie glaubten felsenfest an die Märchen, die sie erfanden. An die Lügen, die sie erzählten. Geborene Komödianten. Mein Einfall war gut, das war sicher, aber noch waren wir nicht am Ziel. Der Wochenmarkt fand am Donnerstag statt. Es war Mittwoch. Wenn wir heute nicht ankamen, mußten wir warten. Zeit verlieren. Acht Tage lang, und ich hatte keine Zeit. In Europa lernen wir, keine Zeit zu haben. Im Gegensatz zu den Algeriern, die meinem Treiben verständnislos zuschauten, den Kopf schüttelten und beschaulich weiterträumten. An diesem Mittwoch hingegen waren wir uns einig. So schnell wie möglich nach El Ued. Mustafa, um zu essen. Achmed wegen der Weiber. Und ich, um ein paar Schauspieler zu finden. Eigentlich war ich nur Berater. Den Film machte Achmed. So hatten wir es abgemacht. Doch zu jenem Zeitpunkt war Achmed unansprechbar. Aktionsunfähig. Er halluzinierte. Er sah Frauenärsche, die im Schott umherhuschten. Über den Himmel zogen wie Regenwolken. Bis zum nächsten Puff waren es hundert Kilometer. Wenn alles gutging, waren wir bei Sonnenuntergang am Bestimmungsort. Leider ging alles schlecht. Wir hatten eine Panne. Blieben im Sand stecken. Mustafa zitterte vor Wut. Riß die Motorhaube auf, hämmerte, schraubte

und gab Obszönitäten von sich. Achmed studierte die Landkarte. Kalten Haß im Gesicht. Als hätte *ich* das alles eingebrockt. Was konnte ich dafür? Nichts, natürlich. Aber ich fühlte mich schuldig. Ich kletterte auf eine Anhöhe und spähte den Horizont ab. Zwei Meilen vor uns – im Süden – lag eine Oase. Das war keine Fata Morgana. Das mußte Gémar sein. Bestimmt war es Gémar, die Weltmetropole »mit Tankstelle und Mechaniker«. Das stand im Reiseführer und mußte wahr sein. Wir machten uns auf den Weg. Flüche auf den Lippen und Verwünschungen. Mustafa brummte, die Panne sei schlimm. Achsschenkelbolzen und so weiter. Wir hatten keine Ahnung, was das war. Ist auch nicht wichtig, zischte er, aber Ersatzteile gibt es erst in El Ued. Die Stimmung sank unter den Nullpunkt.
Der Weg zur Oase schien endlos. Unsere Kleider klebten an der Haut. Wir schleppten uns über den Wüstenpfad und haßten uns gegenseitig. Nach einer halben Stunde sah man das Minarett. Noch zehn Minuten und wir standen vor der Tankstelle. Die Straße war leer. Der Nachmittag stickig. Staubschwaden hingen über den Palmen. Die Bewohner lagen irgendwo im Schatten. Warteten auf den ersten Stern. Auf die Erlösung durch die Nacht. Um sich aufs Essen zu stürzen. Aufs Trinken. Und auf die Weiber. Aber die Zeit zog sich hin. Bis die Sonne unterging, dauerte es noch lang. Eine Stunde, vielleicht noch länger. Keine Menschenseele war anzutreffen. Wir rüttelten an allen Türen. Machten Lärm. Brüllten durch die Gegend. Keine Antwort. Wir streunten aus. Jeder in eine andere Richtung. Suchten den Mechaniker, von dem der Reisefüh-

rer berichtete. Jetzt war ich allein und hatte Gelegenheit, meine Lage zu überdenken. Ich kam zum Schluß, daß ich ein Trottel war, ein unverbesserlicher. Was hatte ich verloren in diesem Dreckloch? Das war doch nicht *mein* Film. Ein Berater war ich. Ein Onkel im Produktionsteam, der gute Ratschläge erteilt und zuletzt den Schuh bekommt, wenn es schiefgeht. Immer beraten! Immer besser wissen und sich verhaßt machen bei den Leuten. Sieben Jahre lang haben sie Krieg geführt. Eine Million Männer sind gefallen, um endlich keine Berater mehr zu haben. Um ihre eigenen Fehler zu machen. Ohne Aufseher, ohne Patrons, ohne fremde Klugscheißer, die ihnen über die Schultern schauen und Zensuren verteilen. Ich saß auf einer Mauer. Kaute an den Fingernägeln. Der Zweifel nagte an meinem Gemüt, und unvermittelt wurde es dunkel. Über den Sanddünen glühte ein blutroter Himmel, der sich violett färbte und dann schwarz. Der erste Stern funkelte auf. Jetzt war es soweit. Meine Gefährten blieben verschwunden, und ich ahnte warum. Ich ging weiter. Suchte den Mechaniker. Wußte schon, daß ich ihn nicht finden würde. Plötzlich horchte ich auf. Hinter der Moschee war etwas los. Katzenmusik jaulte aus einem Keller. Ein Tamburin pochte. Eine Schalmei näselte, und dazu winselte eine Mädchenstimme. So grenzenlos verzweifelt, daß ich hinunterstieg, um zu helfen, falls es notwendig wäre. Das war eine Banditenhöhle. Eine Herberge für Wegelagerer. Ein Wüstenbordell von der untersten Klasse, wo es nach Branntwein stank und ungewaschenen Genitalien. Das Mädchen sang und tanzte zugleich, hatte nackte Kinderbrüste, durchlöcherte Pumphosen, wackelte mit dem Hintern und warf den Musikanten Handküsse zu. Eine Petrolfunzel flackerte. Im Halbdunkel kauerten Männer. Namenloses Gesindel mit fiebrigen Augen und offenen Mäulern. Sie löffelten eine Pfeffersuppe. Die traditionelle Schorba für die Nächte des Ramadan. Ein Greis schlakste herbei. Wies mir einen Platz an. Auf dem Lehmboden, natürlich. Ich setzte mich, schaute mich um, konnte niemanden erkennen im finsteren Gewölbe. Nur die Musikanten saßen im Licht, die Beine übereinandergekreuzt. Fiedelten, flöteten, trommelten und verschlangen das Mädchen mit gierigen Augen. Hinter der Theke hockte ein Mann, der mich anstarrte. Was wollte er von mir? Kannte er mich? Er war vielleicht fünfundzwanzig. Höchstens dreißig Jahre alt. Seine Haut war grün und schwammig. Einige Haarbüschel sträubten sich auf dem räudig-kahlen Schädel. Seine Augen glotzten uralt, wie diejenigen eines Reptils. Gallertartige Kugeln, die sich nicht bewegten. Er beobachtete mich. Wer war dieser Mensch? Der Wirt, selbstverständlich. Der Inhaber dieses Puffs. Ich war hier zum ersten Mal. Wo waren wir uns schon begegnet? Woher kannte er mich und woher kannte ich ihn? Plötzlich schrillte eine Frauenstimme auf: »Hafid, Wechselgeld!« Der Wirt griff zu den Krücken, hievte sich hoch und hunkerte hinaus. Er hatte Prothesen. Himbeerfarbene Waden aus Plastik, die unter dem Burnus hervorsahen. Zum zweiten Mal gellte die Frauenstimme durch den Keller: »Hafid, du alte Sau. Bring schon das Wechselgeld!« Jetzt erinnerte ich mich. Undeutlich. Wie durch eine Narkose. Schneebedeckte Straßen. Ein nasser Winter. Neunzehnhundertneunundfünfzig. Fünf Jahre zu-

rück. Zweitausend Kilometer im Osten von hier. Auf der anderen Seite des blauen Meers. Ein blitzsauberes Krankenhaus. Chrom, Beton, weiße Kittel. Europa, wie es im Buche steht. Eine Schwester führt mich über weiche Spannteppiche, durch keimfreie Korridore. Es duftet nach Äther und Chloroform. Sie ist liebenswürdig und engagiert. Bringt mich zu den Männern, die sie zu betreuen hat. Um deren Leben sie zittert. Da liegen sie. Fünf in einem Zimmer. Mudschahidin aus Algerien. Schwerverletzte. Hinübergerettet aufs Trockene. Mit Hubschraubern. Rotkreuzflugzeugen. Direkt von der Front. Das Herz der Schwester schlug für die Freiheitskämpfer. Meines auch. Wir wollten, daß der algerische David den französischen Goliath auf den Rükken legt. Wir wollten und glaubten daran. Waren voll von Illusionen. Einer von ihnen hieß Hafid. Er lag gleich bei der Eingangstür und war schön wie ein Erzengel. Ich war hingerissen. Wollte einen Film machen über ihn. Über den Erzengel, der, so meinte ich, ein Prototyp der neuen Menschheit war. Er sollte die Herzen erobern. Werben für die Sache seines Volkes. In ganz Europa! Er hatte lange Wimpern und die Augen eines Prinzen. Das war mein Held, aber ich konnte nicht reden mit ihm. Er sprach nur den Berberdialekt des Südens. Darum fragte ich die andern nach ihm aus. Einer sprach fließend Französisch. Drei konnten sich verständlich machen, und sie erzählten mir, was sie wußten. Was ich hörte, stimmte mich nachdenklich.
Er war ein Messerschlitzer. Der gefürchtetste Messerschlitzer zwischen Blida und Bufarik. Am Tag seiner Volljährigkeit erschien er beim Major und legte ein

Ohr auf den Tisch. Das hundertelfte seit einem Jahr. Der Major drückte ihm die Hand und beförderte ihn. Zum Soldaten der Volksarmee. Bisher war er nur Fidaj gewesen. Ein »Rächer«, der beweisen mußte, daß er Mut hatte. Daß man ihm vertrauen konnte. Die Probezeit hatte er bestanden. Mit Bravour, möchte man sagen. Mit hundertelf abgehackten männlichen Ohren. Frauenohren schlitzte er nicht, denn er war von zärtlichem Gemüt. Das ist kein Scherz. Hafid hatte den Charakter eines Mädchens. Sah aus wie der Emir aus Tausendundeiner Nacht. Feingliedrig und weich in seinen Bewegungen. Das sollte ein Kämpfer sein? Er verliebte sich in seine Opfer. Blickte ihnen, wie er behauptete, auf den Grund der Seele. Studierte sie, bevor er das Urteil vollstreckte. Das Urteil hatte nicht er ausgesprochen. Nein, die Brüder vom Volksgerichtshof. Er führte nur aus und litt Höllenqualen. Er hatte Mitleid mit den Verrätern. Erbarmen packte ihn, wenn er bedachte, was für ein Hundeleben sie führten. Kein einziger, fand Hafid, verdiente das Messer, mit dem er verstümmelt wurde. Vielleicht politisch, im Interesse der höheren Sache. Aber nicht als Mensch. Als Sohn einer Mutter. Als Geschöpf des Allmächtigen. Wir alle sind Sünder, pflegte er zu sagen. Keiner hat das Recht zu richten. Seine Aufgabe begann ihn abzustoßen. Er billigte sie mit dem Verstand, sein Bauch sagte nein. Seine Eingeweide bäumten sich auf. Aber es war ihm klar, daß man hart sein mußte im Krieg. Daß der Befreiungskampf kein Gesellschaftsspiel war. Daß seine Tätigkeit dem Vaterland diente. Aber Hafid hatte keinen Vater und schon gar kein Land. Er war ein Bastard. Hustete nervös, wenn jemand von Vaterland

sprach. Seine Zweifel schluckte er herunter und tat, was man ihm befahl. Er schlitzte Ohren ab. Je stärker seine Schuldgefühle, desto skrupelloser ging er vor. Das mußte so sein. Ein Memento für die Hundesöhne. Eine Warnung für die Würmer, die den Boykott mißachteten und französische Zigaretten rauchten. Die Befreiungsfront hatte es verboten, doch sie rauchten weiter. Spuckten auf die Disziplin des Volkes. Mußten also bestraft werden. Hafid verstand das alles. Es war nötig, aber nicht gottgefällig. Es machte ihn krank. Er bekam einen Ausschlag im Gesicht und mehrmals ging er zum Major, um eine andere Aufgabe zu erbitten. Der Major lachte ihn aus und zeigte ihm das heilige Buch, in dem ausdrücklich geschrieben steht »Du sollst nicht töten«. Das ist alles, sagte der Major, vom Messerschlitzen steht da nichts drin. Niemand verbietet dir, die Ohren des Feindes abzuhacken! Das stimmt, erwiderte Hafid, aber wer weiß, ob der Feind wirklich ein Feind ist? Vielleicht ist er nur ein Mensch.
Wie kann man Krieg führen mit so einer Haltung? Hafid behagte mir immer weniger. Er entsprach nicht dem Bild, das ich mir von einem Erbauer der neuen Welt machte. Immer häufiger überkam ihn Übelkeit, wenn er des Morgens sein Messer wetzte. Ein Mudschahid hat es besser. Legt eine Bombe und verschwindet. Sechzig Leute krepieren, werden in Fetzen gerissen, aber er kennt sie nicht. Er hat sie nicht eigenhändig umgebracht. Weder erdolcht noch erschossen. Wenn seine Bombe platzt, ist er längst über alle Berge. Der Mudschahid hat saubere Hände. Tötet ohne zu töten. Der Allmächtige kann ihm

nichts vorwerfen, denn das Paket geht in die Luft ohne sein Zutun. Elektrisch. Automatisch. Durch ein Uhrwerk. Und manchmal geht es überhaupt nicht in die Luft. Wer seinen Opfern nicht in die Augen schaut, ist kein Mörder. Ein Mudschahid müßte man sein. Auch wenn die Leute ihn verabscheuen. Die öffentliche Meinung ist gegen ihn, denn er kämpft mit verbundenen Augen. Blind wie das Schicksal. Ungerecht wie der Tod. Unschuldige Kinder müssen dran glauben. Schwangere Frauen und Kranke. Das Volk ist auf seiten der Toten. Die Toten haben immer recht, auch wenn es Schurken waren oder Spitzel. Du sollst nicht töten, sagt Allah, und das steckt tief. Hafid kann kein Blut sehn. Die Ohren in seiner Tasche sind ihm ein Graus. Doch das Volk bewundert ihn, mit einer Spur von Entsetzen, aber es billigt sein Handeln. Ein Ohr ist kein Leben, heißt es, und außerdem ist es nützlich, den Verrätern ein Zeichen einzuschlitzen. So erkennt man sie leichter. Auf der Straße. Im Hausgang. Auf dem Markt. Man kann ihnen aus dem Weg gehn. Sagt ihnen nichts Unvorsichtiges. Achtung, denkt jeder, dem fehlt ein Ohr, der steht auf der anderen Seite.

Hafid schielt. Man merkt es nicht, aber er hat einen queren Blick. Er sieht zwei Bilder auf einmal. Seit frühester Kindheit. Er verzeiht dem Bösewicht und mißtraut dem Tugendbold. Und umgekehrt. Warum wohl, frage ich mich. Vielleicht, weil er ein Bastard ist. Ein Uld el Chram, ein Kind der Schande. Was kann ich für die Schande meiner Mutter? Und was kann meine Mutter für das Kind, das ihr ein Mistbock in den Leib gespritzt hat? Man hat sie gelehrt, den Männern zu gehorchen. Nichts hat man ihr beigebracht, weder Lesen noch Schreiben. Nur eines: den Männern zu gehorchen. Sie hat gehorcht, und das ist ihre Schande. Die Schande ist erblich. Ich habe sie übernommen. Wo ist die Gerechtigkeit? Hafid sieht zwei Bilder übereinander. Das macht ihn wankelmütig. Und vor allem zwielichtig. Vielleicht ist er ein guter Mensch, aber ein Soldat ist er nicht. Ein Messerschlitzer mit Seele. Ein barmherziger Rächer. Psychologisch interessant. Ein Leckerbissen für meine gepflegten Kollegen. Für mich war er eine Niete. Ungeeignet für meinen Film. Er gehörte weder in den Himmel noch in die Hölle. Er hatte eine Braut und schmolz vor Sehnsucht nach ihr. Er zeigte mir ihr Bild. Am Tag nach der Amputation, als man ihm beide Beine abgenommen hatte. Wundbrand bis zu den Knien. Er schrie und tobte, wollte sterben, brüllte, mit den Beinen werde er seine Braut verlieren. Das ist sie, stöhnte er. Sie heißt Najma, eine Scheherezade. Eine Frühlingsblume. Blütenstaub in den Augen. Sie wird sich abwenden, wenn sie erfährt, daß ich halbiert bin. Sie wird zehn Tage lang klagen. Um meine Männlichkeit, um mein Fleisch, um meine Beine. Dann wird sie heiraten. Einen, der noch ganz ist. So sind die Menschen. Das Leben hat keinen Sinn mehr. Gebt mir eine Spritze! Ich kann nicht. Ich habe genug.

Wehleidig war er. Wehleidig und windelweich. Trotzdem faszinierte er mich. Ich wollte mehr erfahren, auch wenn ich die Lust verloren hatte, einen Film über ihn zu drehen. Er hingegen setzte seine ganze Hoffnung in meinen Film. Er wollte zum letzten Mal ein

Held sein. Die obere Hälfte seines Körpers wollte er retten. Für die Unsterblichkeit. Für künftige Generationen. Für Najma, die den Film sehen würde und weinen. Er wollte sterben und weiterleben zugleich. Das war unmöglich. Ein Held ist anders. Ein Held zweifelt nicht an seinem Ziel, sagte ich mir. Wenn alle Algerier wären wie er, hätten die Franzosen den Krieg gewonnen. Das war mir klar. Ich bin zwar auch kein Held. Ich würde es nie über mich bringen, jemandem ein Ohr abzuschneiden. Ich wäre unfähig, eine Bombe zu legen. Nicht aus Großmut, sondern aus gewöhnlicher Feigheit. Warum wollte ich also, daß Hafid anders sei? Besser als ich? Mutiger und rücksichtsloser? Vielleicht aus Ekel über mich selbst. Ich ging mir auf die Nerven. Ich war wohlgenährt und führte ein bequemes Dasein.

Etwas schien mir besonders ärgerlich. Die vier Gefährten verurteilten ihn nicht. Sie übersetzten seine Worte, erzählten seine Geschichte, doch ohne einen Schatten von Mißbilligung. Etwas stimmte nicht. Durch die Hölle waren sie gegangen. Jeden Tag spielten sie mit ihrem Leben. Hatten Tod und Teufel ins Auge geschaut. Da gab es ein Mißverständnis, aber welches? Ich stellte ihnen die Frage, wie ihre Heimat denn einmal sein werde, nach dem Sieg des Volkes über seine Unterdrücker. Da antwortete der, der Französisch sprach: »Wie Hafid wird sie sein. Wird auf Krücken gehn. Kaputt bis ins Herz und mit traurigen Augen!«

Hundertelf Ohren hatte er abgeschlitzt. Hundertelf Heldentaten. Mich interessierte die letzte. Hafid erzählte: Meine letzte Heldentat, das war ein Fernfahrer aus Algier. Er machte die Strecke nach Tamanrasset. Zweitausend Kilometer hin, zweitausend zurück. Viermal im Monat. Weißt du, warum er rauchte? Um nicht einzuschlafen. Ganz einfach. Französische Zigaretten waren verboten. Volksboykott. Aber halb so teuer wie die andern. Der Mann hieß Lakhdar. Hatte dreizehn Kinder. Eine Unglückszahl. Wenn er einschlief, stürzte er in eine Schlucht. Er mußte rauchen, um nicht zu sterben. Verbotene Zigaretten. Ein Verräter, der kein Recht hatte weiterzuschnaufen. Lakhdar rauchte, trotz Boykott, um wach zu bleiben. Wollte wach bleiben, um nicht in eine Schlucht zu stürzen. Wollte nicht in die Schlucht stürzen, weil er Kinder hatte. Dreizehn Stück, und die mußte er füttern. Darum wurde er verurteilt. Darum mußte ich ihm ein Ohr abhacken. Er war der letzte auf der Liste, und ich fuhr nach Bu Saada, um das Urteil zu vollstrecken. Da gibt es eine Tankstelle. Die einzige vor Laguat und das war vierhundert Kilometer im Süden. In Bu Saada mußte er Benzin füllen. Ob er Lust hatte oder nicht. Tee würde er trinken. Etwas ausruhen. Er konnte gar nicht anders. Ich wartete drei Tage. Eines Morgens kam er angerattert. Alles lief ab, wie vorausgesehen. Ich knüpfte ein Gespräch an. Er war redselig. Klopfte lustige Sprüche. War ausgesprochen sympathisch. Dann fragte ich, ob er mich mitnähme; ich müsse nach Scherschell. Klar, sagte er. Steig ein und mach's dir bequem. Wir rollten über Bugsul in Richtung Medea, verstanden uns ausgezeichnet. Meine Lust, ihn zu entstellen, verging wie Schnee in der Sonne, und ich schwor mir, daß er mein letztes Opfer sein würde. In der Gegend von Boghari wurde es eintönig. Lakhdar

zündete eine Zigarette an. Jetzt mußte ich ihn strafen oder nie. Ich zeigte ihm das Bild von Najma. Er sagte, sie sei schön wie der Abendstern. Warum war er so angenehm, der Schweinehund? Ich mußte das Urteil vollstrecken. Ich werde ein Held, dachte ich, und Najma wird mich heiraten. Eines Tages wird sie erfahren, daß ich keinen Vater habe, wie der Kamelmist auf der Straße. Aber sie wird mich nicht verachten, weil ich tapfer war im Krieg. Und herzlos. Das zuckte mir durch den Kopf. Im Bruchteil eines Augenblicks. Ich riß mein Messer aus dem Hemd. Hielt es ihm vor die Gurgel, befahl anzuhalten. Er wurde bleich und bremste. Dreizehn Kinder hatte er. Eine ganze Sippe von Hungerleidern. Ich stellte mein Gewissen ab. Dachte an meine Schande. An Najma. Und schlug zu. Schlug das Ohr ab und wickelte es in ein Tuch. Meine Schuld war es nicht. Lakhdar rauchte die Zigaretten des Todfeinds. Also war er ein Verräter. Allah wird mir verzeihen. Ich riß die Wagentür auf und rannte davon. Quer durch die Felsen. Das Ohr in der Hosentasche. Beweis meiner Courage. Meiner letzten Heldentat als Fidaj.
Hafid wurde befördert. Für Lakhdars Ohr und hundertzehn andere Ohren. Nun war er Mudschahid, Freiheitskämpfer der Volksarmee. Jetzt durfte er Bomben legen. Irgendwo. Er brauchte keine Liste, keine Namen und keine Adressen. Er ging zum Major und erinnerte ans heilige Buch. Dort steht »Du sollst nicht töten«. Hast es selber vorgelesen, oder nicht? Der Major grinste wie immer und schlug den Koran auf. Sechste Sure, Vers hundertzweiundfünfzig: »Du sollst nicht töten, außer wenn es die Gerechtigkeit fordert.« Verstehst du, oder bist du ein Holz-

kopf? »Außer wenn es die Gerechtigkeit fordert.« Wir sind die Richter. Wir sind gerecht und fordern Gerechtigkeit. Oder bist du dagegen? Dann verschwinde und komme nicht wieder! Du weißt, was wir machen mit Verrätern! Hafid war zufrieden. Nicht daß er glaubte, was der Major sagte, dazu war er viel zu schlau. Aber er hatte ein Argument. Zu seiner Verteidigung vor dem Jüngsten Gericht. Das beruhigte ihn.

Am 14. Juli 1959 erhielt er den Befehl, das Rialto in die Luft zu sprengen. Ein Kino mitten in Algier. Um 15 Uhr 45, wenn der Saal voll war von Franzosen, die den Nationalfeiertag sitzend begingen. Hingeschlakst in bequemen Sesseln, Eiskrem lutschend und sorglos. An jenem Tag stolperte er über seinen mädchenhaften Charakter. Sein Herz wurde ihm zum Verhängnis.

Er soll ausgesehen haben wie noch nie. Tadelloser Anzug. Weißes Hemd. Bunte Krawatte aus Kunstseide. Ein Zuhälter vom Pigalle, hätte man gemeint. Die Verkleidung war nötig. Anders hätte man ihn gar nicht eingelassen. Er ging zur Mittagsvorstellung. Um ein Uhr. Löste eine Karte und betrat den Saal, der halb leer war. Unsicher war er, wie alle Makaken. Die rechte Hand in der Hosentasche. Er setzte sich auf seinen Platz. Das Licht ging aus, und der Film begann. Eine törichte Geschichte, für kindische Gemüter. Hafid harrte aus. Sogar in der Pause. Er kaufte einen Schokoladestengel, packte ihn aus, ließ ihn fallen, bückte sich, um ihn aufzuheben, gelöst. Vollkommen unauffällig. Kein Mensch konnte ahnen, daß Hafid etwas abgelegt hatte unter dem Sitz. Ein braunes Päckchen auf den braunen Boden. Darin tickte ein Uhrwerk, aber so leise, daß es nicht zu hören war. Der Film kroch dem Ende entgegen, bis endlich die Musik anschwoll. Die Leute erwachten aus ihrem Halbschlaf. Die Ausgänge wurden geöffnet, die einen kehrten nach Hause zurück, die anderen setzten sich in ein Straßencafé, um etwas Kühles zu trinken. Nur Hafid blieb in der Nähe. Strich um den Block herum, denn er mußte kontrollieren, ob alles klappte. Um drei Uhr 45 mußte es passieren. Vor der Kasse stand jetzt eine lange Schlange. Männer, Frauen, forsche Offiziere. Alle waren feiertäglich aufgeputzt. Und da wartete auch eine Schulklasse. Vierzig Mädchen in Begleitung eines Priesters. Sie waren kaum zwölf Jahre alt. In einer Stunde würden sie in Stücke zerfetzt. Unschuldige Kinder mußten sterben, weil sie zur Herrenrasse gehörten. Zu den Unterdrückern, obwohl sie noch niemanden unterdrückten. Was konnten sie dafür, daß sie in französischen Häusern zur Welt gekommen waren? So viel wie Hafid, der als Bastard geboren worden war. Hatte das alles einen Sinn? Natürlich hatte es einen. Jeden Tag wurden Algerier zu Tode gefoltert, kabylische Dörfer zusammengewalzt. Der Feind mußte erfahren, daß seine Bäume nicht in den Himmel wachsen. Daß die Namenlosen sich wehrten. Einverstanden. Aber diese Kinder folterten niemand. Jetzt drängten sie ins Kino hinein, aus dem sie nicht mehr herauskommen würden. Das Paket lag unter einem Sitz. Das Uhrwerk tickte.

Ich gebe zu, daß es qualvoll ist, eine Bombe platzen zu lassen und zu wissen, wer ins Gras beißen wird. Vierzig Mädchen gesehen zu haben, die zu den Opfern gehören. Man könnte zwar streiten über Schuld und Unschuld. Aber ganz unschuldig waren auch diese Kinder nicht. Sie wurden herangezüchtet, die Herrschaft ihrer Eltern weiterzuführen. In ihren Augen lag schon der Hochmut. Die Distanz zu den Unterhunden, die Achmed heißen oder Mohammed und keinen Familiennamen besitzen, weil sie als Niemand zur Welt gekommen sind und als Niemand sterben werden. Zwölf Jahre alt waren die vierzig Mädchen, doch sie gehörten bereits zum großen Mechanismus. Instinktiv. Sie konnten befehlen, bevor sie noch lesen gelernt hatten und schreiben. In ihrer Stimme drohte schon ein Unterton, der keinen Widerspruch duldet. Hinter diesem Unterton stand die französische Armee. Die Atombombe, die im Zentrum der Sahara gezündet wurde. Die Fremdenlegion und eine ruhmreiche Vergangenheit. Hafid schielte stärker denn je. Er hatte Gründe für und wider das braune Paket. Doch er war ein Mudschahid und mußte gehorchen. Als Soldat hat man nur zwei Möglichkeiten: schlagen oder geschlagen werden. Wer nicht tötet, wird getötet. Er dachte. Dachte zuviel und kam zum Entschluß, die Höllenmaschine herauszuholen. Die vierzig Kinder zu retten, weil Kinder heilig sind. »Er kam zum Entschluß«, das ist nicht der treffende Ausdruck. Eine Bremse kreischte auf in seinem Gewissen. Ein rotes Licht blinkte in seinem Kopf, und er ging zur Kasse, um zum zweiten Mal eine Eintrittskarte zu lösen. Nur, ein Algerier in einer französischen Vorstellung. Das fällt auf. Besonders am Nachmittag eines vierzehnten Juli. Mitten im Krieg. Am Nationalfeiertag, wenn der Haß gegen die andern, die Wut über die Feinde des Vaterlands, am heißesten sind. Das Fräulein am Schalter bemerkte ihn. Sie zwinkerte dem Platzanweiser zu, der Platzanweiser dem Hausdetektiv, und Hafid wurde beobachtet.

Es bleibt mir ein Rätsel, wie er es trotzdem schaffte. Der Saal war ausverkauft. Lauter Franzosen besetzten die Plätze, Hafid war die Ausnahme. Feindselige Blicke von allen Seiten. Wie war es ihm gelungen, sich durch die Reihen zu drängeln, das bewußte Paket zu finden, es hervorzuangeln? Eine Tür zu erreichen und sich davonzumachen, ohne geschnappt zu werden? Unglaublich, diese Geschichte! Der Platzanweiser hatte die Polizei alarmiert. Ein Streifenwagen war herbeigerast. Vier Männer stürzten ins Kino, um Hafid festzunehmen. Doch im Moment ihres Eintreffens stahl er sich gerade durch einen Notausgang, und sie mußten hinter ihm herrennen. Ein Zeuge hatte gesehen, wie er das Päckchen in ein Kanalloch schmiß. Ein zweiter, daß er in einem Hausgang verschwunden war. Die Polizisten wollten ihn verfolgen, doch da erbebten die Häuser. Scheiben klirrten. Schreie schrillten durch die Straße. Hafids Höllenmaschine war losgegangen. Genau um Viertel vor vier. Ein Chaos brach aus. Doch bald wurde offenbar, daß der Flüchtige niemanden getötet hatte. Umgekehrt. Fünfhundert Kinobesucher verdankten ihm das Leben.

Da geschah das, was man Schicksal nennt. Zwei junge Frauen erkannten ihn auf dem Dach eines Supermarkts. Und da der Volkszorn an Nationalfeiertagen höher schlägt als sonst, da Hafid ganz offensichtlich ein Päckchen ins Kanalloch geworfen hatte, da er also ein Terrorist sein mußte, richteten die vier Männer ihre Maschinenpistolen auf Hafid und feuerten, bis sie ihn trafen. Ins rechte Schienbein und durch den linken Knöchel. Zwei abgeschliffene Projektile. Dumdumgeschosse, die das Fleisch zerfetzen. Kurz darauf wurde er abtransportiert. Doch niemand wollte sich zu ihm bekennen, weder die Franzosen noch die Algerier. Für die einen war er ein mutmaßlicher Terrorist. Für die anderen ein mutmaßlicher Verräter. Das Rote Kreuz nahm sich seiner an und brachte ihn nach Europa, in jenes Krankenhaus, wo ich ihn kennenlernte und einen Film drehen wollte über ihn, über sein Leben, über sein Mißgeschick. Das war der Hafid des Jahres 1959. Der Hafid von 1964, der Puffinhaber von Gémar, die alte Sau mit dem Wechselgeld, war ein anderer. Oder vielleicht der gleiche. Angenommen er war der gleiche. Wie wird ein Fidaj zum Bordellwirt? Heute weiß ich, daß alles möglich ist. Er wollte ein Held sein, um die Schande von sich abzuwaschen. Um das Herz seiner Scheherezade zu erobern. Dabei verlor er beides; die Beine und die Braut.

Jetzt humpelte er zurück, der Hafid von Gémar. Nicht allein, sondern mit meinen Kollegen. Mit Achmed und Mustafa, die ihren ersten Hunger gestillt hatten. Sie waren wieder ansprechbar und hatten ihr Wechselgeld. Sie fragten, ob ich einen Mechaniker gefunden hätte. Als ich verneinte, gingen sie hinaus, um ihn zu suchen. Ich blieb, saß auf dem Boden. Wie unter Hypnose, denn Hafid starrte mich an. Noch bohrender als vorher. Er wartete, aber ich konnte nicht sprechen. Schließlich brachte ich ein Wort hervor. Ein einziges: Najma! Da lösten sich seine Züge, entkrampften sich, und seine Augen wurden feucht, verschwammen. Ich hielt es nicht länger aus und ging hinaus, in die samtene Nacht der Oase. Wir fanden unseren Mechaniker. Er folgte uns in die Sanddünen und reparierte den Wagen. Es war Mitternacht, als wir in El Ued ankamen.

Ich und die Menschenfresser

Menschenfresserei ist Politik
mit anderen Mitteln.
Carl Philipp Gottfried
von Clausewitz

An den dampfigen Ufern des Rio Nuniez liegt eine Kreisstadt namens Boké, die bis nach Boffà hinunterstinkt, also mehr als 40 Kilometer weit. Kreisstadt! Das ist ein Adelstitel für so einen Müllhaufen. Ich frage mich ernsthaft, wozu Leute mit Verstand dorthin fahren, wenn es keinen zwingenden Grund gibt. Doch nicht um das verdammte Postamt zu besichtigen und seine zehn Millionen Schmeißfliegen. Oder das katholische Missionshaus, das aussieht wie eine Zuckertorte. Oder den Gedenkstein zu Ehren des René Caillé, der 1827 von Boké aufbrach, so heißt es auf der Marmorplatte, um quer durch Urwald und Savanne bis nach Timbuktu vorzudringen. Ich begreife den braven Mann, an seiner Stelle wäre ich bis zum Nordpol vorgedrungen, um das gottverdammte Kaff nicht mehr sehen zu müssen. Wer hatte nur den Einfall, eine Straße zu bauen, auf der Boké von Südwesten her zu erreichen ist? Wozu von Südwesten und wieso überhaupt? Die Zufahrt sieht aus wie ein vertrocknetes Flußbett, wo die Skelette von Lastautos und Baumaschinen in der Sonne verrotten.

Boké hat sechstausend Einwohner, von denen nur

fünfundfünfzig zu Gott beten. Die anderen sind Animisten und haben Gepflogenheiten, von denen wir noch reden werden. Die eigentliche Sehenswürdigkeit ist das Kreisgericht, dessen bessere Tage längst vorüber sind. Es gab bessere Tage, das kann ich bezeugen, denn ich bin selber dortgewesen. Das Abenteuer in Boké verdanke ich meinem damaligen Vorgesetzten. Man sagte, er sei ein Hanswurst, und ich bin geneigt, diese Meinung zu teilen, obschon ich nicht ganz sicher bin. Schon sein Name war eine Komödie. Er hieß Emil Tompapa. Er konnte lesen und schreiben, was zu jenen merkwürdigen Zeiten genügte, um in Guinea Rundfunkdirektor zu werden. Ich sage nicht, daß er dumm war. Im Gegenteil. Er war listig und manchmal sogar verschlagen. Ein Ränkespieler, hieß es, dem man besser nicht über den Weg traut. Darum fragte ich mich immer wieder, zu welchem Zweck er mich damals nach Boké geschickt hatte, in dieses Sumpfloch im Arsch der Welt. Er hatte den Auftrag, die Herzen der Eingeborenen mit Musik zu berieseln. Mit zurechtfrisierten Informationen und unverbindlichen Reportagen. Mit der Musik gab es keine Schwierigkeiten. Der Rest hingegen bereitete ihm Kopfzerbrechen. Man brauchte Redaktoren, Sprecher, Reporter, und da man sie nicht hatte, ließ man Entwicklungshelfer kommen, um sie heranzubilden. Für die Reporter war *ich* zuständig. So schickte mich dieser sonderbare Mensch in einen Bezirk, der im Blauen Reiseführer folgendermaßen charakterisiert wird: »Eine der seltenen Gegenden Äquatorialafrikas, wo die Menschenfresserei noch reichlich verbreitet ist«. Ermutigend war das nicht. Was wollte er also von mir, dieser Tompapa? Ich konnte meine Reporter auch anderswo ausbilden. In Cancan oder Kindja zum Beispiel, wo die Menschenfresserei weniger verbreitet war. Hatte er geheime Absichten? Jedenfalls fragte ich ihn unumwunden, was ich in Boké tun sollte. Er antwortete ebenso unumwunden: Was du tun sollst? Deine Arbeit! Reportagen über das Leben. Leute sollst du ausbilden. Ihnen zeigen, wie man es macht. Und als ich wissen wollte, worüber wir denn Reportagen machen sollten, das Leben sei ein dehnbarer Begriff, erwiderte er, es sei ihm vollkommen egal, solang wir ihm keine Scheißereien bereiteten.

Das war deutlich. Und undeutlich zugleich. Ich bat um Einzelheiten. Da zündete er sich eine Zigarette an und sagte mit bösem Flackern in den Augen: Keine Scheißereien, du verstehst mich genau, sonst fresse ich dich auf!

Ich fuhr also nach Boké, und es war mir klar, daß meine Reportagen so harmlos sein sollten, wie nur irgendwie möglich. So zahm wie der Furz einer Ameise. Die Redensart stammt aus der Sussusprache. Sie beinhaltet, daß man zwar knallen darf, aber leise. Bitte schön. Ich beschloß, im besagten Kaff das Kreisgericht aufzusuchen. Kriminalfälle sind immer interessant und stören niemanden. Ich ging also hin, um zu erfahren, ob etwas los sei. Es war etwas los.

Eine gewisse Frau Diop, wohnhaft in Boké, Mutter von neun Kindern und Gattin des berüchtigten Schürzenjägers Abdulaj Diop, stand unter Anklage, den sechs Monate alten Säugling ihrer Nachbarin aufgefressen zu haben. Nicht mehr und nicht weniger. Der Furz einer Ameise. Sensationell, aber unpolitisch. Der Fall kompromittierte weder die nationale Revolution noch den Staatspräsidenten. Der Prozeß war für den 1. Februar 1961 anberaumt. Der Gerichtssaal bestand aus einem Tisch, einer Glocke, einer Bank für das hohe Gericht und zweihundert schäbigen Stühlen für Zeugen und Publikum. Die vier Wände waren von Termiten zerfressen, und an jeder hing ein Riesenbild des »Führers der Nation«. Die Temperatur betrug 45 Grad im Schatten. Es roch nach Aas und faulen Fischen. Trotzdem ging es lustig zu. Auf jedem Stuhl saßen zwei bis drei Personen. Kautschukpflanzer, Jäger, Hirsebauern, Lastenträger und Weiber jeden Alters, die sich lüstern herbeidrängten, um das Spektakel mitzuerleben. Verständlich. Es gab noch kein Fernsehen in Guinea, und jedes Volk hat ein Anrecht auf Unterhaltung. Ich war da, mit meinen vierundzwanzig Lehrlingen und einem tragbaren Tonbandgerät, das noch mehr Aufsehen erregte als die Menschenfresserin. Sie saß auf der Anklagebank und bohrte in der Nase. Meine Anwesenheit schien ihr gleichgültig zu sein. Nur meine Maschine störte sie über alle Maßen, da sie ihr ganz offenkundig die Show stahl. Eines war mir klar. Von allem Anfang an. Frau Diop hatte den Knaben nicht aus Hunger gefressen. Keine Tragödie aus der Dürrezone des Sahel. Keine Verzweiflungstat einer Flüchtlingsmutter aus Biafra. Eine hundsgewöhnliche Eifersuchtsgeschichte, wie sie in Zürich hätte passieren können oder New York. Frau Diop hatte aus verletzter Eigenliebe gehandelt. Um sich an ihrer Rivalin zu rächen und sie zu strafen. Es gab natürlich einige Fragen. Warum hatte Madame Diop nicht ihre Gegen-

spielerin verzehrt? Die Rache wäre süßer gewesen. Oder ihren ungetreuen Ehegatten?
Die Nebenbuhlerin saß in meiner nächsten Nähe und demonstrierte Trauer um das gefressene Kind. Gleichzeitig strahlte sie vor Stolz, im Mittelpunkt des öffentlichen Geschehens zu stehen. Ein Leckerbissen war sie nicht, ich meine vom kulinarischen Standpunkt aus, aber ich konnte mir vorstellen, daß der Schürzenjäger einige vergnügliche Augenblicke mit ihr verbracht hat.
Der Richter kam aus Paris, war Kandidat der Rechte und Mitglied der Kommunistischen Partei Frankreichs. Er trug eine Brille und drahtige Borsten auf dem Kopf. Messerscharfe Logik strahlte von seiner Nase aus und eine melancholische Verständnislosigkeit für alles, was hier geschah. Als er die rituelle Frage stellte, ob es wahr sei, daß die Angeklagte den halbjährigen Kejta Bangui verzehrt habe, erwiderte diese bereitwilligst: Jawohl, das ist wahr! Mit dieser Auskunft war das Gerichtsverfahren theoretisch beendet. Weitere Erhebungen schienen überflüssig. In Wirklichkeit aber fing die Geschichte erst richtig an. Doch muß ich zuerst erklären, warum ich bei diesem Geständnis nicht einfach vom Sessel kippte. Ich hatte nämlich zu jenem Zeitpunkt schon gewisse Erfahrungen auf dem Gebiete der Menschenfresserei. Ich verdankte sie ebenfalls meinem Prinzipal, dem unvergleichlichen Emil Tompapa. Er hatte ausdrücklich verfügt, daß ich vor Antritt meiner Ausbildungstätigkeit eine Rundreise unternähme, um Land und Leute kennenzulernen. Zu diesem Zweck und um mich eine Zeitlang loszusein, schickte er mich nach Kissidugu, tausend

Kilometer weiter im Südosten, wo gerade ein historischer Kongreß der Einheitspartei zelebriert wurde. Wegen des Kongresses wäre ich nicht einmal vor die Haustüre getreten, aber die Aussicht, das paradiesische Hochplateau des Niger zu durchqueren, versetzte mich in einen Zustand von Euphorie. Emil geleitete mich auf den Flugplatz, erteilte mir praktische Ratschläge und versicherte, bei meiner Ankunft werde ich vom Militärkommandanten abgeholt. Ich war naiv und glaubte ihm jedes Wort. Dann kletterte ich ins Flugzeug. Ich war der einzige Passagier, als wir uns in die Lüfte hoben. Die Reise dauerte fünf Stunden. Von Düsenflugzeugen wußte man damals noch wenig. In Äquatorialafrika überhaupt nichts. Wir summten behaglich über die Wildnis von Forekaria, die krokodilgrünen Hänge des Futa Dschallon, die verschlafenen Nebenflüsse des Maffù. Irgendwo hetzten Elefanten durch eine Waldschneise. An einem Schilfsee weideten Büffel, leichtfüßige Antilopen, Herden von bunten Affen. Es begann schon zu dämmern, als wir uns der Schleife von Njandu näherten. Die ersten Lichter funkelten schon. Wir kreisten über Kissidugu. Dort tagte der historische Kongreß der Einheitspartei, und der Militärkommandant wartete, wie ich annahm, auf meine Ankunft. Emil hatte es mir versprochen. Also mußte es wahr sein. Das Flugzeug ging nicht in der Stadt nieder, sondern auf einer Lichtung des Urwalds. Der Steward ließ eine Strickleiter hinunter und hieß mich aussteigen. Dann warf er eine Rolle von Leitungskabel auf die Landepiste. Er gab das Zeichen zum Weiterflug. Die Maschine keuchte empor und verschwand in Richtung Nzérékoré am Dreiländereck zwischen Liberia, Sierra Leone und Guinea. Eine Staubwolke wirbelte über die Kokospalmen, und ich war allein. Das nächste Flugzeug in vierzehn Tagen! Es wurde Nacht. Die Hitze des Tages verwandelte sich in die dumpfe Schwüle eines Dampfbads. Keine Menschenseele weit und breit. Kein Haus, keine Baracke, nicht einmal ein Radarmast. Ich malte mir aus, daß der Militärkommandant bei seinen Weibern lag. Er hatte wohl überhört, daß ich kommen sollte. Er pfiff mir eins und vergnügte sich anderwärtig. Ein Mittel, ihn zu verständigen gab es nicht. Es blieb nur die Hoffnung, daß sonst jemand vorbeikäme, aber diese Hoffnung war gering.

Was hatte er denn gegen mich, dieser Tompapa. Das alles war doch kein Zufall. Ich stand allein auf einem gottverdammten Landeplatz, mitten im Urwald, am Ende der Welt. Ich wagte nicht einmal, mich hinzusetzen, weil ich Angst hatte, vor Schlangen und Taranteln und Giftkröten. Er hatte nicht telefoniert, dieser Spitzbube. Angelogen hatte er mich. Aber wozu? Er mußte wissen, daß mein Linienflugzeug bei Anbruch der Dunkelheit in Kissidugu ankommen würde. Daß dieser Flugplatz unbewohnt war und daß es mein Tod wäre, wenn niemand eintraf, um mich abzuholen. Ich stand ihm doch nicht im Wege. Ich bedrohte weder sein Ansehen noch strebte ich nach seiner Stellung, die ich als Ausländer ohnehin nicht bekommen könnte. Ich war ein ungefährlicher Entwicklungshelfer. Nach Beendigung meines Auftrags würde ich verreisen. Für immer. Und trotzdem war ich ein Stachel in seiner Seele. Oder bildete ich mir das nur ein? Die Vögel kreischten. Tiere brüllten durch die Nacht. Myriaden von Leuchtmücken surrten um mich herum, und es wurde mir klar, daß ich in eine Falle geraten war. Emil Tompapa wollte sich meiner entledigen. Klar! Vielleicht weil ich ein Weißer war. Zwar bin ich kein Franzose. Mit der ehemaligen Kolonialmacht habe ich wahrhaftig nichts gemein, im Gegenteil. Aber ich besitze nun einmal die gleiche Hautfarbe wie alle die Hurensöhne, die hier herumkommandiert haben. Jahrhundertelang. Ich hatte nicht den Mut, mich vom Fleck zu rühren. Ich war schwach vor Erschöpfung. Eine falsche Bewegung und ein Panther konnte mir in den Nacken springen. Ich wartete seit mehr als drei Stunden. Der Dschungel war außer Rand und Band. Es zirpte, jaulte, gellte, japste. Es war zum Verrücktwerden. Ein Königreich für ein Flugzeug! Auch ein Ochsenkarren hätte mir genügt. Nur weg wollte ich von hier. Zurück in die gewohnten Breiten, wo man um Hilfe rufen konnte. Mit einiger Aussicht auf Erfolg. Da geschah das Wunder. Ein Scheinwerfer blinkte durchs Dickicht. Ein Landrover ratterte auf die Lichtung zu. Ein Europäer saß am Steuer. Ich habe bei Gott keine Vorurteile. Ich mache keinen Unterschied zwischen Schwarz und Weiß, bilde es mir wenigstens ein, aber diesmal fühlte ich mich erleichtert. Der Mann kam zwar nicht meinetwegen. Er holte nur das Leitungskabel, das der Steward auf die Landepiste geschmissen hatte. Ich rief ihm entgegen, ich brüllte und schrie, aber es war zwecklos. Meine Stimme ging unter im Getöse des Urwalds. Da rannte ich los, vergaß die Panther und Schlangen und konnte ihn gerade noch erreichen, als er davonfahren wollte. Er hieß Stefanopoulos, war ein Grieche und hatte sich mit einer Sodawasserfabrik Millionen zusammengescheffelt. Ein geniales Volk sind diese Griechen. Seit homerischen Zeiten erspähen sie Marktlücken und bereichern sich daran. Sie produzieren weder Erdöl noch Atombomben, sondern Sodawasser am Äquator, wo die Leute vor Hitze den Verstand verlieren. Er lachte sich tot, als ich ihm gestand, daß ich auf den Militärkommandanten wartete: Sie sind ein Anfänger, Monsieur. Ein blutiger Anfänger. Der Militärkommandant kommt nicht einmal, um den Staatspräsidenten abzuholen. Der hat doch alle Hände voll zu tun: vier Frauen, neun Nebenfrauen und ein paar Dutzend Weiber im ganzen Militärbezirk. Das zehrt an der Substanz. Sogar wenn er schwul wäre, würde er nicht kommen, um Sie zu begrüßen. Weil er überarbeitet ist und schlapp. Weil hier nichts passiert und nie etwas passieren wird. Sie sind in Afrika, lieber Freund. Sie müssen noch viel dazulernen, wenn Sie überleben wollen.

Wir rollten Kissidugu entgegen. Lianen hingen von tausendjährigen Baobabs herunter. Wurzeln wucherten über den Weg und machten die Fahrt zu einer Qual. Ich saß neben dem Griechen, hörte seinem Selbstgespräch zu und versuchte dazuzulernen:

– Seit ich hier lebe, brummte er, seit mehr als zwanzig Jahren ist nichts Bemerkenswertes vorgefallen. Nichts. Ganz am Anfang gab es einmal eine Überschwemmung, eine anständige Katastrophe bei Sérédu, mit einem Dutzend Toten. Einige Jahre später hatten wir eine Feuersbrunst. In Bamakoro. Ein pyrotechnisches Wunderwerk. Mehr als zwanzig Rettungsmänner sind dabei umgekommen. Aber damit

hat sich's. Aus! Verrecken kann man hier vor Langeweile!
Ich fragte schüchtern, ob sonst wirklich nichts geschehen sei. Irgendeine Kleinigkeit. Da verzog sich seine Visage zu einem Grinsen und er gluckste:
– Ja, richtig. Letzten Januar in Gékédu. Da fraß ein Straßeninspektor den Bürgermeister auf!
Ich wurde bleich und glaubte, falsch gehört zu haben. So fragte ich, warum er das getan habe. Stefanopoulos bremste seinen Landrover, starrte mich entgeistert an und erwiderte, indem er eine Augenbraue mißbilligend hochzog:
– Was heißt da, warum? Er hat den Bürgermeister aufgefressen, weil er selber Bürgermeister werden wollte. Darum! Das war meine erste Lektion in afrikanischen Wissenschaften.
Der Richter hatte also gefragt:
– Ist es wahr, Madame Diop, daß Sie das Kind Ihrer Nachbarin aufgefressen haben?
Und die Angeklagte hatte höflich zu Protokoll gegeben:
– Jawohl, das ist wahr.
Ich sagte bereits, daß der Richter aus Paris kam und Mitglied der Kommunistischen Partei Frankreichs war. Er gab vor, ein Realist zu sein. In Wirklichkeit war er ein Linksintellektueller, wie er im Buche steht. Er war nach Afrika gekommen, um den schwarzen Brüdern zu helfen und den Weg zu weisen. In eine bessere Zukunft, in eine Welt der Gleichheit und Brüderlichkeit. Kurz. Er war ein prachtvoller Idiot, ähnlich wie ich selbst, und glaubte uneigennützig an den Sieg der Logik über die Unvernunft.

– Wie haben Sie das Kind verzehrt, fragte er mit äußerster Liebenswürdigkeit, haben Sie es zerschnitten?
– Ich zerschneide keine Kinder, Monsieur.
– Also wie?
– Der Knabe war sechs Monate alt und wog bereits über zehn Pfund.
– Ich begreife nicht, Madame. Gibt es noch andere Methoden, Kinder zu verzehren.
Gründlich sind sie, diese Linksintellektuellen. Alles wollen sie erfahren und dazu noch mit Einzelheiten. Die Angeklagte wischte sich den Schweiß vom Hals und erklärte:
– Es gibt verschiedene Methoden, Monsieur. Meine, zum Beispiel. Kann ich mich setzen?
– Noch nicht, Madame. Ich muß nämlich genau wissen, wie das vor sich gegangen ist.
– Eine Haut hatte das Kind. Wie japanische Seide.
– Ich will wissen, ob Sie es zerbissen haben. Mit den Zähnen? Er klopfte mit dem Zeigefinger auf seine oberen Schneidezähne, wobei er den Mund aufsperrte wie ein Raubtier.
Die Angeklagte lächelte mitleidig:
– Würden Sie ein Kind mit den Zähnen zerbeißen, Monsieur? Einen hübschen kleinen Engel? Einfach so, wie eine Wurst?
– Ich glaube, Sie haben das Kind gar nicht aufgefressen, Madame Diop.
Der Mann war ein Entwicklungshelfer. Ein schönes Wort, aber wie sollte er helfen? Bei welcher Entwicklung? Dieser Prozeß stellte alles in den Schatten, was wir je gehört hatten. Wir waren weitgereiste Leute,

hatten allerlei erlebt und ließen uns so leicht nicht aus der Ruhe bringen. Jetzt aber sträubte sich das Haar auf unseren Köpfen. Frau Diop verlangte, daß man ihr eine Papajafrucht hereinbringe. Eine große und saftige. Wenn möglich von der Größe eines erwachsenen Mannes. Der Richter gab dem Beisitzer ein Zeichen, sich um das Gewünschte zu kümmern und fing an, ziellos in den Akten zu blättern.

Frau Diop bat jetzt um ein Streichholz. Der Richter suchte in seinen Taschen herum. Schließlich fand er eines. Er reichte es der Angeklagten. Zwei Gerichtsdiener schleppten die Papajafrucht in den Saal. Sie war farbig und glich einem überlebensgroßen Kürbis. Man legte sie auf eine Waage, die neben der Türe stand. Das Bruttogewicht betrug hundertsiebzig Pfund, soviel wie ein Schullehrer. Frau Diop lächelte und steckte sich das Streichholz zwischen die Lippen. Sie begann daran zu saugen wie ein Kind an der Mutterbrust. Intensiv und bedächtig. Es wurde mäuschenstill im Raum. Alle brannten vor Neugier, was hier weitergeschehen würde. Frau Diop sog und schnaubte, schnaubte und sog. Sie horchte in sich hinein, starrte mit gläsernen Augen in die Menge und fing an, sich hin- und herzuwiegen, mit dem Kopf zu wackeln und leise zu stöhnen. Eine merkwürdige Angst befiel mich. Schweiß trat mir auf die Stirn. Emil Tompapa hatte mich hergeschickt. Ich verfluchte seinen Vater und seine Mutter. Was bezweckte er mit diesem Auftrag? Mag sein, daß er eifersüchtig war. Er hatte eine Frau, die rundherum eine blutdruckerhöhende Wirkung ausübte. Auf mich wie auf alle anderen. Ich will gar nicht bestreiten, daß ich von ihr träumte, doch wäre ich niemals so unverfroren gewesen, auf ihre Avancen einzugehen. Ich war schließlich der Gast in diesem Land und die Regeln der Loyalität sind mir heilig. Das konnte nicht der Grund sein. Vielleicht schüchterte ich ihn ein. Ich versuchte zwar, so bescheiden zu sein wie nur möglich. Nie verharrte ich auf meinem Standpunkt, auch wenn ich tausendmal recht hatte. Nie korrigierte ich ihn, obwohl er die Gewohnheit hatte, monströse Behauptungen aufzustellen. Beethoven sei ein italienischer Staatsmann, hatte er gesagt, und ich zog demütig die Schultern hoch, als hätte ich mir zu diesem Thema noch keine abschließende Meinung gebildet. Aber Emil war ein Malinké und hatte, wie alle Angehörigen dieser Völkerschaft, Antennen in der Haut. Er durchschaute mich, nehme ich an, und interpretierte mein Schweigen als beißende Ablehnung, wortlose Rechthaberei oder gar als boshafte Kritik. Er irrte sich nicht. Hinter meiner Maske gutmütiger Toleranz bin ich ein Klugscheißer, ein Missionar, der den Eingeborenen die frohe Botschaft der westlichen Kultur bringt. Ich hielt ihn insgeheim für einen Barbaren und Halbanalphabeten. Wenn er meine Gedanken lesen konnte, mußte er mich zum Teufel wünschen. Er war aber schlau wie eine Klapperschlange und behandelte mich korrekt. Er dachte sich wahrscheinlich, in Boké würde mich das Schicksal ereilen, denn es stand ja im Blauen Reiseführer, die Menschenfresserei sei dort noch reichlich verbreitet.

Seit einer halben Stunde sog Frau Diop an ihrem Streichholz. Die Hitze wurde unerträglich. Die Luft wurde so feucht, daß man sie beinahe schlürfen konnte, und es stank nach toten Katzen. Kurz vor Mittag ging ein Raunen durch den Saal. Die Angeklagte spuckte aus und erhob sich von ihrem Sitz. Der Richter erwachte aus seinem Halbschlaf, und ich schaltete das Tonbandgerät wieder ein. Man spürte, daß der große Moment gekommen war. Frau Diop drehte sich zum Beisitzer und sagte, er möge jetzt die Papajafrucht noch einmal wiegen. Sie hatte 170 Pfund gewogen, als man sie hereintrug. Jetzt nahm man die Gewichte von der Waage, eines nach dem andern. Die Papajafrucht wog noch knappe neun Pfund. Ich traute meinen Augen nicht. Der Richter röchelte, man habe uns ins Bockshorn gejagt. Das sei eine Mystifikation schlimmster Sorte. Ein Streichholz habe keinen Einfluß auf einen Kürbis. Er kenne sich aus in Fragen der Naturwissenschaft und so weiter. Die Angeklagte blieb ungerührt. Sie verlangte, man solle die Papajafrucht aufschneiden. Ein Gerichtsdiener nahm ein Buschmesser aus der Tasche und hackte hinein. Der Riesenkürbis war leer. Frau Diop hatte ihn gefressen. Ohne hineinzubeißen. Ohne Zähne. Mit dem Geist. Die Hülle war geblieben. Der Inhalt war weg. Was weiter geschah ist Nachgeschichte. Der Richter erklärte, es gebe kein Gesetzbuch auf der Welt, das untersagt, eine Papajafrucht mit Hilfe eines Streichholzes zu verzehren. Oder einen sechsmonatigen Knaben durch Telepathie. Menschenfresserei finde erst dann statt, verkündete er, wenn ein lebendiger oder toter Mensch verzehrt und mit den Zähnen zerbissen, beziehungsweise zerkaut wird. Die Klage gegen Frau Diop sei hinfällig, der Prozeß

aufgehoben, und die Leute sollten nach Hause gehen. Das Publikum war begeistert. Minutenlanger Beifall quittierte den Freispruch. Sogar die Klägerin schien befriedigt. Der Applaus verschlug mir den Atem. Schließlich ging es um die Tötung eines Kindes. Warum klatschten die Leute? Nach meiner Rückkehr in die Hauptstadt ging ich zu Emil Tompapa und bat ihn, mir die Sache zu erklären. Seine Worte werde ich nicht vergessen:
Sie haben geklatscht, weil wir euch hinten reingefickt haben. Weil euer Strafgesetz nicht ausreicht, um unser Leben zu begreifen. Weil ihr nur versteht, was ihr sehen und hören könnt. Weil *wir* den Prozeß gewonnen haben und nicht ihr.
– Aber wozu haben Sie mich nach Boké geschickt. Sie wußten doch, daß dort die Menschenfresserei noch reichlich verbreitet ist. Haben Sie gehofft, man würde mich verzehren?
– Bist du verrückt geworden? erwiderte mein Vorgesetzter, wir fressen doch keine Weißen!
– Keine Weißen, fragte ich, wobei ich mich gleichzeitig erleichtert und ein ganz klein wenig gekränkt fühlte.
– Sind wir denn weniger genießbar als die Schwarzen?
– Du wirst Afrika nie begreifen, erwiderte Emil Tompapa. Wir fressen euch nicht, weil ihr gezählt seid. Wenn einer fehlt, dann fällt es auf!
Ich werde Afrika nie verstehen, weil ich gezählt bin. Weil ich bis zu meinem Tod zu den Gezählten gehören werde. Aber was beabsichtigte er, als er mich in diese Sumpflatrine namens Boké schickte? Ich erfuhr es

kurz vor Beendigung meines Vertrags, als ich mit Adama eine genußreiche Nacht verbrachte. Sie war Emils Sekretärin und kannte seine Geheimnisse:

– Er hat Mitleid mit dir. Er wollte einen Menschen aus dir machen.

Mein Diener

Bedienstete sind mit Genosse anzusprechen.
Michail Iwanowitsch Kalinin

Ein einziges Mal im Leben war ich ein Schwein. Ich schaffte mir einen Diener an. Einen schwarzen Lakai. Das ist Sitte in Äquatorialafrika. Wer es sich leisten kann, beschäftigt einen Boy. Ich konnte es mir nicht leisten und nahm trotzdem einen. Er kochte, putzte, bügelte und besorgte mir die Wäsche – wenigstens theoretisch. Außerdem hütete er mein Haus und vertrieb die bösen Geister. Mein Vater wird mir das nie verzeihen. Seit fünfundzwanzig Jahren liegt er im Grab und nimmt es mir übel: einen Sklaven mußtest du halten. Ausgerechnet du, der Sohn eines Kommunisten. Du bist mir mißraten!
Mein Vater dramatisiert. Alle Juden dramatisieren. Er war nicht mein Sklave. Er hatte es gut bei mir. Ehrenwort. Sein Name war Suma. Er stammte aus dem Futa Dschalon und war in jeder Hinsicht ein Original. Kein einziges Mal ist es mir gelungen, ihn bei der Arbeit zu ertappen. Wenn ich erschöpft nach Hause kam, lag er auf der Vortreppe, zupfte an seiner Gitarre und sang. Ich kann es nicht bestreiten, er sang wie ein Gott. Nur sang er auf meine Kosten. Wie die berühmte Grille im Sommer, und das machte mich nervös. Die Wohnung hielt er in Ordnung. Ich beklage mich nicht. Das Essen war sogar schmackhaft. Im Schrank lagen meine Hem-

den. Blitzsauber, tadellos geplättet. Es stimmte alles, doch ich sehe nicht ein, mit welchem Recht jemand für mein Geld herumlungert und trällert. Mein Vater ist da anderer Meinung. Wer singt, hat eine Seele. Musikanten sind die Erzengel im Diesseits. Sie sind das Salz der Erde, und wer sie mißachtet, ist ein Heide. Ich habe ihn gar nicht mißachtet. Ich wollte nur wissen, was er tut. Manchmal kam ich zu früh nach Hause. Manchmal zu spät. Oder mitten am Tag, um ihn zu überraschen. Suma saß auf der Treppe. Unfehlbar, wie ein Kettenhund, und jauchzte. Eines Tages riß mir die Geduld, und ich fragte, was er denn eigentlich treibe, wenn ich nicht da bin.

– Das siehst du doch, Patron. Ich kümmere mich um deine Interessen.

– Aber müde werden Sie nicht dabei, Monsieur Suma. Oder? Ich hatte ihn beleidigt. Mitten ins Herz war er getroffen und fauchte mich an.

– Wenn du nicht zufrieden bist, Patron, dann schmeiß mich raus.

– Ich bin zufrieden, aber…

– Es gibt kein Aber. Entweder du vertraust mir oder du vertraust mir nicht. Wenn du mir vertraust, dann laß mich in Frieden!

Du findest, ich sei mißraten, Vater. Einen Menschen wolltest du aus mir machen. Ein Geschöpf nach dem Ebenbild Gottes. Und was bin ich geworden? Ein Boß, der seinem Boy das Singen verbietet und ihm nachschnüffelt. Du dramatisierst schon wieder, Vater! Ich verbiete ihm nicht zu singen und schnüffle ihm auch nicht nach. Ich versuche höchstens, mich zu erkundigen. Einmal kam ich halbtot von der Arbeit zurück. An einem heißen Dezemberabend. In Guinea ist es immer heiß, ganz gleich zu welcher Jahreszeit. Ich hatte den ganzen Tag nichts gegessen, und der Schädel tat mir weh vor Hunger. Am Morgen hatte ich Suma kein Haushaltsgeld gegeben. Ich war wieder einmal am Ende meiner Reserven. Den Lohn bekam ich am Einunddreißigsten. In drei Tagen.

– Ich bin bankrott, Monsieur Suma, was soll ich tun?

– Keine Sorge, Patron! Überlaß das nur mir.

Als ich zurückkehrte, dampfte das Nachtessen auf dem Tisch. Ein Huhn aus Gottes Sonntagsküche. Mit Erdnußkrem, Knoblauchsoße und knuspriger Mandelbutter. In jenem Augenblick vergaß ich die Grundregeln der Hygiene. Ich setzte mich hin, ohne die Hände zu waschen. Das soll lebensgefährlich sein in den Tropen. Ich mißachtete sämtliche Vorschriften der Medizin und aß mit dem Appetit eines Raubtiers. Bis nichts mehr übrigblieb außer den Knochen. Da fiel mir erst auf, daß etwas nicht stimmte.

– Woher haben Sie dieses Huhn, Monsieur Suma?

– Welches Huhn, Patron? Ich sehe kein Huhn.

– Das Huhn, das ich soeben verzehrt habe. Sie wissen genau, was ich meine.

– Hat es geschmeckt?

– Ich hab Ihnen heute kein Geld gegeben. Wo zum Teufel kommt dieses Huhn her?

– Es hat dir geschmeckt, Patron. Sonst hättest du mir etwas übriggelassen.

– Es hat mir geschmeckt, Monsieur Suma, aber jetzt liegt es mir auf dem Magen.

– Weil du immer nörgelst, Patron. Davon bekommt

man Magengeschwüre. Du solltest das Leben nehmen, wie es kommt!
Ich schrie, er solle antworten oder verschwinden.
– Bitte schön, wenn es sein muß. Ich habe es getroffen.
– Was?
– Das Huhn.
– Wo haben Sie es getroffen? Antworten Sie kurz und bündig!
– Im Garten, Patron. Kann ich jetzt gehen?
– Sie können nicht gehen, Monsieur Suma. Es gibt keine Hühner in unserem Garten.
– Das habe ich auch nicht gesagt.
– Was haben Sie denn gesagt, verdammt noch mal?
– Daß ich es getroffen habe. Im Garten. Im Garten des Nachbarn. Aber jetzt laß mich in Ruhe, und hör auf mit deinen Vorwürfen!
Du hast schon recht, Vater. Das Huhn war gestohlen, und ich habe es verzehrt. Ich war sein Komplize, das stimmt. Mitgegessen, mitgesessen, pflegtest du zu sagen, als ich noch klein war. Jetzt werde ich büßen dafür, vor dem Jüngsten Gericht. Obwohl er mich übers Ohr gehauen hat. Nach Strich und Faden, doch merkte ich es nicht. Oder wollte es nicht merken. Jeden Morgen, wenn ich aufwachte, duftete das Haus nach Kaffee. Das Frühstück stand auf dem Küchentisch. Die Semmeln waren noch warm, und Suma auf der Treppe sang und zupfte die Gitarre. Wie brachte er das zustande? Er wohnte schließlich nicht bei mir, sondern irgendwo in Bulbinet, außerhalb der Stadt. Da gab es ein Geheimnis, aber welches? Ich hatte ein Recht darauf, es zu kennen.

Eines Tages ging ich auf die Pantherjagd. Oder sagen wir es bescheidener, ich nahm daran teil, oder genauer, ich war dabei. Ich ging mit und schaute zu. Mit fiebernden Augen und angehaltenem Atem. Ich hielt mich im Hintergrund, weil ich mit wilden Tieren keinen Spaß verstehe. Jedenfalls verbrachte ich die Nacht außer Hause, war gegangen, ohne mich abzumelden. Um fünf Uhr morgens kehrte ich heim. Als ich die Tür aufsperrte, bremste ein Taxi vor dem Gartentor. Aus dem Wagen stieg ein schwarzer Schatten. Er zahlte und lief mir entgegen. Suma. Er begrüßte mich trokken, fast abweisend. Grimmig schlug er die Hacken zusammen, warf den Kopf hoch, hob zwei Finger zur Schläfe. Militärisch, denn er war Soldat gewesen, in der französischen Armee, bei den Senegalesen. Er war sauer auf mich und blickte an mir vorbei. Ich machte mir nichts daraus und trat in den Flur. Es war noch dämmrig, aber ein süßer Duft kam mir entgegen. Ich schnupperte mich durchs Vorzimmer. Öffnete die Türe zur Küche. Die Wanduhr zeigte zehn Minuten nach fünf. Frische Semmeln standen auf dem Tisch. Kaffee brodelte im Topf. Jemand hatte den Tisch gedeckt. Aber sicher nicht mein Boy. Er war nach mir gekommen. Wer also hatte die Arbeit verrichtet? Eigentlich konnte mir das gleichgültig sein, Hauptsache, ich kam zu meinem Frühstück. Doch es war mir nicht gleichgültig. In mir sitzt ein Wurm, der wissen muß und nach den Zusammenhängen forscht. Auch wenn es gar keine gibt. Suma war nicht dagewesen. Das stand fest. Also war es ein anderer. Aus welchem Grund tat er eine Arbeit, die nicht er tun sollte? Die Sache regte mich auf, aber ich wagte nicht, mich durch eine törichte Frage lächerlich zu machen. Darum fragte ich Suma ganz beiläufig, ob er jeden Morgen per Taxi zu mir komme. Er nickte, und ich verstand, daß er nicht sprechen wollte. So fing ich an zu rechnen. Die Grundtaxe beträgt drei Franken. Eine kurze Fahrt kostet das Doppelte. Er arbeitet fünfundzwanzig Tage im Monat. Fünfundzwanzig mal sechs sind hundertfünfzig. Zweihundert verdient er. Dreiviertel seines Gehalts für Taxifahrten. Entweder kann er nicht rechnen, oder er hat einen Nebenverdienst. Was für einen und bei wem? Ich suchte nach einem Vorwand, um die Angelegenheit mit ihm zu besprechen, doch schon stand er vor mir und ging zum Angriff über.

– Du warst auf der Pantherjagd, habe ich gehört. Weggelaufen bist du; die ganze Stadt weiß es. Aber mir hast du nichts gesagt. Was stellst du dir eigentlich vor?

– Ich bin ein erwachsener Mensch, Monsieur Suma. Ich habe Ihnen keine Rechenschaft abzulegen.

– In Zukunft will ich wissen, wo du steckst.

– Ich frage Sie auch nicht, wo Sie die Nächte verbringen. Und wer meinen Kaffee kocht. Oder die Semmeln bringt.

– Du hast mir mitzuteilen, wo du hingehst, Patron. Die Pantherjagd ist kein Kinderspiel. Besonders bei den Sussu.

– Was haben Sie gegen die Sussu, Monsieur Suma?

– Das sind keine Jäger. Nicht einmal schießen können sie. Oder hast du einen Sussu gesehn, der schießen kann?

– Den Panther haben sie jedenfalls erwischt.

– Das Gegenteil ist auch schon vorgekommen.

– Sie sind ein Fula. Darum verachten Sie die Sussu.
– Feiglinge, alle miteinander!
– Schämen Sie sich, Monsieur Suma. Sie reden wie ein Weißer.
– Wenn du verschwunden wärest, heute nacht, hätte man mich aufgehängt. Wegen Menschenfresserei. Von heute an meldest du dich ab, wenn du weggehst.
Suma war unzugänglich. Ich hatte keine Kraft, mit ihm zu streiten. Ich war müde von der durchwachten Nacht und fragte säuerlich, ob ich mich endlich zu Tisch setzen dürfe.
– Tu, was du willst, Patron, aber sag mir, wozu du auf dieser Jagd warst.
– Das geht Sie einen Dreck an, Monsieur Suma. Jetzt trinke ich meinen Kaffee.
– Wozu du auf der Jagd warst, will ich wissen?
– Weil es mich interessiert und basta.
– Mich interessiert, wie es im Maul einer Schlange aussieht. Aber deswegen kitzle ich sie nicht am Giftzahn.
– Die Semmeln sind ausgezeichnet, Monsieur Suma.
– Wie viele seid ihr denn gewesen?
– Etwa zweihundert. Ich möchte allein sein, Monsieur Suma.
– Zweihundert Jäger gegen einen Panther. Helden sind das, die Sussu!
– Angst hatten sie jedenfalls nicht.
– Was für Waffen?
– Gar keine. Nur der Medizinmann hatte eine Keule.
– Eine Keule? So gehn die auf Pantherjagd. Splitternackt. Weiß angemalt im Gesicht, und du gehst da mit. Ohne mich zu fragen. Du bist verrückt, Patron!

Ich bin verrückt, das ist wahr. Jene Nacht werde ich nie vergessen. Im Osten von Forekaria drangen wir in den Busch ein. Die Jäger bildeten eine lange Reihe und krochen in regelmäßigem Abstand durch das Gestrüpp. Der Mond ging auf. Sie begannen zu singen. Eine sich stets wiederholende Litanei. Dazu zwei Dutzend Bambuszithern. Die Nacht war dunstig. Durchs Laub blinkte ein sternübersäter Himmel. Langsam kämpften wir uns vorwärts. Wir befanden uns in der Schleife des Kolenthé. Wenn da ein Panther war, gab es für ihn kein Entweichen. Er mußte vor uns davonlaufen. Quer durchs Dickicht. Bis zum Ufer des Flusses. Gegen zwei Uhr morgens war es soweit. Vor uns lag der Strom. Weißglitzernd, wie ein windgekräuselter See. Die Litanei wogte durch den Dschungel, immer lauter, immer bedrohlicher. Und plötzlich sahen wir ihn. Schwarz. Bewegungslos. Spiegelte sich im Wasser. Stumm, als wäre er versteinert, harrte er auf den Entscheidungskampf. Leben oder sterben. Suma hat recht. Die Sussu können nicht schießen. Dafür haben sie andere Talente. Zaubern können sie, hypnotisieren. Sie haben den Panther nicht erschossen, sondern eingeschläfert. Mit ihrem Singsang und dem paradiesischen Geklimper. Wir waren keine hundert Schritte entfernt. Die Kette der Männer war zum Halbkreis geworden. Die Melodie hallte durch die Finsternis wie ein fernes Donnergrollen in der Nacht. Plötzlich, als hätte jemand ein Zeichen gegeben, verstummten die Jäger. Grabesstille trat ein. Der Panther schien beduselt. Das Schweigen reizte ihn zum Äußersten. Er erhob sich auf die Hinterbeine. Wie ein Zirkuspferd. Zitterte, tänzelte, bebte.

– Und dann habt ihr ihn an die Leine genommen und nach Hause geführt.
– Der Medizinmann hat ihn totgeschlagen.
– Nimm dich in acht, Patron. Mein Schwiegervater war ein Sussu.
– Lebt er nicht mehr?
– Er wurde von einem Panther gefressen. Auf der Jagd.
Unsere Beziehung war schwierig und wurde immer schwieriger. Ich wollte nicht herumkommandieren und unternahm alles, um ein kameradschaftliches Verhältnis herzustellen. Das war ein Grundsatz, Vater! Ich wollte ihm zeigen, daß mich die schwarze Haut nicht störe, daß ich an die Gleichheit aller Menschen glaube und so weiter. Als ich fünf Jahre alt war, hast du mich in ein Vorstadtkino gebracht. In eine Kindervorstellung, wo »Onkel Toms Hütte« lief. Als der arme Tom ausgepeitscht wurde, erhob ich ein solches Geschrei, daß du mich hinaustragen mußtest. Ich erinnere mich genau. Ich leide noch heute an diesem Film. Schuldgefühle zehren an meiner Seele, weil ich weiß bin. Mitverantwortlich für alles, was man den Schwarzen angetan hat. Darum hatte ich Geduld mit meinem Boy. Ich zahlte ihn besser als landesüblich. Ich stellte sowenig Fragen wie möglich und ließ sogar zu, daß er mir sagte, was ich zu tun hatte und was nicht. Meine weißen Bekannten fanden das absurd. Die Schwarzen lachten sich ins Fäustchen. Dann fing man an, es verdächtig zu finden. Vielleicht hatte ich etwas zu verbergen. Möglicherweise auch unlautere Absichten. Was suchte ich eigentlich in Guinea, munkelten die Leute. Ich wußte es selber nicht. Was reizt mich an einer

Frau? Ich kann es wirklich nicht sagen. Und wenn ich es könnte, würde sie mich nicht mehr reizen. Etwas faszinierte mich an dem Land. Ich blieb trotz der Malariamücken, trotz der Tsetsefliegen, trotz aller Taranteln und Kröten und Giftschlangen. Suma ging schweigend durchs Haus. Spitzte gekränkt den Mund. Die Lage wurde unmöglich. Eines schönen Morgens erwachte ich, und es war mir klar. Suma bespitzelte mich. Es fragte sich nur für wen. Für die Staatssicherheit, nehme ich an. Er wurde bezahlt, mich zu beobachten. Mich im geeigneten Augenblick zu denunzieren und dem Scharfrichter auszuliefern. Er verdiente zwei Löhne. Einen bei mir und einen bei der Polizei. Und da er eine Künstlernatur war, tat er so wenig wie möglich. Die Arbeit verrichteten Heinzelmännchen. Die Frau des Nachbars. Der Neffe des Briefträgers. Oder sonst jemand. Bezahlen konnte er. An Geld fehlte es nicht, offenbar. Ich fand das vergnüglich. Suma als Privatdetektiv. Doppelagent und Geheimpolizist. Es war zum Lachen und zum Weinen.
Der Minister für Staatssicherheit hatte bessere Zeiten gekannt. Er war einmal Ballettmeister gewesen. Hatte eine Truppe aufgebaut. Die berühmten »Ballets Africains« waren sein Werk. Jetzt besaß er drei Privatflugzeuge, zwölf Luxusautos und eine Kellerkammer, in der er seine Gegner zu Tode folterte. Eigenhändig. Oder er hungerte sie aus. Manchmal ließ er sie köpfen, wenn sie kein Geständnis ablegten. Das willst du nicht wahrhaben, Vater, aber so ist es. Er hatte alle Frauen, die er nur haben wollte. Seine Verführungskünste kannten keine Grenzen. Sogar die Juweliere erlagen ihm und dachten nicht daran, einen Preis zu verlangen

für ihre Ware. Ganz Guinea tanzte nach seinem Stock. Es wurde mir kalt, wenn ich daran dachte. Das war also die Freiheit, die sie sich bauten. Afrikanischer Sozialismus. Jeder Bürger ist vor dem Henker gleich. Ein Polizeistaat nach medizäischem Muster. Ich wurde beobachtet. Vielleicht stand ich auf der Abschußliste; und trotzdem bin ich geblieben.

Du siehst das anders, ich weiß. Deine Theorien hast du in Europa ausgeheckt. Sine ira et studio. Mensch ist Mensch, findest du. Ganz gleich welche Hautfarbe. Wenn es Wilde gibt, dann sind wir es. Wenn dort Fehler begangen werden, ist es unsere Schuld. Oder eine Ausnahme. Oder Wachstumsschwierigkeiten. Wir haben ihnen unsere Laster beigebracht. Alkohol, Drogen, Prostitution, die Jagd nach dem Goldenen Kalb. Wenn sie uns mißtrauen, haben sie ihre Gründe. Wir haben ihr Paradies zerstört. Mit Glasperlen, Flitterwerk und geheuchelter Herzlichkeit. Dann schickten wir unsere Kriegsschiffe und machten sie zu Sklaven. Das haben sie nicht vergessen. Sie tun gut daran, uns auf die Finger zu schauen, denn unsere Finger sind schmutzig. Vielleicht hast du recht, mein Vater. Aber ich habe saubere Hände. Ich ging nach Guinea, um nützlich zu sein. Das glaubst du mir nicht. Ich sei hingefahren, um Geld zu verdienen. Mehr als in Europa. Um die Welt zu sehen. Auf Kosten der Eingeborenen. Weil ich mich langweilte in Zürich. Weil ich schlau bin...

Mein Vater weiß nicht, was Moskitos sind. Hunderttausend Moskitos im Hotel Splendid, gleich neben dem Bahnhof von Kindia. Da hing zwar ein Netz über dem Bett, aber im Netz klafften Löcher so groß wie

Wassermelonen. Ich gehe hin und verlange Insektenspray. Haben wir nicht, was ist das. Ich bitte um einen Fliegenwedel. Haben wir nicht. Was ist das? Ich nehme ein Handtuch, tauche es ins jauchige Wasser, das aus der Dusche rinnt und schmettere es gegen die Wand. Hurra! Zweihundert habe ich erschlagen. Die Tapete ist rot vom Blut meiner Opfer. Aber es bleiben neunundneunzigtausendachthundert Moskitos, die um mich herumsumsen und mich zum Wahnsinn treiben. Hier soll ich wohnen. Das kannst du dir gar nicht vorstellen, Vater. Fünf Wochen lang. Dreihundert Meter entfernt brüllen die Affen, im Pasteur-Institut. Da stehen auch immergrüne Herbarien, wo Giftschlangen gezüchtet und Abwehrstoffe gegen Reptilienbisse jeder Art hergestellt werden. Das ist noch nicht alles, Vater. Zwischen den Latten meiner Fensterläden sitzen Taranteln. Riesenspinnen mit behaarten Beinen und bösartigem Charakter. Du hast ja keine Ahnung. Und dazu dieser Suma. Er spioniert mich aus. Er will wissen, mit wem ich verkehre, wer mich besucht, was für Frauen mit mir schlafen. Geht ihn das etwas an? Natürlich nicht, doch wenn er es wissen will, soll er es wissen. Ich habe mir nichts vorzuwerfen. Ich kam ohne Eigennutz. Menschenliebe war mein Motiv. Aber niemand nimmt mir das ab. Sie haben keine Phantasie. Können sich nicht vorstellen, daß jemand Schuldgefühle hat, und gutmachen will, was andere angerichtet haben. Nimm diesen Suma, zum Beispiel! Er glaubt mir nicht. Er will mich provozieren, mein wahres Gesicht zu zeigen. Täglich erzählt er von den Schuftereien, die wieder begangen worden sind. Vom Wahnsinn der Politiker, von der Bestechlichkeit der Beamten, von der Inkompetenz seiner Landsleute. Wenn ich geduldig erkläre – vielleicht etwas zu geduldig –, das alles sei ein trauriges Erbe der Kolonialzeit, schüttelt er ungläubig den Kopf und verläßt das Zimmer. Er ist überzeugt, daß ich mich verstelle. Daß ich sie im Grunde meines Herzens verachte, diese Buschneger mit den Gorillastirnen und schwulstigen Lippen. Suma irrt sich, Vater. Ich habe mein möglichstes getan, um den Glauben zu bewahren und nicht zu verzweifeln. Einmal stand er hinter mir, als ich die Zeitung durchblätterte:

– Ein polnischer Frachter ist eingelaufen, Patron. Heute morgen. Mit fünftausend Tonnen Butter. Seit vierzehn Monaten haben wir keine Butter in den Läden. Ein Kilo kostet soviel wie ein Fahrrad. Alles ging planmäßig. Man hat sie ausgeladen, wie es sich gehört. Fünfhundert Container, in Reih und Glied. Doch plötzlich heulen die Sirenen. Im Hafen findet eine Parteiversammlung statt. Das ist wichtig. Wichtiger als ein polnischer Frachter. Alle Docker sind Mitglieder der Partei und laufen zum Versammlungslokal. Der Sekretär hält eine Rede. Eine ganz wichtige Rede. Über die Solidarität der Völker Afrikas. Über den Kampf gegen den Imperialismus und so weiter. Immer die gleichen Phrasen, und die Sonne brennt auf die Butter herunter. 50 Grad im Schatten. Brüderliche Hilfe für den Kongo. Lieber sterben als in Knechtschaft leben! 60 Grad an der Sonne. Die Butter zerläuft. Sie strömt aus Fugen und Spalten. Die Versammlung ist aus. Man singt die Nationalhymne und draußen ist alles gelb. Polnische Butter bis zu den Knöcheln. Jetzt wird es vierzehn Monate dauern, bis

das nächste Schiff kommt. Wir werden uns Solidarität aufs Brot streichen, denn ein Kilo Butter wird nun ein Motorrad kosten. Vielleicht sogar ein Auto. Wie findest du das, Patron?
Ein anderes Mal erzählte er mir die Geschichte vom Schneepflug. Der Minister für Außenhandel sei ein Idiot, von dem man wisse, daß er nicht lesen kann. Er durchblättere Hunderte von Prospekten und wenn ihm etwas gefalle, kreuze er es an. Den buntesten Katalog schickten die Russen. Darum machen sie die besten Geschäfte mit Guinea. Eines der Bilder zeigte einen Schneepflug. Es war so farbig, daß der Minister drei Kreuzlein machte, als Ausdruck seines Wohlgefallens. Wir haben drei Schneepflüge bekommen. Sie stehen im Hafen und ganz Konakry pilgert herbei, um sie zu bestaunen. Drei Schneepflüge, Patron, und kein Schnee. Seit Jahrtausenden keine Flocke. Jetzt müssen wir den schwedischen Katalog anschauen und Schnee bestellen. Wer trägt die Schuld, Patron? Die Imperialisten?
Natürlich die Imperialisten, Monsieur Suma. Wer denn sonst? Das haben sie euch zurückgelassen. Not und Unbildung. Der Minister weiß nicht, was er tut, das ist bedauerlich. Aber seine Kinder werden keine Schneepflüge mehr kaufen! Suma grinste verächtlich und ging auf die Veranda hinaus. Eine weitere Diskussion mit mir hielt er für zwecklos. Und dann kam sein Bericht über den Staatspräsidenten, der nach Casablanca fahren wollte. Zur allafrikanischen Konferenz in Marokko, und der Führer der Nation hatte im Sinn, ebenfalls teilzunehmen um seinen Standpunkt darzulegen. Er hatte von den Russen ein fürstliches Ge-

schenk bekommen. Eine Tupolew neuester Bauart mit 150 Sitzplätzen. Man konnte also losfliegen, nur fehlte der Treibstoff. Mit den letzten Tropfen fuhr man in die benachbarte Sierra Leone, um aufzutanken. Die Nachbarn waren freundlich, wie immer, doch verlangten sie Bezahlung in bar. Der Führer der Nation bekam einen Tobsuchtsanfall, aber er mußte in die Heimat zurückfliegen. Nun schickte er 20 Jeeps in die vier Himmelsrichtungen, um alle Fremdvaluta einzutreiben, die sich finden ließ. Jetzt waren die Kassen leer, aber man hatte das Kleingeld, um aufzutanken. In der Zwischenzeit fragte sich die Welt, was passiert sei. Man wartete auf das Eintreffen des Präsidenten von Guinea, doch er kam nicht. War er krank? Oder gestürzt? Oder böse auf den Gastgeber, den König von Marokko? Die Journalisten erfanden die tollsten Hypothesen, und da landete eine Tupolew auf dem Flughafen von Casablanca. Der Führer der Nation stieg aus seinem Flugzeug. Mit dreitägiger Verspätung. Und sein Pressechef erklärte, der Präsident habe an seiner großen Rede gearbeitet. Drei Tage lang, Patron, um nichts als Mist von sich zu geben. Das war eine Provokation. Für so subversive Reden wurde man hier standrechtlich erschossen. Suma hatte sich verraten. Er wollte meine Zustimmung und damit den Beweis, daß ich ein Gegner des Regimes sei. Die Spannung zwischen uns wurde unerträglich. Er überwachte mich und ich überwachte ihn. Dann geschah ein Wunder: das Abenteuer mit Siramba. Sie war ein Vulkan. Was soll ich viel reden, Vater. Du weißt es ja. Das Fleisch ist schwach. Ich hatte Lust auf sie und sie auf mich. Meine Lust war zivilisiert, die ihre ungebändigt. Ich habe das nicht gern, Vater. Ich ziehe es vor, selbst zu bestimmen, wann und wie sich die Dinge ereignen sollen. Sie war verheiratet. Ihr Mann war ein hohes Tier in der Regierung, sie selbst eine berühmte Sängerin, jedes Kind kannte sie. Wenn man uns miteinander sehen würde, wäre ich verloren. Eines Morgens fand ich einen Zettel unter der Türe. Darauf stand in flüchtiger Schrift: »heut abend komme ich.« Ich zweifelte nicht daran, daß Suma die Botschaft kannte. Er lag ja auf der Veranda und mußte Siramba gesehen haben. Als ich beim Frühstückstisch saß, hatte ich den Eindruck, daß mich Suma mit neuen Augen anschaute. Ich wußte, daß er wußte, und darum sagte ich mit der natürlichsten Stimme der Welt, daß ich seine Hilfe brauche, weil ich in einer kniffligen Lage sei.

– Die Frau mit den großen Augen, Patron?

– Ja.

– Sie heißt Siramba. Ist die Frau des Informationschefs. Nimm dich in acht vor ihr. Die frißt dich auf.

– Gefällt sie Ihnen, Monsieur Suma?

– Sie gefällt jedem, Patron. Aber ihr Mann sitzt ganz oben, an deiner Stelle würde ich verzichten.

– Aber sie kommt heute abend. Ich hab sie nicht eingeladen. Sie kommt trotzdem.

– Keine Sorgen, Patron. Ich hole dich da raus.

– Was soll ich tun?

– Nichts! Geh heute aus! Geh tanzen mit deiner Sekretärin! Gegen zwölf kommst du nach Hause. Ich bringe alles in Ordnung. Ich kam nach Mitternacht. Suma saß auf der Vortreppe. Als ich fragte, was geschehen sei, begann er zu kichern. Dann lachte er. Immer übermütiger, bis er fast erstickte. Ich brachte ihm ein Glas Whisky, und er wurde ruhiger:

– Ich habe die Tür offengelassen, Patron. Ich zog mich aus und legte mich ins Bett. In deines, natürlich. Um neun Uhr schleicht sie heran. Sie sieht, daß jemand unter dem Leintuch liegt und entkleidet sich. Dann reißt sie die Decke herunter und merkt, daß nicht du im Bett liegst, sondern ich. Sie stößt einen Schrei aus und springt aus dem Fenster. Splitternackt, und will verschwinden. Dann hat sie sich's überlegt. So konnte sie doch nicht heimkehren. Ihr Mann hätte sie erdrosselt. Sie kam also zurück und sagte ganz unverfroren, sie hätte ihre Kleider vergessen.

– Und? Was haben Sie geantwortet?

– Komm sie holen, habe ich gesagt. Sie liegen unter meiner Decke.

– Was hat sie gemacht?

– Gehorcht hat sie. Ich gab ihr die Kleider, aber sie mußte Strafe zahlen.

– Strafe?

– Das ist eine Künstlerin, Patron. So was hab ich noch nie erlebt. Bist du zufrieden mit mir?

Zufrieden ist nicht das richtige Wort. Ich war erleichtert. Suma hatte bewiesen, daß er loyal war. Zwanzig Gläser haben wir gekippt. Auf Siramba, auf die Frauen, auf unsere vertauschten Rollen im Bett und im Leben. Am folgenden Morgen lagen wir auf der Veranda, mit dröhnendem Schädel und hölzernen Zungen. Aber ich wußte jetzt, daß Suma mich nicht bespitzelte. Suma war kein Agent der Staatssicherheit, nichts weiter als ein gescheiter Schlawiner und Faulenzer, der nichts so verabscheute wie die Arbeit. Er kam mit dem

Taxi, nicht aus Eile, sondern weil es ihn vergnügte. Er zahlte den Eingeborenentarif. Einen halben Franken pro Hin- und Rückfahrt. Er beschäftigte drei Personen und entlohnte sie ebenfalls nach Eingeborenentarif. Zehn Franken im Monat. Was für ihn übrigblieb, war immer noch ein Vermögen. Nur etwas war mir nicht klar. Wie hatte es soweit kommen können, daß ich anfing, mich vor Suma zu fürchten? Warum mißtraute er mir, obwohl er doch wußte, daß ich für sein Land arbeitete, zehn, manchmal zwölf Stunden am Tag. Bei 50 Grad im Schatten. Ohne Vorurteil noch Hinterlist.

– Du respektierst uns, Patron. Das ist verdächtig.

– Und was soll ich tun, Monsieur Suma.

– Ich möchte, daß du wegfährst von hier.

– Ich dachte, wir seien Freunde geworden, heute nacht.

– Freunde sagen die Wahrheit, Patron. Hau ab von hier. Man hat nicht gern, wenn einem jemand in die Pfanne guckt. Verschwinde! Wir können leben ohne euch!

Weißt du, Vater, was ich gemacht habe? Ich bin weggefahren. Mit dem Abendflugzeug. Noch am selben Tag.

Pilz

Giftpilze werden auch mit Sauce
nicht genießbar.
Jean Anthelme Brillat-Savarin

Er nannte sich Champignon. Dabei hieß er Pilz, stammte aus dem Elsaß und war mir unsympathisch. Auf den ersten Blick. Wie kann man nur so heißen? Pilz. Ein Grenzfall zwischen Fleisch und Gemüse. Sowohl Deutscher als auch Franzose, heimatlos zwischen den Welten. Doppelköpfig, doppelzüngig und in jeder Beziehung undeutlich. Ein Riesenzwerg war er. Ein ins Kraut geschossener Gassenbube. Ein überdimensionierter Kindskopf, der Plattheiten von sich gab. Ich kann nicht sagen, daß er log. Aber er flunkerte haarscharf an der Wahrheit vorbei. Er war von einer widerlichen Vertraulichkeit und – wenn ich mich kurz fassen soll – ein faszinierender Niemand.
Wir begegneten uns in einer Karawanserei. Fünfzig Meilen im Süden von Nzérékoré. Am Fuß des Mont Nimba, dessen Massiv etwa so groß ist wie die Schweiz. Und, so heißt es wenigstens, noch reicher an Bodenschätzen als Colorado und Texas zusammengenommen. An jenem Abend konnte ich nicht einschlafen. Ich hielt es nicht aus in meinem Zimmer. Es roch nach Karbol. Die Wände waren verschimmelt, zerfressen vom feuchten Moder des umgebenden Urwalds. Auf dem Tisch stand die einzige Zierde dieses Rattenlochs: ein Waschkrug voll giftgrünen Wassers.

Pollenschleim aus dem Kloakenfluß Bafing. Ich flüchtete hinaus. Quer durch den Speisesaal, wo ein befrackter Barmann seine Nägel putzte. Mit einer Gabel, wenn ich mich recht erinnere. Ein wahres Fotonegativ. Schwarzes Gesicht. Weiße Krawatte und elfenbeingelbe Lackschuhe. Er verbreitete einen süßlichen Dunst um sich herum. Es zog mich auf die Veranda. An die frische Luft. Doch da war es noch heißer. Die Dünste noch süßlicher. Über das Geländer ragten behaarte Blüten. Hautfarben. Von der Form gigantischer Schamlippen. Phallusähnliche Schlingpflanzen hingen von den Bäumen. Aus einem Grammophon schepperten längst vergessene Schlager. Paradiesische Düfte wogten herbei und kippten plötzlich um, in ihr ekelhaftes Gegenteil. Lilienkot, Magnolienaas, fäkalische Wohlgerüche, wie der Gestank faulender Krokodilshäute, die man mit Lavendel bestreut und zum Trocknen ausbreitet. Auf dieser Veranda traf ich ihn zum ersten Mal; den sonderbaren Menschen, dessen Geschichte ich hier erzählen will.

Über der Eingangstür hing eine Holztafel mit der Aufschrift, dieses Blockhaus stehe genau auf dem magnetischen Äquator. Pilz erklärte mir unaufgefordert, an dieser Stelle werde die Magnetnadel verrückt und drehe sich im Kreis herum wie eine Wetterfahne. Weil man sich nämlich auf halbem Weg befinde zwischen Nordpol und Südpol. Ich war müde und hungrig. Brauchte keinen Pilz und schon gar keinen magnetischen Äquator, sondern ein sauberes Bett und etwas Appetitliches zu essen. Es gab weder das eine noch das andere. Nur den Barmann und diesen Pilz, der aussah wie der falsche Zeuge aus der Heiligen Schrift, wie eine Wetterfahne zwischen Nordpol und Südpol. Jeder Zoll ein Grenzfall, dem ich am liebsten entronnen wäre. Das war nicht mehr möglich. Ich konnte ihn nicht loswerden. Er hieß zwar Gottlieb, aber ich hätte ihm nicht einmal meinen Kugelschreiber anvertraut. Häßlich war er nicht. Im Gegenteil. Er besaß ein ebenmäßiges Gesicht und einen wohlproportionierten Körper, glanzvolle Augen und einen brennenden Blick. Wie ein Wanderprediger bei den Sektierern; aber etwas war krumm an diesem Menschen. Innerlich asymmetrisch, als hätte er einen versteckten Klumpfuß. Von Anfang an klebte er an meinen Fersen. Trotzdem hatte ich den Eindruck, er wolle davonlaufen vor mir. Je mehr er mich irritierte, desto begieriger wurde ich, ihn kennenzulernen. Darum sah ich nur eine Lösung: zwei Gläser und etwas Flüssigkeit. Leider vertrug er mehr als ich. Er blieb nüchtern, wenigstens dem Anschein nach, während sich meine Sinne fortschreitend vernebelten. Ich konnte jedoch feststellen, daß er bedeutend neugieriger war auf mich als ich auf ihn. Er versuchte mich auszunehmen. Nach allen Regeln der Kunst. Und ich tat, als ließe ich mich ausnehmen. Ich spielte noch besoffener, als ich war und legte eine lallende Redseligkeit an den Tag. In der Hoffnung allerdings, auch er werde auspacken. Die Rechnung ging auf, doch begann er zu reden, als mein Bewußtsein bereits ziemlich getrübt war. Es ist also möglich, daß mir gewisse Einzelheiten entgangen sind und mein Bericht nicht ganz den Tatsachen entspricht. Im wesentlichen aber mochte unser Gespräch etwa folgendermaßen verlaufen sein:

Es fing damit an, daß er mich auf den Buckel klopfte und ermunterte, ihn Gottlieb zu nennen. Ich bin, so teilte er mir mit, der Gottlieb Pilz aus Kleinhenningen am Rhein. Der reichste Mann im Elsaß. Und der redlichste, denn ich habe mein Vermögen ehrlich verdient. Mit meinen zehn Fingern, Bruder, und die sind sauber, obwohl ich dir ansehe, daß du mir kein Wort glaubst.

– Du siehst mir überhaupt nichts an, denn du hast zuviel getrunken.

– Ich bin ein Dieselmechaniker, Bruder, und weiß umzugehen mit jedem Brennstoff, besonders mit Schnaps. Hast du schon einen Dieselmechaniker getroffen, der ganz allein vierzehn Millionen Dollar auf die Seite gelegt hat? Das gibt es nicht, Bruder. Ich bin der einzige auf der Welt. Ich bin der große Pilz, le fameux champignon, aus Kleinhenningen am Rhein. Das hältst du nicht für möglich, gell? Aber es ist wahr, auch wenn mich keiner mehr kennt in meinem Kaff. Die wissen nicht einmal, daß ich noch lebe. Dich kennt man bestimmt. Du bist ja ein, wie hast du gesagt, ein Doktor der Philosophie. Du machst Reportagen. Filme drehst du, gell? Und was hast du davon? Einen Kack und sonst nichts. Ich hingegen. Wenn ich wollte, würde ich mir noch heute ein Flugzeug chartern und nach Straßburg fliegen.

– Warum machst du das nicht?

– Das geht mich etwas an und nicht dich. Versteesch? Nach Straßburg würde ich fliegen. Allein im Flugzeug mit hundertfünfzig Plätzen. Und würde fragen, zum Beispiel, was denn die Kathedrale so kostet. Fünf Millionen? Sechs? Sechseinhalb? Bitte schön. Ich kann das

Geld auf den Tisch blättern. Einfach so und die Kathedrale gehört mir. Dem Gottlieb Pilz. Glaubst du mir das?
– Jedes Wort.
– Aber ich glaube dir nicht, Bruder. Du bist doch nicht herangereist, um Filme zu drehen.
– Frag meinen Kameramann! Er liegt nebenan und schnarcht.
– Lüg mich nicht an, gell, sonst erwachst du morgen früh mit einem Teelöffel zwischen den Rippen.
– Warum kaufst du sie nicht, deine Kathedrale?
– Das wollten schon andere erfahren, aber das ist mein Geheimnis. Du stellst zu viele Fragen, Bruder.
– Ich stelle überhaupt keine Fragen. Dein Geheimnis interessiert mich einen Scheißdreck.
– Willst also nicht wissen, wie ich's geschafft habe?
– Einen Scheißdreck.
– Ich erzähl es dir trotzdem und wenn du nicht zuhörst, hau ich dir die Birne entzwei.
– Ich höre zu.
– Zwei Weltkriege hab ich überlebt, versteesch? Den ersten bei den Deutschen. Den zweiten pour la France.
– Und den dritten? fragte ich vorwitzig.
– Ohne mich, Bruder! Da können mich alle am Arsch lecken. Gottlieb Pilz denkt jetzt an sich selbst, und fährt gut dabei.
– Du sagst es.
– Unterm Kaiser, versteesch, da gehörten wir zu Deutschland, und ich war ein armer Teufel. Fünfundzwanzig Jahre später waren wir Franzosen. Vive la République, Bruder! Und ich ein pauvre con.

– Aber jetzt bist du ein Maharadscha.
– Jawohl. Ein zehnfacher. Ich war mal ein gewöhnliches Arschloch, aber ich habe einen Beruf, Bruder. Der ist mehr wert als ein Doktorhut. Der große Krupp, weißt du, wer das ist?
– Klar weiß ich das.
– Der macht die besten Panzerwagen; aber jemand muß sie reparieren, wenn sie stehenbleiben. Rate mal wer?
– Der Gottfried Pilz aus Kleinhenningen am Rhein.
– Stimmt! Im blödesten Augenblick bleiben sie stehn; und da ruft man mich ins Hauptquartier, Bruder.
– Der Kaiser persönlich?
– Falsch! Der Generalfeldmarschall von Hindenburg läßt mich kommen. Ich haue die Hacken zusammen. Er streckt mir die Hand entgegen und fragt, ob ich so freundlich wäre, seinen Panzerwagen wieder flottzumachen. Da sag ich, weißt du, was ich gesagt habe? Zu Befehl, hab ich gesagt, und die Sache ging in Ordnung. Aber den Krieg hat er trotzdem verloren, der Schlappschwanz, und ich sag dir auch warum, Bruder. Weil er nicht danke gesagt hat. Der konnte nicht danke sagen und Kleinhenningen wurde französisch. Der Frieden ist ausgebrochen. Ein paar Jahre lang hatten wir Pause. Dann kam der Führer, versteesch, und brachte Leben in die Bude. Den Zweiten Weltkrieg hat er uns beschert, aber diesmal gehörte ich zu Frankreich. Jetzt hieß ich Champignon. Mein Chef hieß de Lattre de Tassigny. Wir standen irgendwo in der Wüste. Zwischen dem Tschadsee und der Festung Tobruk und Monsieur le Général läßt mich fragen, ob ich aimablement seinen

char blindé reparieren würde. A vos ordres, und die Angelegenheit wurde erledigt.
– Hat er dir danke gesagt?
– Einen Tritt hat er mir gegeben, das ist alles.
– De Lattre de Tassigny?
– Ich weiß nicht mehr wer, aber sie haben mich zur Sau gemacht. Sale Boche, hat's geheißen. Weil ich aus Kleinhenningen stamme. Zwischen Hammer und Amboß. Heute würden sie mir hinten reinkriechen, das Lumpenpack. Champignon hat nämlich Geld, und wer Geld hat, Bruder, der befiehlt.
– Geld wie ein König und angezogen wie ein Klosettputzer.
– Richtig! Nicht jeder muß wissen, daß ich reich bin.
– Das hab ich mir gleich gedacht.
– Was?
– Daß du dich verkleidest.
– Was willst du eigentlich von mir? Bist du ein Spitzel, Bruder? Schnüffelst du für einen Geheimdienst?
– Du bist mir so egal wie ein Kuhfladen im Stall. Nur mein Hirn, das funktioniert. Ob ich will oder nicht. Was sucht ein Maharadscha in diesem Scheißloch? Diese Frage drängt sich doch auf, oder etwa nicht?
– Ich hab dir erklärt, daß ich Dieselmotoren repariere.
– Für vierzehn Millionen Dollar. Und das soll ich dir abkaufen?
– Kannst es abkaufen oder nicht, Bruder, aber im Umkreis von dreihundert Meilen bin ich der einzige, der weiß wie man's macht.
– Der Pilz mit den goldenen Fingern.
– Mit dem goldenen Köpfchen, grinste er vergnügt,

der Marktlückenpilz, der riecht, wo es noch Geld zu verdienen gibt. Hier zum Beispiel pflanzen sie Kaffeebäume. Mitten im Busch. Und in jedem Dorf gibt es eine Zentrifuge, versteesch. Zum Enthülsen der Bohnen. Solang sie läuft, die Zentrifuge, ist die Welt okay. Aber eines Tages bleibt sie stehen, und die Kaffeebohnen verfaulen am Boden. Keine Zentrifuge, Bruder, kein Kaffee; und außer dem Kaffee haben sie gar nichts. Die Bohnen sind ihre Valuta. Ihre Goldwährung, versteesch? Für Bohnen kaufen sie Hirsemehl, und aus dem Hirsemehl machen sie Brot. Wenn der Motor kaputtgeht, haben sie nichts mehr zu fressen.

– Und warten auf den Erretter aus Kleinhenningen am Rhein.

– Genau. Ich komme zu ihnen, wenn die Sonne aufgeht. Weil ich für sie ein dreckiger Schmied bin und der Schmied ist ein Auswurf. Die unterste Kaste der Menschheit, und ich darf nicht im Dorf übernachten. Dann schlaf ich halt außerhalb. Im Busch. Unter einem Baobab. Bis es hell wird. Dabei bin ich gar kein Schmied, sondern ein Dieselmechaniker, aber die sehn keinen Unterschied. Viel zu dumm, dieses Gesindel. Wenn es Tag wird, gehe ich hin.

– Und flickst ihnen die Zentrifuge?

– Das ist nicht so einfach, Bruder. Ich drehe am richtigen Schräubchen, und die Hungersnot ist vorbei. Der Schmied kommt, wenn es dämmert, heißt es in ihren Liedern. Der Schmied ist ein Auswurf, doch der Auswurf erlöst sie aus der Not. Gott ist ein Dieselmechaniker. Ein Paria, ein aussätziger Unterhund aus dem Elsaß, ein Franzosenschwein, ein sale boche, der im Dschungel übernachten muß. Ein Schräubchenzaube-

rer, den man verachtet. Und dem man seine Opfer bringt.
– Menschenopfer? fragte ich boshaft und zerquetschte meine Zigarette.
– Unter anderem, erwiderte er seelenruhig, zum Beispiel Jasmina.
– Wer ist Jasmina?
– Ein elfjähriges Mädchen. Die Mutter meines Sohnes.
– Man hat sie getötet für dich?
– Geopfert hat man sie. Geschenkt. Für meine Arbeit. Ein Kind wie ein Vogel. Mit den Augen einer Antilope. Warst du mal auf Antilopenjagd?
– Warum fragst du?
– Weil das die einzigen Tiere sind, die weinen. Wenn sie nicht mehr entrinnen können, wenn du die Knarre ansetzt, um sie abzuknallen, dann fließen ihnen die Tränen herunter. So war es mit Jasmina.
– Du hast sie abgeknallt, du alter Sauhund?
– Ich hab sie durchlöchert, gluckste er, mit meiner Flinte, Bruder. Wie sich's gehört.
– Ich bin nicht dein Bruder. Hör auf mit deiner Geschichte! Sie kotzt mich an.
– Und appetitlich war sie. Zart und frisch wie eine Auster. Nicht einmal gewehrt hat sie sich. Nur geweint. In den Armen Gottes muß man gehorchen, versteesch? Und dann wurde sie anhänglich. Wie eine junge Katze. Die ideale Geliebte. Allzeit bereit, wenn ich sie haben wollte. Anschmiegsam und folgsam bis zum heutigen Tag. Jetzt ist sie sechsundzwanzig. Jedesmal, wenn ich nach Seredu komme, küßt sie mir die Hände, Bruder. Und nicht nur die Hände. Ich habe

Weiber in jedem Negerdorf, aber Jasmina ist die Königin!
– Die Mutter deines Sohnes, hast du gesagt?
– Genau. Der ist jetzt fünfzehn Jahre alt. Größer als ich und doppelt so stark.
– Und was treibt er?
– In die Schule geht er, der Monsieur. In die beste Schule der Welt. La Châtaigneraie. Am Genfer See. Ein Institut für die Auserwählten. Neben ihm sitzt der künftige Schah von Persien. Hinter ihm der Erbe des Bankhauses McLellan. Sein Spielkamerad heißt Adolf von Thadden-Trieglaff. Die Elite von morgen umgibt ihn. Er lernt lesen, rechnen und befehlen. Nicht gehorchen, Bruder, sondern befehlen. Ich bezahle hunderttausend Dollar im Jahr, damit er ein Wolf wird und kein Lamm. Begreifst du?
– Nein.
– Bist du blöd, oder was?
– Ich verstehe nicht, wo du jährlich hunderttausend Dollar hernimmst, wenn dich die Eingeborenen mit Weibern bezahlen statt mit Geld.
– Weiber nehme ich ausnahmsweise, Bruder. In der Regel schenkt man mir Edelsteine. Manchmal auch Elfenbein.
– Nimm dich in acht, Gottlieb! Eines schönen Morgens kommt ein zweiter Dieselmechaniker und macht es billiger.
– Der kommt nicht.
– Woher weißt du das so genau?
– Weil ich dafür sorge, daß er nicht kommt.
– Wie machst du denn das?
– Das möchtest du wissen, gell. Jetzt hab ich dich er-

wischt. Ein Doktor der Philosophie willst du sein. Filme drehst du angeblich. Was suchst du in meinem Revier, du verdammtes Schlitzohr?
– Ich gehe jetzt schlafen.
– Nein, Bruder! Du bleibst hier.
– Wenn ich nicht fragen darf, geh ich ins Bett.
– Sei doch nicht gleich beleidigt, Bruder. Man ist halt ein bißchen nervös, hierzulande. Laß mich erzählen, wie ich es mache. Mit Geld mache ich's. Ganz einfach mit Geld. Die Mutter meines Sohnes ist vom Stamm der Gersé, und ich finanziere die Sippschaft. Dafür bekomme ich, was ich will.
– Und was willst du?
– Daß es nur *einen* Dieselmechaniker gibt zwischen Macenta und Nzérékoré. Darum gibt es keinen anderen. Punkt!
– Verstehe ich nicht.
– Die Gersé sind meine Privatpolizei. Was ich befehle, wird ausgeführt.
– Gut, aber *wie* führen sie aus, was du befiehlst?
– Kurz, Bruder, und schmerzlos.
Und bei diesen Worten zog er einen Bolzen aus der Tasche. Einen winzigen Pfeil von kaum zehn Zentimeter Länge, den er mir vor die Gurgel hielt, als wollte er mich durchbohren. Ich erstarrte vor Schrecken. Nicht einmal mit der Wimper konnte ich zucken. Ich war gelähmt und riß die Augen so weit auf, daß er meinte, ich wolle ihn verzaubern. Vielleicht war es der Alkohol, vielleicht die späte Stunde. Ich weiß es nicht mehr. Jedenfalls wurde er weiß wie ein Ei. Er ließ den Bolzen sinken und verstummte. Keiner von uns brachte ein Wort heraus. Ich war der erste, dem die

Sprache wiederkam, und ich fragte, für wen eigentlich diese Pfeile bestimmt seien. Nach einer dumpfen Pause antwortete er. Seine Stimme war verändert:
– Dies ist der letzte Garten Eden, Bruder. Mein Reich. Und ich erlaube nicht, daß man es zerstört. Denn Luzifer verschüttet sein Ungeziefer. Über alles, was grün ist. Über Wiesen, Weiden und Wälder, um sie ratzekahl fressen zu lassen. Er schickt seine Geologen und Bergbauingenieure, seine Goldsucher und Abenteurer aus aller Welt, bis hier kein Baum mehr wächst. Kein Paradiesvogel mehr zwitschert. Bis hier nur noch Bohrtürme kreischen und Bagger knattern. Das will ich nicht zulassen, Bruder!
– Gott ist ein Dieselmechaniker. Der Beschützer von Urwald und Raubtieren. Versteh ich dich recht?
– So ist es. Die Raubtiere müssen überleben, sonst bleiben nur Ziegen auf der Erde und Meerschweinchen. Weder Löwen werden dasein noch Leoparden, um sie aufzufressen. Wir würden in der Gleichheit ersticken. In der Demokratie der Hühner und weißen Mäuse, die sich ungestört vermehren könnten, bis die ganze Welt ein einziger großer Kaninchenstall wäre.
– Und dein Bolzen?
– Ist vergiftet, Bruder. Aus der Galle des Krokodils machen die Gersé eine Tinte. Und die Spitze meines Pfeils wird hineingetunkt. Siehst du? Einen Monat lang.
– Ich glaube kaum, sagte ich vorsichtig, daß du damit einen Menschen um die Ecke bringst.
– So? Glaubst du das kaum? Frag mal den Sliwinski! Der ist da anderer Meinung.

– Ich kenne keinen Sliwinski.
– Kannst du auch gar nicht, weil er tot ist. Man hat ihn gefunden. Einen Bolzen im Arsch. Und hat ihn begraben.
– Wer war Sliwinski, möchte ich wissen.
– Ein Insekt, Bruder. Eine polnische Filzlaus. Bergbauingenieur aus Kattowitz in Schlesien. Wollte sich mal umschauen, wie er sagte, was es hier für Gesteine gibt. Kristalle hat er gesucht. Ganz harmlos.
– Hat er was gefunden?
– Jetzt stellst du wieder deine Fragen, gell? Möchtest erfahren, was man so findet in dieser Gegend. Das möchten sie alle. Darum kommen sie her. Als Mineraliensammler verkleidet. Oder Großwildjäger. Oder Doktoren der Philosophie, die angeblich Filme drehen.
– Gute Nacht, Gottlieb. Ich bin todmüde. Morgen früh um fünf brechen wir auf.
– Jetzt hat du Schiß, Bruder. Denkst an den Sliwinski, gell?
Er sprach die Wahrheit aus. Durchschaute mich bis ins Knochenmark. Ich hatte Gänsehaut und dachte an den Polen mit dem Bolzen im Arsch. Ich wußte plötzlich nicht mehr weiter und hätte wahrscheinlich eine Dummheit begangen, wenn nicht Witold gekommen wäre. Verschlafen und mißmutig wie immer. Trat auf die Veranda und blickte durch uns hindurch. Er war einen Kopf kleiner als Pilz, doch flößte er Respekt ein, denn er sprach wenig und quetschte grimmig die Kiefer aufeinander, wenn er dachte. Ich war gerettet, schien es mir. Wir waren zwei gegen einen. Erleichtert stellte ich vor:

– Gottlieb Pilz aus dem Elsaß. Maharadscha und Dieselmechaniker.
– Sehr erfreut.
– Und das ist Witold, mein Kameramann, der eigentlich ausruhen sollte, weil wir morgen viel zu tun haben.
– Setz dich, Bruder, und sauf ein Glas mit uns!
– Hast du meinen Lichtmesser gesehn? fragte Witold, ohne Pilz eines Blickes zu würdigen.
Ich verneinte, worauf er sich umdrehte und verschwand. Am liebsten hätte ich ihn zurückgehalten, aber das durfte ich nicht. Das wäre ein Beweis meiner Angst gewesen. So zündete ich mir eine Zigarette an und paffte. Wartete, daß Pilz etwas sagen würde. Schließlich räusperte er sich und fragte, was das sei, ein Lichtmesser.
– Ein Instrument zur Messung der Lichtintensität.
– Und wozu braucht er das?
– Zum Filmen. Jeder Fotograf hat einen Lichtmesser.
– Hab gemeint, er sei ein Kameramann.
– Das ist das gleiche.
– Ach so? Das ist das gleiche. Was fotografiert er denn?
– Alles, was ich ihm sage.
– Und was sagst du ihm?
Jetzt wußte ich, was er wollte. Herauskitzeln, was ich zu drehen beabsichtigte. Ob ich einen Film machte, der die Bergbaugeier herbeilocken würde. Über die ungehobenen Schätze des Mont Nimba. Über die Milliarden, die es hier zu verdienen gibt. Wenn ja, würden sie herbeischwärmen wie die Heuschrecken. Das Para-

dies würden sie zerstören. Einen Bauplatz daraus machen, einen Urwald von Schornsteinen, und die Alleinherrschaft des Maharadscha wäre zu Ende.
Ich war in Lebensgefahr. Das lag in der Luft. Darum mußte ich eine Antwort finden, die ihn befriedigte. Am besten die Wahrheit, doch wußte ich aus Erfahrung, daß nichts so unwahrscheinlich ist wie unverfälschte Tatsachen. Höchste Vorsicht war geboten. Es ging um meinen Kopf, und ich erwiderte:
– Komm doch mit! Da siehst du dann selbst, was wir drehen. Einverstanden?
– Bescheiß mich nicht, Bruder! Ihr seid zwei und ich einer. Wenn ich euch im Weg bin, schneidet ihr mir den Hals durch. Mitten im Urwald. Meinst du, ich bin blöd?
– Dann kommst du eben nicht. Ich mache dir einen anständigen Vorschlag, und du meinst, ich trachte dir nach dem Leben. Ich pinkle auf dein Leben, du Mostkopf. Du Übermensch aus Kleinhenningen am Rhein.
– Warum kannst du nicht sagen, schnurstracks und ohne Umschweife, was du hier fotografieren willst?
– Weil du mir nicht glauben würdest. Weil Worte weniger wiegen als ein Furz auf der Goldwaage. Wenn ich dir die Wahrheit sage, lachst du mir ins Gesicht. Wenn ich lüge, merkst du es früher oder später. Darum sag ich gar nichts und wiederhole meinen Vorschlag: Komm mit oder rutsch mir den Buckel runter!
Das war deutlich. Und logisch war es auch. Ich nahm ihm den Wind aus den Segeln. Jetzt konnte er

nicht weiterfragen, und das wurmte ihn über alle Maßen. Ich hatte gewonnen und stand auf, um ins Bett zu gehen, denn eine bleierne Müdigkeit stieg mir in den Kopf. Mit Stahlfingern zog er mich auf den Stuhl zurück und erklärte mit einem listigen Funkeln in den Augen:

– Ich komme mit, Bruder. Ihr werdet vielleicht froh sein um einen Dieselmechaniker, wenn ihr durch den Busch rumpelt.

Jetzt war er wieder oben. Unser Jeep war in ausgezeichnetem Zustand. Noch nie hatten wir eine Panne. Aber er konnte auch mal kaputtgehn. Dann waren wir in seinen Händen, und Gott allein weiß, was er mit uns vorhatte. Er konnte ja Zucker in den Tank schütten. Oder ein Schräubchen lösen. Witold am Steuer. Ich daneben und Pilz auf dem Rücksitz. Mit seinem Giftbolzen konnte er uns abmurksen. Von hinten. Im Handumdrehn. Und weg waren wir, wie der arme Sliwinski aus Schlesien. Ich hatte gemeint, besonders schlau zu sein, als ich ihm vorschlug mitzufahren. Ich war sicher, daß er ablehnen würde. Jetzt bereute ich es bitter und hirnte nach einem Ausweg. Zurückziehen konnte ich mich nicht. Auf keinen Fall. Ich mußte ihn verscheuchen. Abschrecken. Etwas tun, daß ihm die Lust verging an der gemeinsamen Reise. Da kam mir der erlösende Gedanke. Gottlieb Pilz hatte ein Loch in der Biographie. Eine verdächtige Lücke, über die er stolpern konnte. Wer weiß? Vielleicht erklärte das sein merkwürdiges Exil in den Urwäldern des Mont Nimba. Seinen Widerwillen gegen Fremde. Gegen mich. Darum sagte ich beiläufig:

– Wahrhaftig. Du könntest uns nützlich sein bei der Arbeit. Du kennst dich aus in dieser Gegend, und der Film von dem ich dir erzählt habe...

– Was für ein Film, Bruder? Du hast mir noch gar nichts erzählt.

– Dann hörst du's eben jetzt. Wir drehen einen Film über die Angst.

– Über die Angst? murmelte Pilz, und es schien, als schaudere ihn. Warum ausgerechnet hier?

– Weil hier die Angst am dichtesten ist. Der magnetische Äquator. Eine Grenzzone, du begreifst. Da schleicht die Angst durch die Gegend. Vor eingebildeten Gefahren und wirklichen. Vor Reptilien, Insekten, wilden Tieren. Die Angst vor der Finsternis und dem Tageslicht und vor Leuten, die zu viel wissen.

– Ich hab keine Angst, Bruder, und vor dir schon gar nicht.

– Wer hat denn das behauptet? erwiderte ich und gab mich so natürlich wie möglich. Ich meine Leute, die etwas verbergen müssen. Die sich verfolgt glauben. Auf der Flucht sind.

– Und du meinst, diese Leute werden dir erzählen, was sie verbergen? Entweder du lügst oder du spinnst.

– Ich bringe sie schon zum Reden. Das ist mein Beruf.

– Wie machst du das, Bruder? fragte Pilz mit unruhiger Neugier. Folter?

– Das hab ich nicht nötig, gab ich zur Antwort, du kennst doch den Stamm der Kissi.

– Seit fünfzehn Jahren. Niemand kennt die Kissi besser als ich.

– Da haben wir ebenfalls einen Film gedreht. Über die Medizinmänner und so weiter.
– Habt ihr was gelernt? fragte der Elsässer mit wachsendem Mißbehagen.
– Vielleicht.
– Gelernt oder nicht gelernt?
– Einige Tricks, sagte ich unschuldig, die Sache mit dem Haar zum Beispiel.
– Kenne ich nicht, keuchte er, wie geht das?
– Du kennst doch die Nummer, Mensch. Ich nehme jemandem ein Haar weg und kann ihn durchschauen. Ich fixiere ihn. Blicke ihm tief in die Augen und sage ihm die Vergangenheit. Oder die Zukunft. Oder lese seine Gedanken. Ich drücke das Haar zwischen Daumen und Zeigefinger. Der andere fängt an zu schwitzen und ist entlarvt.
– Das hast du ihnen abgeguckt? fragte Pilz, indem er von mir wegrückte und seine Hand in die Tasche gleiten ließ, wo der Bolzen steckte.
– Abgeguckt ja, aber ich würde nie versuchen, es anzuwenden.
– Warum?
– Weil ich kein Haar brauche, um die Leute zu durchschauen. Oder sie zum Reden zu bringen. Bei mir reden die Leute von selbst.
– Ich nicht, Bruder. Ich sage nur, was ich will – und bei diesen Worten trat ihm der Schweiß auf die Stirn. Die kalte Angst stand in seinen Augen. Unvermittelt brüllte er los:
– Du schwindelst, Bruder! Du kannst nicht wahrsagen.
– Ich würde nie versuchen, es zu tun, hab ich gesagt.

Aber wenn es sein muß... sag mir ein Datum aus deinem Leben!
– Ein Datum willst du wissen? sagte Pilz mit zögernder Stimme. Bitte schön! Den vierzehnten Februar 1943. Aber mach dir keine Illusionen! Mich bringst du nicht zum Reden.
– Ich soll erraten, was an jenem Tag passiert ist. Am vierzehnten Februar 1943?
– Wenn du das herausknobelst, Bruder, bist du stärker als ich.
– Nimm dich in acht! mogelte ich, ich habe schon andere Geheimnisse erraten.
– Warte fünf Minuten, ich bin gleich wieder zurück.
– Ist dir nicht gut? fragte ich voll heuchlerischer Anteilnahme und blickte ihm fest in die Augen.
– Einen Augenblick, versteesch. Ich muß schnell verschwinden.
– Vielleicht weil du Angst hast. Am vierzehnten Februar 1943...
Was sollte ich machen? Ich war doch kein Wahrsager. Ich hatte auch keinen sechsten Sinn. Nur logisch denken konnte ich und kannte mich aus in der Weltgeschichte. Darum spekulierte ich, im Bruchteil einer Sekunde, alle Beobachtungen zusammen, die ich im Verlaufe des Abends angestellt hatte. Er war ein Grenzfall. Im wahrsten Sinne dieses Ausdrucks. Weder Fisch noch Vogel. Ein herumgeschubster Niemand, der stets zu kurz gekommen war und davon träumte, jemand zu sein. Eine Prominenz, der man zujubelt. Geliebt möchte er werden, doch sein Fall ist hoffnungslos. Er besitzt Millionen, aber niemand mag ihn leiden. Die Franzosen verachten ihn wegen dem

deutschen Akzent. Die Deutschen, weil er zu Frankreich gehört. Überall ist er ein Fremder. Er wirbt um die Menschen, schwerfällig und großmäulig, und der Erfolg läßt auf sich warten. Was bleibt ihm übrig, dem armen Pilz?
– Am vierzehnten Februar 1943 bist du übergelaufen. Bleib sitzen, Mensch! Ich nehm es dir gar nicht übel. Zum Rommel bist du übergelaufen, der an jenem Tag seinen letzten Siegeszug begann. Du warst in der Sandwüste. Zwischen dem Tschadsee und der Festung Tobruk. Im Arsch der Welt und hast noch nicht gewußt, daß Deutschland den Krieg bereits verspielt hatte. In den Trümmern von Stalingrad. So ist es gewesen, und jetzt wagst du nicht zurückzukehren, weil du Angst hast, man würde dich aufhängen. Versteckst dich im Urwald und spielst den lieben Gott.
– Willst du sagen, Bruder, ich sei ein Verräter?
– Nichts will ich sagen. Ich begreife dich. Bist übergelaufen zu dir selbst.
– Mach mit mir, was du willst, sagte er tonlos und legte seinen Bolzen auf den Tisch. Ich hockte auf meinem Stuhl. Bewegte mich nicht. Schaute ihn an und bemerkte, daß seine Augen feucht wurden. Er schluckte und fragte leise:
– Was soll jetzt weiter geschehen, Bruder?
– Wir reisen weiter, Gottlieb. Kannst mitkommen, ich meine es ehrlich.
Er kam nicht mit. Am nächsten Morgen war er verschwunden.

Marx-Baby

Große Väter, kleine Söhne.
Pippin der Kurze

Ich will berichten, warum der Urenkel von Karl Marx geweint hat, in seinem siebzigsten Lebensjahr, unter einer Dattelpalme.
Segret hatte ihm den Spitznamen ›Marx-Baby‹ gegeben. Und der saß, wie ein Handschuh. Gott sei Dank weiß er nicht, daß ihn alle so nennen, das würde ihn umbringen. Eigentlich ist ja nichts Ehrenrühriges an diesem Wort. Und trotzdem, ich möchte nicht so genannt werden. Caesar-Baby oder Napoleon-Baby. Das ist peinlich. Aber Segret hat ein loses Maul. Er trifft immer ins Schwarze mit seiner Niedertracht.
Robert-Jean Longuet saß in einem paradiesischen Garten. Die Welt war voller Jasminduft, und er tat, als schreibe er etwas ungemein Wichtiges. Hin und wieder kam ein Kellner und brachte Whisky mit Eis. Er lehnte in einem Sessel und sog die Luft ein. Mühsam und genußvoll zugleich. Seine Nase schien noch spitzer, noch bedeutungsvoller als sonst. Er schnaufte mit hochgezogenen Nüstern und sah weder mich noch Capazza, obwohl Capazza nicht zu übersehen ist. Capazzas Haut war käsig. Seine Augen waren hervorstehend. Alles in allem ein abstoßender Mensch. Segret sagt, er sei ein Reptil. Das finde ich auch. Und außerdem hat er einen Tick.
Robert-Jean Longuet schreibt fleißig, mit Unterbre-

chungen. Ich möchte gern wissen worüber. Niemand hat je etwas gelesen von ihm. Jedenfalls nichts Wichtiges. Sein Geist reichte vielleicht für eine Rede vor Gericht, oder für einen Brief an die Redaktion. Sein Stil war nicht schlecht, zugegeben, manchmal sogar witzig. Aber was er sagte, war nicht neu, man hatte alles schon einmal gehört. Es war ungefähr so originell, wie die marxistische Literatur. Gut zusammengestohlen.

Segret vergleicht ihn mit einer fleischfressenden Pflanze. Marx-Baby sitzt also im Garten und wartet, mit orchideenhaftem Gleichmut. Er lauert wie ein Fettkraut. Ohne Zähne noch Krallen. Und doch fängt er Fliegen, löst sie auf und verdaut sie, ohne Schuldgefühl. Weder die fleischfressenden Pflanzen noch die Marxisten haben Schuldgefühle. Schuld sind die andern. Das ist wissenschaftlich erwiesen. Das ist ein Naturgesetz.

Was sein muß, steht jenseits von Gut und Böse. Marxisten weinen nie. Sie leiden auch nicht an Schlaflosigkeit. Sie warten auf das Eintreffen des Unvermeidlichen. Wenn es eintrifft, lächeln sie, wie die, die alles vorausgewußt haben. Und wenn es nicht eintrifft, warten sie weiter. Irgendwann und irgendwo muß es passieren.

Marx-Baby war kein Marxist im landläufigen Sinn. Er war viel mehr. Ein direkter Abkömmling des Propheten. Ein genealogisch unanfechtbarer Urenkel von Karl Marx. Bei den Marokkanern hieße er Scheriff, so wie man denjenigen nennt, der seine Herkunft beweisen kann. Durch die Jahrhunderte, bis nach Mekka und Medina.

Sein Vater hieß Jean Longuet. Er war Vorsitzender der

sozialistischen Fraktion im französischen Parlament, befürwortete den Ersten Weltkrieg gegen die preußische Herausforderung und ging in die Geschichte ein, weil Lenin über ihn schrieb, er sei ein liberaler Scheißer, ein Kettenhund des Imperialismus und Verräter der internationalen Arbeiterklasse.

Der Vater seines Vaters war aus anderem Holz. Er hieß Charles Longuet, war ein Held der Pariser Kommune, der ersten proletarischen Revolution, und Lenin hat nichts Schlechtes über ihn geschrieben. Als im Mai 1871 dreißigtausend Kommunarden an die Wand gestellt wurden, weil sie für ihre Träume auf die Barrikaden gegangen waren, entwischte Charles Longuet nach London. Dort ging er schnurstracks zu Karl Marx und berichtete über die Ereignisse, wobei er die eigenen Leistungen gebührend herauszustreichen wußte. Zum Lohn gab ihm der Patriarch seine Tochter. Wie im Märchen. Die Kronprinzessin für den proletarischen Helden, und Charles Longuet wurde der Schwiegersohn von Karl Marx.

Vom Urgroßvater bis zum Urenkel gingen die Jahre ins Land. Sowohl der Marxismus als auch die Erbsubstanz haben sich verdünnt seit vier Generationen. Karl Marx pflegte zu sagen, der Klassenkampf sei die Lokomotive der Weltgeschichte. Jean Longuet pfeift auf die Lokomotive, sitzt im Garten eines marokkanischen Luxushotels, als Ehrengast des Sultans, und läßt sich Whisky servieren.

Das war nicht immer so. Es gab auch heroische Zeiten in seinem Leben. Es gab sogar Augenblicke der Leidenschaft, die man ihm heute kaum mehr zutraut. Aber die liegen weit zurück, kurz vor Aus-

bruch des Ersten Weltkriegs. Er studierte noch Rechtswissenschaft an der Pariser Universität. Die Sommerferien verbrachte er in einem exquisiten Hotel von Juan les Pins, wo er fern von allen Klassenkämpfen Romane las und Tennis spielte. Das war sein Verhängnis, denn er spielte mit einer russischen Fürstin, die damals 18 Jahre alt war. Sie hieß Olga Nikolajewna. Sie hatte goldenes Haar, das bis zu den Hüften reichte und einen Silberblick, dem niemand widerstehen konnte.
Da aber Liebe und Leidenschaft bürgerliche Vorurteile sind, brachte es der Urenkel nicht über sich, seine Gefühle in Worte zu fassen. Drei Monate lang setzte er zum großen Sprung an, doch jedesmal kreischte in seinem Innern eine Bremse auf. Drei Monate lang malte er sich aus, welch himmlische Freuden er genießen könnte, drei Monate lang ließ er sich verzaubern, monatelang schmachtete er sie an und sagte kein Wort, bis der Sommer zu Ende ging und ein anderer Mann auftauchte. Auch er der Abkömmling eines Propheten, Mohammed aus Arabien.
Er hieß Dschebli, stammte aus Fes, war ein Scheriff der vierundsechzigsten Generation, konnte seine Herkunft nachweisen und hatte smaragdfarbene Augen. Seine Haut war olivengrün und weich wie Saffianleder. Seine Stimme war wie die Trompete von Jericho, und wenn er sprach, stürzten die Mauern ein. Die Frauen himmelten ihn an. Auch er spielte Tennis mit Olga Nikolajewna. Er besiegte sie dreimal; dann verneigte er sich vor ihr und bat um ihre Hand. Sie sagte ja, ohne mit der Wimper zu zucken. Aus verschiedenen Gründen. Erstens aus Ärger über den Rechtsstu-

denten aus Paris. Zweitens zur Festigung ihres Selbstbewußtseins, denn sie hatte es in den drei Monaten beinahe verloren. Drittens wollte sie endlich einen Mann in ihre Arme schließen, weil man – wie die Russen sagen – im Herbst entweder erntet oder sich aufhängt. Und schließlich war es ihr egal, wer sie heimführte; vorausgesetzt, daß der Mann gut aussah und seine Herkunft beweisen konnte. Im September fuhren die beiden nach Marokko. Im Oktober rief man Paukenschläger und Schalmeienspieler. Die Hochzeit wurde gefeiert und Robert-Jean Longuet biß sich in die Faust, weil er wieder einmal auf die Stimme der Vernunft gehört hatte, statt auf die des Herzens.

Im Jahr 1930 hatte die französische Regierung einen Anfall von Schwachsinn. Auf Anraten ihres Generalresidenten in Rabat beschloß sie, die marokkanischen Berber zum Christentum zu bekehren. Gott allein weiß, wer hier den Anstoß gegeben hatte. Vielleicht nur der senile Generalresident. Vielleicht die Jesuiten oder gar der Papst. Jedenfalls wäre alles anders gekommen ohne diese Dummheit. Jahrzehntelang war es ruhig geblieben zwischen Riff und Atlas. Man hatte Schwierigkeiten in Westafrika und Polynesien. Aber nicht in Marokko. Darum mußte man etwas erfinden, was Probleme schafft, und man erfand das Berberdekret, das eine Kettenreaktion von Katastrophen auslöste. Jahrzehnte waren die Marokkaner untereinander zerstritten gewesen. Araber gegen Berber, Grundbesitzer gegen Fellachen. Unternehmer gegen Proletarier, Beduinen gegen Haratin. Erst der Christianisierungsbeschluß brachte es fertig, die tausend Splitter zu einer Nation zusammenzufügen. Jetzt erglühte ein heiliger Zorn in 16 Millionen Herzen. Die gottlosesten Sünder erinnerten sich ihrer Religion. Die Moscheen füllten sich wieder. Der Ruf des Muezzins dröhnte leidenschaftlich von unzähligen Minaretten; und sogar ein Scheriff Dschebli, der sich den Genüssen der Liebe und des sorglosen Müßiggangs hingegeben hatte, erwachte und schrieb einen Protestbrief an die Königin von Holland. Eigentlich wollte er an den Internationalen Gerichtshof schreiben. Im Haag. Aber er kannte sich nicht aus in politischen Dingen, und aus seinem Irrtum entstand eine zweite Kettenreaktion, der Robert-Jean Longuet die großen Tage seines Lebens verdankte.

Im Mai 1931 schrillte die Glocke an der Tür des Anwaltsbüros, rue Saint-André des Arts, in Paris. Marx-Baby war 38 Jahre alt, leicht verknöchert schon und junggesellenhaft gebeugt, so wie es sich gehört für einen angesehenen Advokaten. Er machte auf und glaubte, einen Geist zu sehen. Das war sie. Olga Nikolajewna. 18 Jahre alt wie damals. Mit goldenem Haar bis zu den Hüften und einem herrlichen Silberblick. Sie war es und sie war es nicht. Das Mädchen seiner Träume. Nur etwas dunkelhäutiger. Er stand da wie angewurzelt, ratlos, brachte kein Wort hervor, bis die Erscheinung plötzlich losbrach:

– Sie sind ein Scheusal, Monsieur. Ein eifersüchtiger Türke. Sie rächen sich an meinem Vater, weil er mehr Erfolg hatte als Sie. Weil er meine Mutter heimführte und nicht Sie. Hamdullilah, sagt man bei uns. Gott sei Dank! Sonst wären Sie mein Vater, und ich die Tochter eines Feiglings.

– Darf ich wissen, in welcher Angelegenheit…

– Mein Vater hätte sich anders verhalten, Monsieur. Auch wenn sein Todfeind ihn um Hilfe gerufen hätte. Drei Briefe hat er Ihnen geschrieben. Drei Schreie aus dem Gefängnis. Weil er glaubte, ein französischer Advokat sei ein Ehrenmann. Aber Ihre Eitelkeit ist stärker als Ihr Rechtsempfinden. Ich verachte Sie. Wenn ich ein Mann wäre, würde ich Sie zum Duell fordern und mit Lust würde ich Sie erschießen!
– Ihr Vater ist im Gefängnis, sagen Sie?
– Das wissen Sie so gut wie ich. Seit Monaten. Im Militärgefängnis von Fes. Wie ein Hund. Und man wird ihn aufhängen, weil Sie sich freuen, daß Ihr Rivale zugrunde geht. Sie nehmen Rache an ihm und lehnen es ab, ihn zu verteidigen...
– Ich habe keinen Brief erhalten, Mademoiselle. Ich hatte nie die Absicht, mich an Ihrem Vater zu rächen. Nicht einmal an Ihnen, obwohl Sie mich verletzen. Aber ich bin bereit, den Fall zu übernehmen.
– Wann?
– Jetzt, wenn Sie wollen.
– Sie machen sich lustig über mich.
– Wir fliegen noch heute.
Das Mädchen hieß Leila, halb Marokkanerin, halb Russin. Sie konnte rachsüchtig sein und haßerfüllt. Aber auch liebevoll und überschwenglich. Schnell konnte das umschlagen, in einem Augenblick, von unmäßigem Zorn in süßeste Zärtlichkeit. Jetzt warf sie sich Longuet an den Hals, umarmte und küßte ihn heftig.
– Beweisen Sie mir, daß Sie ein Mann sind, Monsieur; Sie werden es nicht bereuen!
Longuet war entschlossen, den Beweis zu erbringen.

Diesen Prozeß mußte er gewinnen, koste es, was es wolle. Die Aussicht auf Ruhm und Dankbarkeit verjüngte seinen Geist und beflügelte seine Zunge.
Am selben Abend landeten sie in Casablanca. Mit dem Nachtzug fuhren sie weiter. Nach Rabat und von dort nach Fes. Was weiter geschah, ist ein Stück Weltgeschichte.
Die französische Regierung hatte beschlossen, sich lächerlich zu machen. Angefangen hatte es mit dem Christianisierungsdekret. Und jetzt stellte sie einen Mann vor Gericht, der ganz offensichtlich nicht wußte, was er tat, und in seiner Ignoranz an die Königin von Holland geschrieben hatte. Die Anklage lautete auf Hochverrat. Nicht mehr und nicht weniger. Und auf Hochverrat stand die Todesstrafe. Dschebli, so erklärte man, habe eine fremde Macht um Hilfe angerufen. Das sei Anstiftung zur Einmischung in die inneren Angelegenheiten Frankreichs und Aufwiegelung zur militärischen Intervention. Zum Einmarsch der holländischen Armee, um die missionarische Tätigkeit Frankreichs zu durchkreuzen und die Bekehrung der Berber zu verhindern. Das war absurd, ganz offensichtlich. Aber die Politik beruht auf Absurditäten, und Robert-Jean Longuet hielt das Plädoyer seines Lebens. In ihm loderte ein altes Feuer wieder auf, und eine innere Stimme flüsterte ihm zu: Beweisen Sie, daß Sie ein Mann sind, Monsieur. Sie werden es nicht bereuen! – Was meinte sie wohl damit, die Hexe? Meint sie überhaupt etwas oder will sie mich zum Narren halten?
– »Stellen Sie sich vor, wie das gewesen ist, hoher Gerichtshof: die Königin von Holland bekommt einen

Brief aus Marokko. Sie weiß nicht viel mehr über Politik als unser Scheriff aus Fes. Darum schickt sie das heiße Eisen ihrem Kanzler. Der Kanzler überfliegt die Sache, sieht, daß es sich um französische Kolonialpolitik handelt und übermittelt den Brief an den französischen Botschafter im Haag. Der französische Botschafter erklärt, daß er nicht zuständig sei, und gibt den Brief weiter. Ans Innenministerium nach Paris. Endlich ist das Schreiben bei kompetenten Leuten. Hier kennt man sich aus in französischer Kolonialpolitik. Man verfügt die Festnahme meines Mandanten und dessen Verklagung auf Hochverrat. Aber bedenken Sie, meine Herren: Hochverrat gegen wen? Gegen die französische Republik, natürlich! Nur ist das nicht so natürlich, wie es scheint. Meine Republik, zum Beispiel, fühlt sich nicht verraten durch den Scheriff Dschebli. Meine Republik liegt in Westeuropa und nicht in Nordafrika. Marokko gehört weder mir noch Ihnen, meine Herren! Marokko ist ein französisches Protektorat. Frankreich ›schützt‹ Marokko, wobei zu beachten ist, daß uns Marokko nie um unseren Schutz gebeten hat. Wir haben ihm unseren Schutz aufgezwungen. Mit unserer Fremdenlegion und unserer Kriegsmarine. Mit unseren Beamten und Generalen und Pfaffen. Und jetzt wollen wir es christianisieren. Doch wohl nicht im Rahmen unserer Schutzverträge? Oder wollen wir die Marokkaner vor ihrer eigenen Religion schützen, vor ihrer tausendjährigen Tradition, vor ihrer uralten Kultur?

Wir klagen einen marokkanischen Scheriff an, der in seiner Naivität zu glauben wagte, Marokko sei ein unabhängiges Land, das allenfalls unter französischem

Schutz steht. Und er schrieb an die Königin von Holland, die er mit dem Internationalen Gerichtshof im Haag verwechselte. Wenn er wirklich eine militärische Einmischung erstrebt hätte, würde er an die Engländer geschrieben haben. Oder an die Deutschen. Er schrieb aber an die Königin von Holland, weil er meinte, sie sei eine internationale Institution, die man um Hilfe anruft, wenn einem Unrecht geschieht. Das ist sonnenklar, und nur die Phantasielosigkeit eines Staatsanwalts kann darin eine hochverräterische Absicht erkennen. Und übrigens kann mein Mandant nur wegen Hochverrat an Marokko angeklagt werden. Seine Heimat ist nicht unsere Heimat. Seine Stadt wurde gegründet, als wir noch in Erdlöchern hausten und rohes Fleisch fraßen. In seiner Stadt steht die älteste Universität der Welt, die berühmt ist für intellektuelle Größe und geistige Toleranz. Wenn mein Mandant gegen die Christianisierung protestiert, ist das nicht Hochverrat sondern Sorge um die Substanz seines Volkes. Um die Freiheit seiner Mitbürger, nach ihrer Fasson selig zu werden. Wenn Sie den Scheriff Dschebli verurteilen, bestätigen Sie damit, daß Marokko kein Protektorat mehr ist, sondern eine Kolonie. Daß Sie Marokko nicht schützen, sondern knechten. Tun Sie das, wenn Sie es nicht lassen können, doch machen Sie sich darauf gefaßt, daß die ganze Welt mit Fingern auf Sie zeigt; daß die Völker von Ihnen sagen, Sie seien eine Bande von Piraten und Rechtsbrechern. Daß Ihnen der Protektoratsvertrag nicht mehr wert sei als ein Fetzen Papier. Wenn Sie das aber nicht wünschen, dann sprechen Sie meinen Mandanten frei. Beweisen Sie, daß es noch Richter gibt in unserem Staat, und bestrafen Sie die Dummköpfe, die Ewiggestrigen, die uns durch ihre Sturheit in den Abgrund stürzen!«

Da geschah etwas, was im französischen Militärgericht von Fes noch nie geschehen war. Ein Mädchen stand auf, mit langem Goldhaar, wildem Blick, und rief mit samtweicher Stimme: »Bravo, Monsieur, Sie sind ein Mann!« Nun standen die Anwesenden auf und brachten Longuet eine Ovation dar. Der Angeklagte war überglücklich. Tränen rannen über seine Wangen, und der Vorsitzende ließ den Saal räumen, damit es nicht zu Tumulten komme. Gegen den Staatsanwalt – höchstwahrscheinlich.

Scheriff Dschebli wurde freigesprochen. Der Generalresident der französischen Regierung mußte demissionieren. Es kam ein anderer Generalresident, der zwar nicht versuchte, die marokkanischen Berber zum Christentum zu bekehren, jedoch andere Fehler machte, die den Tag der Unabhängigkeit näherrückten. Marx-Baby war über Nacht zum Staranwalt geworden. In New York und Berlin, Moskau und Paris nannte man ihn auf den Titelseiten der größten Zeitungen: Robert-Jean Longuet, ein Cicero gegen die französische Kolonialpolitik; der Killer des Generalresidenten; der Liebling aller Unterdrückten! Kaum hatte er sein Plädoyer beendet, wurde er in dringender Sache nach Frankreich gerufen. Er hatte nicht einmal Zeit, sich von der bezaubernden Leila zu verabschieden, und flog unverzüglich nach Paris zurück. Am Flughafen wurde er von einer jubelnden Menge nordafrikanischer Studenten empfangen. Man feierte ihn als den Helden des Maghreb, und ein junger Mann, der fünfundzwanzig Jahre später Ministerpräsident im unab-

hängigen Marokko werden sollte, begrüßte ihn mit den Worten:
»Lieber Freund Longuet; wir verehren in Ihnen einen Urenkel von Karl Marx, doch heben wir Sie auf unsere Schultern als den Urvater eines freien Marokko!«
Endlich. Zum ersten Mal war er nicht mehr der Urenkel. Jetzt war er mehr. Das Idol der marokkanischen Nationalisten und – in der Folge – Experte der französischen Linksparteien in Fragen Nordafrikas. Das war sein Glück und sein Verhängnis.
Bevor ich weiterfahre, muß ich erzählen, was aus den beiden geworden ist, aus Longuet und dem wundervollen Mädchen. Gar nichts! Sie schrieb ihm einen Brief, in dem es hieß, ihr heißer Dank sei nichts im Vergleich mit der Liebe des marokkanischen Volkes, das ihn für immer ins Herz geschlossen habe. Das sei sicher die schönste Belohnung für alles, was er getan habe. Sie werde nächstens nach Paris kommen, mit ihrem Vater und ihrem Bräutigam und so weiter...
Nicht deshalb hat er geweint. Wenigstens nicht, als ich ihn im Jahre 1961 besuchte. Mit dem reptilienäugigen Capazza, der den peinlichen Tick hatte, immer mit der linken Schulter zu zucken. Damals war dieses Intermezzo längst vergessen. Leila war Großmutter, und Marx-Baby etwas senil geworden. Er wohnte als Ehrengast des Sultans im Hotel Tour Hassan. Als Belohnung natürlich. Für jene historische Rede vor dem Militärgericht in Fes.
Ich konnte Capazza nicht leiden, obwohl er alles tat, um meine Freundschaft zu gewinnen. Ich fand Ausreden, um ihm aus dem Weg zu gehn. Was zuckte er auch ständig mit der Schulter, als wolle er etwas ab-

schütteln? Segret behauptet, er sei ein Spitzel. Das darf man nicht sagen. Das ist eine Gemeinheit. Aber vielleicht stimmt es in diesem Fall. Man hatte irgendwie das Gefühl, er schnüffle für jemanden. Nicht aus Geldgier aber aus innerem Bedürfnis. Um eine Rolle zu spielen und Menschenschicksale zu beeinflussen, was er sonst nicht konnte, weil er zu unbedeutend war.

Er warb um meine Sympathie, weil ich beim Fernsehen arbeitete. Ich hatte mit Schauspielern zu tun und Künstlern. Ich kam mit Politikern zusammen und hervorragenden Leuten. Hervorragend in Marokko; aber das genügte ihm. Er liebte es, Personen zu kennen, die Personen kannten, die an den Fäden zogen. Daraus entstand eine Bekanntschaft, die mir stets etwas peinlich war.

Auch er war einer von denen, die an ihrer Herkunft leiden. Sein Vater war zwar kein Prophet, kein Abkömmling irgendeines Stammvaters, aber immerhin ein Held, der in den Schulbüchern abgebildet ist: Louis Capazza, der Pilot, der als erster das Mittelmeer überflog. Mit heiler Haut von Marseille nach Algier. Im einmotorigen Doppeldecker. In sieben Stunden und 23 Minuten. Auf der Cannebière steht ein Standbild und darunter eine imposante Inschrift.

Sein Vater war also ein französischer Lindbergh, und immer wieder fragte man ihn, ob er nicht der Sohn jenes Capazza sei, der als erster nach Afrika geflogen ist. Darauf pflegte er zu antworten: Jawohl, der bin ich, aber leider wurde ich weder gekidnappt noch in Stücke geschnitten, sonst wäre ich heute berühmter und müßte nicht mein Geld verdienen, als Schalter-

beamter, in einer Wechselstube, für einen Hungerlohn!
Als man ihm zum tausendsten Mal dieselbe Frage gestellt hatte, packte Capazza seinen Koffer und wanderte aus. Nach Marokko. Das war in den zwanziger Jahren, und niemand merkte, daß er weg war. Er ging nach Afrika, um das Gruseln zu lernen, doch er kam zu spät. Die Zeit des Gruselns war vorbei. Schon führten Asphaltstraßen über den hohen Atlas, und in jeder Oase gab es ein Bordell für die vorbeireisenden Touristen. Casablanca war eine gewöhnliche Hafenstadt geworden. Mit weißen Wolkenkratzern, besoffenen Matrosen und syphilitischen Mädchen. Eine Kreuzung zwischen Nizza und Neapel. Capazza wurde weder Kameltreiber noch Löwenjäger. Er wußte nicht einmal, daß es noch Panther gab in den Zedernwäldern von Immuzer, weil er nie ins Landesinnere fuhr. Er wurde Bankangestellter im Hafenviertel und grämte sich, weil ihn niemand kannte. Weil ihn niemand fragte, ob er der Sohn jenes Capazza sei, und so weiter. Jahrelang grübelte er, wie er aus der Namenlosigkeit herauskommen solle, und kam zum Schluß, daß es nur zwei Möglichkeiten gebe: die Unterwelt oder den Kommunismus. Aber die Unterwelt war übervölkert. Es gab mehr Zuhälter in Casablanca als Teppichhändler, mehr Heroinschmuggler als Wurstverkäufer, und so entschloß er sich für den Kommunismus, der damals noch in seinen Anfängen steckte. Dort war er sozusagen der erste, und er sagte sich: lieber der erste in Casablanca als der zweite in Marseille. Nach dreimonatiger Mitgliedschaft kam ein Genosse aus Paris und ernannte ihn zum Sektionssekretär, zum festangestell-

ten Beamten der Kommunistischen Partei Frankreichs in Casablanca, wo man zu jener Zeit rund fünfzig Mitglieder zählte. Ich muß hinzufügen, daß es ein vorrangiges Ziel dieser Sektion war – so stand es in den Statuten –, die Befreiung der Kolonialvölker voranzutreiben und die Saat von Marx und Lenin in den Herzen der unterentwickelten Massen aufgehen zu lassen. Leider waren die unterentwickelten Massen abwesend. Es gab keinen einzigen Marokkaner in der Partei. Aus Paris und Moskau kamen Kisten von Büchern. Über die nationale Frage, über das Kolonialproblem, über den Befreiungskampf der unterdrückten Völker; aber alles auf französisch. Niemand hatte daran gedacht, daß die Eingeborenen ihre Eingeborenensprache hatten. Zum Beispiel Arabisch. Und daß die wenigsten lesen konnten. Capazza tat, was er konnte, aber was konnte er schon? Irgend etwas stimmte nicht. Entweder mit den unterdrückten Massen oder mit dem Kommunismus oder mit beiden zusammen; doch das behielt er für sich.

Segret sagt, Capazza habe die Visage eines falschen Zeugen. Ich finde das auch, obwohl man einen Menschen nicht nach seinem Äußeren beurteilen soll. Ich habe auch nie versucht, Capazza zu beurteilen. Ich ging ihm einfach aus dem Weg. Aber manchmal gelang es nicht.

Als er an jenem Nachmittag bei mir anklopfte, um ein wenig mit mir zu plaudern, wie er sich ausdrückte, entschlüpfte mir die Ausrede, die ich besser für mich behalten hätte. Ich sagte, ich sei verabredet. Er zuckte mit der linken Schulter und fragte, mit wem ich denn verabredet sei, und ich antwortete, mit einem gewissen

Robert-Jean Longuet, was weder gelogen war noch der Wahrheit entsprach. Ich hatte Marx-Baby versprochen, bei Gelegenheit vorbeizukommen, und die Gelegenheit war gekommen. Als ich den Namen nannte, wurde Capazza bleich. Sein Eidechsenblick erstarrte, und er setzte sich, um Atem zu holen. Dann erklärte er mir, mit vor Erregung zuckender Schulter, er müsse mich begleiten. Es tue ihm leid, sich aufzudrängen, aber es gehe um eine Tragödie, die aufgeklärt werden müsse. Jetzt oder nie!

Es gab kein Zurück mehr. Ich mußte die beiden Männer zusammenbringen, obwohl ich Übles ahnte. Wir bestiegen ein Taxi und fuhren ins »Tour Hassan«. Es war ein heißer Nachmittag, und die Kühle des Gartens hätte mir doppelt wohlgetan, wenn nicht dieses Reptil mit mir gekommen wäre. Longuet saß, wie ich schon mitteilte, in seinem Sessel und kritzelte. Er zeigte nicht die geringste Absicht, von uns Notiz zu nehmen. Plötzlich fragte er, ohne aufzuschauen, mit einem Anflug von Feindseligkeit in der Stimme: »Wer ist dieser Mensch?«

Auch ich stellte mir diese Frage. Immer wieder. An jenem Nachmittag erzählte Capazza eine Geschichte, die mir zeigte, daß er ein Bürokrat war. Gewissenhaft bis zur Seelenlosigkeit. Einer der lieber stirbt, als seine Pflicht zu vernachlässigen. Nein. Einer, der lieber andere sterben läßt, als seine Pflicht zu vernachlässigen.

– Sie kennen die Ereignisse. Februar 1936. Parlamentswahlen in Spanien. Die Volksfront kommt an die Macht. Vier Monate später bricht eine Militärrevolte aus. Der Faschistengeneral Franco setzt von Spanisch-Marokko über die Meerenge von Gibraltar und versucht die legale Regierung zu stürzen. Mit marokkanischen Soldaten gegen die spanische Volksfront. In jenen Tagen sitze ich in Casablanca, rue de Strasbourg, und schreibe meinen Jahresbericht für das Zentralkomitee in Paris. Plötzlich geht die Türe auf, und ein Matrose kommt herein. Keine Ahnung, wie er hieß. Ich kann mich nur erinnern, daß er aussah wie ein Bierfaß. Der Schweiß rinnt ihm übers Gesicht. Als ich ihn frage, was er will, fragt er zurück, ob ich der Parteisekretär sei. Ja, sage ich. Ich bin der Parteisekretär. Ob ich einen Ausweis habe? Natürlich habe ich einen Ausweis. Was geht denn Sie das an? Ich solle ihn vorweisen, sagt das Bierfaß, sonst werde er nicht abliefern, was er mitgebracht habe. Ich platze vor Wut, aber ich zeige den Ausweis. Da knöpft er die Hosen auf, zieht sein Hemd hervor und aus dem Bierfaß wird ein schlanker Jüngling. Zwanzigtausend Flugblätter flattern auf den Boden. Der Kerl salutiert und meldet: Befehl ausgeführt, Genosse Parteisekretär. Die Zentrale in Marseille läßt sagen, das Material sei im Riff zu verteilen. Und zwar sofort. Hier ist ein Brief!

Der Matrose ging, und ich blieb mit einem Parteibefehl und zwanzigtausend Flugblättern in arabischer Sprache. Was darauf stand, wußte ich nicht. Im beiliegenden Brief hieß es: »Werter Genosse! Dieser Aufruf an die Bevölkerung von Spanisch-Marokko muß vor dem 15. August zur Verteilung gelangen.« Das war nicht so einfach. Das Riff gehörte damals zu Spanien. Casablanca zu Frankreich. Ich mußte jemanden finden, der mir das rüberbrachte. Aber wen? Und das Zeug war arabisch. Das müßte zuerst mal übersetzt werden, dachte ich. Ich suche herum und finde nie-

mand. Bei uns kann doch niemand Arabisch. Ein amtlicher Übersetzer? Auf die kann man sich nicht verlassen, arbeiten mit der Polizei zusammen. Also rüberbringen und basta! Wir hatten zwei Piloten. Keine Parteimitglieder, aber Sympathisanten. Die waren bei der Heuschreckenbekämpfung und warfen Chemikalien über der Landschaft ab. Solche Flugzeuge sind harmlos. Man kümmert sich einen Pfifferling um sie. Ich lasse die beiden kommen und frage, ob sie bereit wären, dieses Material über dem Riff abzuwerfen. Klar, sagt der Jüngere. Mit Vergnügen, sagt der Ältere. Wenn wir wissen, was da drinsteht! – Mußt du doch nicht wissen, sage ich. Ein Flugblatt und Schluß. Wirfs ab und mach dir keine Sorgen. Der Ältere wird böse: du weißt nicht, was drinsteht; ich weiß nicht, was drinsteht. Niemand weiß, was drinsteht. Vielleicht ist es von den Faschisten und wir sollen da mitmachen, Genosse? Kommt nicht in Frage.
Piloten sind Dickschädel. Darum versuchte ich es mit einem Eisenbahner. Der fuhr auf der Strecke Marrakesch – Tanger und war einverstanden: nehme ich mit und gebe es den Genossen in Xar el Khebir. Die bringen es weiter nach Tetuan und Alhuceimas! Ich packte ihm die Flugblätter in ein Paket und wünschte viel Glück. Da dreht er sich um und will wissen, was denn geschrieben steht auf dem Papier. Keine Ahnung, sage ich. Ist arabisch und Arabisch kann ich nicht! Ich auch nicht, sagt der Eisenbahner, nimmt ein Taschenmesser, macht das Paket auf und setzt eine Brille auf die Nase. Nichts kann er lesen. Nur die Unterschrift. Die war in lateinischen Buchstaben: Robert-Jean Longuet!

Marx-Baby stellte seinen Whisky auf das Rolltischchen, das neben ihm stand und setzte sich auf:
– Das Flugblatt war von mir, wollen Sie sagen?
– Ich will überhaupt nichts sagen, aber Ihr Name stand darunter.
– Wie soll ich mich erinnern, ob ich so etwas geschrieben habe? Das war vor 25 Jahren!
– Lassen Sie mich weitererzählen, das war erst der Anfang. Ich konnte niemanden finden, der mir die Sache erledigt hätte. Da kam mir Cohen in den Sinn, der berühmte Moses Cohen, der das ganze Mittelmeer mit Erdnüssen belieferte. Er hatte eine Fabrik in Port-Lyautey, und wir kannten uns noch aus der Zeit, als er kein Geld hatte und ich bei der Bank arbeitete. Ich fuhr also hin und fragte ihn geradeheraus, ob er auch Erdnüsse nach Spanisch-Marokko verkaufe. Selbstverständlich, antwortete er. Ich verkaufe überall. Sogar dem Papst verkaufe ich, und der weiß, daß ich ein Jude bin. Da rückte ich heraus mit der Sprache. Ich hätte da eine Ehrenschuld. An Freunde, denen ich sehr verpflichtet sei. In Marseille. Zwanzigtausend Reklamezettel, und ob Cohen nicht bereit wäre, sie in seine Konserven zu verpacken. Es sei äußerst dringend!
Cohen war ein braver Kerl. Er lächelte und brummte: Wenn es nicht für die Konkurrenz ist, in Gottes Namen!
Ich zeigte ihm die Unterschrift und Cohen grinste: Robert-Jean Longuet; so einen gibt es nicht in der Branche. Geben Sie die Ware her!
Die Flugblätter wurden zusammengefaltet und in zwanzigtausend Konservenbüchsen verteilt. Sie wur-

den ins Riff spediert, und das ist die erste Hälfte der Geschichte.

Marx-Baby wurde unruhig.

– Wann soll das gewesen sein?

– Ende Juli 1936.

– Vielleicht habe ich das wirklich geschrieben. Ich erinnere mich undeutlich. Auf französisch natürlich, denn ich kann auch nicht Arabisch; aber ich hatte damals Dutzende von marokkanischen Freunden. Die könnten das übersetzt haben. Erzählen Sie weiter!

Moses Cohen war in wenigen Jahren reich geworden. Er heiratete in eine noch reichere Familie hinein, und seine Frau brachte ihm sechs Mädchen zur Welt. Die Verzweiflung war groß, doch im August 1936 gebar sie ihm einen Sohn, und Cohen war im siebenten Himmel. Ein Erbfolger. Das mußte gefeiert werden. Er lud 99 Männer ein, Kaufleute, Unternehmer, Würdenträger aus Rabat, Casablanca und Tanger. Das Beschneidungsfest sollte zum Ereignis des Jahres werden. Die Mutter lag auf einem Bett, mit dem Sohn an der Brust, und alle mußten ihn bewundern. Einer nach dem andern. Sie war häßlich wie die Nacht. Der Säugling ebenfalls. Aber die Gäste waren des Lobes voll, denn Moses Cohen verstand keinen Spaß in solchen Sachen. Dann kamen zehn Männer herein und sangen das große Gebet, während man die Beschneidungssuppe servierte. Die sogenannte Harira. Ein alter Brauch wollte, daß man das abgehackte Stück Männlichkeit in die Schüssel warf, und der Mann, der es in seinem Löffel findet, kommt in den Himmel. Die Spannung war groß, denn welcher reiche Mann will nicht in den Himmel. Plötzlich stieß jemand einen Schrei aus.

Oder eher ein ersticktes Husten. Es war Moses Cohen selbst. Der glückliche Vater hatte zum zweiten Mal Glück gehabt. Er hatte es gefunden, das Maseltow, wie man es nennt bei den Juden, und 99 Anwesende kamen zu ihm, um ihm die Hand zu schütteln.
Longuet unterbrach Capazza. Diesmal noch nervöser als vorher:
– Ich muß das geschrieben haben. Jetzt erinnere ich mich. Die Kommunisten hatten mich gebeten, ihnen ein Flugblatt zu verfassen. Für die Marokkaner im östlichen Riffgebirge. Ich sollte sie zur Revolte aufrufen. Gegen den Faschistengeneral. Und da ich Experte war für Fragen Nordafrikas, habe ich es gemacht.
Jetzt war Capazza so aufgeregt, daß sein ganzer Körper ein einziges Zucken war.
– Auf dem Höhepunkt des Beschneidungsfestes kam ein Diener und rief Cohen ins Vorzimmer. Nach einigen Augenblicken kehrte er zurück, räusperte sich und bat die Anwesenden um Entschuldigung; man biete ihm ein Millionengeschäft an, das Geschäft seines Lebens. Er müsse unverzüglich nach Alhuceimas! – Er fuhr in die spanische Zone Marokkos, aus der er niemals zurückkehren sollte. In Alhuceimas wurde er festgenommen und wegen Aufwiegelung der Eingeborenen standrechtlich erschossen. Er wußte nicht, warum das alles geschehen war, der Arme.
Marx-Baby sprang von seinem Sessel und flüsterte: das ist nicht möglich!
– Doch, Monsieur Robert-Jean Longuet. Das ist möglich. Mehr als möglich. Es ist wahr. Sie haben ihn umgebracht. Mit Ihrem Aufruf. Und ein Stein fällt mir vom Herzen. Seit Jahren kann ich nicht schlafen. Seit

Jahren leide ich unter Muskelkrämpfen, denn ich fühle mich verantwortlich für den Tod dieses Menschen. Und jetzt habe ich Sie endlich gefunden. Jetzt bin ich erlöst!

Marx-Baby saß da, wie vom Blitz gerührt. Segret hatte gesagt, er sei eine fleischfressende Pflanze. In seiner orchideenhaften Ruhe, in seinem totalen Mangel an Schuldgefühlen. Jetzt aber war er gebrochen. Tränen liefen ihm über die ausgetrockneten Wangen. Dann begann er leise zu schluchzen und unvermittelt rannte er ins Hotel. Wir warteten eine halbe Stunde, eine Stunde, und dann erkundigten wir uns nach ihm. Soeben sei er abgereist, sagte man uns am Empfang.

Ich weiß nicht, was weiter mit ihm geschehen ist. Ich weiß nur, daß Capazza ein anderer Mensch wurde. Im Verlaufe einer einzigen Stunde. Er zuckte nicht mehr mit der Schulter und lächelte zufrieden. Segret erzählt, daß er Marx-Baby später getroffen habe. In Paris. Und daß er nicht zu erkennen war. Er habe den Tick geerbt. Und zucke mit der linken Schulter. Genau wie Capazza. Aber das glaube ich ihm nicht. Der lügt wie gedruckt.

Das Erdbeben von Agadir

Auch mit Weltuntergängen
läßt sich Geld verdienen.
Hadsch Abid,
Sardinenkönig von Safi

Am 29. Februar 1960 ging in Agadir die Welt unter. Ohne mich, allerdings, und ohne Fräulein Mottier, die ebenfalls zu spät kam. Wir kommen ja meistens erst, wenn alles vorbei ist. Wir rasen über die Schlacht- und Trümmerfelder der Weltgeschichte, ich mit dem Mikrophon, Fräulein Mottier mit dem Verbandspäckchen. Wir sind überall da, wo die Erde bebt oder gebebt hat. Unauffällig, bescheiden und mit den Kreditkarten der Schweizerischen Bankgesellschaft in der Tasche. Ich als Fernsehreporter. Fräulein Mottier als Rotkreuzschwester. Zwei barmherzige Samariter, die obligatorischen Statisten aller großen Katastrophen unserer Zeit.

Wir kamen am 2. März, einem stickigen Sommertag in jenen Breiten. Ich erinnere mich, als wäre es gestern gewesen. Der Himmel wie eine Fahne aus blauer Seide. Die Mehrzahl der Einwohner lebendig begraben. Vor mir liegt ein Prospekt, den ich aufbewahrt habe: »Agadir, die Stadt, in der die Sonne nie untergeht. Für jeden Regentag vergüten wir den vollen Pensionspreis.« Schlau sind die Leute. Von Erdbebentagen sagen sie kein Wort. Es gäbe ja wirklich nichts zu vergüten. Wer tot ist, verlangt keinen Schadenersatz.

Und wer davonkommt, vergißt das Geld und freut sich des Lebens.
Schon am Flugplatz roch es nach Verwesung. Nach einer Pestilenz, die mich bis heute mit Ekel erfüllt. Übelkeit steigt in mir hoch, wie damals in Guinea, an den Ufern des Konkuré, als man den Krokodilen bei lebendigem Leib die Haut abzog, damit sie die Farbe nicht verlören, und meine Mannschaft in den Urwald flüchtete, um nicht zu ersticken vor Gestank. Oder wie in der Lagune von Konakry, wo die Abfälle und Fäkalien einer ganzen Stadt zu Cheopspyramiden aufgehäuft lagen, in der Sonne verfaulten und gierig von Geiern verzehrt wurden.
So roch es am Flugplatz von Inesgan. Eine Stewardeß stand beim Zoll, eine zierliche Nofretete in türkischgrüner Uniform, die jedem Passagier ein Sträußchen Pfefferminzkraut überreichte und empfahl, es fest an die Nase zu drücken. Ich bin in die Stadt gefahren, in die stickigen Überbleibsel der Stadt, und habe es verloren, mein Sträußchen. Man gewöhnt sich an alles. Auch an den Moder von dreißigtausend Leichen.
Fräulein Mottier kam aus Genf und ich aus Ksar es Suk, wo ich gerade einen Film drehte. Beide waren wir auf Abenteuer und Emotionen eingestellt. Wir sollten uns nicht beklagen, zu kurz gekommen zu sein.
Nach jeder Katastrophe behaupteten die Überlebenden, sie hätten gewisse Vorahnungen gehabt. Ich ebenfalls, obwohl ich mir schmeichle, ein Realist zu sein. Am Vorabend des 29. Februar – es war unerträglich schwül in der Oase und die Nerven prickelten in den Fingerspitzen – tafelte ich beim Gouverneur. Wir löffelten eine Harira, die mir die Eingeweide verbrannte,

als es klopfte und ein Mokhasni eintrat. Er meldete den Besuch eines Krüppels namens Aissa ben Schukrun aus Rissani, der dringend wünschte, empfangen zu werden. Das war ungehörig. Der Gouverneur saß beim Essen. Er hatte ausländische Gäste. Gewitterspannung lag in der Luft. Jeder andere Gesuchsteller wäre unter ähnlichen Umständen abgewiesen worden. Ben Schukrun aber war ein Juwelier, der sich eines großen Einflusses und noch größeren Vermögens erfreute. Finster drückte der Gouverneur seinen Unwillen aus, indem er sich nicht stören ließ und weiterspeiste. Aissa ben Schukrun blieb stehen und wartete, daß man ihm einen Sessel anböte, aber nichts geschah.
Der Gouverneur war ein Riese. Doppelt so groß wie der zwergwüchsige Ben Schukrun und feindselig bis zu den Zehen. Die zwei Männer musterten sich, Staatsmacht und Privatwirtschaft. Es knisterte in der Luft, und der erste, der die Nerven verlor, war ich. Der Juwelier tat mir leid. Wegen seiner Mißbildung. Und weil ich wußte, daß der Gouverneur am längeren Hebel saß. Er war der Stellvertreter des Königs in der Provinz von Ksar es Suk, absoluter Herrscher über das Tafilalet von den Südhängen des Atlas bis zu den Sanddünen von Mersuga. Und da es ja eine Tugend des abendländischen Menschen ist, seine Gunst dem Schwächeren zuzuwenden, schlug mein Herz für den Juwelier. Deshalb durchbrach ich die Stille und fragte harmlos, ob etwas passiert sei. Das Männlein war dankbar und antwortete – zu mir herüberblickend – es sei noch nichts passiert, hamdulilah, aber buddhistische Mönche hätten den Weltuntergang prophezeit.
Jetzt schoß der Blitz aus den Augen des Gastgebers

und mit dürrer Stimme erkundigte er sich, ob diese Angelegenheit so dringlich sei, daß sie keinen Aufschub ertrüge. Bis nach dem Nachtessen, zum Beispiel.
– Selbstverständlich, entgegnete der Bucklige voll Traurigkeit, aber der Weltuntergang ist für morgen angekündigt und darum...
– Darum was? schrie der Gouverneur.
– Morgen ist der letzte Termin, meine Steuern zu bezahlen. Ein Vermögen von dreihunderttausend Dirham. Ich frage mich, ob es sich noch lohnt, verstehen Sie, und darum möchte ich wissen, ob die Nachricht offiziell ist oder nur ein Gerücht.
Nun sprang der Hausherr von seinem Kissen auf. Das Blut schoß ihm ins Gesicht.
– Die königliche Regierung hat mir hinsichtlich des Weltuntergangs keine Instruktionen zukommen lassen. Deshalb wünsche ich, ungestört zu sitzen, zu speisen und zu verdauen, wenn Gott es will.
Das war das erste, was ich über die bevorstehende Heimsuchung zu hören bekam. Am selben Abend jedoch, als ich mich vor dem Schlafengehen zum Klosett begab, saß dort vor der Schwelle eine giftgrüne Kröte und glotzte mich an, ohne von der Stelle zu weichen. Ich floh unverrichteter Dinge in mein Zimmer zurück. Das mag lächerlich erscheinen, aber ich hatte es als Warnung verstanden. Später erfuhr ich noch von anderen Merkwürdigkeiten, die sich angeblich in jener Nacht ereigneten. Ein gewisser Hadsch Abid habe zur selben Zeit, da ich in Ksar es Suk meiner Kröte begegnete – im Hafen von Agadir gestanden und auf die Rückkehr seiner Schaluppen gewartet. Zweihundert

Fischkutter, die in den Planktonbänken östlich der Kanarischen Inseln Sardinen fischten. Er war siebzig Jahre alt, der meistgehaßte Mann an der afrikanischen Westküste. Untersetzt, plattfüßig, zahn- und skrupellos, ein habgieriger Geizhals von seltenem Kaliber. Hin und wieder keuchte er zur Funkstation hinüber und erkundigte sich nach den letzten Neuigkeiten. Ehrerbietig gab man ihm die Fangergebnisse bekannt, und da er nicht schreiben konnte, rechnete er sie im Kopf zusammen. Wenn der Pilotkutter hinterm Leuchtturm auftauchte, wußte er bereits auf den Groschen genau, welchen Gewinn er erzielt hatte. Dann schwang er sich auf jedes seiner Boote. Während die Docker die eingesalzenen Sardinen an Land hievten, legte er selbst Hand an, überprüfte die Netze und besserte sie aus. So ging es nun schon seit bald dreißig Jahren. Mit Hilfe der göttlichen Vorsehung, so sagte er, und einer hundsföttischen Rücksichtslosigkeit, das sagte er nicht, war ein Habenichts der Sardinenkönig Marokkos geworden. Noch nie war ihm ein Boot verlorengegangen. In jener Nacht aber stand er da mit zerfurchter Stirn. Er wußte die Einnahmen von allen seinen Kuttern, mit Ausnahme der BARAKA. Seit Mitternacht hatte man versucht, mit ihr Funkverbindung aufzunehmen, aber vergeblich. Er würde sich keine Sorgen gemacht haben, wenn es ein anderes Boot gewesen wäre. Doch Seeleute sind abergläubisch. Baraka bedeutet Gottessegen. Wenn dieser ausbleibt, wird man nervös. Hadsch Abid begann zu zappeln. Nicht wegen der zwanzigköpfigen Besatzung. Besatzungen kosten einen Pappenstiel und lassen sich ersetzen. Er zappelte, weil er aus lauter Geiz das Boot nicht

versichert hatte. Er vertraute seit jeher auf die Komplizenschaft des Schicksals und hatte sich hartnäckig geweigert, Unglücksfälle in seine Rechnungen einzukalkulieren. Und nun, unvermittelt, dieser Querschlag. Das war kein Unglücksfall, sondern ein Zeichen. Es tagte bereits über der Khasba von Agadir. Sämtliche Kutter des Alten lagen an der Mole. Nur die BARAKA stand aus. Der Segen fehlte und hatte wohl Schiffbruch erlitten. Da ereignete sich etwas Haarsträubendes. Hadsch Abid ließ seinen Erzfeind rufen, Moses Amsalagh, der in Agadir ein blühendes Assekuranzgeschäft betrieb. Der Sardinenkönig besaß nämlich, neben all seinen Schaluppen, auch einen Delikatessenladen im Zentrum der Stadt gleich neben der Moschee, und diesen Laden – es ist nicht zu glauben – wollte er jetzt versichern lassen. Auf zehn Millionen Dirham. Gegen alle möglichen Schäden, Naturkatastrophen inbegriffen, sogar gegen Schneelawinen, obwohl es in Agadir seit Menschengedenken nicht geschneit hatte. Man bedenke: zehn Millionen Dirham.
Amsalagh war ein kluger Jude sephardischer Herkunft und pflegte zu antworten, indem er die Augen schloß und sich bedächtig am Hals kratzte.
– Ich verstehe, daß das Unglück dich klug macht. Ich verstehe auch, daß du endlich eine Versicherung abschließt, obwohl du niemals an Versicherungen zu glauben beliebtest. Aber erkläre mir, Hadsch Abid! Warum ausgerechnet bei mir, wo du doch die Juden nicht leiden magst? Und wieso das Delikatessengeschäft, nachdem du einen Fischkutter verloren hast? Wo ist die Logik?
– Meine Logik ist nicht deine Logik, entgegnete

Hadsch Abid. Ich versichere mich bei dir, weil ich dich ruinieren will. Wenn Allah mich noch einmal bestraft, gehst *du* zugrunde. Zehn Millionen Dirham kannst auch du nicht bezahlen.

– Bitte schön, gab Amsalagh zurück. Dann versichere deine Schiffe! Die riskieren mehr als das Geschäft an der Hauptstraße.

– Kümmere dich um deinen Vorteil, zischte der Sardinenkönig. Ich kümmere mich um den meinen.

Was er wirklich dachte, verschwieg er. Die Erfahrung lehrte nämlich, daß Gott nicht zweimal das gleiche Haus zerschmettert. Davon war er felsenfest überzeugt, und er sollte recht behalten, der alte Schurke.

Auch Fräulein Mottier, die reizende Rotkreuzschwester aus Genf, hatte ein Vorgefühl – bange Ahnungen, wie sie sich ausdrückte –, als sie am 2. März 1960 das Flugzeug bestieg, um im Hexenkessel von Agadir ihre Pflicht zu erfüllen. Sie spürte, daß sie dort unten eine einschneidende Erfahrung machen würde, denn am 29. Februar um 23 Uhr 47 – also genau im Moment des großen Erdbebens – sei ihre Omega stehengeblieben, die sie als Konfirmationsgeschenk bekommen hatte. Das Versagen einer Schweizer Uhr komme einem Naturereignis gleich. Es sei durchaus denkbar, daß es sich um einen »Wink von oben« gehandelt habe und daß die darauffolgenden Geschehnisse gleichsam vorausbestimmt gewesen seien. Die Mohammedaner nennen das »mektub«, was man mit »es steht geschrieben« übersetzen könnte.

Ich erinnere mich genau an den Hergang der Ereignisse. Fräulein Mottier stand da wie eine Mandelblüte in einer Mondlandschaft. Wie eine Amazone in ihrem weißen Kittel und dem gestärkten Rotkreuzhäubchen, unter dem ihr goldenes Haar hervorquoll. Ich starrte hinüber zum Betonkrater, wo sie stand. Ich ließ das Mikrophon sinken und träumte eine Sekunde lang von den Seligkeiten, die mir in ihren Armen zuteil werden könnten. Da gewahrte ich, wie sie den Kopf in den Nacken warf, wie sie aufleuchtete und ihm entgegeneilte, diesem Rohling, um ihn zu umarmen und auf beide Wangen zu küssen. Das war spontan. Ich zweifle nicht daran, daß es reine Christenliebe war, die sie bewegte. Ganz gewöhnliche Freude über die Errettung eines Menschenlebens. Und was tat er, dieser Irrtum Gottes? Sein Verhalten war unbegreiflich, im höchsten Grade entmutigend. Ich selbst fühlte mich gedemütigt. Ich empfand es wie eine Verhöhnung der Ideale von der Gleichheit und Brüderlichkeit zwischen den Menschen.

Sein Name war Ali. Er sprach weder Französisch noch Arabisch. Nur Schlöh, den Berberdialekt des Südens. Er war Analphabet, ein Halbwilder. Vielleicht gehorchte er einem Zwang, einem Haß gegen die weiße Rasse. Wer kann es wissen?

Als es passierte, daran erinnere ich mich genau, warf ich mich dazwischen, mit drohend erhobenem Mikrophon, um die Schweizerin vor dem Schlimmsten zu bewahren. Ein junger Offizier der königlichen Streitkräfte eilte mir zu Hilfe – als Respektsperson, als Dolmetscher und Kenner der lokalen Verhältnisse. Ali tobte, ich brüllte auf ihn ein. Er zitterte am ganzen Leib. Er drohte mit den Fäusten. Zwei Polizisten eilten herbei und führten ihn ab. In Handschellen natürlich. Nach Inesgan aufs Kommissariat, wo er sich allmählich beruhigte. Zwei Wochen später wurde er verhört. Der Offizier und ich traten als Zeugen auf. Fräulein Mottier als Klägerin. Was Ali zu Protokoll gab – ich zitiere aus der Erinnerung –, war erstaunlich:

– Ich bin nach Agadir gekommen. Von Sidi Bumdin in den Bergen bis hinunter ans Meer. Hundert Meilen zu Fuß, weil meine Ziege krepiert ist. Sie hat mir Milch gegeben am Tag und ihr warmes Fell in der Nacht. Sie war mein einziger Besitz. Mein Trost, wenn ich allein war. Als sie krepiert ist, war es aus mit mir. Ich bin in die Stadt gegangen. Ich wollte ins Gefängnis. Da ist es gut, sagen die Leute. Da bekommst du zu essen, ohne zu arbeiten. Du mußt nur stehlen, sagen sie, und schon kommt ein Bulle und nimmt dich mit. Mit dem Auto. Er bringt dich auf den Posten und fragt, wer du bist, woher du kommst, warum du gestohlen hast. Er ist geduldig. Er will alles wissen über dich. Dann geht die Türe auf und man bringt dir Pfeffersuppe. Oder Kuskus. Zum Dank, weil du gestohlen hast. Nichts Besseres kann dir passieren. Das sagen alle. Nur verhaftet mußt du werden. Das ist die Hauptsache. Am einfachsten ist es im Zentrum. Weil es dort hell ist. Aber am hellsten ist es in den Schaufenstern von Hadsch Abid.

– Woher kennst du den?

– Weil er berühmt ist und verrufen. Man kennt ihn im ganzen Land. Sogar bei uns oben, in Sidi Bumdin. Dort muß man einbrechen, sagen die Leute, denn er ist der größte Spitzbube der Welt. Du nimmst einen Pflasterstein, zerschlägst ihm das Schaufenster und ein Streifenwagen pfeift herbei. Wenn du Glück hast, nimmt man dich mit.

– Du hast ihm das Schaufenster eingeschlagen?
– Ich wollte, aber Allah hat es verhindert. Ich stehe vor dem Laden und staune durch die Scheiben. Da gab es Dinge, die ich nie gesehen habe. Büchsen und Päcklein und Flaschen. Es duftet bis auf die Straße heraus. Es ist Nacht. Der Himmel ist schwarz. Keine Sterne, kein Mond, aber weißes Licht strahlt auf die Leckerbissen: Früchte, Käse, Lakritze und Limonade. Ich nehme den Pflasterstein aus dem Hemd und bitte Allah um Verzeihung:
kif el bere, kif el yum
ki rda – insch Allah
Ich sage mein Gebet. Ich lobe den Allmächtigen, der das alles erschaffen hat. Ich hebe den Stein in die Höhe, und da merke ich, daß es wackelt unter meinen Füßen. Ich schwanke. Ich werde in die Höhe gehoben und hinuntergeschleudert. Wie eine Peitsche in der Luft. Dann weiß ich nichts mehr. Alles wird Pech um mich herum. Hamdulilah! Ich bin tot. Allah hat mich erlöst. Er hat mich zu sich genommen. Ich liege da, mit offenen Augen, und sehe nichts. Pech oben und unten. Still ist es in meinem Grab. Ich höre und spüre nichts. Weder warm noch kalt. Nur der Rücken tut mir weh. Ich versuche mich zu strecken. Aber es geht nicht. Ich bin eingeklemmt. Ist das nicht merkwürdig? Auch im Paradies ist es eng. So *muß* es wohl sein! Bei all den Toten, die sich hier melden. Ich taste herum. Ich fühle etwas Großes. Vielleicht eine Truhe. Nein. Eine gewöhnliche Kiste, und der Deckel fehlt. Ich stecke die Hand hinein. Da liegen kleine Schachteln. Aus Holz scheint es mir. Ich nehme eine und mache sie auf. Das kann doch nicht sein! Zündhölzer sind das. Allah ist

groß. Ich habe Feuer. Jetzt kann ich Licht machen. Wie sieht es aus im Himmel? Hamdulilah! Besser als ich gedacht habe. Ich bin in der Speisekammer Gottes. Ein Berg von Fässern und Töpfen. Zu essen und trinken für eine Heerschar von Engeln. Ich öffne eine Büchse und danke meinem Schöpfer. Das sind Kerzen. So wahr ich Ali heiße.

– Du hast also das Jenseits erleuchtet. Wie war es?

– Wie im Himmel. Alles wie ein Traum. Jetzt weiß ich, warum mich der Rücken schmerzt. Ich stecke zwischen einer Treppe und dem Wandschrank. Komisch ist das. Ein Schlüssel in der Tür. Ich wußte gar nicht, daß es Diebe gibt im Paradies. Ich sperre auf und was sehe ich? Geld. Einen Haufen Geld. Jetzt bin ich reich. Soviel Geld hat nicht einmal der Kaid. Das genügt für tausend Jahre. Jetzt gehe ich nach Tisnit. Ins Mädchenhaus. Ein Mädchen für jeden Finger meiner Hand. Mit jeder eine Nummer bis ich umfalle vor Erschöpfung. Bis ich verrecke. Dabei kann ich gar nicht verrecken, weil ich schon tot bin. Wie komme ich jetzt nach Tisnit? Mit dem Taxi, wahrscheinlich. Der Kaid fährt ja auch im Taxi. Am Geld fehlt es nicht, aber wo finde ich hier ein Taxi? Ich muß fragen. Einen Erzengel, wenn er vorbeikommt... Nicht so schnell, Ali! Zuerst mußt du essen! Das Vergnügen kommt nachher. Du hast ja Zeit. Die ganze Ewigkeit. Schau doch mal nach, was in diesem Faß ist! Ich danke dir, Allah. Butter ist das. Einmal im Jahr hast du Butter bekommen. Beim Scheich. Am Ait el Khebir. Einen kleinen Löffel voll. Aber da steht ein ganzes Faß mit Butter. Ich quetsche beide Hände hinein. Ich schöpfe soviel ich nur kann. Bediene dich, Ali! Du bist im Himmel.

Das ist alles für dich. Und die Autoreifen? Auch für mich? Das sind gar keine Autoreifen. Das ist Käse. Ich hau mir den Bauch voll für all die mageren Jahre. Ehre sei Gott in der Höhe, der mich ins Paradies geholt hat. Oliven fresse ich und Schokolade und Sardinen und Marmelade. Das schmeckt wie im Himmel. Kein Wunder. Du bist ja im Himmel. Allah hat dich belohnt. Weil du die Scheibe nicht eingeschlagen hast. Hadsch Abid ist ein Bösewicht, aber nicht du bist sein Richter. Dort oben ist der Richter. Ich habe den Stein nicht geworfen. Darum bin ich im Paradies.

– Hast dich satt gegessen.

– Und vollgesoffen. Zuerst mit Limonade.

– Und nachher?

– Nachher wollte ich nach Tisnit ins Bordell. Da merke ich, daß ich keine Flügel habe. Du bist im Jenseits, denke ich, und hast keine Flügel. Da stimmt was nicht. Der Herrgott hat vergessen, dir Flügel zu geben. Ich muß mich beschweren. Das ist ein Unrecht. Im Himmel sind alle gleich, heißt es, aber Ali kommt zu kurz. Ali bekommt keine Flügel. Nimm dich in acht, Ali! Du wirst frech. Du hast zu viel gefressen. Allah vergißt überhaupt nichts. Er weiß, was er tut. Zuerst kommst du vor das Jüngste Gericht, und dann bekommst du deine Flügel, wenn du sie verdienst. Paß nur auf! Das alles kann schiefgehen. Sie können dich vertreiben aus dem Paradies. Schon Bessere haben sie vertrieben, wenn sie aufbegehrten. Sei nicht übermütig, sonst schmeißen sie dich raus.

– Und? Hast du dich geschämt?

– Auf dem Schrank stand eine Flasche.

– Du bist schwach geworden, ja?

– Viereckig. Mit goldenem Wasser darin. Wer das trinkt, kommt in die Hölle. Ich weiß, was das ist. Chram. Eine Todsünde. Nicht einmal riechen darf man daran. Schau nicht hin, Ali! Sonst bist du verloren. Ich schiele zur Seite, aber ich bin eingeklemmt. Zwischen Treppe und Kasten. Ich bin unschuldig, beim Namen des Propheten. Die Flasche ist schuld. Ich kann doch nichts dafür, daß ich sie sehe. Sie steht da und zwinkert mir zu. Zwinkere nur soviel du willst! Ich bin ein Muslim und trinke keinen Schnaps. Auch wenn ich verdurste. Ich will die Flasche weder sehen noch riechen. Nicht einmal anrühren, obwohl das erlaubt ist. Nein. Erlaubt ist es nicht. Aber auch nicht verboten. Ich drücke die Augen zu und strecke die Hand aus. Anfassen darf man doch, oder nicht? Ein einziges Mal. Mit den Fingerspitzen.
– Du hast gesoffen, Ali. Sage die Wahrheit!
– Ich habe nicht gesoffen, aber Allah kennt keinen Spaß. Er fängt an zu donnern und zu poltern über mir, bevor ich noch gesündigt habe. Alles sieht er. Sogar die Gedanken. Er dröhnt und grollt, rumpelt und rasselt, bis ich laut schreie und um Verzeihung bitte. Ich will dir gehorchen, mein Gott, bis zum Ende der Zeit.
Da wird es still um mich herum. Ich schlottere noch vor Angst, aber die Augen werden mir schwer. Ich fange an zu gähnen. Einmal. Zweimal, und ich schlafe ein. Meine erste Nacht im Paradies. Meine Seele ist noch fett von der Butter. Mein Körper schwer vom Käse. Ich schlafe wie ein Biber und wie ich endlich erwache, ist es finster. Die Kerzen sind niedergebrannt. Ich muß wieder Licht machen. Ich zünde ein Streichholz an und was sehe ich? Die Flasche. Die verdammte

Hure, die auf dem Kasten steht und mich ködert. Ein voller Magen gehört dem Teufel, ich weiß. Wer satt ist, vergißt die Gebote. Die Flasche wackelt.
– Das hast du geträumt, Ali.
– Es ist wahr, was ich sage. Sie springt und dreht sich. Ehrenwort. Wie eine Bauchtänzerin. Sie vernebelt mir das Herz. Sie verdreht mir den Kopf. Sie verführt mich. Ich bin nur ein Mensch, ein armer Lump. Ich greife nach der Sünde. Ich will nur probieren. Einen einzigen Tropfen. Ich schmettere sie an die Wand, ich haue ihr den Hals ab. Zur Strafe, weil sie mich abbringt vom rechten Weg...
– Hast du gesündigt? Ja oder nein?
– Ein elender Hund bin ich, aus Sidi Bumdin, und die Ziege ist mir verreckt. Ich habe gesündigt. Nur einen Tropfen, und da fängt der Himmel an zu rumpeln und zu rasseln. Es scheppert und tobt über mir. Ich weiß es ganz genau: das ist das Jüngste Gericht. Ich verberge den Kopf in beiden Händen. Das Paradies fliegt in die Luft. Erde, Staub und Steine. Das ist die Strafe Gottes. Ich habe sie verdient.
– Allah hat's dir also heimgezahlt.
– Ich höre Männerstimmen. Man packt mich an den Haaren. Am Kopf. An der Gurgel. Das sind die Würgeengel. Sie zerren mich nach oben. Durch einen dunklen Schacht und plötzlich wird es hell. Es stinkt nach Aas und faulem Wasser. Ich öffne die Augen. Es blendet und brennt, aber ich sehe. Ganz deutlich. Die Flasche. Sie läuft mir entgegen. Mit weißer Gandura. Das ist die Sünde. Die Tochter des Teufels. Sie küßt mich zweimal ins Gesicht und schreit etwas, das ich nicht verstehe. Sie hat den Verstand verloren.

– Was haben Sie gerufen, Mademoiselle Mottier, als Sie den Angeklagten erblickten?
– Vous êtes sauvé, habe ich gesagt, je vous félicite.
– Sie sind gerettet, hat sie gesagt, ich gratuliere.
– Weil sie mabul ist. Eine Tochter des Bösen, die nicht weiß, was sie redet. Ich bin zurück auf der Erde, und sie gratuliert mir. Ich war schon im Himmel. Mit einem Bein im Jenseits. Ich habe geschlemmt wie ein Pascha. Butter, Käse und Limonade. Aber Allah hat mich verjagt, und sie schreit, ich sei gerettet. Jetzt weiß ich, wie die Sünde aussieht. Darum habe ich zugeschlagen. Ich habe sie geohrfeigt, jawohl. Ich hätte sie erwürgen sollen, denn sie hat mich verführt. Sie ist schuld, daß ich leben muß.
– Fräulein Mottier. Sie kennen nun den Sachverhalt. Man hat Ihnen sinngetreu übersetzt, was hier gesagt wurde. Bestehen Sie weiterhin auf Ihrer Anklage?
– Selbstverständlich.
– Sie geben sich Rechenschaft über den Bildungsstand dieses Mannes?
– Er hat eine Frau geschlagen. Ins Gesicht.
– Es ist Ihnen nicht entgangen, daß der Angeklagte unter Schock stand, als das alles passierte?
– Ich bin nach Marokko gekommen, um zu helfen. Um die Not zu lindern. Ich bestehe auf meiner Anklage.
Seit jenen Geschehnissen sind Jahre vergangen. Ich bin grau geworden und Fett habe ich auch angesetzt. Fräulein Mottier hingegen sieht immer noch glänzend aus. Ein junges Mädchen könnte man meinen. Sie hat keine Schuldgefühle. Sie ist immer noch unterwegs, heilt und lindert die Not. Ich glaube kaum, daß sie etwas

dazugelernt hat. Darum ist sie so hübsch geblieben. Und zum Schluß noch einige Worte über Hadsch Abid. Er hatte – wie gesagt – am Morgen vor dem Erdbeben sein Delikatessengeschäft auf die ungeheuerliche Summe von zehn Millionen Dirham versichern lassen. Um ein Haar wäre er der Hauptgewinner der Katastrophe geworden. Der schlaue Amsalagh aber hat ihm einen Strich durch die Rechnung gemacht. Er wurde vom Erdboden verschlungen. So verlor Hadsch Abid seinen Laden und die zehn Millionen, die er einzustreichen gedachte. Er schäumte vor Wut: Wenn's ans Zahlen geht, lassen sie sich verschütten. So sind sie, die Juden. Gott möge sie vertilgen, alle zusammen.

Die Gärten des Mulay Abdallah

Ein Kritiker ist eine Henne,
die gackert, wenn andere legen.
Giovanni Guareschi

Ich wollte Rami bekehren. Einen Menschen aus ihm machen. Oder mindestens das, was ich mir damals darunter vorstellte. Meine Absicht war praktisch aussichtslos und darum reizte sie mich.

Er saß hinten im Wagen und furzte. Eigentlich saß er nicht, sondern lag und verdaute. Er dünstete Schläfrigkeit aus und einen Gestank, der den Wagen zur fahrenden Latrine machte.

Er konnte es sich leisten, denn er ist der älteste Sohn der ältesten Familie von Fes, und Fes ist die älteste Stadt von Marokko. Als Mulay Idriss die Stadt gründete, das war vor über tausend Jahren, ernannte er einen Rami zum Generalintendanten des Habus. Das bedeutete, daß sämtliche Heiligtümer – Bethäuser, Ablutionsstätten, Reliquien und alle dazugehörigen Grundstücke – von Abkömmlingen dieser Sippe verwaltet wurden. Und zwar gut verwaltet, bis zum heutigen Tag, mit Vorteil für die Familie, die im Lauf der Epochen selbst zu einem Heiligtum wurde.

Abderachman saß am Steuer. Seine Statur war untersetzt. Sein Schädel glich einem Kugelkaktus. Er hatte Fuchsaugen und borstige Locken auf dem Kopf. Er haßte Rami mit der Leidenschaft eines Erbsklaven für seinen Herrn. Wenn Rami eines unnatürlichen Todes sterben sollte, dann könnte man sich an den Fingern abzählen, wer ihn ermordet hat. Er gehorchte, doch seine Unterwürfigkeit war widerwillig, und er wagte nicht, die Fenster herunterzudrehen, wenn uns Rami die Luft verpestete. Das war ein Stellungskrieg, bei dem nicht einmal Worte gewechselt wurden.

Meine Beziehung zu Rami war auch nicht einfach. Im Prinzip war ich sein Meister und er mein Schüler. Oder sagen wir mein Lehrling. Ich sollte einen Reporter aus ihm machen. Er hingegen war mein Reiseführer und Dolmetscher zugleich. Außerdem bespitzelte er mich und meldete weiter, was ich sagte und wohin ich ging. Er sprach die Dialekte des Landes, kannte die Sitten und Gebräuche, las zwischen den Zeilen und wußte, was die Leute verschwiegen, wenn sie unsere Fragen beantworteten. Wir brauchten uns und betrieben eine Art friedlicher Koexistenz, die darin bestand, daß wir uns nicht gegenseitig umbrachten, wenn wir einander auf die Nerven gingen. Und wir gingen einander auf die Nerven. Wenigstens er mir. Nur hatte ich keine Angst vor ihm. Ich fragte ihn nicht, ob ich die Scheiben herunterkurbeln dürfe. Ich tat es. Rami winselte, es sei ihm kalt. Der Luftzug mache ihn fertig. Das war lächerlich. Er wollte uns nur die Reise verleiden und zeigen, daß er jemand war. Doch ließ ich mich nicht beirren. Abderachman deutete aufs Thermometer, es zeigte 43 Grad Celsius. Wir rollten durch die Wüste. Am späten Nachmittag wollten wir in Figig sein, wo wir beabsichtigten, einen Film zu drehen. Über die Nomaden der Hochebene, die nach sieben Trockenjahren vom Hungertod bedroht waren.

Wir hatten bereits ein Dutzend Filme miteinander gemacht, trostlose Dokumente über die Agonie marokkanischer Unterhunde, und jedesmal hatte ich auf eine Reaktion in Ramis Gemüt gehofft. Auf einen Dammbruch in seinem Denksystem. Es schien mir einfach ausgeschlossen, daß ihn das alles gleichgültig ließ. Wir waren bei den Sardinenfischern in Safi gewesen, wir hatten die Teppichweber an den Hängen des Dschebel Sirhua besucht, wir waren in die Kobaltgruben von Taznakht hinabgestiegen und hatten bei den Höhlenbewohnern in den Kalkfelsen des Tizintest gehaust. Rami machte seine Arbeit tadellos. Gewissenhaft sammelte er ethnographische Informationen, notierte linguistische Einzelheiten, befragte die Alten und die Jungen; aber er tat es mit der Teilnahmslosigkeit eines Kammerdieners. Die Probleme interessierten ihn nicht.

Ich war aufgewachsen mit Rousseau und Tolstoi. Ich glaubte, daß der Mensch gut sei, wenn er zur Welt kommt. Also war Rami für mich nur verschüttet. Möglicherweise versteinert. Eines Tages aber würde er schmelzen – hoffte ich – wie ein Eisberg an der Sonne, und ich setzte meine Ehre daran, ihn einer intensiven Bestrahlung auszusetzen.

Es war zwölf Uhr mittags, als wir uns der Oase näherten, die zu unserem – und vor allem zu meinem – Schicksal werden sollte. Der Ort ist so bedeutungslos, daß er auf den meisten Landkarten gar nicht vermerkt wird. Er heißt Tendrara und ist der höchstgelegene Punkt einer Strecke, die von Uschda nach Beni Unif führt.

Es waren noch 182 Kilometer bis zu unserem Ziel. Wir

hatten Sand im Mund, wir schwitzten aus allen Poren und wollten dringend eine Herberge finden, um uns zu waschen, auszuruhen und etwas zu essen. Aber es gab nicht einmal eine Tankstelle in Tendrara, und wir waren gezwungen, uns beim Kaid zu melden, was wohl besser unterblieben wäre. Nicht wegen des Kaid selbst, sondern wegen der Folgen, die daraus erwachsen sollten.

Der Kaid war ein sonderbarer Mensch. Er hieß Mulay Abdallah, blickte mit einem Auge zum Himmel und mit dem andern in seine Westentasche. Als erstes bat er uns um Verzeihung, daß ihm stets Tränen über die Wangen flössen. Er sei so zur Welt gekommen. Er habe keinen Kummer, doch ein bedrücktes Gemüt. Bei Tag und bei Nacht. Alles sei schon versucht worden: Ärzte, Medikamente, Thermalquellen und Frauen. Ohne Erfolg. Sein Sinn bleibe düster, seine Melancholie unheilbar. Doch, fügte er schnell hinzu, er wolle einen Mann kommen lassen; den Stammesältesten der Beni Mathar, der uns das Mittagsmahl erheitern werde. Den spaßigsten Menschen der westlichen Sahara, der Possen reiße, bis die Nähte platzten.

Ich war todmüde, doch konnte ich es kaum erwarten, diesen Spaßvogel kennenzulernen. Wie mochte er wohl aussehen, fragte ich mich. Vielleicht würden wir einen Film drehen über ihn. Endlich einmal etwas anderes. Zum Lachen oder mindestens zum Schmunzeln. Ich spazierte auf und ab im Paradiesgarten des Kaid. Es duftete nach Zitronenblüten, Grillen zirpten, und ich zerbrach mir den Kopf, was für eine Frage ich ihm stellen sollte. Etwas Originelles müßte es sein, um ihn zu überrumpeln.

Und plötzlich stand er da. Zwei Meter groß. Schwarz wie eine Todsünde, mit weißem Burnus und silbernem Turban. Dann erschienen die Gäste. Würdenträger, Verwaltungsbeamte, Kamelhändler, ein jüdischer Juwelier und der Bewässerungsinspektor. Zuletzt kam der Kaid in Begleitung von Rami und Abderachman.

Der Spaßmacher lehnte sich an den Rand des Springbrunnens und verschränkte die Arme über dem Bauch. Er wußte, daß er der Mittelpunkt war; doch er schwieg noch und wartete. Niemand sprach ein Wort. Man hörte die Vögel, das Plätschern des Wassers. Ich spürte, daß entweder *er* reden würde oder ich. Und da er nichts sagte, war die Reihe an mir. Ich ging einige Schritte auf ihn zu und stellte die Frage, die ich mir zurechtgelegt hatte:

– Sie seien der schlagfertigste Mann der westlichen Sahara, habe ich gehört, Sie führen ein Leben der Tugend und heiteren Weisheit. Es ist mir eine Ehre, Sie kennenzulernen, und ich möchte Ihnen eine Frage stellen, um klüger zu werden und Vorteil zu ziehen aus Ihrer Erfahrung. Welches war die größte Dummheit, die Sie jemals begangen haben?

Der Possenreißer durchbohrte mich mit lodernden Augen. Boshafter Übermut zuckte um seinen Mund, und er antwortete:

– Daß ich einen Hornochsen in den Arsch genudelt habe, der dir ähnlich sah, teurer Freund!

Gottlob konnte ich nicht verstehen, was er gesagt hatte. Der Witzbold sprach den lokalen Berber-Dialekt, und nicht einmal Rami, der mir mit Freuden eins ausgewischt hätte, fand den Mut, diese Unverfrorenheit zu übersetzen. Wenigstens nicht sofort. Trotzdem

war mir klar, daß der Kerl einen Pfeil abgeschossen hatte. Den Gästen blieb die Sprache weg. Dann aber begann jemand zu hüsteln, nach Luft zu schnappen, schließlich zu wiehern, bis die ganze Tischgesellschaft vom Lachen geschüttelt wurde. Alles wand und krümmte sich. Außer mir und dem Kaid.
Ich fragte voll Neugier, was denn der Possenreißer gesagt habe. Der Kaid schaute in die Ferne, saß da wie eine indische Gottheit und seufzte. Plötzlich sprach er so laut, daß alle zusammenzuckten:
– Dieser schwarze Teufel hat Sie verhöhnt. Er gab eine häßliche Antwort auf eine schöne Frage, aber er vergißt, daß auch er seinem Schicksal entgegenstürzt, und daß ihn morgen schon der Richter nach den Irrtümern seines Lebens fragen wird. Dann wird er nicht spotten, sondern zittern!
Jetzt schämten sich alle, und der Witzbold senkte die Augen. Mulay Abdallah ergriff meine Hand und sagte, offenbar zur Wiedergutmachung des mir geschehenen Unrechts, auch er wolle nun eine Frage stellen, und zwar an mich, den man in seinem Hause dem Gespött preisgegeben habe:
– Welches war die größte Weisheit, die Sie je begangen haben, verehrter Fremdling?
Weisheiten begeht man nicht, dachte ich. Die Frage war verfänglich. Eine Falle, möglicherweise um mich aus dem Busch zu klopfen. Rami war bei ihm gewesen, bevor noch die Gäste kamen. Darum sagte ich, mit einem Seitenblick zu Rami, die größte Weisheit meines Lebens sei wohl gewesen, daß ich das Alphabet gelernt und somit das einträglichste Vermögen erworben hätte, das ein Mensch erwerben kann. Zwei Dutzend

Buchstaben, aus denen ich zusammensetze, wonach nur mein Herz begehrt. Es gibt keine Köstlichkeiten auf Erden, die ich nicht imstande wäre, mit den vierundzwanzig Schriftzeichen herbeizuzaubern. Und was am erstaunlichsten sei – hier appellierte ich an Ramis Krämerseele, an die tausendjährige Profitgier seiner Sippe –, die Buchstaben kosten nichts. Die liegen auf der Straße. Jeder kann sie auflesen und ein Vermögen daraus machen!
Das war nicht besonders originell, zugegeben. Aber es war der Versuch, meine Wertbegriffe begreiflich zu machen. Rami sollte einsehen, daß ich nichts anderes wollte als sein Koran: den Sieg des Geistes über das Fleisch. Nur eines hatte ich vergessen: Rami spuckte auf den Geist. Er fraß Fleisch. Soviel wie möglich und besonders Schweinefleisch, was für seine Religion als Todsünde galt. Um so gewaltiger wirkten meine Worte auf den Kaid, der damals 40 Jahre alt war und zugeschnürt wie ein Postsack. Nie war ein Lächeln über seine Lippen gehuscht. Weder der Abzug der Franzosen noch die Verkündung der nationalen Unabhängigkeit hatten die Nebelschwaden von seiner Seele geblasen. Das irdische Dasein war für ihn ein Leidensweg. Ein beständiger Sturz in den Abgrund, und er dachte längst nicht mehr daran, einen Sinn des Lebens zu entdecken. Doch heute geschah das Wunder. Nach vierzig Jahren lösten sich seine Kiefer, und er lächelte. Meine Worte hatten ihn verzaubert. Zum ersten Mal strahlte er; und die Gäste merkten es. Der Kaid verkehrte sich in sein Gegenteil. Er öffnete sich wie die Seerose am Morgen. Nur Rami verzog seine Lippen und nahm mir die letzte Lust, ihn zu bekehren.

Sogar der Possenreißer drückte theatralisch seine Handflächen auf die Brust und murmelte »hamdulillah«, was bei uns soviel bedeutet wie »Ehre sei Gott in der Höhe!«
Ich war zufrieden mit mir. Ich hatte geredet wie ein Sonntagsschullehrer. Einen glänzenden Eindruck hatte ich gemacht, und jedermann freute sich, daß ich Mulay Abdallahs Herz erheitert hatte. Als er in die Hände klatschte, um uns zur Tafel zu bitten, folgte ich voll eitler Demut. Ich sonnte mich im Staunen der Anwesenden, denn es war offensichtlich, daß ich ein Mirakel vollbracht hatte. Das war nicht derselbe Kaid. Er war ein Greis gewesen. Jetzt war er ein Jüngling, und der Spaßmacher sagte zu seinem Tischnachbarn: »Schöpf mir den Teller voll Buchstaben, Bruder; vielleicht schwillt auch mir wieder das Fleisch, und ich zeuge noch ein paar Soldaten für den König und das Vaterland!« Da verdoppelte sich das Wunder. Der Kaid lachte; und wir wußten, daß der Geist über ihn gekommen war.
Nach dem Segensspruch geschah ein weiteres Wunder. Mulay Abdallah ging hinaus und kehrte mit einem Korb zurück, in dem sich zwölf Flaschen befanden. Der Koran verbietet den Genuß alkoholischer Getränke. Weder der Kaid noch irgendeiner seiner Gäste hatten je davon gekostet. Wein oder Schnaps sind haschumah, so absolut untersagt, daß man sie nicht einmal beim Namen nennt. Nur ich und Rami hatten eine Ahnung, wie das schmeckt. Ich, weil ich kein Mohammedaner bin. Und Rami, weil er ein gottloser Schurke ist, der sich über die Gesetze hinwegsetzt. Schließlich ist er ein Rami, ein Abkömmling von Mulay Idriss und

ein Nachfahre des Propheten. Auch der Kaid ist ein Nachfahre des Propheten. Statthalter des Sultans im Lande der Giftkröten und Skorpione. Scheriff aller Analphabeten zwischen Uschda und Beni Unif. Wenn er Alkohol anbietet, gibt es keine Widerrede. Die Aufforderung eines Kaid ist Gebot des Himmels. Mulay Abdallah ließ uns einschenken und basta. Gottes Zorn lag im Raum, der Statthalter aber erhob sich, nahm das Glas in die Hand, füllte es mit Wein und hielt eine Ansprache, deren Gedanken er sich selbst wohl nicht zugetraut hätte. Das war vor einem Vierteljahrhundert und ich zitiere aus der Erinnerung:

– Gott wird uns verzeihen, denn ER ist die Vernunft. ER hat den Wein erschaffen; also will er, daß wir ihn trinken. Er ließ die Äpfel reifen am Baum der Erkenntnis, damit seine Kinder davon essen. Wozu gab er uns einen Kopf, meine Brüder? Nicht um einfältig zu bleiben wie die Würmer. Er hat das Alphabet erfunden, damit wir es erlernen. Er hat die Bücher geschrieben, damit wir sie lesen. Denket nach, und ihr werdet erkennen, daß die Unwissenheit eine Sünde ist. Wir müssen sie ausrotten wie das Unkraut aus dem Garten. Dann werden wir Gott gefallen, denn er will, daß wir Brot machen aus seinem Korn, Tücher aus seiner Wolle und ein Paradies aus seiner Erde. Er will, daß wir die Welt verbessern. Er will nicht, daß wir gehorchen wie das Vieh, das man mit der Peitsche zur Arbeit zwingt. Er schuf uns, nach seinem Ebenbild, aufrecht, damit wir unser Schicksal in die Hand nehmen. Fünfmal am Tag werfen wir uns auf die Knie und feilschen mit ihm, daß er Regen schicke, die Heuschrecken vertilge, die Weiber fruchtbar mache und uns reich. Dabei

gab uns Allah ein Hirn und zehn Finger, daß wir uns Rat schaffen auf der Welt. Lernt von diesem Fremdling! Er hat mir die Augen geöffnet, und ich danke ihm dafür. Ich habe beschlossen, ab heute keine Zeit mehr zu verlieren. Wir werden nur noch einmal beten am Tag und viermal nachdenken. Wir ziehen eine neue Frucht in unserer Wüste! Wir pflanzen das Alphabet in die Köpfe der Beduinen, denn sie hungern an Körper und Geist. Eine Saat wird aufgehn, meine Brüder! Mit vierundzwanzig Buchstaben entzünden wir die Revolution. Wir waren bisher ein gelber Fleck auf der Landkarte. Ein Niemandsland für Habenichtse und Unwissende. Dieses Niemandsland werden wir bewässern mit den Fluten der Bildung. Und aus der Bildung werden Städte emporwachsen. Fabriken und Bergwerke, Straßen werden das Land durchziehen, und man wird kommen aus allen Himmelsrichtungen, um uns zu bestaunen. Erhebet eure Gläser, meine Brüder, und trinket mit mir. Gegen die Macht der Gewohnheit. Zu Ehren des Allmächtigen!
Wir erhoben unsere Gläser und leerten sie in einem Zuge. Erstens, weil der Kaid es so wollte, und zweitens lockten uns die verstaubten Flaschen. Sie übten einen unwiderstehlichen Reiz aus, regten die Phantasie an und den Durst. Montrachet 1949. Ein Sündentropfen aus der Kolonialzeit. Der französische Kommandant hatte ihn zurückgelassen, als er vor Mulay Abdallah das Feld räumen mußte. Dann begann die Mahlzeit, und wir ließen uns nachfüllen. Wir wiederholten die Übung. Immer von neuem, und als der Kaffee kam, befanden wir uns in höchst ausschweifender Stimmung. Ganz besonders Abderachman, unser Chauf-

feur, der ahnte, daß eine solche Gelegenheit nie wiederkehren würde. Und außerdem stand er unter dem Eindruck der beispiellosen Rede. Der Kaid hatte ihm einen Weg gewiesen. Ein Programm, für das es sich lohnte zu leben. Der Kaid glühte. Abderachman aber loderte und mit siegestrunkenen Augen blickte er zu Rami hinüber. Rami sagte nichts. Niemand sagte etwas. Doch als Abderachman die dritte Flasche entkorkte, mahnte ich zum Aufbruch. Der Kaid bat uns, bei ihm zu übernachten. Aber ich erklärte, wir müßten uns auf den Weg machen, da ich noch vor Sonnenuntergang drehen wollte. Das stimmte nicht. Wir hätten morgen drehen können oder übermorgen. Die Beduinen rannten uns nicht davon. Ihre Sorgen würden weiterbestehen; noch hundert Jahre lang. Aber die Sache wurde mir unheimlich. Abderachman war in einem Zustand, der zu gewissen Befürchtungen Anlaß gab. Irgend etwas lag in der Luft. Ich wußte nicht was; aber ich hatte das unbestimmte Gefühl, jetzt, auf dem Höhepunkt meines Triumphs, verschwinden zu müssen. Vielleicht plagte mich das Gewissen, bereits zuviel Unruhe gestiftet zu haben. Ich verabschiedete mich; voller Eitelkeit und Angst. Ich hatte eine Lawine in Bewegung gebracht und fürchtete, von ihr verschüttet zu werden. So machten wir uns auf den Weg und überließen die Tischgesellschaft ihrem Schicksal.
Von Tendrara bis Figig sind es nicht ganz 180 Kilometer. Die Straße ist miserabel. Von Schlaglöchern ramponiert. Die Temperatur unerträglich. Rami verlangt, daß die Scheibe hochgedreht wird. Abderachman starrt gläsern in die Ferne und drückt auf den Gashebel. Zumachen! schreit Rami.

Abderachman reagiert nicht. Ich drehe die Scheibe noch weiter herunter und versenke mich wieder in eine Zeitung, die ich bald auswendig kenne. Hinter uns wirbelt eine Staubwolke zum Himmel. Auflehnung ist in der Luft, und Rami spürt es. Der Sklave verweigert den Gehorsam. Er hat sich verführen lassen, von diesem Psychopathen in Tendrara. Übergelaufen ist er, glaubt an die Macht der Vernunft. Haha. Eine köstliche Vernunft ist das! Die Menschen verbessern! Ihr werdet sehn, wie euch das gelingt! Rami wird angriffig, er keift in sich hinein.

– Das Alphabet will er verbreiten. In der Steinwüste. Wie will er das machen? Wem will er sie bringen, seine Buchstaben? Den Beduinen? Den Beni Mathar oder den Beni Guil? Nomaden, die ständig unterwegs sind. Ohne festen Wohnsitz. Wie stellt er sich das eigentlich vor? Lehrer mit Flügeln am Arsch? Fliegen hinter den Karawanen her wie die Geier hinterm Leichenzug.

Ich erwähnte bereits, daß Abderachman gesündigt hatte. Es war auf Befehl eines Scheriffs geschehen, eines Abkömmlings des Propheten. Dennoch war es Sünde. Schlimmer, eine Todsünde. Wein hatte er getrunken, zum ersten Mal im Leben, und jetzt wußte er genauer als zuvor, daß Rami ein Lump war. Abderachman entblößte grimmig seine Vorderzähne, drückte den Gashebel noch tiefer. Wir rasten mit 130 Stundenkilometern dem Dschebel Eschuahan entgegen. Die Landschaft glich einem ausgetrockneten Flußbett.

– Lehrer will er finden. Hoho! Hier im Hinterzimmer von Afrika. Keinen einzigen wird er auftreiben. Weder bei uns noch im Ausland. Die Leute sind zwar blöd. Aber nicht so blöd, daß sie nach Tendrara kommen,

um den Urmenschen das Alphabet einzutrichtern. Und wenn er sogar welche fände, wenn er jedem Lehrer ein eigenes Auto gäbe, um diesen Halbwilden nachzufahren. Die Beduinen würden ihm ins Gesicht lachen, weil sie – fahr nicht so schnell – weil sie keine Buchstaben brauchen. Weil sie seit Jahrtausenden durch die Wüste latschen – von einer Quelle zur andern – ohne Bücher und Bildung. Weil sie Heuschrekken fressen und Flöhe knacken, und wenn einer kommt, um sie zu belehren, ziehen sie ihm die Haut vom Leib und fressen ihn auf.
Etwas war mit dem Wagen nicht in Ordnung. Wir kurvten von einem Wegrand zum andern. Aber woher sollte ich wissen, ob das Wirklichkeit war oder Sinnestäuschung? Schließlich war ich selbst nicht mehr ganz nüchtern, und bei dieser Hitze ist alles möglich. Rami schien auch nichts zu bemerken, und so schwieg ich.
– Ein Stellvertreter des Sultans. Mit dem Hirn einer Mücke! Geht hin und wiegelt – nicht so schnell, hab ich gesagt – das Volk wiegelt er auf mit seinem Fieberwahn. Gräbt uns eine Grube und ahnt nicht, daß er als erster hineinfallen wird. Selber denken sollen sie. Hihi! Wenn das Pack anfängt zu denken, wird es gefährlich. Ein Rudel von tollwütigen Hunden. Laß nur einmal die Leine locker und sie reißen dich in Stücke. Ich wette, daß sie ihn – langsamer fahren sollst du, du Kamelmist!
»Kamelmist« hat er gesagt. Abderachman hat sich nicht verhört. Die Augen treten ihm aus dem Kopf. »Tollwütige Hunde«. Damit ist er gemeint und seinesgleichen. Er beschleunigt, jetzt sind wir auf hundertfünfzig. Jetzt weiß ich mit Gewißheit, daß wir hin-

und herschleudern. Ein Reifen muß geplatzt sein. Hinten rechts. Ich lege die Hand auf die Schulter Abderachmans, will ihn mäßigen, doch zu spät. Eine Sandwolke strudelt empor. Ich spüre einen Hieb in den Nacken. Wir überschlagen uns; und Hals über Kopf stürzen wir eine Böschung hinunter.
Der Wagen wog vier Tonnen. Ein Reportagewagen des marokkanischen Rundfunks. Nach der Katastrophe sah er aus wie von einer Dampfwalze überfahren. Als ich aus der Bewußtlosigkeit erwachte, hatte ich Blut im Mund. Der Schädel schmerzte. Meine Zunge schien aus Holz, es war stockfinster um mich herum. Ich lag eingekeilt zwischen dem, was einmal Dach und Türe war. Ich dämmerte vor mich hin, bis plötzlich ein Gedanke in meinen Kopf blitzte. Wir hatten Munition bei uns – 500 Patronen – und ein halbes Dutzend Kanister mit Reservebenzin. Wir mußten uns aus dem Staub machen. Da fiel ein Lichtstrahl in mein Nirwana. Ich bemerkte die Öffnung – eine rhomboidale Luke, das fatale offene Fenster.
Wir kletterten ins Freie. Im Laufe von Sekunden. Kurz darauf gab es einen Donnerknall. Der Schrotthaufen wurde zum Feuerwerk, das berstend und krachend zum Himmel sprühte.
Das geschah am 20. Oktober 1959. Um sechs Uhr abends. In der Wüste des Mader el Massarin. Mehr tot als lebendig hofften wir auf Hilfe. Jemand würde vorbeifahren. Dann verlor ich das Bewußtsein. Zum zweiten Mal.
Ich habe nie erfahren, wer uns zurücktransportierte. Jemand mußte uns mitgenommen und beim Kaid abgeliefert haben. Da war ich wieder, im Palast des Mu-

lay Abdallah, des Statthalters von Tendrara. Ich befand mich in einem Zimmer, wo es nach Jasmin duftete und Chloroform. Mein Kopf schmerzte, die Zunge war geschwollen, Durst quälte mich. Ich hörte nicht auf zu trinken, Zitronenwasser, Orangensaft. Ich hatte einen Verband um den Schädel, und jeden Abend kam jemand, um ihn zu erneuern. Ich konnte weder sehen noch reden. Dafür hörte ich Gesprächsfetzen, aus denen ich zusammenreimte, was los war. An meinem Bett erschienen Unbekannte. Amtspersonen, Hausangestellte, ein polnischer Arzt. Unverschämt besprachen sie meinen Fall und konstatierten – voll Schadenfreude –, daß ich um ein Haar ins Gras gebissen hätte. Sie fügten hinzu, mein Alphabet hätte mir auch nichts genützt, im Gegenteil. Schaut euch an, wie der aussieht! Aber der Kaid will nichts lernen aus der Erfahrung. Schon fängt er an mit seiner Buchstabenrevolution. Mulay Abdallah ist ein ehrenwerter Mann, aber unberechenbar. Das kommt davon, daß er noch keine Frau hat. Ein Mann ohne Frau ist kein Mann, sagt das Sprichwort. Hätte er sein Vergnügen in der Nacht, würde er tagsüber keinen Unsinn treiben. Bildung will er pflanzen in der Wüste, obwohl es keine Lehrer im Amtsbezirk gibt. Ohne Lehrer keine Schule, das sieht doch ein Blinder. Zugegeben, man kann sie kommen lassen. Für teures Geld. Aus dem Ausland. Aber dann reden sie eine fremde Sprache, und niemand wird sie verstehen!

Da trat jemand ins Zimmer und brachte ein Gerücht, das Entsetzen auslöste. Mulay Abdallah sei daran, einen Zivildienst aufzubauen. Die Listen seien schon angefertigt. Wer lesen könne und schreiben, werde ab-

kommandiert. Ein Jahr lang. Als Schulmeister für die Nomaden.
Ein Jahr lang? schrien die Leute durcheinander. Dazu ist er nicht befugt. Er will uns ruinieren. Wer schaut nach unseren Geschäften, wenn wir weg sind? Unsere Familien gehen zugrunde. Das ist rechtswidrig. Wir sind die Elite dieser Gegend. Man kann uns doch nicht bestrafen, weil wir lesen und schreiben gelernt haben. Das lassen wir uns nicht bieten. Wäre der Kaid verheiratet, würde er auf seine Familie hören und nicht auf einen hergelaufenen Ausländer.
Der Ausländer war ich. Mir schwante nichts Gutes. Die Stimmen wurden lauter: eine Idee ohne Zukunft. Überlegt euch das: eine Schule für die Nomaden! Heut sind sie da, morgen dort. Ein Topf mit durchlöchertem Boden. Beklagt euch nicht, meine Brüder! Mulay Abdallah gab euch Alkohol, und ihr habt ihn getrunken. Gesündigt habt ihr, ohne euch zu schämen. Jetzt schickt er euch in die Wüste, und ihr bekommt die Strafe, die ihr verdient. Nehmt euch in acht, Brüder! Der Kaid war ein Kaninchen, jetzt lächelt er und ist ein Skorpion!
Ich hörte das alles unter meinen Bandagen. Meine Zunge war trocken wie ein Stück Leder. Ich trank jetzt fünfzig Liter am Tag und der polnische Arzt fand das kirjee, was auf französisch curieux und bei uns kurios heißt. Er äußerte die Vermutung, ich sei traumatisiert. Mein Durst sei psychosomatisch, und man müsse etwas unternehmen. Er unternahm nichts. Am zwanzigsten Tag meiner Konvaleszenz stellte ich fest, daß im Garten eine Versammlung stattfand. Der Kaid hatte Soldaten ausgeschickt, um seine Elite zusammenzu-

treiben. Hundertelf Männer waren da, doch keiner wagte aufzumucken.

– Morgen beginnt die Revolution, begann Mulay Abdallah. Alle machen mit. Drückeberger werden ausgepeitscht! Der Zivildienst dauert ein Jahr. Wer nicht bei der Sache ist, bleibt zwei Jahre. Bei diesen Worten ging ein Raunen durchs Volk.

– Wer meutert, sogar drei. Der Prophet sagt: Die Kleinmütigen werden verdammt. Ich sage: Sie werden ausgerottet! Jeder von euch bekommt ein Zelt, ein Gewehr, eine Fibel, zwei Wolldecken und Proviant. Jedem von euch wird eine Quelle zugewiesen. Mitten in der Sahara. Dort wartet ihr, bis sie kommen. Sie kommen bestimmt, weil sie Durst haben. Wir haben hundertelf Quellen im Verwaltungsbezirk. Und hundertelf Soldaten des Alphabets. Das seid ihr, meine Brüder. Ich befördere euch mit dem heutigen Tage zu Kriegern eines heiligen Feldzugs. Zu Feddajin im Kampfe um Wissenschaft und Aufklärung. Wenn eine Sippe zur Quelle kommt, treibt ihr die Kinder in euer Zelt und hämmert ihnen die Buchstaben in den Kopf. Wenn nötig mit dem Stock. Bei Sonnenaufgang fangt ihr an. Wenn es heiß wird, hört ihr auf. Normalerweise bleiben sie sechs Wochen. Wenn sie weiterziehn, schreibt ihr ein Zeichen in die Fibel und übergebt sie dem Stammesältesten. Bei der nächsten Quelle wartet der nächste Lehrer. Der Stammesälteste bringt ihm die Fibel, und der neue fährt dort weiter, wo der alte sein Zeichen hinterließ. So macht ihr Kapitel um Kapitel. Bis das Buch durch ist. Dann können die Kinder lesen. Eine neue Epoche bricht an und ihr dürft nach Hause zurück. Lohn gibt

es keinen; denn ihr steht im Dienst eures Königs. Deserteure werden erschossen.
Ich war überwältigt. Endlich ein Märchen nach meinem Geschmack. Die Idee schien mir genial. Die Quadratur des Kreises. Mulay Abdallah hatte die Formel gefunden, um in einem Jahr drei Zeitalter zu überspringen. Von der Prähistorie in die Neuzeit. Mein Herz jubelte vor Entzücken. Wenn ich etwas zu sagen hätte, gäbe ich ihm den Nobelpreis. Doch leider habe ich nichts zu sagen. Ich bin der einzige, der an ihn glaubt. Mit einer Ausnahme: Abderachman. Aber der hat noch weniger zu sagen als ich.
Ich lag und meditierte, als die Tür aufgerissen wurde. Zum ersten Mal seit zwanzig Tagen die widerlich schnarrende Stimme von Rami:
– Da hast du's. Gott straft uns für den Schnaps, den wir gesoffen und die Weiber, die wir entehrt haben. Feddajin der Wissenschaft sollen wir werden. In die Wüste schickt er uns, um Buchstaben zu pflanzen. Aber dich hat es ebenfalls erwischt. Weißt du es schon? Zuckerkrank bist du. Der polnische Arzt hat es mir gesagt. Daran krepiert man. Garantiert. Langsam aber sicher. Dein Leiden sei unheilbar, hat er gesagt, und das ist mein Trost!
Jetzt wußte ich es. Mein Schädelbruch war verheilt, doch eine Zuckerkrankheit ist geblieben. Ein Diabetes mellitus auf traumatischer Grundlage. Die Bauchspeicheldrüse ist ausgebrannt. Kein Insulin mehr. Als Folge des Schocks. Wenn ich leben will, muß ich mir Spritzen geben, dreimal täglich, bis ans Ende der Tage. Weil ich glänzen mußte bei Tisch, mit dem Alphabet, der größten Weisheit meines Le-

bens! Ach, du lieber Gott, wann gibst du mir endlich Verstand?
Am vierundvierzigsten Tag wurden wir abgeholt. Von einem perlweißen Cadillac. Gechajlt entlassen, erklärte der polnische Arzt, und er grinste vieldeutig. Abderachman hatte eine Narbe quer übers Gesicht. Rami hinkte auf beiden Beinen und schleppte sich mit Krücken zum Auto. Mir sah man überhaupt nichts an. Die Hirnerschütterung bebte nur noch undeutlich durch mein Bewußtsein. Die Zuckerkrankheit schwelte harmlos in der Bauchhöhle. Wir lagen in weichen Sitzen und ließen uns nach Rabat kutschieren. Gechajlt entlassen. Krüppel an Körper und Seele. Und der Film, den wir drehen sollten, blieb ungedreht. Eine klägliche Bilanz.
Die Strecke zwischen Taza und Fes ist ereignislos. Wir sprachen kein Wort. Jeder horchte in sich hinein. Ich saß hinten. Neben Rami. Abderachman vorne, neben dem Chauffeur. Ich spürte, wie er brütete und haßte. Sein Unfall war ihm mißlungen. Das schlug ihm aufs Gemüt. Er hatte beabsichtigt, Rami zu pulverisieren. Aber Rami lebte und er wartete nun auf den Moment der Vergeltung. Ich verstand, daß ich für Abderachman gar nicht zählte. Wenn ich draufgegangen wäre bei seiner Katastrophe: kifkif! Er hätte es nicht einmal bemerkt. Nicht daß er etwas gegen mich oder meine Ideen gehabt hätte, im Gegenteil. Sein Instinkt aber sagte ihm, daß Leute von meiner Art auf der anderen Seite stehn. Ich mochte reden soviel ich wollte. Ich überzeugte ihn nicht. Er traute weder meinem Idealismus noch meiner Sympathie für die Namenlosen, zu denen er gehörte. Ein Hobby, eine Liebhaberei, die ich

ablegen würde wie ein verschwitztes Hemd, sagte er. Und außerdem war ich ein Ausländer. Ob ich da war oder nicht, änderte wenig an seinem Schicksal. Kifkif, sagen die Araber! Er schwieg von Tendrara bis Rabat. Fast tausend Kilometer. Ein unvorsichtiges Wort und er hätte sich verraten. Vorläufig war alles in Ordnung. Niemand würde ihm nachweisen, daß er das Unglück gewollt hatte. Man konnte ihn verdächtigen, aber nicht überführen. Schließlich war er am Steuer gesessen. Hatte sich selbst der gleichen Gefahr ausgesetzt wie uns. Und übrigens konnte er sich ausrechnen, daß ihn Rami nicht verpfeifen würde. So dumm war der auch nicht. Er hatte mitgesündigt. Mitgesoffen und nichts getan, um die Sauferei zu verhindern. Rami war mitschuldig. Vielleicht sogar einer der Hauptschuldigen. Er hatte so viel Dreck am Stecken, daß er schweigen würde. Theoretisch war der Fall erledigt. Praktisch ganz und gar nicht, denn Abderachman ist ein Schlöh. Ein dunkelhäutiger Berber aus dem Süden. Er glaubt an Allah und seine Gesetze, aber in seinem Innersten ist er ein Heide. Er weiß, daß man nicht töten soll. Das steht im Koran, doch gibt es Ausnahmen. Rami zum Beispiel ist eine Ausnahme. Man muß ihn ja nicht umbringen. Man kann ihn auch, sagen wir, ins Jenseits befördern. Durch einen Unfall. Oder ein Mißgeschick. Abderachman nimmt die Gebote nicht allzu genau, interpretiert sie nach seinen Bedürfnissen. Seine Urahnen sind zwar bekehrt worden. Vor zwölfhundert Jahren, als der berühmte Sidi Okhba durch ganz Afrika sprengte, vom Nil bis zum Ued Suss, und alles zermalmte, was der Botschaft des Propheten im Wege stand. Sein Schwert war furchtbar. Sogar die

Schlöh mußten sich unterwerfen. Wenigstens äußerlich. Abderachman ist ein mustergültiger Moslem, heißt es, er betet fünfmal täglich zu Allah. Er fastet im Monat Ramadan. Er spart Geld, um eines Tages nach Mekka zu pilgern. Um die Sünden von seiner Seele zu waschen und ein Hadsch zu werden. Er hat drei legale Frauen und elf Kinder, davon acht Söhne, hamdulilah. Er verrichtet vorschriftsmäßig seine Waschungen, wenn er sich befleckt hat, und jeden Abend liest er eine Sure aus dem heiligen Buch. Man kann ihm nichts vorwerfen. Außer vielleicht, daß er in Marrakesch einen Zauberer kennt. Er trägt geheimnisvolle Beutelchen unterm Hemd und schüttet, wenn es niemand sieht, zerriebene Flöhe in den Tee. Manchmal soll er eine Hexe besuchen. In einer Lehmhütte am Meer. Um sich einreiben zu lassen. Mit der Galle eines Chamäleons, weil ihm hin und wieder die Männlichkeit versagt. Er hat zwei Herzen in seiner Brust. Ein frommes, das sich nach Unsterblichkeit sehnt, und ein heidnisches, das tobt und nach Rache dürstet. Er ist ein unheimlicher Geselle, und ich kann begreifen, warum ihm Rami nicht über den Weg traut. Eines Tages könnte es passieren. Irgend etwas Schreckliches, denn Abderachman zweifelt an der göttlichen Gerechtigkeit. Er weiß nicht, ob im Himmel die Guten belohnt und die Schurken bestraft werden. Der Schlöh in ihm spürt, daß man Allah etwas nachhelfen muß. Daß es nötig sei, im Diesseits zu besorgen, was im Jenseits nicht mehr nachzuholen ist. Mit der Härte eines Mulay Abdallah. Mit Stock und Peitsche, und wenn es sein muß mit dem Messer. Mulay Abdallah ist sein Vorbild. Wer säen wird, hat er gesagt, der wird ernten. Wer glaubt,

der versetzt Berge. Aber so ein Rami glaubt überhaupt nichts. Will weder säen noch ernten und schon gar nicht Berge versetzen. Dazu ist er zu faul. Nur schmarotzen will er. Verbreitet Fäulnis um sich herum und Unglauben. Sogar den Engeln stutzt er die Flügel. Verspottet den besten Kaid der Welt, solche Ramis muß man bestrafen. Nicht erst nach dem Tode.
So dachte wohl Abderachman auf der Heimreise, nehme ich an. Sicher bin ich nicht, denn er sagte kein Wort. Ich hatte andere Sorgen. Ich war 35 Jahre alt. Machte mir nichts draus, eine Reportage mehr oder weniger zu drehen. Aber ich war abergläubisch. Ich glaubte fest an das Sprichwort, daß es mit den Filmen geht wie mit guten Taten. Wenn man sie hinausschiebt, vergiften sie das Gewissen. Bis zum Jüngsten Tag, heißt es, wo wir Rechenschaft ablegen über alle guten Taten und Filme, die wir versäumt haben. Aus Trägheit oder Kleinmut. Die Reportage über die Beduinen lag mir jetzt im Magen. Oder, besser gesagt, in der Bauchspeicheldrüse, die nicht mehr funktionierte. Die Beduinen verhungerten. Die Trockenheit dauerte an. Die Leute verreckten wie die Fliegen, wir aber flüchteten nach Hause. In einem perlweißen Cadillac. Ich fühlte, daß zwischen meinem Gewissen und der Bauchspeicheldrüse ein Zusammenhang bestand. Je mehr ich mich schämte, desto höher stieg der Blutzukker. Vielleicht war das Selbstschutz. Gegen die Realität, die häßlich war und bitter. Realisten vom Typ eines Rami widerten mich an, denn mit ihrem gesunden Menschenverstand erstickten sie das heilige Feuer. Dafür liebte ich Menschen wie Mulay Abdallah. Seine Gedanken waren verworren, aber er hob einen empor,

in die Welt der Phantasie. Vielleicht sind es die Miesmacher, die recht haben, die ewigen Spielverderber. Doch was soll ich machen, ich bin ein Enthusiast. In solche Grübeleien versunken, kehrte ich nach Rabat zurück.

Dann gingen die Jahre ins Land, und wir hatten keine Nachrichten vom Kaid. Niemand wußte, was aus ihm geworden war. Wir hätten schreiben können. Anrufen oder selbst hinfahren. Aber wir hatten unsere Beweggründe, es zu unterlassen. Rami fürchtete den Erfolg, Abderachman und ich den Mißerfolg des großen Experiments. Darum steckten wir den Kopf in den Sand.

Doch dann drängte es mich, noch einmal hinzufahren, nachzuholen, was wir versäumt hatten. Dieselbe Route mit denselben Gesichtern. Rami, Abderachman und ich. Alles da capo, bis zu jener Stelle, die beinahe unser Grab geworden war.

Ich bin unverbesserlich, ich hoffte auf ein Happy-End. Ich hoffe immer auf ein Happy-End, obwohl ich längst wissen müßte, wie selten es eintrifft. Ich hatte einen Funken ins Pulverfaß geworfen und keine Ahnung, was daraus geworden war. Ich wünschte innig den Sieg Mulay Abdallahs über die Hoffnungslosigkeit. Ich träumte von der ersten Generation lesender Beduinen. Von Industriezentren und modernen Siedlungen, die aus der Einöde hervorwachsen.

Die Wirklichkeit war zunächst zwiespältig. Aus der Rumpelpiste war eine Asphaltstraße geworden. Tankstellen alle fünfzig Kilometer. Herbergen in den verlorensten Oasen. Hinter den Sanddünen Riesenreklamen: Coca-Cola! Stork-Bier! Bastos-Zigaretten! Wir

glitten geräuschlos durch die Hochebene und warfen uns unsichere Blicke zu. In der Gegend von Gur Leham begegneten wir einer Lastwagenkolonne mit dreihundert Bergleuten, die nach Dscherrada fuhren. In die Kohlengruben. Ich traute meinen Augen nicht. Beduinen mit Schutzhelmen und Preßlufthämmern. Ich jubilierte: »Nicht schlecht, unser Kaid. Aus Halbwilden macht er Bergarbeiter.« – »Zwangsarbeiter«, korrigierte Rami. Dann schwiegen wir. Die Reise war unbehaglich. Damals waren wir aufgebrochen zu entdecken. Diesmal nicht. Wir fuhren hin, um eine Schuld zu begleichen, weil wir damals unser Ziel nicht erreicht hatten. Weil Abderachman besoffen war und Rami aus der Welt schaffen wollte. Weil Mulay Abdallah von einem Anfall revolutionärer Schwärmerei erfaßt worden war und ich ihn verursacht hatte.
Wir kamen nach Tendrara und gingen ins Büro des Kaid. Alles war an seinem Platz. Derselbe Mokhazni stand am selben Ort. Mit demselben Gewehr auf derselben Schulter. Mulay Abdallah saß auf seinem Stuhl wie an jenem Tag, als wir ihn kennenlernten. Nur ein paar Jahre älter. Doch. Etwas hatte sich verändert. Von seiner Schwermut war keine Spur mehr geblieben, eine pfiffige Vergnügtheit hatte sich auf seinem Gesicht ausgebreitet. Er freute sich über unseren Besuch. Nach einer kurzen Begrüßung bat er uns zum Mittagsmahl, zu dem er wieder dieselben Gäste geladen hatte. Dieselben Kamelhändler, lokalen Würdenträger und den Bewässerungsinspektor. Auch der jüdische Juwelier war erschienen und natürlich der Possenreißer. Nur der polnische Arzt fehlte, was ich als günstiges Zeichen für meine Gesundheit deutete.

Ich ging auf den Spaßmacher zu und fragte ihn erwartungsvoll, was aus ihm geworden sei, seit er jenen Hornochsen in den Hintern genudelt hatte. Er gab zurück, daß er inzwischen in Mekka gewesen und Hadsch geworden sei, weshalb er sich nun aller Lustbarkeiten enthalten müsse. Es würde ihn jedoch interessieren, wie sich mein Schicksal entwickelt habe und insbesondere meine Zuckerkrankheit. Darauf erwiderte ich, auch ich müsse mich der meisten Lustbarkeiten enthalten und bekäme jetzt täglich drei Spritzen Insulin. Der Witzbold freute sich unumwunden und erklärte, das sei die Strafe für den Floh, den ich damals dem Kaid ins Ohr gesetzt hätte: Aus dem Floh ist ein Elefant geworden, werter Freund, und du ahnst gar nicht, wie schlecht es Mulay Abdallah bekommt, Gutes zu tun. Er hämmert den Beduinen Buchstaben in den Schädel. Und wie danken sie es ihm? Sie werden frech. Er brachte einen Tubib zu den Beni Mathar, einen Arzt aus Deutschland. Und was tun die Nachbarn, die Beni Guil? Sie schimpfen, weil sie noch keinen haben. Nie haben sie einen Arzt gehabt, jetzt aber fängt er plötzlich an, ihnen zu fehlen. Der Kaid ließ eine Straße durch die Wüste bauen, den Stolz unseres Amtsbezirks. Und was sagen die Leute? Daß ihre Kamele keinen Wert mehr haben, daß man die Straße in die Luft sprengen sollte, weil sich die Karawanen nicht mehr rentieren. Der verdammte Autoverkehr habe sie arbeitslos gemacht, und das paßt ihnen nicht, obwohl sie faul sind wie der Schlamm im Tümpel. Mulay Abdallah fand auch da eine Lösung. Er hat die Beduinen nach Dscherrada geschickt, in die Kohlengruben, wo sie dreimal soviel verdienen wie vorher. Er drückte ihnen einen Preßlufthammer in den Arm und zeigte ihnen, wie man arbeitet. Aber der Preßlufthammer machte zuviel Lärm und von fünftausend Männern sind viertausend davongelaufen. Zurück in die Zelte. Der Kaid ließ ihnen Häuser bauen. Gleich neben dem Bergwerk. Aus Backstein und Mörtel. Mit Wasser und elektrischem Licht. Und was haben sie gemacht? In den Innenhöfen der Häuser stellten sie ihre Zelte auf. Dort hausen sie wie eh und je und beweisen der Welt, daß es hier nie etwas Neues geben wird...

Bei diesen Worten erhob sich Mulay Abdallah vom Tisch, mit bebenden Nasenflügeln und flackernden Augen. Er werde jetzt eine Spazierfahrt machen. Wer Lust habe, möge ihm folgen. Niemand hatte Lust, denn das Essen hatte erst angefangen. Ich aber wollte wissen, was den Kaid so verstört hatte und bedeutete meinen Gefährten mitzukommen. Wir bestiegen einen Landrover. Abderachman setzte sich ans Steuer. Neben ihm der Kaid, hinten Rami und ich. Und so rollten wir nach Osten. Über die Straße, auf der wir um ein Haar ums Leben gekommen wären. Wo das Dorf zu Ende war, wartete ein Fellache, der mitfahren wollte. Die Straße war nicht wiederzuerkennen. Die Landschaft noch weniger. Olivengärten so weit das Auge reicht. Dattelpalmen und Zitronenhaine, wo früher Steine in der Sonne flimmerten. Mulay Abdallah winkte dem Fellachen einzusteigen und fragte:

– Seit wann gibt es hier Oliven?

– Das weißt du doch, Assidi. Seit vier Jahren.

– Und wer hat sie gepflanzt?

– Wir.

– Freiwillig?

– Nein.
– Was heißt nein?
– Mit dem Stock hast du uns zur Arbeit getrieben, Assidi.
– Was gab es hier vorher?
– Nichts, Assidi. Steine.
– Und wer hat sie weggeschafft, die Steine, aus der Wüste?
– Wir.
– Freiwillig?
– Mit der Peitsche.
– Warum mit der Peitsche?
– Weil wir nicht glauben wollten, Assidi.
– Woran nicht glauben?
– Daß man hier entsteinen und etwas pflanzen kann.
– Woher habt ihr das Wasser für eure Gärten? Hier gibt's doch kein Wasser.
– Wir haben eine Rhetara gegraben. Unter der Erde. Zwanzig Kilometer lang.
– Freiwillig?
– Nein.
– Wie lange habt ihr gearbeitet?
– 700 Nächte.
– Wer?
– Wir, Assidi. Und du hast mitgearbeitet. Jede Nacht.
Abderachman fuhr jetzt langsamer:
– Wem gehören diese Gärten?
– Uns, jeder der mitgearbeitet hat, bekam seinen Anteil.
– Was macht ihr aus den Oliven?
– Öl. In einer Presse, die wir gekauft haben. Und das

Öl verkaufen wir in Uschda. Alle bekommen wir Geld.

– Wieviel Hektar habt ihr entsteint, alles in allem?

– Tausendsechshundert. Vorläufig. Aber wir werden weitermachen.

– Freiwillig?

– Ja.

– Was hast du gesagt? Freiwillig?

– Natürlich freiwillig; wir sind doch nicht dumm!

Bei diesen Worten bremste Abderachman, als hätte ihn eine Wespe gestochen. Er drehte sich zu Rami um, der hinter ihm saß, packte ihn an beiden Schultern, haßerfüllt und siegreich zugleich, und spuckte ihm ins Gesicht. Mulay Abdallah sah zur Seite und lächelte.

HERZFLATTERN

Das Los der Losverkäuferin

Nicht alles, was hinkt,
ist ein Vergleich.
Henner Müller-Holtz,
Pädagoge

Armin ist ein romantischer Name. In Moll wie die Geschichte, die ich erzählen will. Er hieß Armin Rotbart und beschloß seinen Lebensweg dort, wo er ihn begonnen hatte: auf der Bühne. Er spielte gerade den Wallenstein. In Dresden. Als Dresden noch das alte Dresden war und man verdienten Künstlern den gebührenden Beifall zollte. Ich denke einen langen Schlaf zu tun – hauchte er mit gebrochener Stimme. Dann zog er sich in seine Gemächer zurück und starb. Als Wallenstein fürs Publikum. Als Armin Rotbart für seine Familie. Er hinterließ eine Frau und zwei Söhne.

Wie konnte er nur. Ein Hofschauspieler, dem die Frauen zujubelten. Die Männer ebenfalls, aber anders. Er hatte einen majestätischen Gang. Die Augen zog er hoch, als wollte er weit mehr sagen, als er sagte. Und dann diese Stimme. So etwas zwischen Schmelz und Schmalz. Eine rücksichtsvolle Bescheidenheit lag in seinen Bewegungen. Verzeihen Sie, daß ich so köstlich bin – schien er zu sagen. Aber er sagte es nicht, und das war eben das Einmalige. Wie konnte er nur diese Person heiraten, frage ich mich und bin nicht der einzige, der das wissen möchte. Sie muß einmal besser ausgesehen haben, aber ein gewisses Maß an Häßlich-

keit darf man auch im Alter nicht überschreiten. Sie überschritt es in jeder Hinsicht. Sie dampfte durchs Leben wie eine Lokomotive. Unförmig, verschwitzt und immer beleidigt: Barone haben sich um mich bemüht und Millionäre, aber ich entschloß mich für Rotbart. Obwohl er kein Geld hatte. Sie war voll Großmut: besser ein Komödiant als ein Banause, pflegte sie zu seufzen, und dann ist er mir weggestorben. Allein hat er mich gelassen und mittellos. Aber ich heirate kein zweites Mal. Nicht nach solch einem Mann. Niemals! – Es hat sich auch keiner gemeldet, unter uns gesagt, und Frau Rotbart wurde nie die Genugtuung zuteil, jemandem einen Korb zu geben. Ich vermute, daß sie das mehr kränkte als alles andere.
Zwei Söhne. Der Ältere war dünn wie ein Bleistift und hieß Konrad. Er blickte beiseite und wurde rot. Er malte Bilder von erschreckender Ähnlichkeit. Nackte Frauen, die auf schwarzen Rossen durch den Wald sprengen. Ich wette, daß er nie eine nackte Frau gesehen hat – ich meine aus der Nähe und mit ihrem Einverständnis. Der liebe Gott hatte auch keine gesehen, und trotzdem schuf er das Weib. Aus dem Kopf, wenn man so sagen darf. Aus purer Einsamkeit. Die Frauen, die Konrad pinselte, waren peinlich. Ich kann es nicht anders ausdrücken. Aus tiefster Seelennot waren sie entstanden, und das sah man ihnen an. Eine morgenrote Haut, kornblondes Haar und wasserblaue Augen. Jedes Äderchen konnte man erkennen. Jede Wimper auf dem Körper. Sie blickten einen an, diese Frauen, und schienen zu schwitzen. Armer Konrad! Mit gotischen Buchstaben unterschnörkelte er jedes seiner Werke, und dazu noch auf lateinisch: Rotbart pinxit.

Nebenbei war er Hilfsmagaziner im Gummihaus Troxler.
Der Jüngere hieß Kurt. Er war dick und gedunsen. Er besaß eine quarkähnliche Haut mit Rostflecken darauf. Das Schlimmste jedoch war die feurige Mähne, die um seinen Schädel flatterte. Er atmete schwer, denn die Nasenflügel waren zu eng. Er schnappte nach Luft – unaufhörlich – und sann auf Vergeltung.
Von seinem Vater hatte er ein einziges Erbstück. Es prägte seinen Charakter: Karl Mays Sämtliche Werke. Er kannte sie auswendig. Er war Winnetou und Old Shatterhand in einer Person. Alle Vokabeln der Indianersprache hatte er herausgeschrieben. Schnaubend warf er sie seinen Widersachern an den Kopf. Ita ken Saritsch – zischte er, wenn er einem begegnete, was etwa bedeutete, daß man ein Hund sei oder ein elender Köter. Wir alle waren seine Feinde, und er war stolz darauf. Ein heißer Haß erfreute ihn mehr als eine laue Freundschaft.
Bei alledem war er ein Genießer. Ein Genießer besonderer Art. Er genoß seine Leiden, seine Verlassenheit, sein Fett, sein rotes Haar und die unmögliche Mutter. An der Mutter litt er am meisten. Hochmütig blickte sie auf uns herab. Sie nannte uns Kuhschweizer und sprach Hochdeutsch. In Zürich ist das anstößig. Schlimmer als ein Buckel. Man verzeiht es vielleicht einem Botschafter. Einem Nobelpreisträger. Aber nicht der Frau Rotbart. Wer war sie eigentlich? Lotterielose verkaufte sie hinter dem Bahnhof und tropfte aus der Nase. Ein perfektes Ärgernis.
Kurt ging mit uns zur Schule. Er war einmal sitzengeblieben, aber blöder als seine Kameraden war er be-

stimmt nicht. Keiner hätte gemerkt, daß er ein Deutscher war, doch er pflegte dieses Gebrechen mit liebevoller Sorgfalt. Absichtlich ließ er Floskeln fallen, die wir nicht recht verstanden, und unsere Verlegenheit ergötzte ihn. Dabei war er der letzte in der Schule und so muskelschwach, daß ihn David Lichtenbaum k.o. boxte. David Lichtenbaum war nur halb so schwer wie Rotbart, aber er legte ihn auf den Rücken.

Was rede ich soviel. Rotbart störte unsere Kreise. Er sagte zum Beispiel: »Wenn ich mich nicht täusche« oder »Laßt euch das gesagt sein« oder »Dieses sei dahingestellt«. Wo hatte er nur diese Worte her? Und mit welchem Recht belästigte er uns damit? Wir empfanden diese Redensarten wie Salzsäure ins Gesicht. Wir schrieben sie nicht seiner Bildung zu – Herr Müller persönlich hatte ihn ja zum Klassentrottel ernannt –, sondern seiner Unverschämtheit: So sind sie, diese Deutschen, pflegten wir zu sagen, und wir prophezeiten, daß er ein jämmerliches Ende nehmen würde.

Ich muß noch hinzufügen – weil es von Bedeutung ist für meine Geschichte –, daß Rotbart ein Sammler war. Ein Sammler aus Berufung. Darüber hinaus litt er an Verstopfung. Er bewahrte alles auf, was ihm nur im entferntesten ungewöhnlich schien. Sogar den Inhalt seiner Gedärme. Wenn er hinaus mußte, ging er nicht. Zwei tiefe Furchen bildeten sich über seiner Nasenwurzel, doch er biß die Kiefer aufeinander und verharrte. Mit Befremden beobachteten wir, wie er schwelgte in seinen Schmerzen. Wir sahen, daß er sich quälte, doch es war offenbar, es erquickte ihn. Er blickte über uns hinweg. Er fühlte sich geadelt durch seine Pein. Sie bestätigte ihm, daß er jemand war. Er fühlte sich emporgehoben durch alles, was er hatte und wir nicht.

Er sammelte Exklusivitäten. Sie waren äußerst possierlich, das muß ich zugeben. Aber keiner von uns wäre auf den Gedanken gekommen, so etwas besitzen zu wollen. Stirnlocken oder Glasaugen großer Männer. Giftdosen von hervorragenden Persönlichkeiten. Armbrüste. Tomahawks mit Blutspuren. Totenschädel sowie Unterwäsche berüchtigter Frauen, deren Name allein schon Gänsehaut verursachte. Die Gegenstände waren vollkommen unnütz. Sie hatten weder Tausch- noch Nutzwert, und doch verdroß es uns, daß er sie besaß. In Mathematik war er eine Null. Seine Orthographie setzte sich über alle Regeln hinweg. Herr Müller erklärte, er sei ein Sargnagel und er habe soviel Haar auf dem Kopf, daß da nichts reingehe und nichts rauskomme. Dabei büffelte er, dieser Sargnagel. Tag und Nacht. Aber Kauzigkeiten, für die es keine Nachfrage gab. Die Apachensprache, wie ich bereits andeutete. Oder Wappenkunde. Oder – wie nannte er das doch? – Wahrscheinlichkeitsrechnung. Wenn wir ihn fragten, zu welchem Zweck er das lerne, antwortete er: »Wenn es einen Zweck hätte, würde es mich nicht interessieren.« Mit solchen Schlaksigkeiten stimmte er uns gegen sich. Wir fanden das unschweizerisch. Entweder etwas hat einen Zweck oder Schwamm drüber. Erst später erfuhren wir, daß auch er nicht ganz uneigennützig war. Er war nämlich zum Schluß gelangt, daß seine Mutter bei sich selbst ein Lotterielos kaufen müßte, und hatte errechnet, daß die Endziffer 77 die größten Gewinnchancen besaß. Das kalkulierte er mit seiner Wahrscheinlichkeitsrech-

nung, und der Erfolg war sensationell. Aber darüber später.
Er wohnte im selben Haus wie ich, und nicht selten stieg ich hinauf in seine Mansardenwohnung. Ich hatte viel Zeit in jenem Alter, und mir schien Rotbarts Privatmuseum noch das Spannendste, was es zu erleben gab. Die Losverkäuferin sperrte auf. Einen Spaltbreit. Und hoffte wahrscheinlich, es sei der Fürst von Monte Carlo. Wenn sie mich erblickte, verzog sie geringschätzig die Unterlippe und knurrte, Kurtchen sei unabkömmlich. Er sitze in seiner Bibliothek und studiere. Unabkömmlich! Da hatte sie mir eins ausgewischt. Einen Peitschenhieb übers Ohr. Ich kochte: weder rechnen kann er, noch schreiben, aber in seiner Bibliothek sitzt er und studiert. Langsam stieg in mir die Lust auf, ihn auszuradieren. Er stand mir vor der Sonne. Warum eigentlich, frage ich mich heute. Ganz einfach. Ich war neidisch auf ihn. Seine Mutter verkaufte Lotterielose hinter dem Bahnhof. Sie trug wollene Handschuhe und tropfte aus der Nase. Im Vergleich mit mir war Kurtchen ein Niemand. Und trotzdem war ich eifersüchtig auf ihn. Ich weiß auch, warum. Weil ich mich langweilte und er sich nicht. Er hatte seine Leidenschaften. Ich hatte keine. Und eines Tages fand ich heraus – oder meinte wenigstens, herausgefunden zu haben –, daß er von den gleichen Brüsten träumte wie ich. Von den wuchtigen Kurven einer unvergleichlichen Erscheinung namens Bella Lichtenbaum. Sie wohnte gegenüber. Jeden Abend zog sie sich aus. Immer zur gleichen Zeit. In ihrem Mädchenzimmer mit türkisblauen Tapeten und gelbseidenen Vorhängen, durch die man hindurchsehen konnte. Ge-

nußvoll und pedantisch entkleidete sie sich vor dem Spiegel. Dann machte sie Toilette. In einer geblümten Porzellanschüssel. Jeden Abend um Viertel vor acht. Ausgerechnet, wenn man sich bei uns zu Tische setzte. Wir waren feine Leute. Bei uns speiste man zu fixen Zeiten. Im Unterschied zu den Rotbarts, wo man überhaupt nicht speiste. Man verköstigte sich, und zwar schlecht. Weil kein Geld da war. Kurtchen konnte sich zu Tisch setzen, wann er nur wollte. Er durfte auch hinterm Vorhang stehen, hinüberspähen und später essen. Darum beneidete ich ihn über alle Maßen.

Kurt Rotbart feierte seinen dreizehnten Geburtstag. Ein Unglücksdatum, wie er sagte, und darum habe er alle seine Feinde eingeladen. Frau Rotbart hatte eine Schürze umgebunden. Sie servierte vorgestrige Schokoladentorte – Altbackenes nannte man das und holte es in der Bäckerei Fuchs an der Waffenplatzstraße. Die Torte war schief und verbeult. Mit bröckliger Sahne darauf. Rotbarts Bruder, der schüchterne Konrad, schenkte Kaffee ein, der nach Schmierseife schmeckte und Asphalt. Wir zwinkerten uns zu – mit kennerischen Blicken – und sagten uns später, die Rotbarts seien nicht nur häßlich, sondern auch geizig. In Wirklichkeit mußten sie sich durchhungern. Mit den Groschen aus dem Losverkauf und Konrads kargem Arbeitslohn. Nach der Schokoladentorte gab es nichts mehr zu feiern. Die Kollegen verabschiedeten sich, einer nach dem andern, und jedesmal mußte Kurtchen hinuntersteigen, denn die Haustür in schweizerischen Mietshäusern ist meist zugesperrt. Ich blieb als letzter. Ich wohnte im selben Haus. Zum ersten Mal befand ich mich allein in Rotbarts Kuriositätenkabinett. Fieberhaft schnüffelte ich herum, denn ich vermutete, daß er ein Geheimnis hatte. Er hatte eins. In der Schublade seines Nachttischchens. Ein winziges Ölbild, nicht größer als eine Postkarte. Eine kunstvolle Miniatur, die mir die Atemwege blockierte: die unvergleichliche Bella Lichtenbaum. Nackt vor dem Spiegel. Von hinten sichtbar und von vorn. Das Haar bis zu den Hüften. Die Hand mit dem Waschtüchlein zwischen den Oberschenkeln. Daneben die Porzellanschüssel und davor ein hauchdünner, gelbseidener Vorhang. Ein Bad der Aphrodite in übernatürlicher Ähnlichkeit. Darunter stand in schamhaft-brünstiger Gotik: Rotbart pinxit. Da war keine Sekunde zu verlieren. Ich würde später noch Zeit finden, das Bild zu bestaunen. Jetzt griff ich danach und ließ es in meinem Hemd verschwinden. Das war die Zeitbombe, mit der ich Kurtchen aus dem Weg räumen würde. Früher oder später.

Meine Träume waren Schäume. Aber doch nicht so aussichtslos wie diejenigen Rotbarts. Was ich mir in unruhigen Nächten ausmalte, konnte nie Wirklichkeit werden. Für Bella war ich Gemüse, weniger als das. Ich hatte gerade den Stimmbruch und lächerlichen Flaum über der Oberlippe. Aber um wieviel geringer waren die Chancen des Sargnagels! Daß er nach ihr dürstete, war an sich schon eine Ungehörigkeit. Dieser Kerl kompromittierte meine Sehnsucht. In solcher Gesellschaft durfte ich gar nicht erst mitmachen. Bella sank im Marktwert, wenn so ein Monstrum von ihr träumte. Ich mußte ihn ausschalten.

Die Gelegenheit bot sich noch im selben Frühjahr, am

sogenannten Sechseläuten, das mein Vater als eine Heerschau von Wasserköpfen, einen Aufmarsch von Neandertalern und reaktionären Pfahlbauern bezeichnete. An diesem Fest wird in Zürich der »Böögg« verbrannt, und zwar in Form eines gigantischen Schneemanns aus Holz, Draht und Watte, der den Winter versinnbildlicht. Kopf, Rumpf und Hut sind mit Schwarzpulver vollgestopft. Wenn die Sprengmischung Feuer fängt – das passiert kurz nach sechs Uhr abends –, fliegt der Böögg in die Luft. Die Glocken läuten und, so behaupten die reaktionären Pfahlbauern, der Winter ist besiegt.
Mein Vater war da anderer Meinung. Er war immer anderer Meinung und erklärte, der Winter sei erst dann besiegt, wenn das vereinigte Weltproletariat – solchen Quatsch konnte er ernsthaft von sich geben – den Kapitalismus in Stücke schlägt. Nicht früher und nicht später, Punkt.
In jenem denkwürdigen April wurde der Böögg nicht verbrannt. Zum ersten Mal seit der Erschaffung der Welt, denn der Schneemann war verschwunden. Einfach so. Am Vortag hatte ich ihn noch gesehen. Mit eigenen Augen. Auf dem Tonhalleplatz, wo er immer zu stehen pflegt. Er steckte auf einem fünfzehn Meter hohen Scheiterhaufen. Das Ganze so groß wie ein mittlerer Kirchturm, und der war weg. Ein beispielloser Skandal. Ein Vorzeichen des nahenden Weltuntergangs. Sie haben ihn gestohlen – ging es von Mund zu Mund – unter der Nase der Stadtpolizei. Immer dreister führen sie sich auf, diese Lumpen! Ich war noch zu jung. Ich wußte nicht, wer mit den Lumpen gemeint war, aber bald sollte ich es erfahren: die Deut-

schen, natürlich, oder die Kommunisten, die nicht weniger verhaßt waren. Herr Müller stellte sich vor die Klasse. Ich glaube, es war in der Turnhalle, denn Turnhallen eignen sich besonders zu patriotischen Höhenflügen. Sein Gesicht war gerötet von Wein und ungezügeltem Ingrimm. Er schnaufte, pustete und plötzlich platzte er: »Sie mißgönnen uns die Schweizerfahne, diese Versager. Weil wir tüchtiger sind. Weil wir es besser können.« Er sagte nicht was, aber er meinte alles und verzog seinen Mund zu einer vieldeutigen Grimasse. »Alles machen wir besser und darum können sie uns nicht ertragen. Sie sind neidisch auf unsere Uhren, weil die genauer sind. Auf unseren Käse, weil er besser schmeckt, und auf unsere Frauen, weil sie mehr Dampf aufsetzen, sowohl im Bett als auch in der Küche.« Jetzt hatte er uns warmgewiegelt. Gänsehaut lief uns über den Rücken, und wir konnten es nicht erwarten, dem hinreißenden Mann eine Ovation darzubringen. Wir waren bereit, unser Leben herzugeben für unsere Uhren, unseren Käse und unsere Frauen, doch Herr Müller brüllte weiter: »Diese Bockwürste – damit meinte er die Deutschen – werden es bereuen, denn wir fressen sie auf. Ungekocht, so wahr ich hier stehe, und ohne Bier.« Schon wollten wir applaudieren, aber er fügte hinzu: »Und ohne Wodka.« Jetzt wurde es ernst, denn er meinte mich. Bisher hatte er nur gegen Rotbart gewettert, ohne seinen Namen zu nennen. Aber der Wodka galt mir. Das war gefährlich. Lebensgefährlich sogar. Ich machte mich klein und unauffällig. Niemand sollte mich bemerken. Die Anspielung mußte unbemerkt verklingen, und Rotbart half mir dabei. Er streckte die Hand

hoch. Im ungeschicktesten Augenblick, als ein vaterländischer Taumel die Klasse ergriffen hatte. Nie zuvor hatte er sich gemeldet. Er war ein Passivmitglied unseres Jahrgangs. Ausgerechnet jetzt drängte er sich vor, dieser Tölpel. Er verblüffte uns mit seinem Vorwitz, der alles Bisherige in den Schatten stellte: »Es ist doch kurios – piepste er unschuldig, wobei er bewußt diesen Ausdruck wählte, der nicht in unserem Vokabular figurierte –, äußerst kurios, daß die Schweizer so tüchtig sind, aber nicht verhindern konnten, daß ihnen der Böögg gestohlen wurde.«
Nach diesen Worten setzte er sich auf den Linoleumboden, verschränkte die Arme über dem Bauch, blickte zum Fenster hinaus und gab zu verstehen, daß er nichts mehr hinzuzufügen habe.
Das war ein Tiefschlag. Perfid und scharfsinnig. Alles hatten wir erwartet, aber das nicht. Der Rothaarige war in die Offensive gegangen. Jahrelang hatte er das Opfer gespielt, wortlos gelitten, auf einen Umschwung des Schicksals gehofft. Und nun war es soweit. Die Nazis hatten ihm den Rücken gestärkt. Er wurde unverschämt. Vielleicht wußte er mehr als wir. Daß die Wehrmacht bald einmarschieren würde. Daß wir bereits auf der Abschußliste standen. Daß er – alles ist möglich – Gauleiter werden sollte und daß uns die Deutschen zu ihren Unterhunden machen würden. Aber das könne er sich aus dem Kopf schlagen, kreischte Herr Müller, im Vergleich mit England und Frankreich sei Deutschland ein Kuhdreck, jawohl. Rotbart möge es nur ausrichten auf seinem Konsulat. Wir Schweizer hätten keine Angst. Bei Sempach und Morgarten seien wir auch nicht davongelaufen, ob-

wohl die Deutschen zehnmal so stark waren. Im Gegenteil. Zusammengeholzt haben wir sie damals. Kurz und klein, jawoll, und wenn es jemandem nicht gefällt bei uns, soll er die Koffer packen und verreisen!
Das war eine Konzertarie. So etwas blähte unsere Herzen. Wir erhoben uns und klatschten fünf Minuten lang Beifall. Ich ganz besonders, weil ich ein schlechtes Gewissen hatte. Wegen dem Böögg, den vielleicht meine Gesinnungsfreunde gestohlen hatten. Bei mir zu Hause war man rot. Mein Vater machte kein Geheimnis daraus. Darum war ich nicht minder betroffen als Rotbart. Herr Müller nahm den Zwicker von der Nase und wischte ihn ab. In der Hitze des Gefechtes war er ihm angelaufen. Mit einem Lederläppchen putzte er seine Gläser, während wir nicht aufhörten zu applaudieren. Stehend natürlich. Nur Kurtchen blieb sitzen. Mit gekreuzten Armen, vorgeschobener Unterlippe und zusammengekniffenen Indianeraugen. Er spähte in die Ferne wie einstmals sein Vater, als er den Wallenstein spielte. Das reizte den Lehrer zur Siedehitze. Er stürzte sich auf Rotbart, packte ihn beim Kragen, schüttelte ihn und brüllte mit bellend sich überschlagender Stimme: »Wenn ihr bis nächsten Montag – das war ein formelles Ultimatum – den Böögg nicht zurückerstattet, marschieren wir über die Grenze und holen ihn selbst. Sag das deinem Hitler und – mir schien, jetzt schiele er zu mir herüber – dem Stalin ebenfalls!«
Der Sargnagel tat keinen Wank. Er ließ sich rütteln und stoßen. Bleich saß er da, atmete asthmatisch. Doch er schwieg wie ein Held. Ich hingegen schlotterte. Die Anspielung war klar und unmißverständ-

lich. Wir lebten zwar noch im tiefsten Frieden, doch zum ersten Mal merkte ich, daß es rauchte an der Lunte der Weltgeschichte. Daß ich mittendrin stand, verwickelt in die Auseinandersetzungen der Großmächte. Daß ich mich reinwaschen mußte, koste es, was es wolle. Es gab einen Verdacht, und den mußte ich abwälzen. Auf den ersten besten Sündenbock, der mir über den Weg lief: Rotbart. Der Gedanke kam mir während der Pause. Es war ein häßlicher Gedanke, und ich schäme mich seiner bis zum heutigen Tag. Ich beschloß nämlich, Kurtchen solle büßen für seine großdeutsche Aufgeblasenheit – für seine hochtrabenden Ausdrücke und die Verachtung, mit der er uns zu behandeln pflegte. Einverstanden. Das war nur ein Vorwand. In Wirklichkeit wollte ich ihn loswerden. Als Rivalen. Es ging nicht um Hitler, sondern um Bella Lichtenbaum. In meiner Schulmappe hatte ich die Miniatur. Das fatale Ölbild mit der Aufschrift »Rotbart pinxit«, wobei nicht gesagt war, welcher Rotbart es gemalt hatte. Das war mir auch ziemlich gleichgültig – damals –, und ich klaubte es hervor. Ich vergewisserte mich, daß ich allein war im Klassenzimmer, warf einen letzten Blick auf die göttliche Bella und legte es in die Zeitung, die auf Herrn Müllers Pult lag. Er würde sie aufschlagen. Während der nächsten Stunde. Wenn wir unsere Aufsätze schrieben. Das Unheil mußte hereinbrechen.

Es brach herein. Mit der Heftigkeit eines Wirbelsturmes. Herr Müller hatte darauf gewartet. Seit Monaten und Jahren. In ihm brodelte ein Vulkan, der einmal explodieren mußte. Er war ein stattlicher Mann. Keineswegs zu kurz gekommen. Weder an Kraft noch an

Körperwuchs. Aber er war unbefriedigt. Nicht persönlich, sondern – wie soll man das ausdrücken – als Schweizer. Wenn es gerecht zuginge auf der Welt, seufzte er, wären wir eine Großmacht und die anderen hätten Angst vor uns. Wir haben den besten Staat, die saubersten Sitten, die zuverlässigste Industrie, nur sind wir eben zu klein, und das ist unser Kreuz!
Wenn Herr Müller so gewalttätig reagierte, an jenem Nachmittag, war das ein Akt der Vergeltung. Aber nicht für das Gemälde mit der nackten Bella Lichtenbaum. Auch nicht für die freche Bemerkung, die Rotbart hatte fallenlassen. Keineswegs. Es war einfach eine Abrechnung mit dem Schicksal, mit der geographischen Tragödie der Eidgenossen, mit der entwürdigenden Kleinheit unserer Verhältnisse. Darum genügten ihm auch seine Fäuste nicht. Darum griff er zum Haselstock, den er bis zur totalen Erschöpfung auf Kurtchen niedersausen ließ.
– Der will uns zeigen, daß er uns war pfeift. Beleidigt uns mit abfälligen Sprüchen. Und jetzt diese Herausforderung. Beobachtet ein Mädchen aus dem Hinterhalt. Malt sie mit lüsternem Pinsel. Ohne ihre Einwilligung, selbstverständlich, und zuletzt hat er die Stirn und legt seine Schweinerei auf meinen Tisch. Das ist mehr als eine Herausforderung. Eine Kriegserklärung ist das. Wollte mal sehn, wie die Kuhschweizer sich verhalten, wenn man sie aus dem Busch klopft. Das wolltest du doch, ja oder nein?
Keine Antwort.
– Oder behauptest du, dieses Gepinsel sei nicht von dir? Hier steht es schwarz auf weiß, daß es von dir ist.
Dumpfes Schweigen.

– Vor meine Nase hast du es gelegt, um zu beweisen, daß euch schon alles erlaubt ist. Meinst wahrscheinlich, daß morgen nicht mehr der Müller euer Lehrer ist, sondern der Hitler. Und übermorgen zieht ihr uns die Hosen runter und malt ein Hakenkreuz auf unseren Arsch.

Bei jedem Satz haute er Kurtchen den Haselstock über den Rücken, bis die Splitter flogen. Kurtchen hatte ein weißes Hemd getragen. Jetzt war es purpurrot, denn der Schulmeister hatte ihn blutig geprügelt. Stumm saßen wir in unseren Bänken. Fasziniert und entsetzt zugleich. Wir schauten zu, ohne Skrupel noch Schuldgefühle. Wir jubilierten, daß er endlich bezahlen mußte. Jetzt hatte er die verdiente Strafe, dieser Wicht, der alles kurios fand. Auch ich war in Hochstimmung. Wenigstens einstweilen, denn ich war noch einmal davongekommen.

Wenige Tage später stand in der Zeitung – auf der ersten Seite und mit fetten Buchstaben –, daß eine gewisse Frau Rotbart, Losverkäuferin von Beruf und Mutter zweier Söhne, den Haupttreffer gewonnen hatte. Den ersten Preis der Zürcher Kochkunstausstellung, die das Volk wieder zur Feinschmeckerei verführen sollte, da die Leute angesichts der Wirtschaftskrise die Freude am Schlemmen verloren hatten. Kurtchen war zur Überzeugung gelangt – ich habe schon darüber berichtet –, daß seine Mutter das große Los gewinnen würde, wenn sie die Endziffer 77 zöge. Sie zog die Endziffer 77 und gewann. Das war unerhört und beängstigend. Eine Sonnenfinsternis. Ein Signal der Vorsehung – so schien es mir wenigstens –, daß die Sterne auf seiten der Deutschen standen. Ich wurde unsicher. Ich fragte mich, was weiter geschehen würde. Ich hatte ihn denunziert. Verraten. Ins Unglück gestürzt. Wenn er herausfände, daß ich der Judas war, daß ich ihn an den Henker geliefert hatte, würde er sich rächen. Schrecklich. Mit der Wahrscheinlichkeitsrechnung, höchstwahrscheinlich. Ich verbrachte qualvolle Tage. Das Gewissen nagte an meiner Leber. Jetzt war ich dran, denn inzwischen war herausgekommen, wer wirklich den Böögg gestohlen hatte. Meine Genossen. Die Kommunisten. An der Maidemonstration hatten sie ihn mitgetragen. Eine Trophäe von der Größe, wie schon gesagt, eines mittleren Kirchturms. Die Roten jauchzten vor Stolz. Die Neandertaler schäumten. So war es. Nicht Rotbart war schuld, sondern ich. Aber der Sargnagel schwieg. Er beteuerte nicht einmal seine Unschuld. Vielleicht hatte Rotbart auch das Bild nicht gemalt. Alles schien mir jetzt möglich. Ein Rotbart mußte es gewesen sein, aber nicht unbedingt Kurtchen. Ich halluzinierte. Konnte nicht schlafen. Zitterte vor Schuldgefühlen. Ganz im Gegensatz zu unserem Lehrer, für den alles einfach war. Er bestellte Herrn Lichtenbaum zu sich, einen jüdischen Kaufmann mit Glatze und Bauch, den Vater der vielbegehrten Bella und des kleinen David, der Rotbart mit einer Hand auf den Rücken legte. Auch Kurtchens Mutter ließ er kommen. Die Losverkäuferin mit dem Tropfen an der Nase. Die beiden hatten keine Ahnung, was sie erwartete, doch sie erschienen pünktlich und setzten sich vor Herrn Müller, der betriebsam in seinen Akten fummelte. Er war ein Lehrer bis ins Rückenmark. Ein Schweizer, der keine langen Umschweife machte. Er kam sofort zur Sache und

sagte, es tue ihm leid, daß Fräulein Lichtenbaum unfreiwillig zum Opfer einer Entehrung geworden sei. Bei dieser Formulierung lockerte der Vater seine Krawatte, und Herr Müller fuhr fort, das unschuldige Mädchen sei im Zustand völliger Nacktheit zu Papier gebracht, hinterlistig mißbraucht und mit dem Pinsel geschändet worden. Dieser Ausdruck bleibt mir unvergeßlich: »mit dem Pinsel geschändet«. Herr Lichtenbaum rieb verlegen an seinem Hosenknie. Frau Rotbart starrte zum Fenster hinaus, und der Schulmeister schloß mit pathetischem Nachdruck, er kenne den Täter. Man werde die nötigen Maßnahmen ergreifen. Dabei legte er die Miniatur auf den Tisch und wischte den Dunst von seinen Gläsern.
Da lag es nun, das Corpus delicti. Weder der Kaufmann noch die Losverkäuferin hatten den Mut, es in die Hände zu nehmen. Herr Lichtenbaum musterte es aus der Entfernung. Er schob die Unterlippe vor und überlegte. Frau Rotbart schien unbeteiligt, als ginge sie die Sache nichts an. Totenstille. Eine Ewigkeit. Doch plötzlich räusperte sich Herr Lichtenbaum. Er wandte sich zu Kurtchens Mutter und sagte: »A Kawalier is er nich, Ihr Sohn, aber pinseln kann er.« Darauf zog er seine Brieftasche hervor und fragte: »Wos soll das Bild denn kosten?«
Frau Rotbart saß da wie vom Blitz getroffen. Erst jetzt begann sie zu begreifen. Ein schrecklicher Gedanke dämmerte in ihrem Herzen. Sie ergriff die Miniatur. Ihre Augen wurden rund und runder. Sie prüfte die Unterschrift und verstand: Rotbart pinxit. Das schleckte keine Ziege weg. Ihr Sohn war ein Sittenstrolch. Sie erhob sich majestätisch von ihrem Sessel.

Sie zupfte die Wollhandschuhe von ihren Fingern, zögerte einen Augenblick und warf sie Lichtenbaum vor die Füße: »Ab Sonntag bin ich reich – sprach sie mit der Grandezza einer Hofschauspielerin –, ich habe nicht nötig, die Werke meiner Söhne zu verschachern.« Hochmütig wandte sie sich der Tür zu, doch kehrte sie noch einmal zurück: »Und Sie, Herr Müller, sind ein Kacker. Ich spucke Ihnen ins Gesicht, denn jetzt kann ich mir's leisten.«

Sie tat's und verließ den Raum. Der Lehrer nahm ein Taschentuch und wischte die Beleidigung fort. Herr Lichtenbaum verabschiedete sich, ein diskretes Lächeln auf den Lippen. Er konnte zwar nicht Hochdeutsch, aber er hatte Sinn für Humor.

Am darauffolgenden Sonntag fuhr ich nach Örlikon hinaus. Zur Kochkunstausstellung, wo die Preise zur Verteilung gelangten. Man wußte noch nicht, was für Preise, doch eines stand fest: Kurtchens Mutter bekam den ersten. Heute sollte sie reich werden. Den verdienten Triumph erleben, und da mußte ich dabeisein. Ich wußte bereits, daß nicht Kurtchen den Böögg gestohlen hatte. Ich ahnte auch, daß nicht er das Bild gemalt hatte, sondern sein Bruder. Ich war ein Schuft. Ich hatte die Miniatur auf Herrn Müllers Tisch gelegt. Das war eine ganz üble Gemeinheit. Durch nichts ließ sie sich entschuldigen, auch nicht durch den Haß gegen die Nazis. Da war Rotbart aus besserem Holz. Er versuchte nicht einmal, den Verdacht von sich zu schieben, den Schuldigen beim Namen zu nennen, seinen Bruder Konrad zum Beispiel oder weiß der Kuckuck wen. Ich mußte mich rehabilitieren. Irgendwie. Darum fuhr ich hinaus, um zu beweisen, daß ich ein

Freund war. In schlechten Zeiten und in guten. Eine Blechmusik plärrte, Luftballons wurden verteilt. Es roch nach Bratwurst und penetranten Parfüms. Aufreizende Damen drängten in den Saal. Kunstvolle Locken in der Stirn und falsches Gehänge am Hals. Punkt fünf gingen die Scheinwerfer an. Die Musik verstummte. Auf der Bühne erschien ein Männlein. Gehrock, Stehkragen, schwarze Fliege unterm Kinn. Er stand vor dem Vorhang, hinter dem die Preise aufgestapelt lagen. Feierlich blinzelte er in die Runde, und dann verkündete er geheimnisvoll, der große Moment sei gekommen. Er habe die Ehre, mit der Preisverteilung zu beginnen. Das Schicksal habe die Würfel geworfen. Den Haupttreffer erhalte eine Person, die ihn dringend brauche. Eine Mutter von zwei Söhnen, die seit Jahren versuche, auf einen grünen Zweig zu gelangen. Die Gewinnerin heiße – Fanfarenstoß – Rosa Rotbart aus Zürich.
Ich stand auf und klatschte los. Dreitausend Leute machten es mir nach. Ein Feuerwerk für die arme Frau Rotbart! Als sich der Sturm gelegt hatte, bat das Männlein, die Gewinnerin möge auf die Bühne kommen. Es wurde ruhig im Saal. Von zuhinterst ruderte eine Frau herbei – oder sagen wir es ehrlich: ein Weib – rot und naß im Gesicht. Sie kletterte auf die Estrade, drehte sich zum Publikum, stand im Rampenlicht und starrte in die Menge. Das war der Tag der Gerechtigkeit, ihr Jüngstes Gericht, die Abrechnung mit dem Schicksal. Sie weinte stumm vor sich hin. Die Zuschauer erhoben sich von ihren Sitzen und applaudierten. Mitten hinein blökte der Zeremonienmeister, daß er stolz sei und geehrt, einer unbekannten Losver-

käuferin den Haupttreffer überreichen zu dürfen. Bei diesen Worten hob sich der Vorhang. Fanfarenstoß. Im Scheinwerferlicht glitzerte der Gabentisch. Zuvorderst eine Geschenkschachtel von ungeheuren Ausmaßen. Wozu dieser Pappkarton? Eine Million in Tausendernoten? Tausend mal tausend Franken oder zehntausend mal hundert? Das war das Umschlagen des Schicksals. Der Sargnagel war zum Rockefeller geworden. Dank der Wahrscheinlichkeitsrechnung. Über Nacht, sozusagen. Das Männlein im Stehkragen machte eine aufmunternde Handbewegung. Er lud Frau Rotbart ein, die Schachtel zu öffnen. Atemlose Spannung in der Festhalle. Das Weib zerrte an der Goldschnur. Nervös und fiebrig. Endlich war es soweit. Sie riß den Deckel hoch. Berge von Seidenpapier. Seit wann packt man Banknoten in Seidenpapier? Jetzt hielt sie ein Paket in der Hand. In Silberfolie gewickelt. Sie verlor die Geduld und schranzte die Silberfolie in Fetzen. Endlich! Dreitausend Personen schnellten von ihren Sitzen. Man hätte eine Mücke hören können. Die Witwe wagte nicht hinzublicken. Sie ertastete den Haupttreffer mit den Fingerspitzen. Sie zog ihn heraus. Aber wo war die Million? Wo die Wiedergutmachung für all die Jahre? Für die Fußtritte und Ellbogenstöße? Sie hob ihn hervor, den ersten Preis. Ein Korsett. Sie hatte ein Korsett gewonnen. Nicht mehr und nicht weniger. Ein schwarzes Korsett. Ein Luxusmieder aus Paris. Einen hauchdünnen Schnürleib aus Flitter, aus Seide, aus exotischen Spitzen. Eine aufreizende Sünde. Die Ziffer 77. Kurtchens magische Zahl aus dem Reich der Wahrscheinlichkeit. Die Glückszahl der Pechvögel hatte gewonnen. Frau Rotbart

stand da bis ins Herz getroffen. Auf diesen Haupttreffer hatte sie Schulden gemacht, ihre Ehre aufs Spiel gesetzt, Lichtenbaums Angebot ausgeschlagen und Herrn Müller ins Gesicht gespuckt. Eine Woche lang hatte sie frei geatmet und auf Vergeltung gesonnen. Nun war alles aus. Sie fing an zu kreischen. Sie brüllte wie ein verletztes Tier. Man habe sie betrogen. Das sei Mord an einer schutzlosen Witwe... und sie schlug dem Zeremonienmeister das Korsett ins Gesicht, sie zerkratzte ihm die Visage, sie schlug mit den Fäusten auf ihn ein, dann sackte sie zusammen.
Einige Männer aus der ersten Reihe schwangen sich auf die Bühne. Hunderte von Neugierigen und zuletzt ein Arzt, der natürlich zu spät kam. Der Schlag hatte sie getroffen. Die Endziffer 77 war tot. Gestorben, wie einst ihr berühmter Gatte in Dresden. Auf den Brettern. Im Rampenlicht des Erfolgs. Des ersten und leider des letzten.
Ich machte mich aus dem Staub. Ich schämte mich zu Tode. Ich ließ Kurtchen allein, denn ich fühlte mich mitverantwortlich. Mitschuldig für das Geschehene. Jawohl, ich hatte mitgemordet, und es wurde mir klar, daß ich büßen mußte für meine Schuld. Noch in derselben Woche – Gott allein durchschaut den Zusammenhang – bat ich um Aufnahme beim Kommunistischen Jugendverband.

Der Sheriff

In der Demokratie der weißen
Mäuse kommt man mit der
Tretmühle am weitesten.
Dr. Doolittle

Ich war und bin ein Kaninchen. Das sage ich Ihnen im Vertrauen, denn niemand weiß es und niemand soll es wissen. Man hält mich für einen mutigen Mann, der bei den übelsten Raufereien dabei war. Das ist wahr. Ich bin bei verschiedenen Handgreiflichkeiten dabeigewesen. Ich habe mitrandaliert und mitkrakeelt, aber hauptsächlich aus Angst. Wenn Sie wüßten, was für eine Angst ich habe.

Auf der Lettenbrücke war ich auch dabei. In der vordersten Reihe sogar. Absichtlich, um nicht zu kneifen im letzten Augenblick. Hinter mir staffelten sich fünf Reihen halbwüchsiger Helden. Jungen und Mädchen. An eine Flucht war nicht zu denken. Alle waren in meinem Alter, zwischen vierzehn und achtzehn Jahren, aber die hatten keine Angst, nehme ich an. Die waren aus härterem Material als ich: Lehrlinge, Hilfsarbeiter, Verkäuferinnen. Sie verdienten bereits ihr Geld und konnten weggehen von zu Hause, wenn es ihnen nicht mehr paßte. Auch fluchen konnten sie wie alte Soldaten. Ich nicht. Ich komme aus einer gepflegten Familie und schäme mich meiner Herkunft. Das habe ich von meinem Vater, der sich auch schämte. Er lehrte mich, daß Intellektuelle Abfall sind. Nebenprodukte der bürgerlichen Gesellschaft. Metastasen eines krebskranken Körpers. Von ihm erfuhr ich, daß es verwerflich sei, oben zu stehen. Daß die Rettung von unten komme. Also nicht von mir oder meinesgleichen, denn mein Vater war Arzt und meine Mutter Apothekerin. Ich durfte mitmachen. Mein Vater wünschte es sogar. Aber nur in einer Nebenrolle. Die Hauptrolle spiele das Proletariat – dozierte er –, die Klasse der Zukunft, die Vorhut der Revolution. Ich spielte also meine Nebenrolle. Mit geheuchelter Bescheidenheit. Ich ließ mich bewundern und sagte, es sei nicht der Rede wert; den Sheriff solle man bewundern, nicht mich! Der sei eine Persönlichkeit. Lastenträger am Zürcher Güterbahnhof. Kisten mit 120 Kilo lädt er auf seinen Buckel. Vom Morgen bis zum Abend. Ein Athlet ist er und unerschrocken. Nicht wie ich! – Der Sheriff eine Persönlichkeit? gluckste jemand – ein schwachsinniger Trottel ist das. Stinkt nach billigem Wein, verbreitet den Tripper statt revolutionäres Bewußtsein. Auf den können wir verzichten. Den brauchen wir überhaupt nicht, weil er uns Schande bereitet! Ich war schlau genug, den Sheriff weiter in Schutz zu nehmen, denn auf diese Weise kamen meine eigenen Qualitäten erst richtig zur Geltung. Ich sagte, daß man mit dem Kopf allein auch nicht durch die Wand rennt, daß man uns schön zusammengehackt hätte, wenn damals … und ich erzählte meine Geschichte zum hundertsten Mal. Nicht ganz wahrheitsgetreu, sondern mit listigen Zutaten, die auch meine Nebenrolle ins Rampenlicht rückten. Noch schlauer. Ich verharmloste meine Nebenrolle so bescheiden zugunsten des Lastenträgers, daß mir keiner glaubte. Daß mich alle für ungeheuer großmütig hielten und ich schließlich nicht schlechter dastand als der Sheriff selbst. Ich war ein Hase, aber ein gerissener.

Es ereignete sich während dem spanischen Bürgerkrieg. Im Herbst 1937, als jeder anständige Mensch für die Republikaner war und gegen Franco, der von Hitler unterstützt wurde und von Mussolini. Wir waren gerade im richtigen Alter. Als Freiwillige kamen wir noch nicht in Frage, weil wir zu jung waren. Aber protzen konnten wir. Daß wir nach Spanien fahren werden, sobald wir volljährig sind. Um unser Leben zu opfern für den Sozialismus und Kommunismus und alle großen Ideale, für die man so gerne zu sterben pflegt. Vorläufig übten wir den Bürgerkrieg im kleinen. Auf der Lettenbrücke, zum Beispiel. Wir sangen revolutionäre Lieder und brüllten Losungen in die Luft. Manchmal gab es auch richtige Straßenschlachten, und wir balgten uns bis zum letzten Schweißtropfen. Aber eine richtige Schlacht – ich meine so eine, von der man später einmal erzählen könnte – gab es erst auf der Lettenbrücke, als die »Nationale Front« ihren Einzug ins Zürcher Industriequartier halten wollte. Das konnten wir nicht zulassen. Das Industriequartier war rot, seit der Erschaffung der Welt, und die Faschisten hatten dort nichts zu suchen.

Als es begann, stand ich neben Schlohmeier. Der war noch ein größerer Scheißkerl als ich. Sein Vater besaß eine Puddingfabrik und Millionen auf der Bank. Er war ein Jahr älter als ich, hatte Pickel im Gesicht und eine Brille auf der Nase. Er beeindruckte mich mächtig, denn mit soviel Geld geht man normalerweise in einen Golfclub, nicht zu den Kommunisten. Aber das gerade machte ihn außergewöhnlich. Er schwamm gegen den Strom und erhob sich gegen seine eigene Klasse. Das verdiente unseren Respekt – fand ich –, denn wir vertraten ja die Ansicht, daß der Mensch erst anfängt, wo sein eigener Vorteil aufhört. Wir gehörten zu den Leuten, die am liebsten auf Nagelbrettern geschlafen hätten. Wir verpönten, was angenehm war oder bequem.

Und ich war von allen der Unversöhnlichste, weil ich am anfälligsten war für die Annehmlichkeiten des Lebens. Das hatte ich ebenfalls von meinem Vater, der ein Genußmensch war. Ich versuchte alles in mir auszumerzen, was meinem Wesen entsprach, und mein Wesen war selbstsüchtig. Wenigstens nach der Lehre von Marx und Lenin, denn meiner Herkunft entsprechend war ich ein klassenfremdes Element. Ein jüdischer Intellektueller. Den Eigennutz hatte ich im Blut und mußte ihn bekämpfen. Ich mußte werden, was ich nicht war: ein Sheriff zum Beispiel, oder ein Durchschnittsgenosse, der im Schatten stand und seine Pflicht tat. Ich übte mich in der Kunst zu begehren, was mir zuwider war. Ich bastelte mir eine künstliche Identität und fing an, systematisch unter falscher Flagge zu segeln. So schwerfällig wie möglich. Mit dem bäuerlichen Gang eines Proleten. Ruppig und vordergründig in Wort und Gehabe. Ich bedauerte fast, keinen Kropf zu besitzen oder Läuse, aber auch das würde noch kommen, hoffte ich. Jedenfalls war ich ein Komödiant. Man glaubte mir mein Theater. Und wenn ich listigerweise einmal erklärte, in Wirklichkeit sei ich faul und feige, da lachten die Genossen und

meinten, ich scherze. Schlohmeier hatte auch Schuldgefühle, aber andere. Bei mir war es das schlechte Gewissen, einer Rasse von Krämern anzugehören, die schon vor zweitausend Jahren ihre Außenseiter ans Kreuz genagelt hatte. Schlohmeier gehörte der richtigen Rasse an, doch er onanierte. Ich kann es nicht beschwören, aber ich nehme es an. Wegen seiner Pickel auf der Stirn. Solche Leute fühlen sich ausgestoßen. Einsam stehen sie vor dem Spiegel und erbarmen sich ihrer Häßlichkeit.
Wir hatten uns im Theater kennengelernt. Man spielte den Don Carlos, der damals noch spannender war als heute. In Deutschland durfte er gar nicht aufgeführt werden. Bei uns saßen Geheimpolizisten im Saal, denn man befürchtete Demonstrationen. Ich war vierzehn Jahre alt und hatte keine Ahnung. Als da einer von der Bühne rief, er wolle Gedankenfreiheit, hielt ich das für ein Stichwort und klatschte los. Ich wollte den ganzen Saal mitreißen, aber niemand klatschte mit. Im Gegenteil. Typisch Zürich! Man zischte mich aus, von allen Seiten, weil ich den ordentlichen Ablauf der Vorstellung störte. In der Pause kam Schlohmeier auf mich zu. Kurzsichtig. Die Schultern verlegen hochgezogen. Versuchte mich anzulächeln und sagte: »Das war tapfer von Ihnen. Ich beglückwünsche Sie!« Er schmeichelte meinen Ohren. Genau das wollte ich hören. Dabei übersah ich, daß er überhaupt nicht tapfer war, daß er hätte mitklatschen können und mir seine Glückwünsche einen Dreck nützten. Ich sah nur, daß er auf mich aufmerksam geworden war, daß er »Sie« zu mir sagte und Anerkennung zollte für meine Zivilcourage. Ich blickte gleichgültig in die Ferne, als über-

hörte ich die süßen Worte; doch in Wirklichkeit platzte ich vor Einbildung.

So begann unsere Freundschaft. Er gefiel mir zwar nicht besonders. Er versteckte die schuldigfeuchten Augen hinter den dicken Gläsern seiner Hornbrille und sprach mit schleppend-besserwisserischer Stimme. Er war ungemütlich wie eine Kröte, ein vollkommener Kaltblütler. Bewohnte eine Zwölfzimmerwohnung mit Eltern und Geschwistern, kannte die Logarithmentafel auswendig sowie sämtliche Merowingerkönige in der richtigen Reihenfolge. Er gehörte zu jener Kaste von Auserwählten, die sich niemals irren und denen man keine Fehler nachweisen kann. Bis jetzt hatte ich gemeint, die Revolution trage ein offenes Hemd und eine Jakobinermütze auf dem Kopf. Nun lernte ich, daß meine Vorstellungen romantisch waren. Unreif vor allem. Der Sozialismus sei eine Wissenschaft. Mehr noch. Eine exakte Wissenschaft wie die Geometrie oder Algebra, und alles hänge ab von einer kühlen, von einer objektiven, von einer haarscharfen Analyse; nicht von einer ruppigen Mütze, schief auf dem Kopf, oder einem offenen Hemd. Das machte mir Eindruck. Das war kritisch; gegen den Strom; Schlohmeier war anders. Wenn wir das Gegenteil der Gesellschaft waren, war er das Gegenteil des Gegenteils. Ein Sheriff im Quadrat, und ich redete mir ein, daß er mir gefalle. Ich versuchte auch, es den Genossen einzureden, aber sie ließen sich nicht überzeugen. Er war – wie soll ich sagen – ein hygienischer Revolutionär. Blitzsauber und vernünftig. Aus weltanschaulichen Gründen, wie er sagte. Seidene Hemden hatte er an, Anzüge aus besten englischen Stoffen, und

schämte sich nicht. Er war der bestgekleidete Revolutionär der Welt. Er konnte es sich leisten. Die Proleten mußten ja froh sein, so einen Goldkerl in ihren Reihen zu haben.
Im Grunde genommen war ich neidisch auf ihn, denn er stellte mich in den Schatten. Wenn es einer nicht nötig hatte, sein Leben für die Unterklasse zu versauen, war es Schlohmeier. Trotzdem machte er mit, verteilte Flugblätter, schrieb Artikel, nahm an Sitzungen teil und analysierte die Situation. Er war bewunderungswürdig, aber ungeliebt. Darum wählte ich ihn – als Beweis meiner Selbstlosigkeit – zum Intimfreund. Für die Mädchen war er ein luftleerer Raum, ein weißer Fleck auf der Landkarte. Sie vergaßen seinen Namen oder blickten durch ihn hindurch, um seine Garstigkeit nicht wahrnehmen zu müssen. Die Jungen hingegen respektierten ihn, denn er war zuverlässig. Sie nannten ihn »Chronometer« und mich, seinen Zwillingsbruder, »Sonnenuhr«, womit gesagt wurde, daß ich weniger zuverlässig war. Er hörte nie auf, an mir herumzunörgeln, obschon er hätte stolz sein müssen, mein Freund zu sein. Chronometer und Sonnenuhr. Wir waren immer beisammen, aber der Chronometer war mir überlegen, weil er wenig sprach. Ich sprach zu viel. Auf hundert Worte, die ich verschleuderte, waren fünfzig überflüssig und der Rest nicht ausgereift. Schlohmeier schwieg tiefsinnig und vielsagend. Er verachtete mich wortlos. Er traf nur selten daneben, da er nur selten seine Meinung äußerte. Wenn er sie aber äußerte, dann berief er sich auf die Klassiker, auf Marx und Lenin und die übrigen Apostel. Ich konnte ihm nicht das Wasser reichen. Dafür gefiel ich den Mäd-

chen. Das war mein Trost. Ob ich gescheit redete oder blöd. Ich war der Hahn im Korb, und Schlohmeier hoffte, dabei etwas mitzuprofitieren. Das war sein Grund, mein Intimfreund zu sein.

Ich rede soviel von Schlohmeier, weil ich mich heute noch ärgere, wenn ich an ihn denke, und weil er damals, als wir auf der Lettenbrücke die Arschbacken zusammenklemmten, eine merkwürdige Rolle gespielt hat. Ich sage merkwürdig, weil ich mir die Sache gemerkt habe und seit vierzig Jahren die Frage stelle, warum er... aber lassen Sie mich berichten, wie sich das abgespielt hat.

Es war unser strategisches Ziel – eines seiner Lieblingswörter –, die Lettenbrücke um jeden Preis zu halten. Sie war ein proletarischer Schwerpunkt und durfte nicht verlorengehen. Wir hatten gelobt – eines meiner Lieblingswörter –, daß keine Hitlerfahnen in den Straßen des Industriequartiers wehen würden, es sei denn über unsere Leichen. Sechs Reihen stark standen wir da. Mit dumpfen Blicken und zusammengebissenen Zähnen. Es war ein kühler Oktoberabend. Die Bäume waren bunt. Es duftete nach taufrischen Äpfeln. Plötzlich schien es, als bebe ein fernes Donnergrollen vom Waidberg herüber. Wir starrten hinauf, doch sahen wir nichts. Bald wurde es offenbar, daß es Pauken waren. Bös und langsam schleppten sie sich durch die Häuserzeilen. In weniger als einer Stunde mußte es passieren. Wir wußten nicht genau was, aber zweifellos eine mörderische Angelegenheit. Die Straße, die zum Lettenbahnhof herunterführte, glich einer schlafenden Schlange. Plötzlich erschien ganz oben ein farbiger Fleck. Nein. Drei farbige Flecken. In der Mitte ein Hakenkreuz. Links und rechts davon die Fahnen der Nationalen Front. Jetzt konnte man sie erkennen. Noch eine gute halbe Stunde und es ging los. Wir glühten vor Ungeduld, rannten aus der Kolonne, über die Brücke, aufs feindliche Ufer, um besser zu sehen. Es war eine Armee. Fünfmal so viele wie wir, vielleicht auch mehr. Was da auf uns zukam, war keine Straßenschlacht, sondern ein Blutbad. Ich war nah daran zu verzagen, blickte zurück. Entsetzen zeichnete sich in den Gesichtern ab. Ich weiß es nicht mit Gewißheit, doch ich nehme an, daß die meisten das gleiche dachten wie ich. In jenem Augenblick fiel mir auf, daß jemand fehlte. Schlohmeier. Wortlos und unauffällig mußte er sich verdrückt haben, und ich war so vorwitzig, es den anderen mitzuteilen: der Chronometer ist verschwunden, brüllte ich, und ein Schrei der Entrüstung erhob sich in unserem Lager. Die Genossen schnaubten vor Wut. Dieser Feigling, dieser pickelübersäte Puddingmillionär, dieser Klassiker des Marxismus-Leninismus hat uns im Stich gelassen! So tönte es von allen Seiten. Es säuselte wie Engelsmusik in meinem Herzen. Ich war auch ein klassenfremdes Element, doch ich war geblieben. Die Schimpfworte gegen Schlohmeier waren Palmwedel für mich. Unausgesprochene Lobeshymnen auf meine revolutionäre Standhaftigkeit, und ich wuchs in meinen eigenen Augen. Ich hatte fast ebensowenig Motive, bei den Kommunisten zu sein wie mein Intimfreund, ich aber verharrte auf meinem Posten. Er nicht. So schien es wenigstens. In Wirklichkeit hatte ich nur langsamer geschaltet als Schlohmeier. Es blieb mir nichts übrig, als zu bleiben. Alle mußten jetzt bleiben. Wir waren

Gefangene unserer eigenen Worte. Wäre Schlohmeier nicht davongerannt, hätten wir vernünftig miteinander beraten und den Rückzug angetreten. Das konnten wir jetzt nicht. Wir nannten ihn einen Feigling und Verräter; also mußten wir tapfer sein; treu bis in den Tod. Wir konnten nur noch nach vorne flüchten. In den sicheren Untergang, und wir sangen mit hysterischer Inbrunst: Las campanias d'acero cantando al muerte van – wir sind die Stahlbataillone und ziehn mit Gesang in den Tod!
Vom Waidberg herunter marschierten die Faschisten, schlugen die Pauken, schwenkten die Fahnen und hatten keine Angst. So schien es. Sie waren fünfmal stärker, fünfmal siegesgewisser. Wir hingegen hatten alle Hoffnung aufgegeben, lebend aus dem Gemetzel herauszukommen. So grölten wir, skandierten heroische Losungen, schlossen unsere Reihen immer enger, bis die Feinde ganz nahe kamen. Wir konnten sie erkennen. Jeden von ihnen. Schön waren sie nicht, aber schrecklich. Die drei Fahnenträger trugen Studentenmützen auf dem Kopf und seidene Korpsbänder um den Bauch. Sie hatten Schmisse im Gesicht und gewaltige Kinnladen. Die Hinteren sah man nicht. Nur die Vordersten, und das waren baumlange Kerle, die entschlossen schienen, uns zu zermalmen. Plötzlich wurde es still auf der Brücke. Die Pauken verstummten. Wir hörten auf zu singen. Das war die Ruhe vor dem Sturm. Mir pochten die Eingeweide. Die Zwölffingerdarm zog sich zusammen. Ich wollte umsinken vor Herzklopfen, als neben mir – wie ein Blechwecker am frühen Morgen – eine Mädchenstimme aufschrillte: »No passaran!« Sie werden nicht durchkom-

men, sollte das heißen. Das schrien die spanischen Republikaner, wenn die Faschisten zum Sturm antraten. Das zündete überall. Bei Teruel, Guadalajara und auf der Lettenbrücke. Hier war es die rote Lily, die uns anfeuerte, und mit selbstmörderischer Lust übernahmen wir ihre Losung: No passaran – sie werden nicht durchkommen! Aber die Feinde kümmerten sich einen Schnurz um unser Gebrüll und marschierten vorwärts. Noch hundert Schritte, und die Welt mußte untergehn.

Bevor ich nun weitererzähle, will ich kurz mitteilen, wer diese Lily war, denn sie trug schließlich die Hauptschuld an unserem Mißgeschick. Die Rothaarigen sollen scharf sein, sagt man, aber mit Lily war das anders. Ich habe mit ihr geschlafen und kann Ihnen versichern, daß sie weder scharf war noch fad. Sie machte ihre Sache fleißig. Mit schweizerischem Pflichtgefühl. Ich kenne niemanden, der sich beklagt hätte, und weiß Gott, daß sie es mit allen getrieben hat. Mit Ausnahme von Schlohmeier, selbstverständlich. Der graust mich, pflegte sie zu sagen. Sieht aus wie ein Fleischkäs. Redet wie die sprechende Uhr der Telephonverwaltung. Ein Alptraum! Sie war Serviertochter an der Langstraße. Eher hübsch, wenn ich mich recht erinnere. Alles am richtigen Ort, wohlproportioniert, harte Brüste und einen saftigen Hintern. Die Nase war vielleicht etwas dünn, und alles schien irgendwie spitz an ihr, sogar ihre Art zu sprechen. Mein Vater sagte – nachdem sie einmal bei uns gefrühstückt hatte –, er hätte sich die Revolution eigentlich anders vorgestellt. Vergnüglicher. Aber die Revolution sei kein Karneval, und in harten Zeiten begnüge man sich mit Schwarzbrot! Er war ein Scheusal, mein Vater, und hatte Sinn für Humor, nur übersah er, daß Lily nicht mit mir schlief, um sich zu vergnügen. Dafür erzählte sie nachher, wie es gewesen sei. Ausführlich und mit Einzelheiten. Jedem verteilte sie ihre Zensuren. Jeder ist drangekommen. Von mir sagte sie zum Beispiel, ich sei eine Rakete. Nicht mehr und nicht weniger, wobei sie geheimnisvoll in die Ferne blinzelte. Eine bessere Reklame konnte sie mir gar nicht machen. Eine Rakete im Bett. Man konnte sich Verschiedenes dabei denken: einen kurzen Knall und alles ist vorüber. Oder eine Feuergarbe von Funken und Sternen. Oder einen Strauß von bunten Lichtern, welche aufgehen und verlöschen. Die Mädchen waren neugierig, und mehr brauchte ich nicht. Ich mußte es ihnen zeigen! Ihr letzter Liebhaber war der Sheriff gewesen. Juniorenmeister der Nordostschweiz im Ringen und Schwingen. Lastenträger am Zürcher Güterbahnhof. Ein Dreschflegel mit Froschaugen und kahlgeschorenem Kopf. Manchmal flackerte ein Funken Sehnsucht in seiner Iris, besonders wenn er vom Essen sprach. Einmal sagte jemand, am großen Abend, wenn auf dem Bundeshaus in Bern die rote Fahne hochgezogen würde, bekäme jeder Genosse eine Doppelportion Ente mit Orangen. Da liefen ihm die Augen über, und er leckte sich die Oberlippe ab. Den Namen Sheriff hatte er sich selbst gegeben, denn er hielt sich für den gerechten Arm der proletarischen Revolution. Er war klein, untersetzt, von titanischen Kräften, konnte also Bäume ausreißen. Das tat er auch, als Lily auf dem Albishorn ihren achtzehnten Geburtstag feierte. Er riß eine mittelgroße Rottanne aus dem Boden und überreichte sie ihr als Geburtstagsstrauß. Als Schlohmeier voll eifersüchtiger Pedanterie erklärte, daß Rottannen unter dem Schutz des Oberförsters stünden, gab Sheriff zurück, er habe das nur getan, weil es zu dieser Jahreszeit keine Wiesenblumen gäbe. Mit dieser »kleinen Aufmerksamkeit« hatte Sheriff das Herz der Genossin erobert, und sie ging mit ihm in die Büsche. Ein paar Tage später erzählte sie, der Juniorenmeister im Ringen und Schwingen sei eine Wildsau, habe ihr am Geburtstag einen Tripper angehängt, und dazu noch im Suff! Das hätte sie nicht zu verraten brauchen. Schlohmeier erfuhr es und berief eine Vollversammlung ein. Mit einem einzigen Punkt auf der Traktandenliste: Sheriff! Wir saßen da und hörten Fremdwörter, die wie Peitschenhiebe auf uns niederprasselten: Promiskuität als Ausdruck einer dekadenten Lebensführung. Sexuelle Zurückhaltung als Pflicht der proletarischen Avantgarde. Gonorrhöe in den Reihen der kommunistischen Arbeiterjugend. Alkohol als Opium für das Volk und so weiter und so fort. Die Sitzung dauerte nicht lange. Sheriff wurde ausgeschlossen. Schlohmeier hatte keine anderen Sorgen. Hitler fraß ganz Europa auf. Mussolini schluckte Abessinien; doch Schlohmeier kämpfte für die Reinheit unserer Reihen. Ein Prachtkerl! Wir wagten nicht, irgendwelche Einwände zu formulieren, denn der Chronometer belegte seine Anklage mit Zitaten aus Marx und Lenin. Schlohmeier hatte gesiegt. Wir verloren den Juniorenmeister im Ringen und Schwingen, den gerechten Arm der proletarischen Revolution, doch hatten wir das freudige Bewußtsein, unsere sozialistische Moral erhalten zu haben. Daran war Lily schuld, diese Kuh, weil sie ihren Tripper an die große Glocke hängen mußte, statt zum Arzt zu gehen und sich ausheilen zu lassen. Nun standen wir da, geläutert und sauber, und vor Angst kackten wir in die Hosen, denn zwanzig Schritte vor uns standen die drei Fahnenträger und gaben das Zeichen, uns zu Hackfleisch zu machen.

Wir waren fünfzig Jungen und Mädchen. Wir skandierten unsere Losung und wußten, daß jetzt alles aus war. Aber wir hatten gelernt, daß es ehrenvoller sei, stehend zu sterben als auf den Knien zu leben. Seither habe ich Leute getroffen, die vorübergehend auf den Knien lebten und Gott sei Dank noch da sind, um der Menschheit wertvolle Dienste zu erweisen. Ich bin auch Leuten begegnet, die ihr Leben lang auf den Knien lebten, weil es aus dieser Position bequemer ist, den Stehenden ein Bein zu stellen. Ich selbst bin heute um vierzig Jahre älter und habe es nicht mehr so eilig, einen Heldentod zu sterben, sei es stehend oder auf den Knien. Aber damals fehlte mir die Intelligenz, im richtigen Moment umzukehren.

Ich war einfach zu dumm und konnte nicht rechnen. Das Kräfteverhältnis war fünf zu eins für die Korpsstudenten. Die Chance, stehend zu krepieren, war gewaltig, und da erschallte ein Knattern über den Fluß, ein regelmäßiges Husten, das von hinten kam und immer deutlicher wurde. Ich habe schon immer eine blühende Phantasie gehabt. Jetzt bildete ich mir ein, das heroische Proletariat des Industriequartiers eile uns zu Hilfe, wie die gute Fee im Kindermärchen, im letzten Augenblick, mit Maschinengewehren und roten Fahnen, weil die Gerechtigkeit am Ende siegen muß. Alle Wege führen zum Kommunismus, hatte man uns beigebracht, die Lettenbrücke ebenfalls. Es war aber nicht das heroische Proletariat, auch keine rettenden Maschinengewehre, sondern ein halbverrostetes Motorrad Marke Puch – 350 Kubikzentimeter. Darauf saßen zwei sonderbare Gestalten, ein Don Quichote und ein Sancho Pansa; ein Dicker vorn und auf dem Hintersitz ein Asket. Der Dicke hatte einen Strohhut auf dem Kopf, der Asket eine Hornbrille auf der Nase und Pickel im Gesicht. Wir konnten es nicht glauben. Das waren die Todfeinde von gestern, der Moralprediger und das Opium fürs Volk, die brüderlich herbeidonnerten, um das Wunder an der Limmat zu vollbringen. Sheriff und Schlohmeier. Körper und Geist der Revolution. Sie warfen das Motorrad ans Geländer, und Schlohmeier kletterte auf einen Brückenpfosten, von wo er nüchtern verkündete: »Genossinnen und Genossen: der Sheriff ist wieder da!« Normalerweise hätten wir in hysterische Begeisterung ausbrechen müssen. Vor uns stand ja der Klassenfeind. Dreihundert Mostköpfe mit farbigen Bändern um den Bauch und furchtbaren Unterkiefern. Sie wollten uns zerschmettern und in Stücke reißen, doch der Gesalbte war gekommen auf unser Schlachtfeld. Hoffnung jubelte in unseren Herzen, aber keine Freude. Der Erlöser war Juniorenmeister im Ringen und Schwingen, doch er hatte eine Krankheit, bei deren Namen einem das Lachen verging. Er hatte Lily angesteckt und Lily würde uns anstecken und das konnte so weitergehen, bis die ganze Revolution ein einziger Tripperhaufen war. Dieser Sheriff war ein Schandfleck auf unserer Fahne. Er hurte und soff. Jetzt auf einmal sollte er uns retten. Bitte schön. Das eine hatte nichts zu tun mit dem anderen, wenn man genau überlegte. Aber warum hatte ihn Schlohmeier geholt? Ausgerechnet dieser Sittenrichter mit den dünnen Lippen, der uns mit Zitaten aus den Klassikern bewiesen hatte, daß Sheriff eine Gefahr sei für unsere Grundsätze, daß jede Verbindung mit ihm zur Verseuchung unserer Heerscharen führe. Das hatte er doch gesagt. Wörtlich und noch schärfer. Nun stand er auf dem Brückenpfosten und teilte mit – ohne rot zu werden –, daß Sheriff wieder da sei. Was sollte das bedeuten »wieder«? Schon wieder? Im Sinn einer Schmeißfliege, die man nicht los wird; oder umgekehrt? Sheriff ist nach langer, höchst bedauerlicher Abwesenheit wieder unter uns. Oder noch besser? Der Totgeglaubte ist auferstanden, lebt und wird euch gleich zeigen, wozu er imstand ist! Das sollte es zweifellos bedeuten, und wir fanden es ziemlich erstaunlich, obschon es gar nichts zu bestaunen gab. Die Kommunisten sind keine Buchstabengelehrten – lehrten uns die Führer –, und sie ändern ihre Taktik, wann immer die Bedingungen es erfordern. Darum wurde Sheriff rehabilitiert. Warum eigentlich nicht? Ein Jahr später schloß Stalin einen Freundschaftsvertrag mit Hitler, weil die Bedingungen es erforderten. Wir lernten nach und nach, noch dickere Brocken zu schlukken; denn die Bedingungen erforderten es stets von neuem. Es machte uns verlegen, doch wir vertrauten der Partei. Wir öffneten Sheriff wortlos die Reihen, und er schritt voran und vorbei, als hätte er uns nie gekannt. Nicht einmal Lily würdigte er eines Blickes. Stumm schlurfte er voran. Ein Dutzend Schritte. Bis zum Hauptmann der feindlichen Armee, zum baumlangen Kerl mit der Hitlerfahne in der Hand. Nun standen sie sich gegenüber. David und Goliath. Sheriff klein und stämmig. Eine riesige Kraft in kurzen Gliedern zusammengeballt. Bös gerötete Froschaugen und auseinandergespreizte Beine. Er blickte zum Philisterkönig hinauf, zum Goliath mit den Schmissen im Gesicht, riß den Strohhut vom Schädel und knirschte: »Mach mal den Rotzlumpen weg, du lustiger Knabe!« Die Beleidigung war um so verrückter, als sie so bescheiden war. Rotzlumpen. Lustiger Knabe. Sheriff war ein Liliputaner neben dem Bannerträger. Er sagte Rotzlumpen, und das Hakenkreuz war vier Quadratmeter groß. Der Faschist würde sich lächerlich machen, wenn er den kleinen David nur berührte. Darum tat er, als habe er nichts gehört und nichts gesehen. Er wechselte die Fahne von der rechten Hand in die linke, und es konnte losgehen.

Die weiteren Ereignisse waren entscheidend, dauerten aber nur wenige Sekunden. Sheriff wiederholte seine Warnung: »Runter mit dem Rotzlumpen!« Und zum zweiten Mal übersah ihn der Hauptmann. Er setzte sich in Bewegung – hinter ihm dreihundert Übermenschen mit Pauken und Fanfaren. Vor ihm ein Häuflein von Phantasten, die vom spanischen Bürgerkrieg träumten und der russischen Revolution. Zwischen den Fronten stand ein Zwerg, einen zerbeulten Strohhut in der Hand, entschlossen, den Lauf der Weltgeschichte umzuleiten. Die Einzelheiten jenes Augenblicks habe ich vergessen. Ich erinnere mich nur, wie plötzlich eine riesige Hitlerfahne durch die Luft wirbelte und übers Geländer in die Fluten stürzte. Das war nicht möglich. Das widersprach den Gesetzen der Natur. Der Übermensch hatte keine Zeit, seine

Schlappe wiedergutzumachen. Sheriff packte ihn bei den Schenkeln – ein Kniff der Ringer und Schwinger –, hob ihn hoch und schleuderte auch ihn in den Fluß. Wir brachen in ein Siegesgeheul aus. Die Entscheidung nahte. Das Schicksal schien sich zu wenden. Die Unterführer stürzten sich auf unseren Helden, doch waren sie behindert in ihren Bewegungen. Die Sturmbanner störten sie im Kampf, und sie wagten nicht, ihre Heiligtümer wegzuwerfen. Die Würfel waren gefallen. Auch sie flogen in den Lettenkanal mitsamt ihren Seidenschärpen und Nazifahnen. Es ging zu wie im Märchen. Der Jäger war gekommen und schmiß den bösen Wolf ins Wasser. Alles wurde wieder gut. Weit hinter uns – auf sicherem Posten – stand Schlohmeier und erteilte den Befehl zum Angriff: Adelante Companieros! schrie er auf spanisch, und wir machten es wie die Genossen vor Madrid und Valencia. Wir zogen mit Gesang in den Tod, oder zumindest über die Lettenbrücke, hinter den flüchtenden Faschisten her. Für eine bessere Welt!

Ein Taumel hatte uns ergriffen, als wir die aufgelösten Kolonnen des Feindes sahen. Wir vergaßen, daß Sheriff den Tripper hatte. Wir verfolgten die Philister, die ihren Goliath verloren hatten und die Schlacht. Sie rannten auf den Waidberg zurück. Sie mußten sich gefallen lassen, daß wir ihnen Roßäpfel nachwarfen und spanische Schimpfwörter. Wir hatten gesiegt und meinten nun, die proletarische Revolution sei unbesiegbar, der große Führer habe recht und alle Wege führten zum Kommunismus.

Am nächsten Abend nahmen wir Sheriff wieder auf. Feierlich. Lily persönlich legte ihm ein rotes Halstuch um den Nacken. Ich gab ihm das Mitgliedsbuch zurück, und Schlohmeier hielt eine kurze Ansprache. Wissenschaftlich und leidenschaftslos. Wie die sprechende Uhr der Telephonverwaltung.

Satan und der Fakir

Auf Nagelbrettern vergeht einem das Schnarchen.
Kung Ta Jo, Säbelschlucker

Wenn ich an ihn zurückdenke, sehe ich seinen kurzgeschorenen Schädel und die eisblauen Sperberaugen, die stets argwöhnisch nach einem Opfer suchten. Wir nannten ihn Satan, bewundernd und haßerfüllt zugleich, denn er war so etwas zwischen Scharfrichter und Liebling der Massen. Er war herrschsüchtig und pfiffig. Reden konnte er wie ein Staatsanwalt, mit gesalbter Stimme und selbstgerechtem Zorn. Er war Hilfsarbeiter bei Tavaro, ein Proletarier seit zwölf Generationen, weshalb er sich mit der gesamten Arbeiterklasse verwechselte und mit dem Kommunismus schlechthin. »La révolution c'est moi«, soll er gesagt haben. Wenn er es nicht gesagt hat, so hat er es gedacht, davon bin ich überzeugt. Er sprach flüssig, eindringlich, mit einem Unterton, der Widerspruch nicht duldete. Er war einer von jenen, die immer recht haben. Darum wurde er unser Leithammel, den alle respektierten und niemand ins Herz schloß.

Es gehört zu den Besonderheiten zahlreicher Weltverbesserer, wenig Sinn für Humor zu haben. Satan hatte überhaupt keinen. Er war zwar boshaft. Manchmal sogar schlagfertig und abschätzig bis zur Niedertracht, doch scherzen konnte er nicht. Er war ein Sauertopf, ein Griesgram im Quadrat. Er trug die Nase auf halbmast, denn – so pflegte er zu schulmeistern – »die Sklaven seufzen unter ihren Ketten und zu lachen gibt es gar nichts!« Er war so tierisch ernst, daß ich ihn fürchtete. Ich war ja ein Fremdkörper, ein verdammter Intellektueller, ein Störenfried, der ewig müßige Fragen stellte, und besonders solche, auf die er keine Antwort wußte. Aus Angst schloß ich Freundschaft mit ihm, doch unsere Beziehung stand auf tönernen Füßen. Aus weltanschaulichen Gründen, vor allem. Aber auch wegen Mila, die ich heiß begehrte, obwohl sie seine Freundin war und ein strahlendes Attribut seiner Macht.

Manchmal gelang es ihm, den Vogel abzuschießen. Unfreiwillig, nehme ich an. Ich erinnere mich genau. Es war in den fünfziger Jahren. An einem internationalen Jugendtreffen. Mit Fahnen, Spruchbändern, Resolutionen und Kohorten uniformierter Blasmusikanten. Satan vertrat die Jungkommunisten aus der Schweiz, von denen es nur wenige gab; bestenfalls ein paar Hundert. Andächtig lauschte er den verschiedenen Delegierten, die mit den Opfern prahlten, die sie gebracht hatten im Kampf gegen Faschismus, Imperialismus und andere Teufeleien der kapitalistischen Weltverschwörung. Als erster stieg ein Russe auf die Tribüne, denn er hatte 16 Millionen Tote anzumelden. Von den anderen 16 Millionen, die in Stalins Konzentrationslagern umgekommen waren, sagte er nichts. Dann kam der Chinese mit 8 Millionen Opfern, und er schämte sich, nur an zweiter Stelle zu stehen. Als dritter sprach ein Pole mit sechs Millionen Leichen, wobei er gleich ein paar Millionen Juden mitzählte, die er sonst nicht zum polnischen Volk zu rechnen pflegte. Darauf kamen die Jugoslawen mit 2 Millionen, die Franzosen mit einer Million und weitere Delegierte mit kleineren Beträgen. Als einundzwanzigster war Satan an der Reihe. Trostlos erhob er sich von seinem Platz und erklärte mit jammervoller Stimme: »Ich bitte die Genossen, uns Schweizer zu entschuldigen; aber wir sind alle noch da!«

Während eines langen Augenblicks herrschte Stille im Saal. Die Russen meinten, falsch verstanden zu haben. Die Chinesen lächelten unverbindlich. Die Jugoslawen vermuteten einen Übersetzungsfehler. Dann brach ein Heiterkeitssturm aus. Ein schizophrenes Gewieher, das besonders die Jugendfunktionäre aus den Oststaaten verärgerte; sie waren über Vierzig und verstanden keinen Spaß mehr. Dafür brüllten die anderen, klatschten stehend Beifall, rasten, schnappten nach Luft, bis sie ermattet auf ihre Sitze sanken. Sie waren sich einig, daß Satan der Größte sei. Unschlagbar. Der köstlichste Kommunist der Welt. Dabei hatte er nur seinen Kummer formuliert. Ohne Hintergedanken. Mit tiefem Bedauern. Als man mich fragte, woher er seinen Witz habe, gab ich zur Antwort, es gebe auch lustige Marxisten: die Marx-Brothers zum Beispiel.

Doch kehren wir in die Zeit zurück, von der ich hier berichten möchte. Das war im Frühjahr 1945. Der Krieg um uns herum lag in den letzten Zügen. Die Rote Armee stand schon in Bayern. Weitsichtige Eidgenossen sagten voraus, die Kosaken würden bald ihre Rosse im Bodensee tränken. Besonders schlaue Schweizer spielten bereits mit dem Gedanken, gelegentlich bei uns anzuklopfen und gewisse Sympathiebeweise auf unser Postscheckkonto einzubezahlen. Wir waren nicht mehr verboten und noch nicht zugelassen, aber es war schon ungefährlich, auf unsere Nummer zu setzen. Es drängten sich so viele in unseren Verein, daß wir wählerisch wurden. Früher waren wir den Leuten nachgelaufen. Hatten sie bearbeitet mit langweiligen Broschüren und hölzernen Losungen. Jetzt fingen wir an, Bedingungen zu stellen und pedantische Fragen:

– Wie heißt du? erkundigte sich Satan, indem er wichtigtuerisch in seinem Notizbuch blätterte.

– Was willst du von mir, du Pinsel? Wir sind miteinander in die Schule gegangen. In derselben Klasse sind wir gesessen, und jetzt fragst du, wie ich heiße. Pontet heiße ich und habe immer so geheißen.

– Ich frage nicht meinetwegen, du Maulheld. Die Genossen wollen es wissen, und wenn sich auch kein Hund darum schert, muß ich trotzdem fragen, weil es die Statuten verlangen. Wenns dir nicht paßt, kannst du nach Hause gehn. Dein Vorname?

– Es paßt mir ganz und gar nicht, erwiderte Pontet. Ich furze auf die Statuten und heiße Louis. Wie mein Vater. Der hieß ebenfalls Louis, doch im Gegensatz zu mir war er ein Schwein. Gleicher Name, gleicher Vorname, aber verschiedene Blutgruppen. Auf die Blutgruppe kommt es an, nicht auf den Namen.

Jetzt setzte er sich, holte ein Taschenmesser hervor und begann, seine Fingernägel zu putzen. Er war der erste, der wagte, Satan die Stirn zu bieten. Wir freuten uns insgeheim. Wir fanden, es sei eine wohlverdiente Ohrfeige für unseren Leithammel und warfen uns vielsagende Blicke zu. Pontet war zwei Meter groß. Wenn er wollte, konnte er Satan aus dem Fenster werfen. Aber vorläufig wollte er nicht. Seine Haut war gelblich. Er war knochig und hager. Er hatte vierzig Grad Fieber in den Augen. Permanent. Und war schlechter Laune. Ebenfalls permanent, was in jenen Zeiten noch die Ausnahme war, denn Jungkommunisten hatten zu lächeln. Zuversichtlich in die Zukunft zu blicken. Nach Osten natürlich, wo die Sonne aufgeht – obwohl man damals schon spüren konnte, daß sie dort unterging. Aber Pontet war seiner Zeit voraus. Er war – wie man das später zu nennen pflegte – ein zorniger junger Mann. Das verunsicherte uns. Wir erwarteten von Satan, daß er ihn zurechtweisen würde. Mit einem seiner Giftpfeile. Damit der Querkopf begriff, bei wem er zu Gast war. Aber nichts dergleichen trat ein. Die Pattsituation breitete sich aus wie ein Ölfleck. Der Zweikampf blieb unentschieden und Satan fragte eher kleinlaut:

– Wo wohnst du?

– Das ist eine gute Frage, gab Pontet zur Antwort, wobei er unverschämt in der Nase bohrte –, die Adresse wählt man selber. Im Unterschied zum Namen. Ich wohne an der rue des Etuves, Nummer 13. Da wohnen billige Mädchen und ausrangierte Zuhälter. Da ist es gemütlich. Es stinkt nach Bier und Latrine. Wer dort wohnt, hat den Wurm im Holz.

Wir waren sprachlos. Da kam einer, gab Anweisungen, was wir ihn fragen sollten oder nicht. Und jetzt protzte er mit dem Wurm in seinem Stamm. Satan verzog das Gesicht und angewidert fuhr er weiter in seinem Verhör:

– Beruf des Vaters?
– Eine Sau ist er gewesen. Lebenslänglich. Hab' ich bereits mitgeteilt.
– Hast du, ja, aber davon kann man nicht leben.
– Stimmt, aber ich habe gesagt, daß er tot ist. Gott sei Dank.
– Und deine Mutter, was macht sie?
– Am Tag oder in der Nacht?
– Was sie für einen Beruf ausübt.
– Am Tag, entgegnete Pontet, indem er sich eine Zigarette drehte – ist sie Servierfräulein. Auf einem Dampfschiff zwischen Genf und Lausanne.
– Und in der Nacht?
– In der Nacht kannst du mich am Arsch lecken, Genosse!
Dieser Mensch war verrückt. Er wohnte in einem Puff. Er gab zu Protokoll, daß sein Vater ein Miststück war und seine Mutter eine Hure. Er tat alles, um uns gegen sich zu stimmen, vielleicht sogar absichtlich, um uns zu prüfen. Es war mir jedenfalls klar, daß wir ihn dafür nicht zurückweisen konnten. Alles durften wir ihm vorwerfen, aber nicht die Herkunft. Wir sangen die Internationale. Wir waren die Verdammten dieser Erde. Jetzt kam so ein »Verdammter«, wünschte, unser Genosse zu werden, doch wir ekelten uns vor ihm. Das war grotesk. Da konnte etwas nicht stimmen. Wir brüsteten uns, die Partei der Unterklassen zu sein, und wenn einer kam – so ein sozialer Abfall –, zuckten wir zusammen. Wir beriefen uns auf die Ideale der Philosophen, auf die Postulate der großen Revolution, auf die Freiheit jedes Menschen, sein eigenes Leben zu führen. Das wollte Pontet. Sein eigenes Leben führen.

Anders sein als alle übrigen, und wir zuckten zusammen. Wir hatten Angst. Unser Leithammel ganz besonders.
– Dein Beruf? fragte er und blätterte in seinen Papieren.
– Fakir, gab Pontet zur Antwort.
– Ich meine, was du arbeitest. Womit du dein Leben verdienst.
– Bist du taub oder blöd? Fakir bin ich. Weißt du nicht, was das ist?
Er sagte das so selbstbewußt, als sei er Milchmann oder Straßenkehrer, aber jetzt war er zu weit gegangen. Satan wurde rübenrot im Gesicht und brüllte:
– Du streust uns Flöhe ins Hemd. Du möchtest wissen, wie die Kommunisten sich verhalten, wenn man ihnen in die Pantoffeln kackt. Entweder du antwortest auf meine Fragen oder du fliegst zur Türe raus wie ein Kanarienvogel aus dem Besenschrank. Womit verdienst du dein Brot? Was bist du?
Jetzt erhob sich Pontet zum zweiten Mal. Seine Haare hingen ihm herunter wie schwarze Kreuzottern. Er hatte nun 41 Grad Fieber in den Pupillen. Er beugte sich zu Boden, zog eine Nadel aus dem Stiefelschacht – eine silbrig blitzende Stricknadel, die einen halben Meter lang war – und steckte sie zu unserer Bestürzung in die rechte Backe hinein. Minutiös und umständlich, bis sie zur linken Backe wieder herauskam. Triumphal schaute er über die Versammlung hinweg und mauschelte: »Fakir bin ich, Himmelherrgott, oder braucht ihr noch andere Beweise?«
Das war ein Tritt in die Bauchhöhle. Also stimmte es,

was er sagte. Er war ein Fakir. Nicht mehr und nicht weniger. Den Rest mußten wir ebenfalls zur Kenntnis nehmen. Man stelle sich das Bild vor! Da steht einer, hat eine Stricknadel quer durchs Gesicht und will Kommunist werden. Das war im höchsten Grade verwirrend. Der schlief also auf einem Nagelbrett und fügte sich Schmerzen zu, ohne mit der Wimper zu zucken. Allein der Gedanke daran ließ mich erschauern. Er verneinte seinen Körper, um ganz Geist zu werden. Wie ein Bettelmönch aus Nepal. Warum sollte der kein Kommunist werden? Ein idealer Kandidat, wenn man genau überlegte. Es fragte sich nur, ob er wirklich ganz uneigennützig handelte. Vielleicht war er ein Masochist, der ein Vergnügen fand an den Qualen, die er auf sich nahm. Oder ein Exhibitionist, der auffallen wollte und Ekstasen erlebte, wenn er sich zur Schau stellte. Oder ein hundsgewöhnlicher Krämer, der bereit war zu allem, wenn es Gewinn brachte.

Satan war gegen ihn. Das war eindeutig. Aus primitiver Eifersucht, weil ihn Pontet an die Wand spielte. Bis zu diesem Tag war er der unbestrittene Führer, doch jetzt zerrann sein Mythos wie Butter in der Sonne. Der Fakir, das spürte man in der Luft, wuchs ihm über den Kopf, und das konnte er nicht zulassen. Er bedrohte seine Position bei den Genossen und – was bedeutend schwerer wog – bei den Genossinnen. Wenn ich jetzt nicht eingriff und meine ganze Besonnenheit in die Waagschale warf, mußte ein Unrecht geschehen. Darum erhob ich mich von meinem Platz, räusperte mich und sagte beschwichtigend:

– Wir müssen gerecht bleiben, Genossen, und kühl.

Wenn jemand diesen Fakir nicht leiden kann, ist das Privatsache. Ich will gestehen, daß auch mir das Aufnahmegesuch dieses Menschen einige Schwierigkeiten bereitet, denn es ist beispiellos in der Geschichte der Arbeiterbewegung. Die Klassiker des Marxismus-Leninismus – hier strich ich mir professoral übers Nasenbein – haben sich nie zur Frage geäußert, ob ein Fakir Platz hat in den Reihen der Weltrevolution. Deshalb – jetzt wurde es kirchenstill im Versammlungslokal – schlage ich vor, den Antragsteller aufzunehmen, aber auf Probezeit. Er soll sechs Monate lang beweisen, was er kann und wer er ist. Wenn er sich bewährt – was wir nicht ausschließen wollen –, machen wir ihn zum Vollmitglied. Andernfalls soll ihn der Teufel holen!
Dieser Kompromiß fand Anklang, außer bei Satan. Einen Nebenbuhler hatten wir eingeschleust. Einen Lumpenproletarier zweifelhaftester Qualität. Womöglich einen Polizeispitzel, der uns samt und sonders verraten würde. Er wettete auf seine Ehre als Kommunist, daß wir alle auf dem Nagelbrett enden würden. Mit einer Stricknadel in der Brust und einem Säbel im Rachen. Und mir warf er an den Kopf, ich sei ein Versöhnler, ein elender Opportunist. Weder Fisch noch Vogel. Dem Teufel eine Mistgabel und dem Herrgott eine Kerze. Jedem wolle ich es recht machen. Es sei kein Verlaß auf mich und so fort. Ich sagte bereits, unsere Freundschaft stand auf wackligen Füßen.
Wir durchschauten natürlich, daß Satan um seine Vorherrschaft rang. Seine Tiraden überzeugten niemand. Aber er hatte nicht ganz unrecht. Pontet war nicht nur originell. Er war auch undurchsichtig. Keiner wußte,

ob und wo er arbeitete. Was er trieb, wenn er seinem merkwürdigen Beruf nachging. Er konnte sich doch nicht unaufhörlich Nadeln durch die Backen stecken. Angestellt war er nirgends, aber das konnten wir ihm nicht verargen. Es gab Hunderte von Arbeitslosen. Weder im Handel noch in der Industrie hatte man Verwendung für seinesgleichen. Trotzdem mußte er leben, aber keiner von uns hatte ihn jemals bei etwas Nützlichem ertappt. Doch. Ich war ihm einmal begegnet, aber auch nicht bei einer seriösen Tätigkeit. Ich stand in einer Bedürfnisanstalt und zielte in die Schüssel. Da bemerkte ich einen Riesen neben mir, der ebenfalls unter Druck stand. Er schielte an mir herunter und fragte mit den frommsten Augen der Welt, wie das eigentlich sei mit den Klassikern des Marxismus-Leninismus. Ich sei ja Spezialist auf diesem Gebiet und könne ihm erklären, ob sie auch pinkeln mußten wie andere Leute, oder ob sie, wie die Heiligen, über solche Lappalien erhaben waren. Ich war beleidigt. Ärgerlich knöpfte ich die Hosen zu und ermahnte ihn, endlich ernst zu werden und zu beweisen, daß die Einwände gegen seine Person unbegründet seien.

Im Mai jenes Jahres bot sich ihm die Gelegenheit. Wir standen kurz vor den Wahlen und wollten zeigen, daß wir nach siebenjährigem Verbot noch lebten. Daß uns die Illegalität nicht schwächer gemacht hatte, sondern stärker.

Für die Rechtsparteien kandidierte ein gewisser Monsieur Ador, ein aalglattes Neutrum, das wir zum Buhmann erkoren hatten. Ohne Grund. Einfach so. Er nervte uns. Er reizte unser Klassenbewußtsein. Seine

Visage machte uns krank. Von allen Mauern grinste sein Biergesicht. Sonntäglich und zufrieden, als hätte es keinen Krieg gegeben, keinen Hitler, weder Gasöfen noch Krematorien. Aus seinen Schweinsäuglein glimmte Sorglosigkeit und satter Schwachsinn. Wir waren entschlossen, ihn zu Fall zu bringen.
Wir hirnten hin und her, was wir ihm in die Schuhe schieben könnten, aber nichts Originelles fiel uns ein. Satan kam mit einigen Platitüden. Sie begeisterten keinen von uns:
– Er hat eine Warze auf der Nase. Wir erklären ihn zum Warzenschwein, zur Pustelsau, zum Inbegriff der Herrenkaste. Was meint ihr dazu?
Satan blickte in die Runde, doch niemand wollte sich äußern. Nur der Fakir rümpfte die Nase und fragte, ob das alles sei.
– Es gebe noch andere Argumente, sagte Satan verunsichert. Auf dem Wahlplakat trägt er eine Krawattennadel. Aus Gold und Edelsteinen. Eine Unverschämtheit. Eine Herausforderung für alle Lohnsklaven, die sich nicht einmal ein Paar Schuhe kaufen können. Darüber müssen wir sprechen und mitteilen, auf wessen Kosten er sich herausputzt. Auf unsere natürlich. Wir haben dafür geschuftet. Mit unserem Schweiß und unserer Gesundheit. Ist das besser?
– Mag sein, brummte Pontet, aber lustig ist es nicht.
– Politik ist nicht lustig, fauchte Satan, sondern rücksichtslos. Harte Tatsachen und keine billigen Witze. Von seiner Adresse können wir reden. Er wohnt an der rue des Granges, an der reichsten Straße der Stadt, wo die Grundbesitzer ihre Häuser haben, die Immobilienmakler, die reaktionäre Erbaristokratie. Sie

hocken auf ihren Geldsäcken, die jeden Tag größer werden, weil wir zu hohen Mietzins zahlen, weil wir niedrige Löhne bekommen, weil es uns immer schlechter geht. So ist es, Genossinnen und Genossen. Seit 600 Jahren...

– Alte Klamotten, schnödete der Fakir, weißt du nichts Neueres?

– Non Monsieur, ich weiß nichts Neueres und du?

– Vielleicht schon, aber man hat mich ja nicht gefragt.

– Du bist hier auf Bewährung, verdammt noch mal – du hast zu beweisen, wer du bist und was du kannst. Bei uns wird nicht gemeckert, verstehst du, sondern gearbeitet. Wenn du weißt, wie wir es machen sollen, dann sag es, du Klugscheißer!

– Bitte schön! Samstagnachmittag um zwei. Vor dem Bahnhof Cornavin.

– Was?

– Das werdet ihr sehen.

Wir gingen hin. Zur festgesetzten Stunde, und erlebten einen Schock. Da stand er, unser Fakir, inmitten einer johlenden Menschenmenge, als Heilsarmist verkleidet. Er blies auf einer Posaune wie ein Clown, und dazwischen hielt er kurze Ansprachen, wobei er immer auf das Wahlplakat deutete, das hinter ihm prangte. Er verdrehte seine Augen. Er faltete seine Hände. Seine Stimme bebte vor Ergriffenheit und er predigte mit steinerweichender Innigkeit:

– Ich ermahne euch, meine Brüder und Schwestern. Seid ohne Haß und ohne Bosheit. Betet mit mir und öffnet eure Herzen für die Mühseligen und Beladenen. Schaut euch den Mann auf diesem Bild an. Ihr werdet ihn abstoßend finden, stumpf und widerwärtig. Aber dieser Mann will der Gemeinschaft dienen, und darum braucht er eure Zuneigung. Er hat eine Warze auf der Nase. Seine Haut ist fett und käsig. Ist das eine Sünde? Er hat die Haut der Unglücklichen, die üppig essen. Müßt ihr ihn deswegen verabscheuen? Warum schlemmt er denn, meine Freunde? Stellt euch die Frage, und ihr werdet begreifen. Er schlemmt, weil er einsam ist. Weil ihn niemand liebt. Aus Verzweiflung frißt er zuviel. Gebt ihm euer Vertrauen, und er wird abmagern.

Die Menge tobte vor Vergnügen, und Pontet fuhr fort in seiner Predigt:

– Und hütet euch vor dem Vorurteil, meine Brüder und Schwestern. Urteilt nicht voreilig! Er trägt eine Krawattennadel aus Gold und Brillanten. Ihr denkt, dieser Mensch sei schamlos und hochmütig, aber das Gegenteil ist der Fall. Dieser Mensch hat mehr Kummer als wir alle. Wer viel hat, der kann viel verlieren. Wer andere führt, trägt mehr Verantwortung. Erbarmt euch dieses Menschen, der seinem Volk dienen will. Erbarmt euch seiner Sorgen. Er spekuliert an der Börse. Er setzt sein Vermögen auf dem Spieltisch ein. Er wagt seinen Ruf in der Politik, jawohl, aber wer hoch hinaufklettert, stürzt manchmal tief hinunter und bricht sich dabei das Genick.

Der Fakir machte eine Kunstpause, die Menge brüllte vor Lachen. Pontet schien plötzlich unendlich traurig. Er wartete ab, bis es ruhig wurde um ihn herum. Dann steuerte er auf den Höhepunkt los.

– Und wo wohnt er, der arme Sünder? An der rue des Granges. In einem Palast, wo die Schritte widerhallen.

Wo die Einsamkeit doppelt lastet. Wo es spukt in der Nacht. Wo es – seit 600 Jahren – kalt ist wie in einem Keller. Sein Haus ist zu groß. Es läßt sich gar nicht heizen. Der Wind bläst ihm durch die Knochen. Sogar die Gespenster husten und niesen und klappern mit den Zähnen. Habt doch Mitleid mit ihm! Er schlottert vom Morgen bis zum Abend. Vor Kälte und Angst um sein Eigentum, denn ihr wißt ja. Die Welt ist voll Spitzbuben und Schurken, voll Räubern und Banditen. Ich rufe euch auf, liebe Mitmenschen – jetzt holte er eine Sammelbüchse hervor –, ich bitte euch aus übervollem Herzen: Wirket mit bei der guten Sache! Ein Mensch will uns dienen. Gebt ihm, was er verdient!
Die Leute spielten mit. Sie verstanden den Witz des Fakirs, und Hunderte von Franken flogen in die Sammelbüchse. Wir hatten den Grundstock für unsere Kampagne.
Das war ein guter Anfang. Pontets Ansehen wuchs proportional zur Eifersucht unseres Leithammels. Sein Auftritt als Heilsarmeesoldat hatte eingeschlagen. Doch die Sache ließ sich nicht wiederholen. Ein zweites Mal wäre die Polizei gekommen und hätte ihn eingesperrt. Wir brauchten einen Slogan. Einen unfehlbaren Wahlschlager, der uns zum Triumph führen würde. Pontet wußte Rat:
– Wir versauen ihm den Namen, schlage ich vor. An Stelle des spitzen A setzen wir ein rundes Q. Dann heißt er nicht mehr Ador, sondern Qdor – das spricht sich Küdor, und er hat den Namen, den er verdient: Goldarsch. Auf alle seine Plakate kleben wir die Aufschrift WÄHLT GOLDARSCH, DAS WARZENSCHWEIN! Ihr werdet sehn. Das trifft ins Schwarze.

Die Idee war so primitiv, daß sie faszinierte. Wir beschlossen, zehntausend Krawattennadeln herzustellen – aus Messing und Glas – und unsere Losung einzugravieren: WÄHLT GOLDARSCH, DAS WARZENSCHWEIN! Wir verkauften sie zu fünf Franken das Stück, und alles ging gut, bis uns Ador verklagte. Der Verkauf wurde untersagt, was uns an den Rand der Pleite führte. Es blieben 4000 Exemplare, die 20000 Franken eingebracht hätten, genau soviel wie wir brauchten, um die Schulden zu bezahlen. Satan jubilierte: »Ich habe euch gewarnt vor diesem Kerl. Jetzt habt ihr die Bescherung.« Aber Pontet ließ sich nicht erschüttern: »Verbotene Früchte schmecken süß, versicherte er, wir gehen trotzdem auf die Straße!«
Wir verteilten uns über den place du Molard. Wieder an einem Samstag, als die halbe Stadt durch die Einkaufsviertel strömte. Wir verkauften »den Reißer des Jahres – den polizeilich verbotenen Herrenschmuck«. Pontet hatte recht. Die behördliche Verfügung machte unseren Ramsch erst begehrenswert. Krawattennadeln waren zur großen Mode geworden. Wir waren ein Dutzend Straßenhändler, aber man sah nur den Fakir. Weil er so groß war. Weil er eine Stentorstimme hatte, und vor allem: Sinn für Humor. Wir hatten keinen. Im Gegenteil. Plötzlich knatterten Motorräder herbei. Zwei Uniformierte stürzten sich auf Pontet, der seinen Schlapphut voller Krawattennadeln in den Händen hielt. Der eine schrie:
– Was wird hier verkauft: vorzeigen, aber sofort!
Da verbarg Pontet den Hut hinter seinem Rücken und erwiderte katzenfreundlich: »Kanarieneier und Rosetten der Ehrenlegion.« Die Menge krähte vor

Vergnügen. Der Polizist wurde himbeerrot und kreischte:
– Vorzeigen, was Sie im Hut haben, sonst nehmen wir Sie mit.
– Nichts, erwiderte der Fakir, die Kanarieneier sind verkauft, die Rosetten verteilt und der Hut ist leer. Übrigens. Was soll ich im Hut haben? Haben Sie etwas im Hut?
Zweiter Heiterkeitsausbruch der Menge, die immer zahlreicher wurde. Der andere Ordnungshüter legte die Hand auf die Pistolentasche und zischte:
– Hut her, oder Sie werden es bereuen!
Da zeigte Pontet seine Kopfbedeckung, doch sie war leer. Nichts war zu sehen, obwohl noch vor einem Moment ein paar hundert Krawattennadeln darin gefunkelt hatten. Das war zuviel für den Bullen. Er schaute hinein. Nahm den Hut in seine Hand. Schüttelte, drehte ihn um, aber vergeblich. Eine peinliche Angelegenheit. Entweder hatte er Erscheinungen, oder er war das Opfer eines Hexenwerks, das er nicht durchschauen konnte. So blieb ihm nichts übrig, als dem Kollegen einen Wink zu geben, kehrtzumachen und in einer Seitengasse zu verschwinden. Kaum war er weg, spuckte Pontet auf den Rand seines Sombreros, und die Krawattennadeln waren wieder da. Sie blitzten in der Abendsonne wie der Schatz der Sierra Madre, und darauf stand geschrieben:

WÄHLT GOLDARSCH, DAS WARZENSCHWEIN

Der Fakir verkaufte jetzt das Stück zu zehn Franken. Der Andrang war beispiellos. Doch da kreuzte der gleiche Polizist aus der entgegengesetzten Richtung

auf. Er schnellte herbei wie ein Floh und schrie schon aus der Ferne:
– Hut her oder ich schieße.
Pontet verneigte sich tief, zeigte seine Kopfbedekkung. Sie war leer. Er hatte gewonnen. Noch einmal. Es schien, daß er immer gewinnen mußte. Dieser Mensch wurde uns unheimlich, und Satan murmelte: Die Sklaven seufzen unter ihren Ketten, doch euer Schaumschläger spielt den Hanswurst. Ihr werdet euch meiner erinnern: auf dem Nagelbrett werden wir enden, alle zusammen!
Die weiteren Ereignisse würden anders verlaufen sein, bedeutend undramatischer, wenn nicht Mila dazwischengekommen wäre. Mila. Die verwirrende Freundin unseres Leithammels. Aber so ist es im Leben. Die Weiber mischen sich ein, und es passieren Dinge, die keiner für möglich gehalten hätte. Es dämmerte jene Maiennacht, die für Pontet zur eigentlichen Prüfung wurde.
Nur noch drei Tage trennten uns von den Wahlen, und wir klebten auf alle Adorplakate unsere Aufschrift: WÄHLT GOLDARSCH, DAS WARZENSCHWEIN! Mila war auch dabei.
Sie war eine Hexe mit rotblondem Haar und grünen Augen. Solche Augen sollte man verbieten in der Arbeiterbewegung. Auch solches Haar wie ihres. Es reichte ihr bis unter die Hüften. Ehrenwort. Man erzählte, in Jugoslawien sei sie manchmal am Strand gelegen, splitternackt, und hätte sich nur mit dem Haar zugedeckt. Ich bin überzeugt, daß sie selber solche Gerüchte verbreitete, um uns die Köpfe zu verdrehen. Sie sei bei den Partisanen gewesen, die Geliebte des

Generals, hieß es, habe Heldentaten vollbracht, bis sie eines Tages, im Bajonettkampf niedergestreckt, durchs Rote Kreuz in die Schweiz gebracht und von einem berühmtem Chirurgen gerettet worden sei. Mehr wußten wir kaum über sie und auch das nicht mit Gewißheit. Alles andere malten wir uns aus. Wie die Wellen an ihren Knöcheln leckten und die Sonne an ihren Brüsten. Neben ihr lag die Knarre im Anschlag – ein irres Bild oder etwa nicht – und der Stahlhelm im Sand. Wir träumten von einer neuen Welt und dachten an ihre Augen. Wir sprachen vom Sozialismus und meinten ihren Bauch und ihre Schenkel.
In jener Maiennacht war sie also dabei. Sie verteilte Kleister und Pinsel, damit wir die Losungen kleben konnten. Jedem gab sie, was er brauchte, und jedem schaute sie besonders tief in die Seele hinein. Mit einem Augenaufschlag, den man nie vergessen konnte. Sie war zwar die Gefährtin unseres Leithammels, aber jeder glaubte zu verstehen, daß sie den Tapfersten belohnen wollte. Auch ich hatte solche Illusionen. Ich malte mir aus, wie süß es sein würde in ihren Armen, und war entschlossen, mich selbst zu übertreffen. Leider hatte ich Pech. Ein anderer wurde belohnt.
Pontet war mit zwei Koffern erschienen. Wir fragten nicht, was darin sei, denn wir hatten ja vereinbart, daß er die Druckerzeugnisse mitbringen würde. Er klaubte ein Schlüsselchen aus der Tasche, öffnete den größeren der zwei Koffer und gab jedem von uns zwanzig Exemplare. Was übrigblieb, behielt er für sich. Mila gab auch ihm einen Topf Kleister und einen Pinsel dazu.

Sie blickte ihm in die Augen. Vielleicht etwas länger als uns, und zwinkerte dabei ganz unauffällig, was sie bei den anderen nicht getan hatte.
Der Schauplatz der nun folgenden Ereignisse heißt Plaine de Pleinpalais, ein großer Spiel- und Rummelplatz in der Mitte von Genf. Es gab da Dutzende von Buden und Ständen, an denen tagsüber geramscht und gejahrmarktet wurde. Doch jetzt war es zwei Uhr morgens. Aller Stadtlärm war längst verstummt. Einige von uns kleisterten beim Ausstellungspalast. Andere am Rond Point. Der Fakir pinselte hinter dem protestantischen Tempel, einsam, fleißig und lautlos. Ein zarter Nebel kroch durch die Straßen. Man hörte eine Nachtigall schluchzen. Ich fragte mich, wo Mila wohl sein mochte. Hinter einem Fliederbusch? In einer Schießbude? Zwischen den Säulen der Kirche, wo Pontet seine Losungen klebte? Wir hatten beschlossen, daß sie Wache stehen und uns warnen würde, wenn etwas passieren sollte. Insgeheim hoffte jeder auf einen Zwischenfall, auf ein Abenteuer, bei dem er beweisen könnte, was für ein Mann er sei. Plötzlich schrillte ein Pfiff durch die Nacht. Unser Traum ging in Erfüllung. Jeder verbarg, wie abgemacht, den Pinsel unterm Hemd, rollte die Aufschriften zusammen und brachte den Kleistertopf in Sicherheit. Ein zweiter Pfiff schrillte durch die Stille. Wir warfen uns auf den Rasen und krochen in Deckung. Die Warnung war begründet. Ein Auto rollte herbei. Ein Streifenwagen mit blauem Blinker und grellen Scheinwerfern. Wir begriffen sofort. Jemand hatte uns bemerkt und angezeigt. Nun kamen sie, um uns das Handwerk zu legen. Sie fuhren langsam am Rond Point vorbei, mußten

aber feststellen, daß die Straßen leer waren. An den Häuserfassaden prangten die Plakate und auf den Plakaten unsere Losung. Das war eine Tatsache. Das sah man sogar in der Nacht. Wir aber hatten uns in Luft aufgelöst. Mit einer Ausnahme: Pontet. Er stand mitten auf der Straße, vor dem protestantischen Tempel, einen Schlapphut auf dem Kopf und zwei Koffer neben sich. Als wollte er verreisen. Das war stark. Wir hatten doch beschlossen, daß alle – sobald Mila das Zeichen gäbe – sofort zu verschwinden hätten. Aber der Fakir furzte ja auf unsere Beschlüsse. Das hatte er gleich zu Anfang bekanntgegeben, und Satan triumphierte:

– Was habe ich gesagt? Dieser Tropf spitzelt für die Polizei, aber ihr wollt einen Helden aus ihm machen. Jetzt habt ihr das Geschenk. Aufs Nagelbrett wird er uns legen, alle miteinander und dich inbegriffen, du intellektuelle Seifenblase!

– Er spitzelt doch nicht für die Polizei, gab ich zurück, er will uns bloß imponieren.

In der Tat. Er inszenierte seinen großen Auftritt. Es war stockfinster. Am Himmel gab es weder Mond noch Sterne, aber Pontet hatte eine Beleuchtung wie der Heldentenor an der Mailänder Scala. Der Streifenwagen war stehengeblieben. Der Motor wurde abgestellt, doch die Scheinwerfer sorgten für Rampenlicht. Zwei Gendarmen stiegen aus, und es begann ein Terzett, das dem Fakir den Erfolg seines Lebens brachte. Nicht bei uns, wir rasten vor Eifersucht. Die zwei Beamten sahen aus wie im Kasperletheater. Der eine rund und klein. Der andere dünn und groß. Der Magere hatte eine Fistelstimme. Der

andere schien zu gurgeln und eröffnete die Szene mit den Worten:
– Was machst du da?
Der Fakir nahm seinen Hut vom Schädel und boxte einen Krater in dessen Wölbung.
– Ich hab gefragt, was du da machst, wiederholte der Kleine.
– Ich warte auf die Straßenbahn, entgegnete Pontet mit der vergnügtesten Stimme der Welt, und du?
– Bist du besoffen, Knabe? Um halb drei Uhr morgens? Auf die Straßenbahn? An einer Straße, wo es keine Schienen gibt und keine Haltestellen. Und außerdem: was fällt dir ein, mich zu duzen?
– Du duzt mich ja auch, Liebling. Wir finden uns einfach sympathisch, und darum sind wir nett zueinander.
Der Dünne machte nun zwei Schritte auf Pontet zu und fistelte ihn an:
– Dich hab ich schon wo gesehen, Mensch. Paß mal auf, was du da redest!
Darauf Pontet:
– Und dich hab ich noch nirgends gesehen, mein Schatz. Ich kenne dich nicht und rate dir, Abstand zu halten, denn du duftest aus dem Mund.
Der Fakir war eindeutig zu groß. Man konnte ihm keine runterhauen, weil das technisch nicht machbar war. So blieb es beim Wortgefecht, das leider nie aufgeschrieben wurde. Es mochte etwa folgendermaßen getönt haben:
– Du wartest also auf die Straßenbahn, sagst du?
– Ich habe Zeit.
– Mit zwei Koffern?

– Wenn nötig bis morgen früh.
– Was hast du denn drin in den beiden Koffern?
– Privatsache!
– Dann wollen wir mal hineingucken.
– Ich sagte schon: Privatsache. Da könnt ihr nicht hineingucken.
– Wir können alles, Junge. Mach die Koffer auf, aber husch!
– Nein, danke.
– Zum letzten Mal: tu, was dir befohlen wird!
– Ich bin ein Sonderling, mein Lieber. Ich tue nie, was mir befohlen wird.
– Wenn du nicht aufmachst, schieß ich dich über den Haufen.
– Schlechte Idee, Onkel. Ich habe 20 Zeugen.
– Wo sind denn deine 20 Zeugen?
– Privatsache, aber nicht weit von hier.
– Ich zähle auf drei. Dann knallt es.
– Da! Kannst selber aufmachen.

Pontet gab dem Hageren ein Schlüsselchen und zündete sich eine Zigarette an. Während der Dünne aufsperrte, hielt der Dicke Ausschau nach den zwanzig Zeugen, die ihm offenbar in die Knochen gefahren waren. In diesem Moment klickte das Schloß. Die Bullen klappten den Deckel auf, leuchteten hinein und schlugen ihn – eine Zehntelsekunde später – wieder zu.

Ich hatte schon Verschiedenes gesehen, aber das war einzigartig. Das war der Zusammenbruch der Schwerkraft. Die Kerle blitzten empor, quirlten in die Luft, drehten sich um die eigene Achse und sausten in ihren Streifenwagen zurück, mit dem sie davonrasten. Pontet paffte gemütlich an seinem Stengel. Er wartete, daß wir kommen würden, und wir kamen. Alle zwanzig. Mila zuerst. Sogar Satan war überwältigt und vergaß, den Fakir für seine Disziplinlosigkeit zu rügen. Jetzt belagerten wir ihn. Wir wollten wissen, was eigentlich passiert war. Was war im Koffer?

– Ihr wollt mir ja nicht glauben, daß ich ein Fakir bin.

– Sag was im Koffer ist!

– Zwei Brillenschlangen, sonst nichts.

Die Hochzeit fand drei Monate später statt. Ende Juli desselben Jahres. In der russischen Kirche, denn Mila wollte orthodox getraut werden. Nicht daß sie besonders fromm war, aber wenn man einen Fakir heiratet, kann ein kirchlicher Segen nichts schaden. Alle Genossen waren anwesend, gebrochenen Herzens. Satan erschien aus Protest in einer Turnhose und gelbem Ruderleibchen. Auch Pontet war da, er war schließlich der Bräutigam, sowie seine mannstolle Mutter, die tagsüber auf einem Dampfschiff servierte. Zur Feier des Tages trug sie einen schwarzen Strohhut mit goldenen Bändern. Ich befand mich ebenfalls unter den Leidtragenden und wunderte mich, warum die Braut fehlte. Alle wunderten sich, besonders der russische Pope. Er sagte, er habe schon allerlei Leute getraut, aber noch nie einen Bräutigam ohne Braut. Wir warteten eine viertel, eine halbe, eine dreiviertel Stunde. Unsere Schadenfreude wuchs. Mila kam nicht. Jeder von uns schöpfte neue Hoffnung. Frau Pontet aber fing an zu schwitzen. Sie sprayte sich unter den Achseln und zog nervös ein Seidentüchlein aus dem Brustausschnitt. Wir jubilierten innerlich, und der Fakir haßte

uns entsprechend. Er war selber schuld. Er hatte uns das Wasser abgegraben in jener Maiennacht. Mit seinen zwei Koffern und den Brillenschlangen darin. Hörner hatte er uns aufgesetzt, jedem einzelnen von uns – und dem Satan ein ganzes Geweih.
Mit fünfundfünfzig Minuten Verspätung traf Mila ein. Sie trat in die Kirche, strahlend wie ein Sommermorgen, und lächelte selig. Pontet fragte tonlos, wo sie herkomme. Aus dem Zirkus, Louis. Ich habe mich totgelacht.
Da geschah etwas, das seit dem berühmten Schisma von Konstantinopel in keiner orthodoxen Kirche passiert ist. Pontet versetzte Mila eine Ohrfeige, daß sie gegen das Taufbecken taumelte. Die Orgel fing an zu spielen, und der Pope fragte, ob Fräulein Mila Stankowitsch bereit sei, Herrn Louis Pontet zum Mann zu nehmen. Da griff sich das Mädchen ins rotblonde Haar und riß sich die Perücke vom Kopf. Sie stand da, glatzköpfig, jämmerlich, mit einer schrecklichen Narbe am Schädel und sagte sehr ruhig: »Danke schön, ich verzichte auf das Vergnügen.« Noch am selben Tag kehrte sie zu Satan zurück, womit der Zweikampf der beiden Giganten sein Ende gefunden hatte.
Seit jenen Geschehnissen gingen die Jahre ins Land. Wir alle sind ergraut. Wir alle fanden mehr oder weniger plausible Gründe, dem Kommunismus den Rükken zuzukehren. Satan ist heute Direktor eines multinationalen Konzerns. Pontet wurde Inhaber eines exklusiven Nachtklubs. Mila hat einen Diplomaten geheiratet und lebt irgendwo in Südamerika. Goldarsch – das war vorauszusehen – ist bei den Wahlen durchgefallen. Er zog sich ins Börsengeschäft zurück.

Nur ich habe keine Karriere gemacht. Ich bin geblieben, was ich war: ein verdammter Versöhnler. Dem Teufel eine Mistgabel und dem Herrgott eine Kerze.

Koklüsch und die Macht

Der Punkt blies sich auf und ward eine Null.

Adam Riese

Ich schrieb damals meine Doktorarbeit »Über die Rolle großer Gestalten in der Weltgeschichte«. Ich wollte beweisen, daß die Marxisten recht haben mit ihrer Theorie, jeder Held sei der Vollstrecker historischer Gesetze. Ich glaubte an das Wirken von Zwangsläufigkeiten. Ich war überzeugt, daß es keine Zufälle gibt und alles so kommt, wie es kommen muß. Ich las zahllose Bücher. Ich schrieb Tag und Nacht und verpflegte mich bei Madame Bigler, wo ein gewisser Gaston der hervorstechendste Kostgänger war. Wenn dieser Kerl neben seiner Freundin saß – sie hieß Mireille –, konnte man erraten, daß ihm die Zeit nicht lang wurde. Weder bei Tag noch bei Nacht. Meines Erachtens war er etwas einfältig, aber schlagfertig wie ein Maschinengewehr. Er war Hilfsmechaniker bei Gardi & Co. Eine Lehre hatte er nicht absolviert. Weder Kunst noch Wissenschaft belasteten sein Gemüt. Dafür konnte er reden. Zwar immer über die gleichen Gegenstände, doch in tausend Variationen. Am häufigsten ging es um Klassenkampf. Genauer gesagt um seinen Klassenkampf gegen einen gewissen Flury aus Solothurn, der Vorarbeiter war und trotz seiner bald zwanzig Jahre in Genf noch kaum Französisch sprach.

Den Patrons ist das egal, sagte Gaston, solange er hinter uns herschnüffelt und den Zuträger macht für die Betriebsleitung. Ein idealer Kettenhund, denn er findet keine Frau, die mit ihm ins Bett will. Ich meine unentgeltlich und freiwillig. Und weil er geizig ist, vergnügt er sich allein. Das kommt billiger. Am nächsten Morgen hat er Kopfweh und verpfeift uns beim Personalchef, um sein Gewissen zu erleichtern. Dabei müßte er nur früher aufstehn und zur Beichte laufen, aber auch das kann er nicht, dieser Filzwurm.

Das waren ungefähr die Nachhilfestunden, die er mir erteilte in Sozialwissenschaft und Menschenkunde. Jeden Tag zwischen Salat und Bratkartoffeln. Es entspannte ihn, Flury zur Sau zu machen. Wenn er sich sein Plansoll von der Leber geschimpft hatte, fühlte er sich besser und witterte das Morgenrot der Revolution. Niemand von uns kannte Flury, aber Gastons Erzählungen würzten den Galgenfraß, den Madame Bigler auf den Tisch stellte. Flury wurde zum Inbegriff des Klassenfeindes.

– Am großen Abend, schloß Gaston eine seiner Konzertarien, wenn die Patrons ihr Brot als Kanalputzer verdienen und unsere Fabriksirene die Internationale heult, wird Flury einbalsamiert und ausgestellt im Naturhistorischen Museum, als warnendes Beispiel für alle Arschkriecher der Welt!

Gaston besaß ein Rennvelo und eine bereits erwähnte Braut, die er Mimi nannte. Das Rennvelo war damals kein Fahrzeug an sich, sondern ein Prestigesymbol. Der berühmte Ferdi Kübler war gerade Straßenweltmeister geworden, und alle Schweizer sahen in ihm die

Verkörperung ihrer zu kurz gekommenen Träume. Gastons Rennvelo war verchromt und blitzblank. Es besaß zehn Gänge und einen Geschwindigkeitsmesser, der ziemlich überflüssig war, weil Gaston sein Fahrrad kaum je zum Fahren benutzte. Er liebte es, sein Eigentum spazierenzuführen. Die linke Hand auf der Lenkstange, die rechte um die Hüfte seines Mädchens, drängte er sich jeden Mittag durch das Menschengewimmel. Gemächlich und verliebt schlenderten die beiden durch die Stadt. Vom Kino Alhambra, wo Mireille an der Kasse saß, bis zur Pension Bigler an der rue de Carouge. Niemand konnte begreifen, wie Gaston zu seinem Glück kam. Dieses Mädchen war ein Engel. Sie hatte eine blütenweiße Haut, ein Schönheitsfleckchen am Kinn und blaue Äderchen an der Schläfe. Manchmal, wenn ihr jemand zu nahe trat, zog sie Luft ein, ließ die Nasenflügel erbeben und schoß einen ihrer Wortpfeile ab, der unvermeidlich ins Schwarze traf. In solchen Augenblicken war sie Spitzenklasse, und alle – ich natürlich auch – mißgönnten Gaston den Edelstein, den er unseres Erachtens gar nicht verdiente. Was hatte er mehr als wir? Einen schütteren Schnurrbart und gelbe Schnittlauchsträhnen, die ihm in den Nacken hingen. Ein loses Maul und keine Spur von Finesse. Er war eine Vorstadtschnauze. Er glaubte an die Überlegenheit der Muskelkraft, weil er nichts anderes kannte. Das machte Eindruck auf Mireille. Flury war ihm gleichgültig. Den Personalchef übersah er. Nicht einmal Madame Bigler imponierte ihm, und das erhöhte ihn in den Augen des Mädchens zum Herzkönig im Kartenspiel der Liebe. Gaston war ein Realist. Er glaubte nur, was er sah. Die Rätsel des Lebens machten ihm keine Sorgen: die Proletarier werden immer zahlreicher, darum müssen sie siegen. Der Konkurrenzkampf verzwistet die Patrons und führt sie zum Untergang. Der Sozialismus folgt auf den Kapitalismus wie die Sonne auf den Regen. Der Krug geht zum Brunnen, bis er bricht. Zwei mal zwei sind vier. Wer daran zweifelt, ist verrückt. Von diesen Leitsätzen war er überzeugt. Ich ebenfalls, aber nicht so felsenfest wie er. Darum hatte ich weniger Erfolg bei den Frauen als Gaston, der eine eiserne Gewißheit ausstrahlte. Er war ein Glückspilz. Ich nicht.

An jenem Tag kam er herein, gefolgt von Mimi, die sich noch die Nase puderte im Vorzimmer. Er schnupperte und stellte fest, daß es roch wie alle Tage: nach feuchtschimmligen Tischdecken und verkochtem Blumenkohl. Er blieb stehen zwischen Türe und Quertisch, schneuzte sich die Nase und verkündete trokken:

Nächsten Montag gibt es ein Erdbeben in Genf. Mit Wetterleuchten und Blutwurst!

Die Pension Bigler war keine Pension im üblichen Sinn dieses Wortes. Eher eine Speiseanstalt dritter Klasse. Sie erfreute sich aber – Gott weiß warum – eines wachsenden Zulaufs aus den verschiedensten Bevölkerungsschichten. Die Gäste teilten sich in Fraktionen. Wie ein Parlament. Sie schimpften alle gegen die Regierung – im konkreten Fall gegen Madame Bigler –, doch sonst waren sie sich spinnefeind. Neben den Linken, zu denen auch ich gehörte und Gaston und ein Dutzend anderer Weltverbesserer, gab es eine Gruppe kaufmännischer Angestellter, die sich durch besonders fade Mäßigung auszeichneten. Beim Fenster saßen die Anarchisten, die demonstrativ ungewaschen, ungekämmt und unrasiert auftraten. Sie erklärten, mit unseren Parteigötzen seien wir noch obrigkeitshöriger als die Pfaffen, und sie hatten recht. Es gab auch eine Handvoll Vegetarier. Sie verweigerten den Kriegsdienst, predigten Gewaltlosigkeit, kämpften gegen Tabak und Alkohol und tranken Wasser, bevor sie sich zu ihrem Haferbrei setzten. In der Mitte hockten die Deutschschweizer. Man nannte sie Sonntagsficker, denn sie kauten still vor sich hin, eine schweigende Mehrheit, die uns befremdet anstaunte und stets fürchtete, von irgendeiner Minderheit mitgerissen zu werden. In Wirklichkeit waren sie äußerst neugierig. Sie kamen, um sich satt zu hören und Dividenden einzustreichen auf dem Ideenmarkt der Pension. Sie waren die Vorzugskunden der Madame, weil sie termingerecht zahlten, sich kaum jemals ereiferten und nie an einer Diskussion teilnahmen. Sie sagten, sie hätten Schwierigkeiten mit der Sprache. In Wirklichkeit verstanden sie jedes Wort, und als Gaston ankündigte, es gebe ein Erdbeben in Genf, fragte einer erschrocken:

– Was für ein Erdbeben und warum am Montag?

Gaston setzte sich bedeutungsvoll an seinen Platz und teilte mit, daß im Kino Alhambra eine Giftsuppe gebraut werde, eine Filmpremiere gegen das neue China. Hitler sei noch nicht kalt im Grab, und schon schlagen sie wieder die Hetztrommel. Ein Propagandadreck unter dem Titel »Die gelbe Gefahr«. Wer gefährdet uns, Kameraden? Fühlt sich hier jemand angegriffen? Oder will man uns einreden, unsere Freiheit sei bedroht, weil es in China keine Unternehmer mehr gibt? Und keine Vorarbeiter? Und keine Aktiengesellschaften? Was bin ich denn hier? Eine Seifenblase bin ich, und das einzige Recht, das ich habe, ist zu platzen. Ich scheiße auf diese Freiheit!

– Sei doch froh, keifte ein kaufmännischer Angestellter, daß du noch scheißen darfst auf unsere Freiheit. Das beweist, daß du sie hast. Geh doch mal nach China und sag dort ein Wort gegen ihre Ordnung. Wenn du überlebst, fahr ich auch hin und werde Chinese.

– Auf dich warten die gerade, höhnte Gaston, aus solchen Roßäpfeln macht man dort Naturdünger.

– Weil ihr den Schnupfen bekommt, wenn einer anders denkt als euresgleichen.

– Denken darf jeder, was er will. Aber nicht die Umwelt verschmutzen mit reaktionärem Unrat.

– Deshalb habt ihr den Eisernen Vorhang. Zur Reinhaltung der kommunistischen Stickluft. Und daß die Welt nicht erfährt, wie ihr Naturdünger macht aus euern Gegnern.

Jetzt wurde es ungemütlich, doch glücklicherweise erschien Madame Bigler mit einer Porzellanschüssel voll Zwetschgenkompott, und der heilige Krieg wurde unterbrochen.

Am nächsten Morgen prangten Plakate von allen Reklamesäulen der Stadt: DIE GELBE GEFAHR oder DER UNTERGANG DER WEISSEN RASSE. Premiere im Kino Alhambra, am 4. Oktober 1950.

Diese Premiere mußte verhindert werden. »Gelbe Gefahr« – »Weiße Rasse«. Das waren Reizwörter, die man kannte. Gewöhnliche Völkerhetze war das, und wir mußten etwas unternehmen.

Als erstes boten wir das »Stahlbataillon« auf – einen Stoßtrupp erprobter Raufbolde, mit tätowierten Armen und steinernen Fäusten. Treue Klassenkämpfer mit niedriger Stirn und furchtgebietendem Unterkiefer. Sie erhielten die Aufgabe, einsamen Passanten aufzulauern und ihnen Ziegelsteine feilzubieten. Das Exemplar zu zehn Franken, wobei eine Ablehnung kaum ratsam schien. Das Ziegelgeschäft lief prächtig. Wenn ein nächtlicher Heimkehrer fragte, was man mit dieser Ware denn anfangen solle, antworteten die Kerle:

– Mitnehmen, Monsieur. Als Eintrittskarte zur GELBEN GEFAHR. Premiere am Montag, im Alhambra. Sie wissen doch. Das Kino mit der verglasten Vorderfront.

Die Idee stammte von Gaston. Sie besaß alle Vor- und Nachteile seiner beschränkten Intelligenz. Der Vorteil bestand darin, daß wir einen Mordsspaß hatten. Der Nachteil in der Tatsache, daß wir für den Film eine unbeabsichtigte Reklame machten. Der kleine Mann horchte auf. Fühlte sich bedroht. Nicht von der amerikanischen Premiere, sondern durch unsere Ziegelsteine. Nun glaubten die Leute wirklich an eine Gefahr. Nicht an die gelbe, sondern die rote.

Wir konnten tausendmal beteuern, unsere Aktion ziele gegen die Kriegshetze; die paar Backsteine seien Himbeeren im Vergleich mit dem Atomregen, falls es noch einmal losginge. Unser Ruf war hin. Wir setzten brave Mitbürger unter Druck. Wir stachelten öffentlich dazu auf, die Scheiben eines Kinos einzuschlagen. Wir wollten erwachsene Schweizer daran hindern, einen Film anzuschauen und sich ihre eigene Meinung zu bilden. Die erste Runde hatten wir verloren, und was wir vermeiden wollten, war eingetreten: das Kino war ausverkauft. Wenn da nicht Mimi gewesen wäre, hätten wir auch die zweite Runde verspielt. Aber Gott sei Dank gab es Mimi!

Mireille hatte einen Einfall, der sich in der Folge als Götterfunke herausstellte. Es war ihr gelungen, für ihre Zwecke zwei Eintrittskarten sicherzustellen. Eine für Gaston. Die andere für einen gewissen Koklüsch, was auf deutsch Keuchhusten bedeutet. Koklüsch war ein Veteran des Radsports. Bereits über siebzig. Bekannt wie ein falscher Groschen und ewige Zielscheibe wohlgemeinter Witze von jung und alt. Jeder duzte ihn. Jeder zog ihn auf, denn er war debil und gab den ungereimtesten Blödsinn von sich, der sofort weitererzählt wurde und als Schlager des Tages zirkulierte. Er hatte ein Ziegengesicht mit dünner Nase und fliehendem Kinn. Seine Stimme glich dem Kreischen einer Kreissäge. Er sprach nicht, er keuchte, in asthmatischen Fetzen, als lache er Tränen, was er manchmal auch tat. Das kam selten vor, wenn es aber vorkam, brach es herein wie ein Naturereignis und verbreitete sich wie die Lustseuche. Dabei muß gesagt werden, daß er von unerreichter Humorlosigkeit war. Auf hundert Späße verstand er einen: den dümmsten. Es gab ein paar Schlaumeier in Genf, die wußten, wie man ihn andrehte. Einer von ihnen war Gaston.

Am Samstagnachmittag fand in La Capite ein Amateurrennen statt. Zum Gaudium der Sportfreunde war auch Koklüsch am Start. Er trug wie immer seine grüne Clubmütze auf dem Kopf und hoffte auch diesmal, als schlechtester Fahrer einen Trostpreis zu gewinnen. Seine Hoffnung ging in Erfüllung. Er schwitzte als letzter durchs Zielband und bekam das »goldene Schlußlicht«, mit dem er die Ehrenrunde fahren durfte. Vor der Tribüne stand Mireille, als Ehrenjungfrau bekleidet, und überreichte dem Armen einen Briefumschlag mit dem besagten Kinobillett. Sie küßte ihn auf beide Wangen. Das Publikum raste vor Begeisterung und Gaston beglückwünschte ihn mit der Einladung, morgen um halb acht auf ihn zu warten. Vor dem Kino Alhambra. Es gebe ein Fest für ihn.

Koklüsch war schwachsinnig, aber man konnte sich auf ihn verlassen. Zum festgesetzten Zeitpunkt erschien er vor dem Kino und wunderte sich, warum so viele Polizisten anwesend seien. Gaston erwiderte wahrheitsgemäß: »Wegen der gelben Gefahr, verstehst du? Die ist nämlich ansteckend, und hinterläßt Rostflecken, die man nicht mehr wegbringt. Nicht einmal chemisch. Darum gibt es jetzt so viele Fälle von Gelbsucht in der Schweiz, tu comprends?«

Koklüsch nickte. Er schien zufrieden. Gaston ebenfalls, und beide Männer betraten den Saal, wo eine dreifache Kontrolle stattfand. Alles, was Namen hatte und Rang, war herbeigeströmt. Natürlich auch Flury, der vielgehaßte Vorarbeiter, der seit zwanzig Jahren zum ersten Mal ins Kino ging. Er setzte sich zwei Reihen schräg hinter Gaston und schielte wachsam zu ihm hinüber, als wüßte er, was gespielt wurde.

Zuerst kam die Reklame. Dann die Voranzeige des nächsten Films. Gaston kaufte Schokoladenkugeln und teilte sie mit Koklüsch, der sich ungemein nobel vorkam und meinte, er gehöre zur Prominenz. Um

Viertel vor acht gingen die Lichter aus. Man zeigte die Wochenschau: die englische Königsfamilie auf einer Hundeausstellung. Eine Schiffskatastrophe an der schwedischen Küste. Das Pferderennen in Longchamps und eine Schönheitskonkurrenz in Las Vegas. Punkt acht erdröhnte der Gong. Es war soweit. Die gelbe Gefahr konnte beginnen. Schauerliche Musik rieselte aus allen Lautsprechern. Die Leinwand überzog sich mit brodelnder Lava, aus der sich ein winziger Punkt herauslöste. Er wurde größer, wuchs zum schwarzen Kreis, wurde ein klaffender Krater. Es war der tausendfach vergrößerte Lauf einer Pistole, die sich auf die Zuschauer richtete und drohte loszuknallen. Der Titel flackerte auf. Die Musik erklomm ihren Höhepunkt, und Gaston lehnte sich zu Koklüsch hinüber, um ihm ins Ohr zu flüstern: »Laß die Hosen runter, Kamerad, gleich geht der Schuß los!«
Gleich geht der Schuß los. Das ist eine Redewendung, die auf französisch eine unzweideutig sexuelle Bedeutung hat. Aus der allgemeinen Beklommenheit wimmerte ein Keuchen hervor, ein ächzendes Husten in oberster Stimmlage. Zuerst glaubte man, es gehöre zum Film, doch bald stellte man fest, daß es aus einer Reihe kam, wo das billige Publikum saß. Von hinten wurden Zischtöne laut, aber das Keuchen verstummte nicht. Im Gegenteil. Es wurde konvulsiv und penetrant. Man merkte, daß da nicht geweint wurde, sondern gelacht. Der Film war schrecklich, von Anfang an. Ein Schlitzauge trat eine weiße Frau in den Unterleib, doch im Saal wurde gequiekst. Das war unerhört und zeitigte die erstaunlichsten Folgen. Es begann ein

Prozeß von hysterischer Zellteilung. Neben der Winselstimme fing jemand an zu jaulen, als wäre ein Bazillus auf ihn übergesprungen. Bald waren es vier, dann acht, sechzehn und zweiunddreißig Opfer des Schüttelfiebers. Immer mehr Leute schnappten nach Luft, japsten verzweifelt und wußten nicht, was sie so erheiterte. Auf der Leinwand wurden Amerikaner zu Tode gekitzelt, Engländer skalpiert, aber das Lachen verbreitete sich in geometrischer Progression. In einer Folterzelle wurden jemandem Glaskugeln in den After gequetscht, und schon begannen auch die teuersten Plätze sich zu winden. Das war ein Hexensabbat, und keine Vernunft der Erde schien imstande, dieser Lawine Einhalt zu gebieten. Koklüsch hatte bewiesen, daß einer wie er zum Epizentrum eines Erdbebens werden kann. Die Vorstellung wurde unterbrochen. Die Lichter gingen an, und durch die Notausgänge drang eine Einheit bewaffneter Schutzleute in den Saal. Sie hatten den Befehl, den Rädelsführer herauszufinden, was ihnen auch gelang, und zwar mit Hilfe eines Denunzianten namens Flury, der von seinem Platz aufsprang, über die Sitzreihen kletterte, Koklüsch am Kragen packte und brüllte: »Voilà le communiste!«

Der Ziegenkopf wußte nicht, was ihm geschah. Er gluckste noch immer. Völlig erschöpft von der Anstrengung. Tränen liefen ihm über das Gesicht, als man ihn aus dem Kino schleppte, dessen Ehrengast er zu sein glaubte. Erst jetzt beruhigte sich der Saal, und schon wollte man fortfahren, als Gaston aufstand und eine kurze Ansprache hielt:

– Das war eine Kostprobe, meine Mitbürgerinnen

und Mitbürger, von der gelben Gefahr in weißer Übersetzung. Sie konnten die tapferen Boys unserer Sicherheitspolizei bewundern, die einen zweiundsiebzigjährigen Greis verhaftet und abgeführt haben, weil er am falschen Ort gelacht hat. Es ist verboten, am falschen Ort zu lachen. Bei uns bestimmt der Staat, wann man sich amüsieren darf und wann nicht. Jetzt wissen wir aus eigener Erfahrung, woher wir bedroht sind. Jetzt gehen wir nach Hause und lachen dort, wo uns niemand hört oder stört. Aber vergessen Sie nicht abzusperren, sonst kommt ein Spitzel und denunziert Sie bei den Behörden!

Gaston war ein Volksverführer. Seine Rede traf ins Schwarze. Der Saal scharrte und klatschte Beifall. Es stand fest, daß wir die zweite Runde gewonnen hatten. Nicht wir – um es genau zu sagen –, sondern Mimi, denn das war ihre Idee und verlief nach ihrem Szenario. Die meisten Besucher verließen das Kino, und es blieben nur ein paar Hartgesottene, unter denen sich auch Flury befand, der verhaßte Vorarbeiter aus Solothurn.

Koklüsch kam ins Gefängnis von Saint-Antoine. Dort mußte er büßen für ein Verbrechen, das nicht er begangen hatte, sondern wir. Aber das konnte er nicht wissen, glücklicherweise. Er wußte überhaupt nichts. Nicht einmal, daß er über Nacht zum Nationalhelden geworden war. In den Morgenblättern las man bereits von seinem Mißgeschick, und gegen Mittag sprach die ganze Stadt von ihm. Jetzt erfuhren wir, daß Koklüsch nur ein Spottname war. In Tat und Wahrheit hieß er Pipignoni. Ferdinand Pipignoni oder sogar Monsieur Ferdinand Pipignoni, wie ihn das vornehme Journal de

Genève zu nennen geruhte. Es war herzerquickend, was man über ihn schrieb:
– unbescholtener Waldarbeiter…
– sechzig Jahre ehrlich geschuftet…
– zum Lohn ein paar Handschellen…
– die Kleinen sperrt man ein…
– die Drahtzieher bleiben ungeschoren…
– die Polizei macht sich lächerlich…
– wofür zahlen wir Steuern?…
Sogar Madame Bigler verlor an jenem Dienstag ihre Besonnenheit. Bisher hatte sie immer gesagt, sie kenne nur einen Gott, und das sei der Schweizerfranken. Heute stemmte sie die Fäuste in die Hüften und wetterte: »Wenn die so weitermachen, geh ich zu den Roten.«
Auch die kaufmännischen Angestellten waren wie umgekrempelt. Einer von ihnen verstieg sich zur tapferen Drohung: »Wenn sie Koklüsch nicht freilassen, machen wir Krach.«
– Was für einen Krach, Mensch? Ihr wart doch immer für Ruhe und Ordnung.
– Genau, aber diesmal hat die Polizei angefangen.
– Ich gehe mit der Mehrheit. Die Mehrheit ist für Koklüsch.
– Fahrt doch mal mit der Straßenbahn. Da könnt ihr hören, was die Leute sagen.
– Das Volk hat die Nase voll, ihr werdet sehn.
– Heute sitzt er im Gefängnis. Morgen in der Regierung…
Ein Vegetarier trat an unseren Tisch und reichte Gaston eine Hundertfrankennote, was damals eine Menge Geld war:

– Ihr seid zwar eine Bande von Hornochsen. Koklüsch ist ein gewöhnliches Arschloch – ich kenne ihn persönlich –, aber Gewalt gegen einen Halbschlauen, das ist unfair.
Die Anarchisten schnödeten wie immer. Wir seien Kaninchen, sagten sie, und wenn wir Haare hätten am Hintern, würden wir eine Ladung Dynamit unters Gefängnis stecken. Kurz und schmerzlos, und die Sache wäre erledigt.
Auf diese Herausforderung zog Mimi die Nasenflügel hoch. Sie warf den Kopf in den Nacken und blinzelte damenhaft in die Ferne:
– Ich persönlich fühle mich angesprochen, Monsieur, aber ich würde mich hüten, mit dem Gefängnis auch unseren Freund Koklüsch in die Luft zu jagen. Oder sehen Sie das anders?
Das war einer jener Volltreffer des Mädchens mit dem Schönheitsfleckchen am Kinn. Gaston wetzte triumphal die Zunge am Backenzahn, und die Anarchisten erklärten kleinlaut, auch eine Stinkbombe würde genügen. Ins Polizeipräsidium zum Beispiel. Als Warnung.
An jenem Tag geschah noch ein Wunder. Die Deutschschweizer mischten sich ins Gespräch, und es stellte sich heraus, daß die schweigende Mehrheit fließend Französisch sprach. Der griesgrämliche Ägerter, der sonst nur dasaß und kuhäugig in den Teller stierte, zeigte ungeahnte Qualitäten:
– Was wir jetzt brauchen, sagte er trocken, sind drei oder vier Großbetriebe, die mit der ganzen Belegschaft nach Saint-Antoine marschieren. Wenn zehntausend Unterhunde bellen, dann tönt es so laut, daß es sogar

die Regierung vernimmt, obwohl sie sonst taub ist. Ich bin Dreher bei Tavaro. Ich bringe zweitausend Kollegen auf die Beine.

– Und ich Schleifer bei Hispano. Wir sind dreitausend

– Wenn Gaston die »Gardi« zusammentrommelt, haben wir siebentausend

– Ich arbeite auf der Hauptpost

– Ich bei den städtischen Verkehrsbetrieben

– Wir sind Verkäuferinnen im Grand Passage...

Am Mittwochabend um sechs brach in Genf der Verkehr zusammen. Aus allen Gassen wälzten sich Menschenmassen der Stadtmitte entgegen. Auch eine Blasmusik war da und ein Mandolinenorchester des Arbeiterturnvereins Satus. Über die Rhônebrücke zog ein stets größer werdender Menschenstrom zum place Longemalle und von dort hinauf zum Bourg de Four. Die Leute waren ausgelassen und skandierten die verrücktesten Losungen. Zuerst ganz harmlos:

– Schweigen ist gesund,
drum haltet den Mund!

– Wer nicht lacht zur rechten Zeit,
der muß schlucken, was übrigbleibt.

Dann schon bedrohlicher:

– Einer hat das Maul verzerrt,
wurde dafür eingesperrt!

– Wer hier lacht,
wird kaltgemacht!

Zuletzt rief die Menge:

– Koklüsch, Liberté!

– Koklüsch, au pouvoir!

was nicht mehr und nicht weniger hieß, als daß der Dorftrottel Bürgermeister werden sollte. Hier stutzte ich zum ersten Mal. Mein Verstand sträubte sich gegen den Massenwahn, und ich verdrückte mich in Bovards Bierstube, um bei einem Humpen kurz zu verschnaufen. Das ist ja Heldenkult, was da getrieben wird, sagte ich mir, der kürzeste Weg zur Verblödung. Aber von draußen kreischte die Begeisterung herein und überdröhnte meine Zweifel. Ich zahlte und eilte auf die Straße zurück, wo ich von der Menge mitgerissen wurde.

Es war ein widerlicher Oktoberabend. Ein kalter Wind fegte durch die Straßen. Man fror bis in die Knochen hinein, aber selten sah ich vergnügtere Gesichter in Genf. Wenn wir sonst durch die Straßen demonstrierten, quetschten wir die Zähne aufeinander und brüllten papierene Parolen in die Luft. Heute aber waren uns die Zügel entglitten. Eigenwillig und führerlos zog das Volk dem Gefängnis entgegen. Wir waren übermütig wie noch nie. Koklüsch Liberté – hallte es aus allen Himmelsrichtungen, und als das Glockenspiel der Peterskathedrale sieben schlug, standen um die zwölftausend Menschen auf dem Platz. Es war Nacht geworden. Zur Linken die Mauern von Saint-Antoine. Zur Rechten die ehrwürdige Vorderfront des Rathauses. Eine unübersehbare Menschenmenge skandierte jetzt ganz deutlich: »Koklüsch au pouvoir« – Koklüsch an die Macht! Entsetzen rieselte mir den Rücken hinunter. Wo waren die historischen Gesetze, wo die Zwangsläufigkeiten der Weltgeschichte?

Da hörte ich von einem Kandelaber Gastons Stimme.

Er war hinaufgeklettert und hielt eine Rede, von der man noch heute spricht:
– Wir sind jetzt zwölftausend, liebe Mitbürgerinnen und Mitbürger. Ich rate euch im Namen des hohen Stadtrats strammzustehn, die Arschbacken zusammenzuklemmen und nicht zu lachen, denn Lachen ist verboten!
Ein Orkan der Heiterkeit wirbelte über den Platz. Die Menge jubelte und schrie, bis Gaston Ruhe gebot und weiterhetzte:
– Mit welchem Recht wird hier gelacht, verdammt noch mal? Ihr wißt doch genau, daß man ohne polizeiliche Erlaubnis nicht einmal das Gesicht verziehen darf, und wer es trotzdem tut, gehört ins Gefängnis, wie unser Nationalheld Ferdinand Pipignoni, genannt Koklüsch, der ebenfalls gegen die Paragraphen verstoßen hat und dafür im Knast sitzt. Jawohl, dort drüben sitzt er, der arme Teufel, kaum hundert Meter von hier entfernt, und wir fordern gleiches Recht für alle. Auch wir wollen in den Knast. Alle zwölftausend, vorwärts, marsch!
Dieser Einfall war beispiellos. Gaston sprang von seiner Laterne herunter und führte die johlende Menge einem besoffenen Abenteuer entgegen. Die halbe Stadt folgte Gaston und wollte ins Gefängnis.
Ich weiß nicht, was in jenem Augenblick auf der Gegenseite geschah, aber ich kann mir ausrechnen, daß zwischen dem Rathaus und Saint-Antoine die Telephone heißliefen. Jedenfalls ging ein Rasseln durch das Tor, als wir vor dem berüchtigten Gebäude ankamen. Ein Innenflügel wurde aufgesperrt, und wir standen wie vom Blitz getroffen. Aus dem Vorhof watschelte

ein Männlein mit O-Beinen und Ziegenkopf: der Nationalheld und Liebling des Volkes: Koklüsch Liberté, wie er von jenem Tag an hieß. Er wurde zum Inbegriff unseres Triumphs über die Obrigkeit.
Die weiteren Ereignisse sind schnell erzählt. Es war eine Orgie, die nun folgte. Man krähte und tobte durch die Nacht. Man hob Koklüsch auf die Schultern. Man trug ihn voran wie eine Fahne. Ich glaube kaum, daß er begriff, was los war; denn vor dem Hauptbahnhof verlangte die Menge, daß er eine Rede halte. Es wurde totenstill auf dem Platz. Koklüsch schaute mit leeren Augen in die Ferne und unvermittelt sprach er die Worte, die am Anfang seiner Karriere standen:
– Laßt die Hosen runter, Kameraden, gleich geht der Schuß los!
Das war der Höhepunkt seines Lebens. Er hätte irgend etwas sagen können in jener Sternstunde. Das Volk raste vor Begeisterung und fand ihn formidabel, denn in Wirklichkeit feierte es nicht ihn, sondern sich selbst. Der Abend endete, wie er enden mußte. Mit einer satanischen Sauferei, zu Ehren des Nationalhelden und des kurzen Augenblicks der Schwerelosigkeit. Ich hatte nicht den Mut mitzufeiern. Ich machte mich unauffällig davon, um nicht dabeizusein, wenn jemand den Ziegenkopf zum Staatspräsidenten ausrufen würde. Es fehlte mir der Mut, solch eine Mitschuld auf mich zu laden. Darum ging ich nach Hause, zündete ein Feuer an und verbrannte meine ersten zweihundert Seiten »Über die Rolle großer Gestalten in der Weltgeschichte«. Die Ereignisse jenes Abends hatten mich belehrt, daß die

Historie ihre eigenen Wege geht und nur die Vorsehung weiß, was für Hornochsen morgen über unser Schicksal entscheiden werden.
Am darauffolgenden Tag besuchte ich meinen Professor und bat um ein anderes Thema für meine Doktorarbeit. Er lächelte nachsichtig und gewährte mir meinen Wunsch.

Lea und der Gauleiter

> Warum ist noch niemand auf
> die Idee gekommen, die
> Liebe zur olympischen Disziplin
> zu machen?
>
> *Emil Zátopek,*
> *Langstreckenläufer*

Ich war achtzehn Jahre alt und fing an, mich zu rasieren. Ich befand mich im heiratsfähigen Alter – theoretisch –, aber wer konnte damals heiraten? Ein Jude jedenfalls nicht. Ein geduldeter Ausländer noch weniger. Der Sohn eines Kommunisten schon gar nicht, denn die Wehrmacht stand an der Grenze. Die Zähne aus Eisen. Die Krallen aus Stahl. Dreißig Kilometer von meiner Haustür. Morgen konnten sie einmarschieren. Wer Verstand hatte, verkroch sich und machte sich unauffällig.
Meine Tage waren gezählt, aber ich sorgte mich nicht. Im Gegenteil. Ich spielte mit dem Gedanken, Lilo zur Frau zu nehmen. Eine blonde Venus. Ein arisches Wunderwesen mit goldenem Haar und lilienweißer Haut. Das war Selbstmord. Ebensogut hätte ich sagen können, ich wolle Eva Braun zum Altar führen. Oder Leni Riefenstahl, denn Lilo war die Braut des Gauleiters. Die Geliebte des Naziführers in der Schweiz. Er war noch nicht an der Macht, das ist wahr, aber er würde an die Macht kommen. Unweigerlich, und das machte ihn schrecklich. Anfänglich wußte ich nichts

von dieser Beziehung. Ich wußte einzig, daß ich sie haben mußte.
Sie ging keinem ordentlichen Beruf nach. Sie verdiente ein Taschengeld als Aktmodell an der Zürcher Kunstgewerbeschule. In der Klasse des Philipp Johansen, der gesagt haben soll, sie sei noch vollkommener als der Goldene Schnitt, eine Mensch gewordene Harmonie, die fixe Idee Gottes. Das ist zwar trefflich ausgedrückt, aber es liegt irgendwo neben der Wahrheit, denn sie war nicht nur schön. Sie war auch im höchsten Maße beunruhigend. Als hätte sie einen Sprung im Glas. Etwas schien zu klirren in ihrem Gehäuse. Der Leib war aus toskanischem Alabaster. Die Augen aus violettem Amethyst. Die Glieder von griechischem Ebenmaß, doch ihre Schläfen bebten. Radioaktiver Staub flirrte durch ihre Wimpern. Man konnte meinen, sie hätte zwei verschiedene Pupillen: eine aus Quecksilber, die andere aus Diamant. Sie spiegelte, blinkte, glitzerte und ionisierte die Atmosphäre.
Es war an einer Tombola, als ich ihr zum ersten Mal begegnete. Eine Veranstaltung für notleidende Künstler, wenn ich mich recht erinnere. Ich erblickte sie, mitten im Gedränge, und meine Haut wurde Pergament. Ich schluckte trocken, denn nie hatte ich ein kompakteres Geschöpf gesehen. Ein Maximum von Weib in einem Minimum von Körper, voller Angriffslust und Lebensgier. Ein süßer Duft ging von ihr aus. Von reifen Früchten und nächtlichem Flieder.
Jahrzehnte sind seither verflossen. Ich weiß nicht mehr genau, wie es geschah. Sie wirbelte durch den Saal und stand plötzlich vor mir. Ich starrte sie an wie ein seltsames Tier. Sie kam näher. Langsam. Ganz

nahe. Sie schlang ihre Arme um meinen Hals und flüsterte:
– Weißt du, daß ich von dir geträumt habe? Ohne dich zu kennen. Ich war sicher, daß wir uns treffen würden. Eines Tages. Irgendwo zwischen dem Fudschijama und dem Popocatepetl. Du machst mich scharf, seit ich auf der Welt bin.
– Wer bist du? fragte ich.
– Rate mal, lächelte sie und streichelte behutsam meine Brust.
– Ein magnetisches Feld, gab ich zur Antwort, ein Paradiesvogel, eine Primzahl am Meeresgrund. Sag, wie du heißt!
– Lilo, erwiderte sie. Wenn du mich suchst, wirst du mich finden.
Das sagte sie mit rußig-heiserer Stimme, indem sie mich flüchtig auf den Mund küßte:
– Eine Anzahlung, hauchte sie und flatterte davon.
Meine Ruhe war dahin.
An den darauffolgenden Tagen schwänzte ich die Schule. Ich paßte sie ab. Hinter dem Bronzebrunnen an der Ausstellungsstraße. Ich malte mir aus, wie sie da irgendwo lag oder saß oder stand. In einer künstlichen Pose. In einem Zeichensaal. Nackt, blütenweiß, und ein paar Dutzend Männer, die nach ihrem Körper lechzten. Ich wartete auf sie. Vom frühen Morgen bis zum späten Abend. Und eines Nachmittags, als es schon zu dämmern begann, trat sie aus der Glaspforte. Sie warf den Kopf zurück, spähte im Kreis herum, erkannte jemanden, eilte auf ein Auto zu und stieg ein. Am Steuer saß ein Kahlkopf. Glatt geschoren. Von mädchenhafter Anmut, aber doppelt so alt wie ich und

selbstsicher wie ein Dompteur. Ich sah ihn zum ersten Mal. Nur ganz kurz. Aus dem Hinterhalt meines Verstecks, aber ich haßte ihn. Vielleicht aus Eifersucht, vielleicht aus Instinkt. Ich wußte noch nicht, wer er war, aber ich roch den Feind in ihm. Den Todfeind. Er trug Handschuhe aus gelbem Schweinsleder. Typisch für diese Art von Hermaphroditen. Weder Fisch noch Vogel. Zu fein und dünnhäutig, um die Gegenstände auch nur anzutasten. Er zündete eine Zigarette an. Mit einem goldenen Feuerzeug. Hochmütig. Ohne Lilo eines Blickes zu würdigen. Dann ließ er den Motor aufheulen, klinkte den Gang ein, drückte aufs Gas und brauste davon.
Lilo war sein Eigentum. Es besaß sie, wie man einen Hund besitzt. Nicht einmal gegrüßt hatte er sie. Auch nicht die Türe aufgemacht, als sie einstieg. Er hockte in seinem Mercedes. Alles geschah nach seinen Wünschen. Ohne Worte oder Gebärden. Das war mir unbegreiflich. Wer mochte er sein, dieser Zwitter? Klug jedenfalls nicht, denn er hatte kein Gesicht. Auch nicht schlau. Dazu waren seine Züge zu undeutlich. Aber ich wußte, wir würden kämpfen miteinander.
Lilo ist ein sonderbarer Name. Gespalten und widersprüchlich. Li – das heißt »ja« in der Sprache der Singhalesen. Lo hingegen »nein« auf hebräisch. Ja und nein in einem Atemzug. Ein Widerspruch in zwei Silben. Li für mich – schien es mir – und lo für ihn. Oder umgekehrt, auch das war möglich, aber einer war überzählig.
Sie war auf mich zugetänzelt, ohne daß ich sie gerufen hätte. Sie sagte, ich mache sie scharf. Von mir geträumt habe sie. Und dann dieser Kuß als Anzahlung. Doch

gleichzeitig war sie zu seinen Diensten. Das ging doch nicht auf.
Mein Vater nahm das alles auf die leichte Schulter. Daß ich meine Haut riskierte, war ihm egal. Er freute sich, wenn ich mit dem Feuer spielte. Er war der Überzeugung, man müsse zuschlagen, wenn man gewinnen wolle. Handeln. Die Initiative behalten!
– Wer zögert, verliert, sprach er zu mir, geh hin und mach dich bemerkbar! Ganz gleich auf welche Weise. Nimm eine Trompete und blase! Früher oder später wird sie dich hören.
Das meinte er nicht wörtlich, und ich nahm auch keine Trompete, um mich bemerkbar zu machen, sondern eine Geige. Ich stellte mich auf. Im Foyer der Kunstgewerbeschule und begann zu spielen. Ich spielte nicht schlecht zu jener Zeit. Eine Solosonate von Bach muß es gewesen sein. Die Akustik war überwältigend. Wie in einem Konzertsaal. Die Studenten strömten herbei, von allen Seiten, und machten einen Kreis um mich herum. Heute würde sich niemand wundern, aber damals war das anders. Man war zugeknöpft in jenen Jahren. Man stellte sich nicht hin, in aller Öffentlichkeit, um Musik zu machen. Höchstens Zigeuner waren so unverschämt, oder Krüppel, die sich mit Schmachtfetzen ein Almosen erfiedelten. Ich aber suchte weder Geld noch Applaus. Einen einzigen Zuhörer wollte ich – Lilo. Da latschte der Hauswart herbei und brüllte schon von fern, er dulde weder Bettler in seiner Schule noch fahrendes Gesindel. Unbefugten sei der Zutritt untersagt, und wenn ich nicht unverzüglich verschwände, hole er die Polizei. Ich wollte mich schon verdrücken, als eine Stimme durchs Foyer

klirrte. Ihre Stimme, heiser und rußig, die spitz und herausfordernd fragte, nach welchem Paragraphen und seit wann es verboten sei, in einer Kunstschule Kunst vorzuführen.

Hätte jemand anderer diese Frage gestellt, wäre die Welt untergegangen, denn die Befehle eines Pedells sind heilig in der Schweiz. Unser Land steht auf Hausbesorgern und Wachpersonal. Sie sind das Gesetz. Aber Lilo stand ja bekanntlich außerhalb des Gesetzes. Oberhalb. Sie war die Mensch gewordene Harmonie und durfte alles.

Ein paar hundert Studenten brachten uns eine Ovation dar. Weil wir es gewagt hatten, gegen die Ordnung aufzustehen. Lilo mit ihrer Frage. Ich mit meiner Geige. Wir hatten uns erhoben gegen die Autorität. Mitten im Zweiten Weltkrieg, als Hitler vor unseren Grenzen stand. Man spürte, daß es plötzlich heller wurde und der Krieg noch nicht entschieden war, denn der Hauswart schlurfte davon. Er hatte eine Schlacht verloren.

Die Klasse des Philipp Johansen mußte an jenem Morgen aus dem Kopf zeichnen. Das Aktmodell war abwesend. Es lag in meinem Zimmer und wälzte sich mit mir im Bett herum. Sie sei in mich verliebt, flüsterte sie, seit dem ersten Blick und schon zuvor. Ich sähe aus wie ein junger Indianer. Ich hätte eine große Nase, und solche Männer seien unermüdlich in der Liebe. Das war eine Übertreibung. Ich war nicht unermüdlich. Beim dritten oder vierten Mal bat ich um eine Pause und dozierte, um Zeit zu gewinnen, über den sonderbaren Widerspruch ihres Namens. Das Ja und das Nein nebeneinander. Zweieiige Zwillinge. Die Janus-

köpfigkeit ihrer Erscheinung. Die zwei Gesichter, die aus ihr hervorschimmerten. Selbstherrlichkeit und Demut, das sei außerordentlich reizvoll. Atemraubend. Sie habe mich aus dem Gleichgewicht geschleudert und müsse nun mir gehören. Mir allein!
Da stand sie auf von meinem Bett, das noch zerwühlter war als der Zustand meiner Sinne, und zog sich an:
– Das ist ausgeschlossen, mein Lieber, sagte sie so sachlich wie ein Telephonfräulein, ich bin nämlich verlobt. Damit mußt du dich abfinden. Du kannst mich haben. Aber nicht für dich allein.
Sie war verrückt. Ich? Ich sollte mich abfinden? Daß sie verliebt war in mich und verlobt mit einem anderen? Die hatte ja keine Ahnung. Ich sprang auf und packte sie bei den Hüften:
– Mit wem, verdammt, bist du verlobt? Sag es mir. Ich will es wissen!
– Das ist meine Sache, guter Freund. Dich geht das einen Dreck an.
Mit diesen Worten ging sie. Mein Vater lachte sich ins Fäustchen:
– Das kommt davon, wenn man gleich heiraten will. Übrigens, mit wessen Geld? Ich habe keines, und bis zum Abitur geht es noch lang. Mehr als ein Jahr. Du willst arbeiten, sagst du? Geld verdienen? Violinunterricht erteilen? Bitte schön! Erteile Violinunterricht, aber finde zuerst einen Schüler! Einen einzigen. Wenn du ihn findest, gründe deine Familie. Heiraten! Wozu brauchst du diesen Zettel? Kannst du nicht so mit ihr schlafen. Stärkt es dein Selbstbewußtsein oder deine Potenz, wenn du einen Trauschein hast? Oder ist es etwas anderes? Ich weiß, was es ist. Die jüdische Krank-

heit. Die Angst vor dem Pogrom. Daß sie kommen und dir den Bauch aufschlitzen. Du zitterst seit zweitausend Jahren. Mit oder ohne Grund. Du denkst nicht mit dem Hirn, sondern mit der Haut, und hast Angst, morgen sei es zu spät. Das ist unsere Nationalseuche. Die Erbkrankheit des auserwählten Volks. Heute leben. Schnell leben. Jüdische Hast. Wir laufen und rennen, flitzen und fegen, sogar zum eigenen Begräbnis. Wir überfressen uns aus Angst zu verhungern. Übersaufen uns aus Angst zu verdursten und heiraten aus Angst, allein zu sterben. Laß diesen Unsinn, mein Sohn! Nur keine jüdische Hast!
– Was soll ich denn tun, Vater? Sie ist verlobt. Wenn ich mich nicht beeile, wird sie ihn heiraten.
– Dann geh halt zum Bräutigam, wenn du was tun mußt, und schlag zu.
Das war leichter gesagt als getan. Wie sollte ich das anfangen, wo ich nicht einmal wußte, wie er hieß. Wer er war. Wo er wohnte. Ich mußte es herausfinden. Die Gelegenheit bot sich von selbst. Er kam nämlich zu uns. In die Aula des Gymnasiums. Auf Einladung des Rektors, der schon kollaborierte, als es noch gar nicht nötig war. Er hielt einen Vortrag »Über die Neuordnung Europas und die Juden«. Noch vor wenigen Monaten hätte er mehr Erfolg gehabt mit seinem Gebell. Jetzt aber tobte die Entscheidungsschlacht von Stalingrad, und niemand konnte voraussehen, wer sie gewinnen würde. Darum fiel es ihm schwer, die fünfhundert Kerle warmzuwiegeln. Die Schweizer sind höchst umsichtige Leute und klatschen erst Beifall, wenn sie sicher sind, wer gesiegt hat. Sie hockten also da. Nüchtern, unbeteiligt und mit prüfend gerüsselten

Lippen. Vergnügt hörten sie zu, wie seine Stimme sich überschlug. Wie er sich verhaspelte, den Faden verlor und immer neue Kniffe ausprobierte, sein Publikum doch noch anzuheizen:

– Im alten Zürich, meine jungen Volksgenossen, stellte man artvergessene Weiber auf einen Karren, jawoll, stellte man sie. Auf einen Holzkarren und gab sie dem Gespött der Menge preis. Der Schädel wurde ihnen rasiert. Man zog mit ihnen durch die Stadt, zog man, jawoll, und drückte ihnen Judenhüte auf den Kopf. Das Volk bespuckte sie. Ins Gesicht spuckte man ihnen, gradaus. Der Jude aber, der sich in seiner Geilheit an ein unschuldiges Zürchermädchen heranwagte, der wurde ausgepeitscht, bis ihm das Blut aus der Haut spritzte und man verjagte ihn aus dem schönen Schweizerland und zurückkehren durfte er nimmermehr. So war es. Bei Strafe der Blendung, und die Augen hat man ihm ausgestochen mit glühenden Nadeln…

Während er so kläffte, hatte ich den Eindruck, als richte er sich ausschließlich an mich. Persönlich. Denn ich war der einzige Jude, der zu seinem Auftritt erschienen war. Vielleicht hatte er mich erspäht, als ich ihr auflauerte. Hinter dem Bronzebrunnen an der Ausstellungsstraße. Ich weiß es nicht, aber fünfhundert Mitschüler schielten zu mir herüber und wollten wissen, wie ich mich verhalte. Ich verhielt mich tadellos. Ich zuckte mit keiner Wimper, doch niemand konnte wissen warum. Ich schmunzelte nämlich beim Gedanken an das unschuldige Zürchermädchen, das noch vor kurzem Rassenschande getrieben hatte und nicht genug bekommen konnte von mir.

Das war also der Gauleiter. Jetzt wußte ich es. Der künftige Herrscher über dieses Land. Ich hatte ihm Hörner aufgesetzt, ohne es zu wissen. Das verschaffte mir Genugtuung. Mit diesem Zwitter war sie verlobt. Ihn wollte sie heiraten, nicht mich, und als ich sie fragte, gab sie zur Antwort, es gehe mich einen Dreck an.

Kurz darauf stand sie vor meiner Türe. Bleich. Flecken im Gesicht und am Hals. Dunkle Ringe um die Augen. So könne es nicht weitergehn, sagte sie, sie sei hin- und hergerissen. Zwischen dem anderen und mir, aber – sie blickte mir tief in die Augen – ich liebe dich. Ich denke stets an deinen Mund, Tag und Nacht. Ich zehre mich auf vor lauter Sehnsucht. Das alles sagte sie im Treppenhaus. Unten horchte ein Privatdetektiv, der uns beschattete, wovon wir keine Ahnung hatten. Ich nahm sie in die Arme und führte sie in mein Zimmer. Ihr Anblick genügte, um meinen Zorn verrauchen zu lassen. Hastig rissen wir uns die Kleider vom Leib und schon rollten wir übers Bett. Hungrig auf unsere Haut, auf den salzigen Schweiß unserer Körper. Dann lagen wir regungslos. Ich blickte zur Decke und sagte unvermittelt: »Was wirst du nun tun mit deinem Gauleiter?« Sie wurde bleich wie ein Totenschädel. Sie wußte nicht, was ich wußte. Daß ich ihn gesehen hatte, aus meinem Hinterhalt. Daß er in meiner Schule gewesen war und dort seinen kargen Intellekt ausgeschüttet hatte. Sie brachte keine Silbe hervor. Ihre Augen wurden naß. Sie schämte sich, die göttliche Judenhure, die noch göttlicher war als der Goldene Schnitt und einen Sprung hatte im Glas. Dann plötzlich fragte sie mit tränenerstickter Stimme, ob ich sie zum Teufel jagen

wolle. Ich nahm ihren Kopf in beide Hände und sagte:
– Jetzt will ich dich erst recht. Jetzt ist jede Rakete, die ich dir zünde, ein Triumph über den Todfeind. Verstehst du das? Ein Sieg über den Schwachkopf, der »die Juden aus dem schönen Schweizerland vertreiben will«. Das hat er gesagt. Wörtlich. Mit glühenden Nadeln will er uns blenden. Die Pupillen will er uns ausstechen. Jeder Stoß in deinen Leib ist eine Strafexpedition. Gegen die Mordbuben, die meine Brüder und Schwestern in die Gasöfen hetzen. Das wirst du nie begreifen, aber so ist es.
Diesmal lief sie nicht davon. Sie wimmerte nur leise vor sich hin. Sie verstehe es sehr gut, und ich solle sie nicht fragen. Ihre Tränen waren mir ein Rätsel. Sie hatte ein Geheimnis, das sie krampfhaft zu verbergen suchte. Irgend etwas verband sie mit diesem Gauleiter. Gott allein wußte, was es war, aber bestimmt nicht die Liebe. Sie war eine Blüte, eine geäderte Orchidee. Ihre Beziehung zum Kahlkopf konnte nicht normal sein.
– Natürlich nicht normal, sagte mein Vater, sie ist pervers. Irgendwie abartig. Der Kerl muß sie foltern.
– Das glaube ich kaum, erwiderte ich, vielleicht schlägt er sie hin und wieder. Letztens hatte sie Flekken im Gesicht. Aber sicher nicht regelmäßig. Sie ist doch ein Aktmodell. Man würde es merken. Sie wäre ja ständig von Wunden übersät und schwarzen Striemen.
– Dann eben umgekehrt, spekulierte mein Vater. Sie kann ja auch ihn quälen. Auch das gibt es. Mag sein, daß ihm das Spaß bereitet. Hunde lieben es, geschlagen zu werden. Sie beißen dann besser.

Ich behaupte nicht, daß er sich irrte. Er war Psychiater und kannte sich besser aus; aber seine Diagnosen gingen mir auf die Nerven. Lilo war viel zu zärtlich für solche Extravaganzen. Das wußte ich aus Erfahrung. Sie war eine Königin der Zärtlichkeit. Darum war ich ja süchtig nach ihr. Ihre Hände konnten streicheln, aber nicht peinigen. Und außerdem, wem nützten diese Spitzfindigkeiten? Ich wollte nur eines: daß sie Schluß machte mit meinem Rivalen. Daß sie sich abkehrte von ihm und erklärte, daß ich es sei, den sie auserkoren hatte. Kurz und bündig, und das Problem wäre aus der Welt. Wenigstens die Hälfte des Problems. Dann käme ich an die Reihe. Er würde auftauchen, eines schönen Tages, und mit mir abrechnen. Bitte schön! Er sollte nur kommen. Wenn er allein käme, hätte er nichts zu lachen. Schon andere hatten versucht, mich kleinzukriegen. Einverstanden. Wenn er ans Ruder käme, wäre ich verloren. Er würde mich verhaften lassen und ab nach Auschwitz! Aber soweit war es noch nicht. Die Schicksalsschlacht tobte an der Wolga und nichts war entschieden. Noch lümmelte er herum in seinem Mercedes. Mit seinen gelben Handschuhen und dem goldenen Feuerzeug. Noch ließ er den Motor aufkreischen und brauste durch die Stadt, aber mit jedem Tag schmolz der Schrecken, den er verbreitete. Er hielt seine dümmlichen Reden, doch der Applaus wurde dünner. Sein kahler Schädel begann zu schwitzen. Seine Haut wurde schlaffer und in seinen Mädchenaugen zuckte Verzagtheit. Noch brüllte er, daß er den Schweizer Saustall ausräumen, daß er Ordnung machen werde, wenn es soweit sei, aber ich fürchtete ihn nicht. Ich war zu jung und zu phantasie-

los, ihn zu fürchten. Vor mir stand die Perspektive eines deutschen Krematoriums, aber ich befand mich in Spitzenform. Ich war entschlossen, ihn gelegentlich auf den Rücken zu legen – wie David den Goliath auf den Rücken legte, und mein Vater hetzte unermüdlich: »Geh hin und schlag zu!«
Selbst hätte er sich nicht gemessen mit dem Gauleiter. Dazu war er zu schlau und zu fragil. Er glaubte – wenigstens theoretisch – an die Überlegenheit des Geistes. An den Triumph der Intelligenz über die rohe Gewalt. Aber mich erzog er zum Kraftmeier. Das Leben hatte ihn gelehrt, daß letzten Endes die Fäuste entscheiden. Darum saß er mir im Nacken und flüsterte beharrlich, ich solle zuschlagen: »Nur wenn du davonläufst, sind die anderen stark. Niemals zurückweichen! Angriff ist die beste Verteidigung.« Ich bin ihm dankbar für seine Unterweisung. Sie hat mir genützt. Ich bin zwar ein Hasenfuß, aber ich rannte nie davon. Nur selten drückte ich mich vor der Gefahr, denn stets hatte ich seine Stimme im Ohr. Ich erinnere mich noch genau: es war im vorhergehenden Winter. Am Jakobshorn, wo der fette Schlappner mich zum Gespött machen wollte, sowohl vor den Mitschülern als vor dem Turnlehrer, der uns zu betreuen hatte. Alle kletterten wir bergauf, mit Fellen an den Skiern, als Schlappner mit dem Stock auf eine Sprungschanze wies und höhne, er wette hundert Franken, daß kein Jud' von da oben herunterspringen würde. Es wurde still um mich herum. Der Turnlehrer – Kretz war sein Name – tat, als hätte er nichts gehört. Alle starrten mich an und harrten der weiteren Ereignisse. Wenn ich sprang – gegen alle Grundsätze des Sports und gesun-

den Menschenverstands –, war das mein letzter Sprung. Wenn ich nicht sprang, war ich ausgelöscht. Toter als tot. Ein Gegenstand ätzender Verachtung. Eine Schande für alle Juden des Erdballs, und besonders für meinen Vater, der mir eingehämmert hatte, ein Jude habe nur eines zu verlieren: seine Würde. Solchen Unsinn erzählte er. Was nützte mir die Würde, wenn ich tot war? Und dennoch pochte seine Stimme an mein Trommelfell: »Nicht nachdenken, verdammt noch mal! Spring los und den Rest werden wir sehen!« Es war heroisch, was er flüsterte, aber ich war noch nie von einer Schanze gesprungen. Ich hatte keine Ahnung, wie man das machte. Mit Stöcken oder ohne. Nach vorne gebeugt oder nach hinten. Ich wußte nur, daß es um meinen Ruf ging. Um mein Ansehen unter den Mitschülern. Ob ich als Kuhdreck in die Geschichte eingehen würde oder als Mann. Ich entschied mich für den Mann. Ich nahm eine Hundertfrankennote aus der Tasche und schmiß sie Schlappner ins Gesicht. Dann spuckte ich aus vor ihm und stieg die Treppen empor. Die Kollegen wagten nicht zu mukken, obwohl es anfing, ernst zu werden. Die Wette lief und tickte wie eine Zeitbombe. Es gab kein Zurück. Ich hatte ausgespuckt vor meinem Gegenspieler. Eine größere Beleidigung gab es nicht. Ich mußte springen, und ich sprang. Zwei Tage später erwachte ich im Krankenhaus. Neben dem Bett saß mein Vater. Er strahlte übers ganze Gesicht:

– Ich bin stolz auf dich. Jetzt weiß ich, daß du mein Sohn bist. Wie heißt denn der Lehrer, der dabei war?

– Kretz. Man nennt ihn auch Hakenkretz, weil er ein Nazi ist.

– Ausgezeichnet. Den will ich mir vornehmen.
Mit ihm war nicht zu spaßen, obwohl er einen Kopf kleiner war als ich.
Wenn er drohte, schlug er auch zu. Noch am selben Tag ging er in meine Schule. Wie ein Tornado stürmte er ins Rektorat und verlangte nach dem Hundsfott.
– Nach welchem Hundsfott, Herr Doktor?
– Sie wissen, wen ich meine. Das Nazischwein, das zusah, wie man meinen Sohn in den Tod jagte. Bringen Sie ihn her, aber unverzüglich!
Man holte den Turnlehrer, und er kam. Er hatte keine Zeit sich umzuschauen, denn mein Vater verabreichte ihm einen Kinnhaken, daß er gegen die Wand taumelte. Der Rektor stand daneben, totenblaß, und wagte nicht einzugreifen. Auch die Sekretärinnen brachten kein Wort hervor. Mein Vater hatte theoretisch keine Chance, mit dem Hakenkretz fertig zu werden, aber er war überzeugt von seinem Recht und wurde zum Riesen. Er vollbrachte ein Wunder. Er rächte sich für alle Kinder Israels, die je beleidigt worden waren. Wer zuerst schlägt – rühmte er sich nachher –, schlägt am besten. Wenn man uns quält, sind wir selber schuld. Wir denken zu viel und handeln zu wenig. Wir warten auf den Messias und lassen uns vertilgen. Wer sich treten läßt, hat es verdient, oder ein schlechtes Gewissen oder keine Grütze im Kopf… Darum riet er mir allen Ernstes, den Gauleiter fertigzumachen. Ich tat es nicht. Ich hatte ja nicht im Sinn, ihn zu beseitigen. Loswerden wollte ich ihn, das war alles. Ich hoffte, daß Lilo sich für mich entscheiden würde. Nicht weil er tot war und ich lebendig, sondern weil ich besser war. Ein Mensch und kein Raubtier.

Aber vorläufig gehörte sie ihm. Warum, um Gottes willen? Was verband sie mit diesem Scheusal? Womit setzte er sie unter Druck? Doch nicht mit seiner Männlichkeit, die er nicht besaß. Auch nicht mit seinem jämmerlichen Intellekt. Nur sie konnte mir Auskunft geben, doch sie wollte nicht. Ich mußte sie überlisten.

Eines Abends, als sie mich besuchte, stellte ich ihr eine Falle. Ich empfing sie kalt und abweisend. Sie erschrak, wollte wissen, was passiert sei. Da entgegnete ich, daß mir nun alles klar sei, ich wisse alles. Sie drang in mich. Sie wollte erfahren, was ich erfahren hatte. Ich schwieg lange, theatralisch und bedeutungsvoll. Ich ging zum Fenster. Blickte hinaus auf die verschneiten Bäume, bis es plötzlich aus mir hervorbrach:

– Du verschacherst deinen Körper, heißt es. Du seist die Hure des Gauleiters. Was suchst du in meinem Haus? Willst du mich ausspionieren oder verraten? Heraus mit der Sprache!

Sie stand wie vom Blitz getroffen. Bewegungslos, versteinert. Sie bebte am ganzen Leib und plötzlich – als erwache sie aus einem tiefen Schlaf – stürzte sie auf mich los. Sie bohrte ihre Krallen in meinen Hals. Zerrte an meinem Haar, schrie, schüttelte mich und wiederholte unaufhörlich:

– Wer hat das erzählt? Welches Luder schmiedet Ränke gegen mich? Lügen sind das. Kein Wort ist wahr daran.

– So erkläre mir bitte, warum du seine Braut bist. Warum bist du mit ihm verlobt und sagst, in mich seist du verliebt? Mich kannst du nicht heiraten, erklärst du, und wenn ich frage warum, beleidigst du mich und sagst, es gehe mich einen Dreck an. Wo ist die Logik? Sag mir endlich, was dich mit ihm verbindet. Andernfalls kannst du gehen. Und zwar sofort!

Meine Szene hatte Erfolg. Sie konnte nicht mehr ausweichen und packte aus. Sie hieß gar nicht Lilo, sondern Lea. Sie war auch keine fixe Idee Gottes. Nur die Tochter von Ostjuden, die vor vielen Jahren in der Schweiz Zuflucht gefunden hatten. Ihr Haar war gefärbt. Sogar unter den Armen und zwischen den Schenkeln. Alles auf goldblond, um die Schande zu verbergen. Niemand durfte wissen, woher sie stammte. Sie umgab sich mit einem Netz von Unwahrheiten, und ihr Vater half ihr dabei. Er vergötterte sie. Betete sie an. Zitterte, sie könnte Schreckliches erleben, wie er, in seinem ukrainischen Kaff, als er selber noch jung war. Er lehrte sie, unter falscher Flagge zu segeln. Fremde Rollen zu spielen. Sich um die Tatsachen herumzuschwindeln. Dieses Spiel beherrschte sie mit Meisterschaft. Sie mogelte virtuos. Sie lebte hinter einer Maske, und niemand ahnte, wer sie war. Sie erzählte, sie wohne bei Freunden ihrer Eltern. Sie werde streng überwacht. Kein Mensch dürfe sie besuchen. Ihr Vater sei in Amerika. Die Mutter tot. Auch ihre Papiere waren gefälscht. Ihr Reisepaß lautete auf den Namen Lustenberger. Daß sie Lutomirsky hieß, Lea Lutomirsky, ahnte kein Mensch. Das war ihr Geheimnis. Niemand kannte ihre Identität. Mit einer Ausnahme. Der Mann, der die falschen Dokumente beschafft hatte. Er war nicht nur Gauleiter und künftiger Alleinherrscher über die Schweiz. Auch Urkundenfälscher war er. Ein schäbiger Ganove, der davon lebte,

seine Kunden zu erpressen: Tu, was man dir befiehlt, sonst wirst du es bereuen, pflegte er zu sagen, meine Freunde sitzen in Bern, bei der Fremdenpolizei, in allen Ämtern, ein Anruf genügt und du fliegst, in hohem Bogen über die Grenze, nach Auschwitz oder Majdanek oder anderen Kurorten in Osteuropa!
Das also war die Wahrheit. Lilo lag in meinen Armen und winselte. Jetzt wußte ich alles. Sie war keine Hure, wie ich behauptet hatte. Schlimmer. Ein Judenmädchen war sie. Ein Wort, eine anonyme Anzeige und sie war reif für die Gaskammer.
Zwei Tage später erhielt ich einen Brief. Ein gelbes Couvert. Eingeschrieben. Vom Anwalt meines Todfeindes, und daran stand geschrieben: »Sie sind ein Jude und geduldeter Ausländer. Über Ihre politischen Sympathien sind wir ausreichend informiert. Seit dem 30. November 1942 werden Sie beobachtet. Wir wissen, daß Sie mit dem anderswärtig engagierten Fräulein Lustenberger intime Beziehungen unterhalten und versuchen, besagte Person ihrem Bräutigam abspenstig zu machen. Falls Sie sich weiterhin um Fräulein L. L. bemühen sollten, müßten wir Ihre Abschiebung aus der Schweiz veranlassen.«
Mein Vater explodierte: »Der will uns unter Druck setzen, was? Abschieben? Wir haben doch keine Angst vor dieser Null. Gegenangriff ist der einzige Weg. Anmaßung gegen Anmaßung. Gewalt gegen Gewalt. Wir werden ihn aus dem Busch klopfen. Wir provozieren ihn, bis er platzt.«
– Wie willst du das bewerkstelligen, fragte ich unsicher.
– Ganz einfach. Wir schicken ihm den berühmten

Brief der Saporoger Kosaken an den Sultan von Konstantinopel.
– Nie gehört.
– Der Sultan verlangte ein Zeichen der Unterwerfung. Als Antwort bekam er das Pamphlet.
– Und? Was steht darin?
– Das wirst du gleich hören…
Mein Vater ging zum Bücherschrank und holte eine Sammlung historischer Brieftexte heraus. Er setzte die Brille auf und las mir vor:
»Du heidnischer Schlappschwanz, Bruder und Genosse des leibhaftigen Satans!« Eine gute Anrede, nicht wahr? Stimmt genau auf deinen Gauleiter. Aber höre weiter: »Was bist du Hosentrompeter für ein trauriger Furz. Was deine Götzen scheißen, frißt du mit Entzücken, und so ein faules Ei wie du will freie Saporoger Kosaken in die Knie zwingen? Hörst du unser Gelächter, du taubstumme Krötenzehe? Zu Wasser und zu Land werden wir dich in Stücke schlagen. Komm doch, daß wir dir den Garaus machen. Du babylonischer Giftmischer, du alexandrinischer Ziegenmetzger und Erzsauhalter von Ägypten, du armenischer Arschficker, du tatarischer Geißbock. Du Taschendieb von Podolsk und blutbesudelter Hinterfotz von Odessa. Du verlauster Höhlenbewohner, du Schmutzfink aller Zeiten, du dümmster Dummkopf der Erde und der Unterwelt. Höre zu, du Stutenarsch, du Metzgerhund, der du bist. Du bist nicht würdig einer anständigen Mutter aus dem Schlitz gerutscht zu sein. Darum schlagen wir diesen Brief um dein ungewaschenes Maul. Als Beweis unserer Demut und Unterwerfung. Wenn du Krieg willst, kannst du ihn

haben, aber jetzt schon sollst du wissen: wir sind frei und werden es bleiben!«

Diesen Brief schrieben wir ab – schmunzelnd und in Hochstimmung – und versahen ihn mit der gebührenden Anschrift: »An den Gauleiter aller Spitzbuben, Erpresser, Hurensöhne und Urkundenfälscher der Eidgenossenschaft«. Zum Schluß schrieben wir den Nachsatz: »Im Einklang mit den Saporoger Kosaken, die ihren Brief nicht nur dem Sultan zugedacht haben, sondern allen Schurken der Welt, erwarte ich Ihre baldige Antwort. Zürich, den 20. Januar 1943. Gemeindestraße 6. Unterschrift.« In einem kurzen Postskriptum fügte ich noch hinzu: »PS. Fräulein Lilo Lustenberger liegt neben mir und sagt, sie billige jedes einzelne Wort dieses Schreibens.«

Die Antwort bekam ich am nächsten Tag. Per Eilpost, selbstverständlich, und eingeschrieben. Der Brief der Saporoger Kosaken hatte seine Wirkung nicht verfehlt, denn da hieß es nun wörtlich:

»Du beschnittenes Judenschwein. Ich fordere Dich zum Duell. Such Dir einen Sekundanten und teile mir mit, wo und wann Du Dich schlagen willst. Da ich mit Untermenschen nicht zu feilschen pflege, überlasse ich Dir die Wahl der Waffe. Wenn Du kneifst, wirst Du liquidiert. Wenn Du Fräulein Lustenberger noch ein einziges Mal triffst, wird Deine ganze Sippe ausgerottet.

Mit vorzüglicher Hochachtung
der Gauleiter«

Mein Vater jubelte: »Das ist die Chance deines Lebens. Jetzt mußt du zugreifen! Er bietet dir ein Duell an. Schriftlich und aktenkundig. Wenn du ihn erledigst, liegt die Schuld bei ihm.«

– Und wenn er mich erledigt, was haben wir dann davon? Ich weiß nicht einmal, wie man mit einer Pistole umgeht. Dafür weiß er es. Er hat die Mentalität eines Totschlägers. Er schießt mich über den Haufen. Skrupellos und kalt. Er kann nichts, aber das kann er.
– Wer redet von einer Pistole, erwiderte mein Vater, und ein listiges Lächeln durchflackerte seine Pupillen.
– Im Schießen ist er mir überlegen, da gibt es keinen Zweifel. Du selbst hast immer gesagt, blaue Bohnen seien keine jüdische Spezialität.
– Das habe ich gesagt, ja, aber dein Gauleiter überläßt dir die Wahl der Waffen. Pack die Gelegenheit beim Schopf!
– Bei welchem Schopf, Vater? Womit soll ich ihn fertigmachen? Mit Philosophie? Soll ich ein Kreuzworträtsel mit ihm lösen? Eine algebraische Gleichung?
– Ich stelle mir vor, spekulierte mein Vater, indem er bedächtig seine Brillengläser putzte, daß er seine Gründe hat, uns zu hassen. Pathologische Gründe, höchstwahrscheinlich.
– Ich pfeife auf die Gründe; der Mann will mich töten.
– Potenzangst hat er. Weil wir nicht untergehen. Weil man uns verbrennt und vergast und ausrottet; aber wir sind immer noch da. Wir werden immer dasein, und das erfüllt ihn mit Schrecken. Er vermutet unheimliche Kräfte in uns, die er nie haben wird. Das ist seine Achillesferse.
– Was nützt mir das?
– Im Wettstreit der Liebe würde er verlieren, das weiß er.

– Mag sein, daß du recht hast, Vater, erwiderte ich mißmutig, aber was soll ich ihm schreiben?
– Daß du seinen Vorschlag annimmst. Daß du bereit bist, dich mit ihm zu messen, und daß er sicherlich begreifen werde, daß ein jeder den Ehrgeiz hat, im Zweikampf zu überleben.
– Komm zur Sache, Vater!
– Daß du darum die Waffe wählst, die du am besten zu handhaben weißt. Hier grinste er übers ganze Gesicht – du verstehst, was ich meine…
Der Einfall war typisch für meinen Vater. Genial aber undurchführbar. Wie sollte das zugehen? Ein Fickduell? Das gibt es nicht und hat es nie gegeben. Wie würde man feststellen, wer gewonnen hat und wer verloren? Welche Kriterien würde man ansetzen? Ausdauer? Häufigkeit der Entladungen? Grad der Ekstase? Und wer würde sich hinlegen als Schiedsrichter? Doch nicht mein Goldener Schnitt, hoffentlich!
Mein Vater wußte Rat wie immer: »Niemand wird sich hinlegen, mein Sohn. Was wir brauchen, ist eine zuverlässige Zeugenaussage. Eine Erklärung vor zwei Sekundanten, wer von euch beiden es besser macht. Sie muß es ja wissen, oder nicht?«
Das Duell hat nicht stattgefunden. Leider. Der Gauleiter zog es vor, dem Kampfplatz fernzubleiben. Nicht meinetwegen, um die Wahrheit zu sprechen. Auch nicht aus Potenzangst. Die Weltgeschichte ist uns dazwischengekommen. Am 2. Februar des Jahres 1943, zwei Tage vor unserem Zweikampf, in den Ruinen von Stalingrad, wo die Armee des deutschen General-Feldmarschalls von Paulus eingekesselt und zermalmt wurde. Hitler hatte den Krieg verloren. Alle seine

Gauleiter ebenfalls. Wir erschienen am Zürichhorn, wo das Duell hätte stattfinden sollen, doch der Todfeind kam nicht.
Seit jenem Tag war alles anders auf der Welt. Sogar ich war nicht mehr derselbe und hatte keine Lust mehr, Lilo zu heiraten. Gott allein weiß, warum. Vielleicht, weil etwas klirrte in ihrem Gehäuse.

In der Höhle der Jungfrau

> Mit einem Mädchen hat es die Natur auf das, was man, im dramatischen Sinne, einen Knalleffekt nennt, abgesehen.
>
> *Arthur Schopenhauer*

Das Wunder ereignete sich in Founex. Das ist kein Dorf, sondern ein Kaff. Weniger noch. Ein Misthaufen, an der Südgrenze des Kantons Waadt, der auf den meisten Landkarten gar nicht eingezeichnet ist. Founex bestand damals aus einer Tankstelle, einem Posten der Kantonspolizei und einer gelbgetünchten Privatschule mit dem unschuldigen Namen LA CHÂTAIGNERAIE, was auf deutsch Kastanienhain bedeutet.

Als ich dort unterrichtete, sagte man, dies sei die schlechteste Schule Europas. Trotzdem kamen die Schüler aus den vier Himmelsrichtungen, um dort weltmännischen Schliff zu erwerben. Nicht von mir, allerdings. Ich war eher bestrebt, die mir anvertrauten Knaben auf gewisse Abwege zu bringen. Vorsichtig natürlich und nach allen Regeln der Kunst. So hinterlistig, wie ich nur konnte mit meinen fünfundzwanzig Jahren. Ich lehrte nämlich Geschichte und demonstrierte die Naturgesetzlichkeit revolutionärer Umwälzungen. Ich bewies mit mathematischer Nüchternheit den unausweichlichen Untergang der kapitalistischen Ordnung und den sicheren Sieg des Kommunismus. Das war die Quintessenz meines Unterrichts, dessen Erfolg verhältnismäßig gering blieb. Faridun – er war mein Lieblingsschüler – wurde Schatzmeister des Schahs von Persien. Vernet übernahm die Schiffswerften seines Vaters, und der Freiherr von Stolpe stellte sich an die Spitze einer neofaschistischen Partei.

Ich war, wie gesagt, fünfundzwanzig Jahre alt, doch noch leicht infantil. Ich fühlte mich als ein bescheidenes Rädchen im Getriebe der proletarischen Weltbewegung und sehnte mich danach, den heiligen Funken in die Gemüter der Jugend zu werfen, aus denen dereinst die große Feuersbrunst emporlodern würde.

In jenem Alter strebt man weder nach Macht noch nach Geld. Ich war nur naiv und wollte meinen Beitrag leisten zur Verbesserung der Menschheit. Du lieber Gott! Meine Schüler stehen heute am Steuer der Weltgeschichte, aber die Menschheit ist nicht besser geworden. Es ist, als hätte ich in den Wind gepredigt. Wenn ich nicht in Founex gewesen wäre, wenn ich mich anderswo herumgetrieben hätte – es würde sich ebensowenig geändert haben. Eine verlorene Zeit, finde ich heute. Alle haben mich vergessen. Mit einer Ausnahme: Chanson. Ich habe sein Leben verändert und er das meine.

Er sah aus wie ein besoffener Vollmond. Sechs Kinder hatte er in die Welt gesetzt. Zu Ehren Gottes und der evangelischen Landeskirche. Von Beruf war er Pfarrer. Im Kastanienhain, wo er pubertierenden Christen, Mohammedanern und Buddhisten die frohe Botschaft übermittelte. Sogar zwei Juden gab es in der Schule, doch sie entzogen sich seinem Unterricht und werden

nie wissen, daß der Herr auferstanden, und es eine Lust ist zu leben, halleluja!
Ich habe mir sagen lassen, Chanson denke häufig an mich zurück. Mit Dankbarkeit und verständnislosem Kopfschütteln. Doch bevor ich darüber berichte, muß ich einer gewissen Laura gedenken, welche das imposanteste Glockenspiel besaß, das ich je gesehen habe. Das waren schon keine Brüste mehr, sondern Atommeiler. Im Umkreis von Kilometern ionisierten sie die Landschaft. Eine lüsterne Unruhe wogte empor, wenn sie sich näherte, und sämtliche Magnetnadeln schlugen aus, wenn auch nur ihr Name erwähnt wurde.
Chanson war noch kindischer als ich. Er war felsenfest davon überzeugt, daß sie so rein war wie eine Bergforelle. Und so keusch wie die Jungfrau Maria. Sie bediente bei Tisch. Einen Rabenfraß, den keiner auch nur angeschaut hätte, wenn er nicht von dieser Aphrodite serviert worden wäre. Sie hieß Laura. Schon ihr Name klang wie eine Geige aus Cremona, wie ein verliebtes Sonett aus vergangenen Zeiten. Sie sprach italienisch. Sie lächelte florentinisch. Sie schritt durch den Speisesaal wie eine Contessa und dann – ich halte den Atem an, wenn ich davon erzähle – dann beugte sie sich über den Tisch und legte behutsam das Essen in unsere Teller. Ledernes Fleisch und verkochtes Gemüse, doch die Glocken schlugen zum Himmel empor. Posaunen schmetterten aus dem Paradies, der Duft ihres Körpers umwehte uns. Sie war ganz nahe und unendlich fern. Das waren die Höhepunkte unserer Tage in Founex. Wir ersehnten diese Augenblicke voll Sehnsucht und Begierde, sowohl die Lehrer als

auch die Schüler, und sogar der tugendhafte Monsieur Weiß, der vor jeder Mahlzeit ein direktoriales Vaterunser sprach, um die häßlichen Gedanken aus unseren Herzen zu vertreiben. Wir alle waren von ihren Strahlen verseucht. Chanson ganz besonders. Wenn Laura zu seinem Tisch kam, traten winzige Schweißtröpfchen auf seine Stirn. Seine Nase begann zu glänzen, und er mimte irgendeine läppische Beschäftigung, um sich nicht anmerken zu lassen, was in ihm gärte. Wenn Monsieur Weiß zur Stelle kam, wo es heißt »und führe uns nicht in Versuchung«, pflegte Chanson die Brille von der Nase zu nehmen. Er wischte sie am Hemdsärmel ab und murmelte »sondern erlöse uns von dem Bösen«. Wie gut ich ihn verstand. Ich war zwar kein protestantischer Pfarrer, aber auch Kommunisten werden von Trieben geplagt und quälenden Schuldgefühlen.

Mit Beklemmung schweife ich zurück in jene Zeiten. Ich spüre noch den Halbschlaf, aus dem er uns gerissen hat, dieser Schmutzfink namens Habegger. Ein unverschämter Lüstling, der hinging und ihre Intimität besudelte. Am späten Abend, als sie nackt vor ihrer Waschschüssel stand. Üppig und weiß wie Alabaster. Sie konnte nicht ahnen, daß man sie beobachtete. Wenn er wenigstens aufgepaßt hätte. Aber nein! Dazu war er zu plump. Habegger & Co. Chemikalien und Düngemittel bei Zofingen im Aargau. Ein ungehobelter Klotz, dem nichts fehlte auf dieser Welt, außer einem Quentchen Verstand. Nicht einmal das Licht konnte er löschen im Korridor, und so wurde er eben erwischt. In flagranti. Von Herrn Weiß. Beim Rundgang durch die Gänge seines Imperiums. Wenn es finster wurde, spürte er, daß es krachte im Gebälk, daß alle Ordnung aus dem Leim ging und die Zehn Gebote zerbröckelten unter den Bettdecken. Die animalische Seite der Zöglinge drängte an die Oberfläche. Darum stieg er die Treppen hoch – mit dem Schritt eines alternden Feldherrn – und begab sich aufs Mansardengeschoß, wo das Küchenpersonal logierte. Vor die Tür der Liebesgöttin, die das Chaos in die Schule gebracht hatte. Es gab keinen Zweifel. Das war er. Das Auge am Schlüsselloch und die Hand im Hosenschlitz. Chemikalien und Düngemittel. Ein ehrbarer Name im Zustand der Schande. Weiß mußte etwas unternehmen, obwohl die Angelegenheit recht heikel war. Er rief ihn beim Namen. Scharf und mißbilligend. Habegger hielt inne in seinem Frevel. Der Schulleiter packte ihn beim Kragen und schleppte ihn ins Rektorat.

– Bist du dir bewußt, junger Mann, daß du gegen mindestens fünf Paragraphen der Schulordnung verstoßen hast?

– Ich habe sie nicht gezählt, Monsieur le Directeur.

– Und du fühlst dich gut dabei?

– Nein, schlecht.

– Was heißt schlecht?

– Weil Sie mich gestört haben. Im besten Moment. Lange Pause und dicke Luft. Die zwei Männer sprachen aneinander vorbei. Der eine war sechzehn. Der andere sechzig. Sie redeten verschiedene Sprachen.

– Was wolltest du sehen, als du durchs Schlüsselloch schautest?

– Den Kilimandscharo.

– Sei nicht frech, Habegger!

– Sie sind doch auch ein Mann, oder?
– Ich habe es nicht nötig, durch fremde Schlüssellöcher zu schauen.
– Nötiger als ich, Monsieur le Directeur.
– Was soll das heißen?
– Daß Sie nicht besser sind als wir.
– Nimm das zurück, Habegger!
– Am Heiligen Abend, dreiundzwanzig Uhr fünfzehn, Sie erinnern sich.
– Nimm das zurück, sonst gibt es einen Skandal.
– Ich habe zwei Zeugen, Monsieur le Directeur: Nassiri und MacLellan.
– Ich schmeiße dich aus der Schule.
– Haben Sie durchs Schlüsselloch geschaut, ja oder nein?
– Aus anderen Gründen, du Flegel. Weil man mir gesagt hat, daß Laura nicht allein sei.
– Darum schauten Sie durchs Schlüsselloch? Fünf Minuten lang?
– Ich kenne meine Pflichten, Habegger.
– Gemöchtet haben Sie, Monsieur le Directeur, und nicht gekonnt.
Jetzt reichte es. Monsieur Weiß wurde schimmelgrün. Fast blieb ihm das Herz stehen, und er versetzte Habegger eine Ohrfeige, daß er zu Boden stürzte. Eine Millionenfirma. Chemikalien und Düngemittel. Auf dem Parkett des Mansardengeschosses. Er richtete sich auf. Mit dem Handrücken wischte er den Staub vom Pyjama und erklärte, der Anwalt seiner Familie heiße Schuhmacher und wohne in Aarau. Weiß biß sich in die Unterlippe und sprach mit veränderter Stimme:

– Vielleicht rettet dieser Mensch deinen Ruf, Habegger, aber nicht deine Seele.
– Ich habe mir nichts vorzuwerfen, Monsieur. Wenn jemand schuld ist, dann ist es Laura. Sie hat mich scharf gemacht. Sie macht alle scharf. Niemand kann ruhig schlafen in diesem Haus. Auch Sie nicht, sonst würden Sie nicht durch die Gänge schleichen wie ein läufiger Kater. Sie sind noch läufiger als wir. Ihre Augen werden ganz klein, wenn sie vorbeigeht.
– Hör mir zu, Habegger!
– Ich will jetzt ins Bett.
– Wir knien nieder und beten miteinander.
– Wenn Sie das beruhigt, bitte schön! Mich beruhigt es nicht.
– Und was würde dich beruhigen, Habegger?
– Das wissen Sie so gut wie ich.
Patt. Die Partie war unentschieden. Weiß war Schulleiter. Habegger eine Millionenfirma. Allmächtig und unerschütterlich. Und außerdem hatte er recht. Nur Laura konnte da helfen. Nur ihre Schenkel und Brüste. Aber sie war eine Festung, schien es. Uneinnehmbar und stolz. Der Schulleiter war ratlos. Er verbrachte eine schlaflose Nacht und erst gegen Morgen keimte der erlösende Gedanke: Chanson! Wozu hatte man einen Seelsorger im Haus?
Nach dem Frühstück ließ er ihn rufen. Er stand am Fenster, blickte sorgenvoll auf die Kastanienbäume hinaus und seufzte, die Schule sei krank. Todkrank bis ins Knochenmark. Die Italienerin habe den Knaben die Köpfe verdreht. Sie sei vom Teufel besessen. Sie träufle Begierde in ihre Herzen, reize ihre Phantasie, werde noch alle in den Sumpf führen und …

– Du sollst kein falsches Zeugnis reden, erwiderte Chanson, indem er bekümmert die Hände zusammenpreßte, seien wir vorsichtig mit den Worten!
– Ich rede kein falsches Zeugnis, lieber Chanson. Ich hege nur meine Vermutung und zittere, sie könnte sich bewahrheiten.
– Ich glaube, daß Laura noch nie...
– Es ist Ihr Beruf zu glauben.
– Und Ihrer zu bezichtigen, Monsieur Weiß.
– Jawohl, und zu strafen, wenn sich jemand schuldig macht.
– Woher wollen Sie wissen, ob...
– Ich werde es erfahren aus erster Hand. Von Laura persönlich.
– Sie wollen sie fragen?
– Ich? Warum denn ich? Sie werden sie fragen, Chanson. Das ist Ihr gutes Recht. Sie sind ein Pfarrer.
– Ein protestantischer Pfarrer. Laura ist katholisch.
– Sie werden trotzdem mit ihr reden und herausfinden... Sie verstehen mich.
– Nein.
– Herausfinden, ob sie noch... ich meine... ihre Tugend hat.
– Erinnern Sie sich an Jeremias, Monsieur Weiß! »In Schanden stehen sie da, denn sie haben Greuel verübt und schämen sich nicht.«
– Sie werden mit ihr reden. Ich befehle es Ihnen.
– Für mich gibt es keine Befehle.
– Aber was, mein teurer Chanson?
– Mein Gewissen, Monsieur Weiß.
– Dann rufe ich den Arzt aus Nyon, und Sie sind entlassen. Er wird das Mädchen untersuchen.

– Das wäre ungeheuerlich.
– Mag sein, aber er wird sie untersuchen.
– Gut, Monsieur Weiß. Ich werde mit ihr reden.
– Ich danke Ihnen, Chanson. Ich wußte, daß man auf Sie zählen kann; aber vergessen Sie nicht! Es ist dringend.
Am Nachmittag desselben Tages trat er in mein Zimmer. Die ganze Geschichte hat er mir erzählt und bat mich um Rat.
– Was würdest du tun an meiner Stelle?
– Kommunist werden – da hast du ein Beitrittsformular.
– Ich frage im Ernst.
– Und ich antworte im Ernst.
– Was soll ich tun?
– Ich würde jauchzen.
– Laß deine Witze!
– Jauchzen, daß der Herr am Kreuz gestorben ist. Für eure Niedertracht.
– Du blödelst und ich bin in der Klemme.
– Er wird zum zweiten Mal am Kreuz sterben, damit ihr weiter heucheln könnt und weiter sündigen. Man befiehlt dir, sie zu fragen, ob sie es getrieben hat, mit wem und wie oft. Weiß will es. Dein Gewissen will es nicht. Wem sollst du gehorchen? Weiß natürlich, denn er zahlt dir deinen Lohn. Das schuldest du deinen Kindern. Wenn sie keine Butter mehr bekommen auf ihr täglich Brot... ist doch auch eine Sünde, oder nicht?
– Ich soll hingehen und sie fragen?
– Klar. Mußt ja nicht gleich mit der Tür ins Haus.
– Sondern?
– Kannst dich umschaun in ihrem Zimmer und bei-

läufig fragen, ob das Bett nicht etwas klein sei für zwei Personen. Wenn sie dann sagt, sie schlafe allein und sei noch unberührt und so weiter, dann kannst du sie…

– Hör auf!

– Dann kannst du sie zum Psychiater schicken. Sie ist fünfundzwanzig. Eine Jungfrau in diesem Alter… da stimmt etwas nicht…

– Du bist verrückt.

– Dann machst du es selber.

– Was?

– Das.

– Ich bin verheiratet und habe sechs Kinder.

– Du kannst ja beten. Nachher. Gott wird dir verzeihen. Du hast es besser als ich. Ich glaube nicht an Gott. Mir verzeiht keiner.

– Entweder du machst dich lustig über mich, oder du bist ein Schlitzohr.

– Du wirst herausfinden, was ich bin.

Er wollte mir den Schwarzen Peter zuspielen. Es ist ihm nicht gelungen. Im Gegenteil. Er war noch ratloser als zuvor. Am Abend ging er in ihr Zimmer – in die Höhle der Jungfrau – und fragte sie geradeheraus, warum sie die ganze Schule in Versuchung führe. Sie saß auf ihrem Sofa und schwieg. Sie schaute ihn an. Blinzelte. Hatte lange, goldene Wimpern und dahinter mandelbraune Augen. Chanson stand ihr gegenüber. Er wartete auf eine Antwort. Fühlte sich bleiern und verkommen, denn er begehrte sie. Er hatte eine unwiderstehliche Lust, sie zu packen und an sich zu reißen. Dampf stieg ihm in den Kopf. Es wurde ihm süß und übel zugleich. Sie lächelte und sagte kein Wort. Was würde sie wohl tun, wenn er seinen Trieben gehorchte? Eli, Eli, lema sabachthani? Mein Gott, du mein Gott, warum hast du mich verlassen? Er fühlte, daß ihm die Knie weich wurden und mit letzter Kraft konnte er sich umdrehen und die Flucht ergreifen. Das war sein Glück, doch von da an hatte er keinen ruhigen Augenblick mehr.

Am nächsten Tag wurde Chanson zum Zeugen eines Gesprächs, das er lieber nicht gehört hätte. Es war beim Mittagstisch. Er saß neben Nassiri, der seinem Kollegen MacLellan zuflüsterte, Laura sei noch besser als Rosita.

– Welche Rosita?

– Die Rothaarige aus dem Crazy Horse.

– Woher weißt du das?

– Aus Erfahrung.

Nassiri war ein zwei Meter hoher Goliath. MacLellan ein David von kaum einem Meter fünfundfünfzig. Die beiden verständigten sich auf englisch. So angeregt übrigens, daß Chanson jedes Wort verstehen konnte. Er war angewidert und empört. Laura mit diesem Zenturion? Mit dieser ägyptischen Plage. Zur Vielweiberei erzogen und von Hetären verdorben. Er log. Eindruck wollte er schinden bei den Kollegen. Prahlen mit all den Weibern, die er sich verschaffen konnte. Die Süßesten und Unnahbarsten, sogar Laura. Das behauptete er wenigstens, oder deutete es an. Dabei war er dumm; eine widerwärtige Speckschwarte mit borstigen Locken auf dem Schädel. Nein. Alles war erlogen, und dennoch fraß es an der Leber. Als Monsieur Weiß sich erkundigte, wie das Gespräch verlaufen sei und was Chanson von Laura erfahren habe, antwortete dieser mit bebenden Nasenflügeln, es gebe einen gewissen

Verdacht. Vielleicht sei Nassiri im Spiel, aber – wie gesagt – du sollst nicht falsches Zeugnis reden über deinen Nächsten.
Jetzt wußten es schon vier Personen. Chanson, Weiß, Nassiri und MacLellan. Am nächsten Morgen die ganze Schule: daß Laura besser sei als Rosita, daß Nassiri mit ihr im Bett war und zahllose Einzelheiten, die ich lieber nicht erwähnen möchte. Laura schwieg. Sie blinzelte wie immer durch ihre goldenen Wimpern und verhielt sich, als ginge sie das alles nichts an. Doch das Gerücht machte die Runde, bis sich das ganze Knabeninstitut hintergangen fühlte. Betrogen in seinen Hoffnungen. Gehörnt; obwohl niemand ernsthaft glauben wollte, daß Nassiri ihre Gunst genossen hatte. Aber wer weiß? Alles ist möglich auf dieser Welt. Er war der Sohn des ägyptischen Botschafters. Steinreich. Blöd wie eine Kröte und schwerfällig wie ein Nilpferd. Was braucht man mehr, um Erfolg zu haben?
An jenem Tag hatte niemand Appetit. Der Kaffee schmeckte nach Rattengift und Salmiakgeist. Monsieur Weiß las aus dem Brief des Apostels Petrus, in welchem es heißt: »Ihr Geliebten, ich ermahne euch als Pilger und als Fremdlinge. Enthaltet euch der fleischlichen Begierde und führet einen guten Wandel!« Das war eine deutliche Anspielung, aber niemand hörte zu. Nassiri am allerwenigsten, da er ja zu einem Gott betete, der den Verkehr mit Frauen nachsichtiger beurteilt als der unsrige. Statt dessen sprang ein Bazillus von Tisch zu Tisch: die Eifersucht, der Haß, der blanke Neid gegen den Muselmann, der uns so schamlos ins Gehege trat. Alle sannen auf Vergeltung, doch den explosiven Einfall hatte Habegger.

Um das nun Folgende zu begreifen, muß man wissen, daß in der Châtaigneraie alle Fundgegenstände im Sekretariat abzuliefern waren. Jeden Samstag wurden sie den rechtmäßigen Eigentümern zurückerstattet – im Speisesaal –, und zwar mit erbauenden Ermahnungen des Direktors persönlich. An jenem Tag hob Monsieur Weiß ein langes Turbantuch in die Höhe und fragte voll heuchlerischer Liebenswürdigkeit:
– Wem gehört denn diese Kuriosität da?
– Mir, grölte der Ägypter mit der Stimme eines Bierkutschers.
– Man sagt nicht »mir«, Nassiri. Man antwortet mit einem ganzen Satz: »Dieser Turban gehört mir.« Wir sind hier zivilisierte Menschen und antworten mit ganzen Sätzen. Jetzt kommst du her und holst ab, was du so leichtsinnig herumliegen läßt.
Nassiri erhob sich von seinem Stuhl. Er durchquerte den Raum von zuhinterst hinten bis zuvorderst vorne, wo Monsieur Weiß thronte und seine Gemahlin. Leicht erhöht auf violetten Plüschsesseln. Für alle sichtbar und eindrucksvoll. So ein Gang war ein Spießrutenlauf, doch heute verlief die Komödie anders als gewöhnlich. Die Sitzordnung bestand aus fünfzehn Zwölfergruppen. Je elf Schüler und ein Lehrer. Jedesmal, wenn Nassiri an einem Tisch vorbeilatschte, brach ein hysterisches Gelächter aus. Die Heiterkeit griff um sich wie eine Seuche. Monsieur Weiß war perplex und schüttelte den Kopf. Er verstand nicht, was geschah, weshalb gelacht wurde. Als das Nilpferd endlich vor ihm stand, verwirrt und unsicher, wurde die ganze Schule von ersticktem Gejaule geschüttelt. Nassiri nahm seinen Turban, und ohne sich zu bedanken,

rannte er davon. Das Gewieher von hundertfünfundsechzig Schülern begleitete ihn. Jetzt gewahrte auch Monsieur Weiß, was geschehen war. Im Rücken des Pharaonen baumelte ein Präservativ. Eine englische Kapuze, wie man das nannte, die ihm Habegger unbemerkt an den Rockkragen geheftet hatte. Jetzt mußte er fliegen, kalkulierte der Chemiemagnat, und wenn er flog, wäre Laura wieder disponibel. Seine Rechnung – und das ist der Trost dieser peinlichen Geschichte – sollte nicht aufgehen.

Monsieur Weiß nahm seine Gemahlin beim Arm und führte sie, nach Luft ringend, aus dem Speisesaal. Sie zogen sich in ihre Villa zurück. Kurz darauf wurden wir hinüberzitiert: alle Lehrer, das Aufsichtspersonal sowie die Angestellten der Buchhaltung und des Sekretariats. Was da stattfand, nennt man heute einen Krisenstab. Der Schulleiter sah aus, als hätte man ihn gefoltert. Er sprach flüsternd. Mit dünner, kaum vernehmbarer Stimme, doch aus seinen Worten klang heilige Entschlossenheit. Wenn aber jemand meinte, er würde über Nassiri reden oder Habegger, der irrte sich. Das waren zu gewaltige Protagonisten. Sie zahlten ein zu beträchtliches Schulgeld, als daß man sie einfach wegschicken konnte. Ein Kondom im Rücken, das war entsetzlich. Sich einen runterwedeln im hellerleuchteten Korridor, das war ein Skandal. Aber Monsieur Weiß sprach über Laura. Weil sie – er zitierte Habegger – an allem schuld war. Weil sie alle scharf machte mit ihrer Schamlosigkeit. Keiner könne ruhig schlafen in dieser Schule. Ohne Laura wäre es niemals zum heutigen Zwischenfall gekommen. Sie müsse entlassen werden, und zwar sofort.

Chanson hockte neben mir und kochte vor unterdrücktem Zorn. Ich schwieg ebenfalls, weil ich das Ganze jämmerlich fand; doch keiner von uns fand ein Wort des Protestes. Nur Mister Bradley reagierte wie ein Mensch. Zum ersten Mal seit er in Founex unterrichtete, ergriff er das Wort. Er sprach mit grimmig herunterhängenden Mundwinkeln und einem erbärmlichen Akzent. Er sagte, man müsse zuerst herausfinden, wer den besagten Gegenstand in die Schule geschmuggelt habe. Wenn es Laura war, möge man sie entlassen. Wenn aber jemand anderer schuldig sei, und wäre es die Königin von England, dann müsse jemand anderer die Konsequenzen tragen. Das gebiete die Gerechtigkeit, für die er im letzten Kriege sein Leben aufs Spiel gesetzt habe. Punkt.

Gegen diese Erklärung war nichts einzuwenden. Gar nichts. Nur stellte sie die gesamte Taktik des Schulleiters auf den Kopf. Jetzt konnte er nichts mehr vertuschen. Eine unvoreingenommene Untersuchung drängte sich auf und es war auch nicht mehr zu verhindern, daß unvorhergesehene Einzelheiten ans Tageslicht gelangten.

Als erstes fand eine Hausdurchsuchung statt. Monsieur Weiß ging hinter die Schränke und Schubladen seiner Pensionäre. Zu seinem Schrecken fand er ein Buch von Charles Darwin, worin geschrieben stand, der Mensch stamme vom Affen ab und die ganze Schöpfungsgeschichte sei ein Humbug. Der Besitzer dieser Blasphemie, ein gewisser Pettersen aus Kopenhagen, gab zu Protokoll, er wisse nicht, wer Darwin sei, daß aber unter dem ehrwürdigen Einband ein anderes Buch versteckt sei: die Memoiren der berüchtigten Fanny Hill. Als man ihn fragte, woher er die Schweinerei denn habe, antwortete er: »Von Faridun und Faridun hat es aus Divonne, gleich über der Grenze, in Frankreich, drei Kilometer von der Schule entfernt.« Wie dann Monsieur Weiß pedantisch richtigstellte, in Divonne gebe es gar keine Buchhandlung, entgegnete Faridun, solche Druckerzeugnisse erwerbe man im Crazy Horse, einem Nachtlokal, wo für Geld alles zu haben sei.

– Was heißt »alles«, fragte der Direktor.

– Denken Sie nach, Monsieur Weiß! In Ihrem Alter sollte man das wissen.

Der Schulleiter zog es vor, nicht weiterzubohren. Er fragte nur, ob Faridun schon mehrmals das Crazy Horse aufgesucht habe. Da erwiderte der Perser ohne jeden Anflug von Gewissensbissen:

– Jeden Monat zweimal. Alle gehen hin, wenn sie ihr Taschengeld bekommen. Die Mädchen an der Bar rufen uns beim Vornamen.

Das Unheil war nicht mehr aufzuhalten. Es schwoll an wie eine Lawine. Monsieur Weiß wollte wissen, wer eigentlich der Entdecker dieses – nennen wir es – Nachtlokals gewesen sei. Er wolle den Namen. Er dulde keine Ausreden mehr. Diesen Stall werde er ausmisten. Jawohl. Und zwar mit eisernem Besen... langes Schweigen. Schließlich meldete sich Vernet, der Erbe der vielgerühmten Schiffsreederei an der Atlantikküste. Er habe nichts zu verbergen. Er sei als erster im Crazy Horse gewesen. Es habe ihm gefallen, und da sei er auf den Gedanken gekommen, einige Kollegen mitzunehmen. Jetzt gehen alle hin. Ohne Ausnahme.

– Du hast uns viel gesagt, Vernet. Nur eines hast du unterschlagen. Von wem hast du die Adresse?
– Von dem, der auch die englische Kapuze ins Haus gebracht hat. Wer, sage ich nicht.
– Du wirst es sagen, sonst fliegst du.
– Sie werden es bereuen, Monsieur le Directeur.
– Wie heißt er?
– Bitte schön, wenn es sein muß. Er heißt wie Sie.
– Wie ich? Hier heißt niemand Weiß außer mir.
– So? Und Ihr Sohn Casimir, wie heißt denn der?
Das Verhör war beendet. Die Tragödie unbeschreiblich. Der Sohn des Schulleiters, Casimir, hatte Schande gebracht über den Kastanienhain. Casimir war ein liebenswürdiger Idiot, der im Garten arbeitete, Mist verzettelte, Blumen stutzte und ins Schwimmbad pißte. Er war unzurechnungsfähig und gehorchte seinen Trieben, ohne sich zu schämen. Dafür schämten sich seine Eltern. Bis in den Himmel hinauf. Was er sich da geleistet hatte, kompromittierte die Schule, den Ruf der Familie, das Ansehen von Founex und der ganzen abendländischen Zivilisation. Jetzt galt es zu handeln!
Die Welt brauchte einen Beweis, daß der Infektionsherd anderwärts zu suchen war. Ein Dokument mußte her! Ein ärztlicher Befund, daß Laura kein Gütezeichen mehr besaß. Sie hatte das Fieber ins Institut gebracht. Das Fieber der Begierde, wie Monsieur Weiß sagte. Eine Hure war sie, das mußte bewiesen werden! Schwarz auf weiß... Darum entschloß sich der Direktor, nach Nyon zu telephonieren. Zum Haus- und Schularzt, Doktor Dupasquier, den er bat, eine Expertise anzufertigen. Es handle sich um die Ehre des Hau-

ses und die Angelegenheit sei dringend. Wenn möglich noch heute. Einverstanden. Morgen früh. Zwischen zehn und zwölf. Herzlichen Dank, Herr Doktor. A bientôt!

Das war zuviel. Das schlug dem Faß den Boden aus. Wenn ich jetzt nichts unternahm, war ich mitschuldig. Man kaufte nicht nur die Arbeitskraft der Proletarier; auch über ihre Intimität wurde verfügt. Das durfte nicht passieren! Das war unmoralisch und gesetzwidrig im Quadrat. Proletarier aller Länder, vereinigt euch! Ich war doch nicht besser als Laura; ich verdiente nur mehr, aber ausgebeutet wurde ich wie sie. Ich war ihr Genosse und mußte ihr helfen. Ich ging hinauf und klopfte an ihrer Türe. Eine tiefe Frauenstimme antwortete: »Per favore!« Ich machte auf. Sie saß auf ihrem Bett. Entspannt und natürlich. Überhaupt nicht erschrocken, daß ein Mann in ihre Kammer trat. Sie erkannte mich sofort und lächelte mir entgegen. Das war ein guter Anfang. Solidarität der Unterdrückten. Gemeinsames Schicksal verband uns, und ich lächelte zurück. Sie lud mich nicht ein, Platz zu nehmen. Aus dem einfachen Grund, daß es keinen Stuhl gab. Keine Sitzgelegenheit. Nur das Bett, eine Kommode und eine Schüssel darauf. Was sollte ich tun? Ich setzte mich neben sie, zündete eine Zigarette an und begann zu sprechen. Das heißt, ich sprach nicht sofort, sondern blickte sie an. Das war ein Fehler, denn sie glich einer Göttin. Einer klassischen Statue von Phidias oder Praxiteles. Sie blinzelte und sprühte Gold. Ein warmer Duft ging von ihr aus. Sie trug eine Bluse aus schwarzer Seide. Darunter atmeten ihre Brüste. Regelmäßig und ruhig. Wenn ich jetzt nicht

sprach, war ich verloren. Meine Zunge war schwer. Meine Worte waren ungeschickt:
– Sei vorsichtig, Laura! Sie wollen dich fertigmachen.
Sie lächelte. Runzeln bildeten sich auf ihren Schläfen.
– Sie wollen beweisen, daß du eine Schlampe bist. Verstehst du? Eine putana.
Jetzt spielte sie mit den Perlen ihrer Halskette und schaute in die Ferne.
– Der Chef schickt dir den Arzt von Nyon. Er wird dich untersuchen, ob noch alles da ist. Verstehst du, was ich meine?
Sie nickte und öffnete leicht die Lippen. Ihre Zähne waren weiß wie das Gefieder eines Schwans.
– Das darfst du nicht zulassen, Laura! Du mußt dich wehren! Zeig ihnen dein Klassenbewußtsein!
Sie antwortete nicht. Sie legte nur ihren Arm um meinen Hals und flüsterte: »Du bist lieb.« Sie küßte mich flüchtig, stand auf und gab mir ein Zeichen, ihr Zimmer zu verlassen. Als ich unter der Tür stand, hauchte sie »arrivederci«. Das war alles, aber ich war in Schweiß gebadet. Ich brannte lichterloh. Sie hatte auch mich verhext. Wie Chanson. Sie prickelte in meinen Nervenspitzen. Ich nahm ihren Duft mit. Ich spürte ihre Lippen auf meinem Mund und hörte ihre Samtstimme: »arrivederci«. War das viel oder wenig; oder gar nichts? Fand sie Gefallen an mir? Mehr als an Chanson, nehme ich an. Chanson sah aus wie ein Kaktus. Wie ein Mostfaß im Keller. Mit begehrlichen kleinen Äuglein und wurstigen Fingern. Im Vergleich mit ihm war ich ein Adonis, und trotzdem war ich eifersüchtig. Weil ich verliebt war.

Weil ich sie haben wollte, wie er. Er war mein Gegenspieler geworden und mir schien, er habe etwas, was mir fehlte. Etwas Geheimnisvolles. Ein Licht in den Pupillen, das funkelte und flackerte. Ich hatte keines. In ihm war Glaube. In mir waren Zweifel und ätzende Skepsis.

Im Laufe einer Nacht waren wir Rivalen geworden. Bisher hatten wir uns respektiert. Mit allen unseren Meinungsverschiedenheiten. Er hatte meine Dogmen geduldet und ich die seinen. Jetzt war alles anders. Er hielt mich für einen Fanatiker. Ich ihn für einen Dummkopf. Laura hatte uns auseinandergebracht.

Am darauffolgenden Morgen begegneten wir uns im Lehrerzimmer. Kalt und aggressiv. Chanson wußte alles, das fühlte ich. Er grüßte mich nicht und sagte trokken:

– Um zehn kommt der Arzt.

– Wir können uns beglückwünschen, gab ich zurück, wir haben geschwiegen zu dieser Schurkerei.

– Er wird es nicht wagen.

– Er wird dafür bezahlt. Für Geld macht man alles, soviel ich weiß.

– Laura wird ihn nicht hereinlassen.

– Dann muß sie nach Italien zurück.

– Ihr werdet staunen, alle miteinander. Das Mädchen ist unberührt.

– Ich hoffe das Gegenteil. Sie ist fünfundzwanzig.

– Sie ist rein wie ein Gletschersee.

– Sie ist eine Frau aus Fleisch und Blut. Sie pfeift auf eure Frömmelei.

Chanson schnellte auf mich zu und zischte mir ins Gesicht:

– Was gilt die Wette?
– Wenn sie keusch ist, erwiderte ich, laß ich mich taufen, und du?
– Wenn sie so dreckig ist wie alle andern, will ich Kommunist werden, jawohl, und der Teufel soll mich holen!
– Es gibt eine dritte Lösung, sagte ich böse grinsend, vielleicht hat sie ihren Proletenstolz und schmeißt ihn raus. Dann werden wir nie wissen, ob sie ein Mädchen ist oder eine Frau. Was machen wir dann?
– Dann hätten wir beide gewonnen, entgegnete Chanson nachdenklich.
– Oder beide verloren und wir vertauschen unsere Kappen.
Es wurde ein hektischer Tag. Punkt zehn Uhr brauste ein gelber Sportwagen über den Kiesweg. Das war er: Doktor Dupasquier, der Arzt von Nyon. Braungebrannt, silbrige Schläfen, rohseidener Anzug, ein Playboy aus dem Modejournal, der mit elastischen Sprüngen die Freitreppe erklomm. Vor dem Hauptportal stand Monsieur Weiß. Ein zerquetschtes Lächeln über dem Mund, kummervolle Augen und demütige Gesten:
– Ich bin Ihnen unendlich verpflichtet, Monsieur. Sie haben eine peinliche, eine höchst unerquickliche Aufgabe übernommen...
– Nicht der Rede wert, mon ami. Ich tue meine Pflicht als Arzt und Staatsbürger.
– Darf ich Sie bitten, nach beendeter Untersuchung noch schnell...
– Sie bekommen eine Expertise, mon cher. Ich bin zu Ihren Diensten.

– Scheuen Sie keine Mühe, Docteur! Es soll kosten, was es kostet.
– Geht in Ordnung, Monsieur Weiß. Nihil humani a me alienum puto.
Ein Gentleman, dieser Dupasquier. Nichts Menschliches sei ihm fremd. Und diese Bildung! Er zitierte den Dichter aus dem Kopf, und dazu auf lateinisch. Dann stieg er ins Mansardengeschoß und verschwand im Zimmer der Göttin. Seine Mission war vertraulich – hieß es –, aber in Wirklichkeit von erschreckender Publizität. Die ganze Schule halluzinierte. Fieberphantasien schüttelten Lehrer und Schüler. Der Unterricht ging zwar weiter, aber im Geist schweiften wir hinunter, in die tieferen Regionen der Weltgeschichte. Es war Viertel nach zehn. Ich dozierte, wie Hannibal auf die Hauptstadt stürmte, um sie in die Knie zu zwingen. Sie legte sich hin. Sie kapitulierte vor der Übermacht. Und sie wehrte sich nicht? Es war halb elf. Mit zehntausend Spießen erzwang er den Übergang über die Trebbia. Mit Pferden und Elephanten. Mit einem gelben Sportwagen und rohseidenem Anzug. Er zückte den Scheidenspiegel, das Rektoskop, den Harnröhrenkatheter und blickte hinein, in die Zaubergrotte der Kalypso. Sie lag auf dem Bett. Unbekleidet, und Hannibal überquerte den Futa-Paß. Er erreichte den Trasimenischen See. Er säbelte sie zusammen, die entmutigten Legionen, und eilte Rom entgegen. Nun stand er vor dem Ziel. Hannibal ante portas. Der Eroberer vor den Toren. Es war Viertel vor elf. Unsere Gedanken kreisten um einen einzigen Punkt, um das feuchtglitzernde Zentrum unserer Sehnsucht. Immer wieder schauten wir auf die Uhr. Die Expertise mußte

längst zu Ende sein. Wie lange konnte sie dauern? Zehn, fünfzehn, im äußersten Fall vielleicht zwanzig Minuten, aber nicht dreiviertel Stunden. Der Schulleiter stand im Rektorat. Er starrte durchs Fenster. Über die Weinberge. Auf den blauen See hinaus. Was war los? Da konnte doch etwas nicht stimmen, aber plötzlich wurde die Tür aufgerissen und der Playboy stürzte herein. Verstört, außer Atem, mit irrem Blick. Einen Moment blieb er stehen und sagte kein Wort. Da räusperte sich Monsieur Weiß, der nur zwei Worte hervorbrachte:
– Die Expertise!
Der Arzt stand versteinert und erwiderte:
– In bester Gesundheit; Sie können beruhigt sein…
Und damit drehte er sich um und ging. Das war alles. Weg war er, und wir hatten das Nachsehen, die Lehrer, die Schüler und vor allem der verdatterte Direktor. Wir wußten nichts. Weniger als nichts und sollten es nie erfahren. Der Arzt berief sich auf das Berufsgeheimnis und erklärte, nur einem ordentlichen Richter Rechenschaft zu schulden.

Unsere Wette blieb unentschieden. Keiner hatte gewonnen. Weder Chanson noch ich. War sie ein Gletschersee oder ein Schlammtümpel. Eine heilige Jungfrau oder ein Mensch aus Fleisch und Blut? Hatte sie ihren Proletarierstolz oder ließ sie ihn gewähren? Eine Gleichung mit lauter Unbekannten, doch unser Leben war nicht mehr dasselbe. Chanson hatte seine Illusionen verloren und ich die meinen. Er begann zu zweifeln an seinem Traum von der Reinheit. Ich an meinem Märchen vom Klassenbewußtsein. Chanson ging zu den Kommunisten und ich… ich ließ mich zwar nicht

taufen, doch versuchte ich insgeheim, wenn es niemand merkte, mit dem Herrgott ins Gespräch zu kommen. Manchmal betete ich sogar: für ihr Seelenheil, damit sie – auch ohne Proletarierstolz und Klassenbewußtsein – in den Himmel komme.
Das war das Wunder von Founex. Wir bekehrten uns übers Kreuz und vertauschten unsere Kappen.

Zwillingsbrüder

Was in den Sternen steht, sollte
orthographisch fehlerfrei sein.
Konrad Duden

Meine Beziehung zu ihm ist peinlich. Seit zwanzig Jahren haben wir uns nicht geschrieben. Jeder Kontakt ist abgebrochen. Zwischen uns hängt die Zeit, der Eiserne Vorhang und eine Welt von Mißverständnissen. Bis heute weiß ich nicht, wie es soweit kommen konnte. Aber für meinen Vater war das ganz einfach:
– Du hast dich verliebt in diesen Mann, ja und? Jeder hat eine schwule Komponente!
Das ist ein Quatsch, selbstverständlich. Psychoanalytischer Humbug. Ich und ein Mann. Männer sind mir gleichgültig. Ich war und bin ein Weiberheld. Von schwuler Komponente keine Rede! Dann schon eher die Vermutung des alten Kornetzki, ich hätte eine Neigung zur Überspanntheit, vielleicht auch zur Sentimentalität und manchmal zu Verirrungen des Geschmacks. Auch er irrte sich. Ich habe rückblickend das Gefühl, daß ich ganz einfach zum Opfer meiner Illusionen wurde. Daß ich mir einbildete, dieser Rakoschi sei die Verkörperung des sozialistischen Humanismus, ein Prachtexemplar des »neuen Menschen«.
Eines steht jedenfalls fest. Mein Verhalten war abscheulich. Es ist erklärbar, eventuell auch begreiflich, aber entschuldbar ist es auf keinen Fall. Er hat mir alles anvertraut, als sei ich sein Bruder. Ausgeliefert hat er

sich. Seine ganze Leidenschaft erzählte er mir. Seine Passion, die ihn – ich gebrauche seine Worte – verzehrt und peinigt seit jenem Aprilmorgen, da er ahnungslos aus seinem Hause trat. Ich unterstreiche noch einmal, damit mich Kornetzki nicht der Geschmacklosigkeit bezichtigt, daß der nun folgende Bericht von Rakoschi stammt. Ich habe meine guten Gründe, ihn nachzuerzählen, doch die stilistischen Entgleisungen sind von ihm, nicht von mir.
Er trat also aus der Villa, die er an der Oetwösch Utza bewohnte und in der er bis dahin ein behagliches, ein geradezu unbekümmertes Leben geführt hatte. Er war verheiratet und umsorgte außer seiner attraktiven Frau zwei Töchter, die zu vollkommenen Grazien heranwuchsen. Man konnte ihn ohne Übertreibung einen Glückspilz nennen, wenn er allmorgendlich mit wuchtigem Schlapphut, aufgestelltem Kragen und Filzgamaschen an den Schuhen seinen Garten durchschritt. Er war eine imposante Erscheinung. Hochgewachsen und selbstbewußt. Alles an ihm war auserlesen, sogar sein Name, der nach Husarenoffizier klang: Sandor Rakoschi. Auf seiner Visitenkarte stand »Filmregisseur«, was mir etwas unbescheiden vorkam. Ich sagte Sandor Rakoschi – Mensch hätte mir besser gefallen. Es wäre weniger gewesen und mehr.
Diesen Vorschlag fand er glänzend. Von nun an druckte er Visitenkarten mit der Aufschrift »Sandor Rakoschi – Mensch, nebenamtlich Filmregisseur«. Ich kann nicht beurteilen, wie gut oder schlecht seine Filme sind. Sie spielen meist vor dem Krieg, im Proletariermilieu, und gehören, soweit ich das beurteilen kann, zur Gattung des sozialistischen Realismus. Ei-

nes weiß ich aber mit Gewißheit. Man spricht darin ausschließlich Ungarisch. Untertitel gibt es keine, und die Geschichten sind für mich unverständlich. Wenn sie jedoch nur halb so spannend sind wie seine Abenteuer – er ist ein hervorragender Erzähler –, verdienen sie höchste Anerkennung.

An jenem Aprilmorgen durchquerte er seinen Garten und trat auf die Straße, um zur Garage zu gehen. Da prallte er mit einem kleinen Mädchen zusammen. Oder umgekehrt. Das kleine Mädchen mit ihm, denn es schoß in seine Seite wie eine Kanonenkugel und hätte ihn beinahe umgestürzt. Ob das zufällig war oder beabsichtigt, ist heute nicht mehr zu klären, aber ich nehme an, daß sie ihm aufgelauert hatte, wie sie es eben machen, die respektlosen Gören. Zu ihrer Entlastung kann ich höchstens sagen, daß sie ihn um Entschuldigung bat. Das spricht für sie, finde ich. Sie blinzelte zu ihm empor und flüsterte vergnügt, er möge ihr nicht barsch sein, sondern die Tage zählen.

– Was für Tage, fragte mein Freund verwundert.

– Bis wir heiraten, Sie und ich. Da wird noch mancher Sommer verblühen…

Es muß hier gesagt werden, daß dieses Kind von raupenhafter Häßlichkeit war. Wenn sie nicht so ausgefallene Ausdrücke gewählt hätte, würde Rakoschi sie ignoriert haben. Aber sie beunruhigte ihn. Er entgegnete, ihr Angebot sei zweifellos schmeichelhaft, doch befürchte er, sie sei noch etwas jung für solcherlei Pläne.

– Ich kann warten, lächelte sie, ich bin jünger und habe Zeit.

Das war eine Herausforderung, auf die mein Freund

nur antworten konnte, er sei verheiratet und gedenke keineswegs, seine Familie im Stich zu lassen.
– Alle richtigen Männer sind verheiratet, erwiderte das Kind achselzuckend, und alle geraten aufs Glatteis.
– Meinst du? fragte Rakoschi nun doch etwas verunsichert.
– Fast alle, gab sie zurück und schaute vielwissend in den Himmel. Ich habe im Sinn, Schauspielerin zu werden, wie meine Mutter. Früher oder später müssen Sie mich engagieren. Zu einem Ihrer Filme oder so. Ich werde alles tun, um Sie zu verwirren.
– Das haben schon andere versucht.
– Sie werden ausrutschen, Herr Rakoschi, glauben Sie mir!
– Deine Mutter ist Schauspielerin, sagst du? Dann kenne ich sie wahrscheinlich.
– Sie kennen sie bestimmt. Sie heißt wie ich: Anny Kardosch.
– Das ist deine Mutter? Ich würde sie vergöttern an deiner Stelle.
– Ich vergöttere sie. Sie hat mich zur Welt gebracht. Aber Sie liebe ich. Das ist etwas anderes.
Allerdings war das etwas anderes. Rakoschi spürte, daß da eine Lunte glimmte und daß er sie löschen mußte, bevor ein Feuer ausbrach. Darum sagte er so kühl wie möglich:
– Und wenn ich deine Leidenschaft nicht teile? Was dann?
– In zehn Jahren bin ich zwanzig und Sie fünfzig. Können Sie sich das vorstellen?
Mit dieser Frage drehte sie sich um die eigene Achse

und rannte davon. Man kennt ja das Märchen vom häßlichen jungen Entlein, das bestimmt war, ein Schwan zu werden. Ich nehme an, daß die kleine Anny so ein Entlein war, als sie Rakoschi ihre Liebe erklärte, und daß mein Freund das ahnte. Mit dem Instinkt des Regisseurs, der eine besondere Antenne hat für Entpuppungen und dramatische Metamorphosen.
Ich erwähnte bereits, daß sie einer Raupe glich und noch lange nicht die Libelle war, die uns später die Sinne betörte. Nach jenem Zwischenfall fuhr Rakoschi in die Stadt. Das Kind hatte ihn verblüfft – ein paar Minuten lang –, doch als er im Studio ankam, hatte er sie vergessen.

Ich frage mich heute noch, warum meinem Freund so viel daran lag, mir diese Geschichte zu erzählen. Mit allen Einzelheiten und phantastischen Ausmalungen. Wie konnte er mir über den Weg trauen, wo er wußte, aus welchem Stoff ich gemacht bin. Vielleicht verfolgte er gewisse Absichten. Ich weiß es nicht. Jedenfalls führte er mich zur Fischerbastei. Als seinen Gast. Er bestellte erlesene Speisen und seltene Weine, um die erforderliche Stimmung zu schaffen, in der er sein Geheimnis mit mir teilen konnte. Er machte mich zum Komplizen seines Abenteuers. Bei Kerzenlicht und Zigeunerweisen. Er brauchte ganz offensichtlich einen Mitwisser. Einen Zwillingsbruder, und es ist ihm gelungen. Er umgarnte mich mit seinen Worten, bis ich selbst nicht mehr wußte, wer der Held ist. Er oder ich. Das scheint die Theorie meines Vaters zu unterbauen. Eine homoerotische Euphorie. Aber der Schein trügt.

Rakoschi fesselte mich, sagen wir, literarisch; durch seine Erzählung. Mit funkelnden Vokabeln schilderte er, wie ihn das Mädchen zum zweitenmal überrumpelte. Zehn Jahre später. An einem Sonntagnachmittag im August. Er habe unter einem Pflaumenbaum gelegen, in seinem Garten, und in einem Buch geblättert, als jemand an der Tür klingelte. Mein Freund sperrte auf und meinte, ein Traumgebilde zu erblicken. Die Straße war menschenleer. Die Nachbarn hatten sich in den Schatten verzogen. Das war nicht real, was er sah. Eine Nymphe. Mit rotblondem Haar bis zu den Hüften. Das war der Schwan aus dem Märchen. Mit elfenbeinheller Haut und perlblauen Augen.

– Wen suchen Sie? fragte er mit bröckeliger Stimme.

– Ich bin jetzt zwanzig und Sie fünfzig. Erinnern Sie sich?

– Wie durch einen Schleier. Helfen Sie mir! Wie war doch Ihr Name?

– Ich komme aus Wien, Herr Rakoschi. Dort besuche ich die Theaterschule. Wenn alles gutgeht, schließe ich im nächsten Frühling ab.

– Im nächsten Frühling, sagen Sie? Vielleicht habe ich eine Rolle für Sie. Wollen Sie nicht eintreten?

– Und Ihre Frau? Sie sind doch verheiratet.

– Wir können einen Tee trinken und plaudern.

– Nein, danke! Zu zweit oder gar nicht.

– Warum sind Sie hergereist? Meinetwegen?

– Gehn wir spazieren, Herr Rakoschi! In den Wald hinauf, dort ist es kühler.

So eine Frau war ihm noch nicht begegnet. Er war kein unbeschriebenes Blatt. Ganz und gar nicht. Er war ein Odysseus, der von Insel zu Insel segelte und nie genug bekam. Darum faszinierte er mich. Weil er verliebt war. Ins Leben. Weil jeder Tag eine Wette war für ihn. Er suchte das Geheimnisvolle, das Gefährliche, das Ungewisse. Den Kommunismus zum Beispiel, weil er ein Wagnis war. Ein Experiment, von dem man nicht wissen konnte – damals –, ob es gelingen oder zur Katastrophe führen würde. Trotz sommerlicher Hitze zog Rakoschi einen Mantel an, um nicht zu frösteln. Als er die Haustür ins Schloß warf, wußte er, daß er sich auf ein Abenteuer einließ, das sein Leben verändern konnte. Sie schritten durch die Stille des Nachmittags. Er beklommen und verwirrt. Sie zielbewußt und sicher. Eine Hexe war sie, sagte Rakoschi, unverfälscht, doch mit allen Salben geschmiert. Er sah hilfesuchend ins Tal hinunter, wo Hochhäuser und Fabrikschlote zum Himmel ragten. Die Donau schlängelte sich schmutzbraun durch den Betonwald, und er merkte, daß er verloren war. Jetzt mußte er flüchten; aber er flüchtete nicht. Es war zu spät. Sie stolperten über einen Wurzelweg. Der Wald schloß sich um sie. Rakoschi spürte, wie das Mädchen ihn musterte. Wie eine Kreuzotter, die ihr Opfer fixiert. Beide warteten auf ein Wort des anderen, bis plötzlich sie lachte:

– Odysseus in der Höhle der Circe.

– Sie verlockte den Helden zur Liebe, heißt es bei Homer, aber er wehrte sich mit dem Schwert.

– Aus Angst vor sich selbst, gab sie zurück, denn er hatte Lust auf ihr Fleisch. Nur war er verklemmt. Wie alle Männer.

– Odysseus verklemmt? fragte er. Wie kommen Sie darauf?

– Weil er geblieben ist. Er hat sich ergötzt an ihr. Ein ganzes Jahr lang, obwohl er Eile hatte, angeblich, zurück nach Ithaka. Zu Penelope, seiner Frau.
– Was wollen Sie von mir?
– Jetzt sind Sie auf dem Glatteis, Herr Rakoschi, oder etwa nicht?
– Nun weiß ich wieder, wer Sie sind, sagte er mit dürrer Stimme – Anny Kardosch. Die Tochter der Schauspielerin.
– Ich wollte wetten mit Ihnen, erinnern Sie sich? Sie werden ausrutschen, habe ich prophezeit...
Sie blieb stehen. In einem Dickicht von Schachtelhalm und Farnkraut. Sie verschränkte die Arme hinter dem Nacken. Sie blickte durch ihn hindurch. Blitzte ihn an und gebot ihm wortlos, sie zu nehmen.
Er stürzte in ihren Körper. Er vergaß das Heute und das Gestern. Er begann eine neue Zeitrechnung. Alles seine Ausdrücke, mein teurer Kornetzki, nicht die meinen. Das alles hat er mir so erzählt, und wußte, daß er mich erregte.
Ich kann mich nicht beklagen, daß ich zu wenig erlebt habe, aber so ein Feuervogel ist mir nie über den Weg geflogen. Darum war es unklug, mir das alles anzuvertrauen. Es gelang ihm, mich aus der Geometrie zu schleudern.
Während die Kerzen langsam zusammentropften und der Primgeiger immer sehnsüchtiger dem Morgen entgegenfiedelte, kam in mir der Gedanke auf, mich einzuschleichen in diese Geschichte. Es packte mich das Verlangen, teilzuhaben am Abenteuer meines Freundes. Ein Molekül zu werden seines Lebens, das mir intensiver schien und erhabener als das meine.

Mein Vater triumphiert. Genau das hat er behauptet. Ein Molekül seines Lebens. Eine schwule Komponente; aber er befindet sich im Irrtum. Ich wollte nichts weiter als hineinwachsen – jetzt verzieht Kornetzki das Gesicht –, ich wollte einsteigen in diese Welt der Leidenschaft. Nicht als neutraler Zuschauer aus der Schweiz. Nein. Ich wollte endlich mitmachen, statt immer bloß danebenzustehen und zu staunen. Bis zu diesem Punkt war Rakoschi noch die Hauptfigur der Erzählung, aber in meiner Vorstellung begannen die Konturen zu verschwimmen. Ich wußte nicht mehr, welcher von uns beiden der Odysseus war und ob die verliebte Circe ihn verführte oder mich. Ich verliebte mich in Anny Kardosch, ohne sie zu kennen. Ohne zu wissen, wie sie aussah. Das will nicht heißen, daß ich schon im Sinn hatte, ihn zu hintergehen. Keineswegs. Ich glaubte an die Loyalität zwischen Genossen. Wenn ich ihn betröge, würde ich unsere Freundschaft verraten. Unsere Überzeugung. Unser kommunistisches Ideal, und ich fragte ihn, was weiter geschehen sei:
– Wie ging er zu Ende, euer Nachmittag?
– Er ging nicht zu Ende, entgegnete Rakoschi, dem meine Frage sichtlich Pein bereitete. Ich bin eingeschlafen, für einen kurzen Augenblick, und als ich die Augen öffnete, war sie weg.
Der Himmel färbte sich silbergrau. Hinter den Höhenzügen von Buda dämmerte der Morgen. Ich hörte gebannt zu, dem Schluß seines Berichts. Dem vorläufigen Schluß, um es genauer auszudrücken, denn die Geschichte hat uns auseinandergebracht. Das war unser letztes Zusammentreffen. Ich werde

nie wissen, was aus dem merkwürdigen Paar geworden ist. Dieser vorläufige Schluß war ungewöhnlich und wild:

Es geschah am Silvesterabend desselben Jahres. Mein Freund war dabei, die Krawatte auszuwählen, mit der er am Prominentenball erscheinen wollte. Seine Frau half ihm und schlug eine dezentere Farbe vor, was, wie sie sagte, angesichts seiner ergrauten Schläfen vernünftig sei. Da riß jemand an der Hausglocke. Rakoschi eilte hinunter. Er erwartete niemanden und hatte auch nicht im Sinn, sich belästigen zu lassen. Er sperrte auf und erblickte eine Fata Morgana. Eine Schneekönigin im flockigen Hermelin. Eine unwirkliche Melusine mit glitzernden Brillantspangen im Haar. Mein Freund brachte kein Wort hervor. Er stand da, wie damals im August. Überwältigt und verlegen, bis endlich die Erscheinung zu sprechen anfing:
– Ich komme aus Wien, Herr Rakoschi, um mit Ihnen ins neue Jahr zu tanzen. Darf ich eintreten?
– Wozu, um Gottes willen? Warum sind Sie nicht im Westen geblieben? Hier schwimmt der Abschaum obenauf. Alles ist verpöbelt in diesem Land und verbauert.
– Ich werde mit Ihnen übers Meer gleiten. Bis zum Horizont und noch weiter hinaus.
– Verzeihen Sie, aber... wir sind auf dem Sprung in die Stadt zu fahren. Ich meine... die ganze Familie, das heißt meine Frau und meine Töchter. Wir feiern im Parlamentsgebäude. Ganz Budapest wird dort sein.
– Ob ich eintreten darf, habe ich gefragt. Wenn Sie Angst haben, kann ich verschwinden.

Rakoschi schämte sich. Er führte sie ins Haus und stellte sie vor als Anny Kardosch, die Tochter der berühmten Tragödin und selbst eine vielversprechende Schauspielerin, die soeben aus Wien gekommen sei. Das entsprach der Wahrheit, doch niemand wollte es glauben. Seine Frau durchschaute die Lage und verstummte für den Rest des Abends. Die Töchter musterten das Mädchen mit offenem Widerwillen. Es war klar. Sie war mehr für Rakoschi als eine vielversprechende Schauspielerin, und die Silvesternacht verhieß nichts Gutes, um so mehr als mein Freund ankündigte, daß Anny mitfeiern werde und daß sich alle über ihren Besuch freuten. Niemand freute sich. Im Gegenteil. Die Spannung war unerträglich. Die ältere Tochter – sie hieß Ilona – versuchte abzulenken und fragte hinterhältig:

– Unter welchem Sternzeichen sind Sie geboren, Fräulein Kardosch? Ich würde sagen, Sie sind ein Skorpion.

– Das bin ich, gab Anny zur Antwort, woher wissen Sie das?

– Weil alle Spieler zu diesem Tierkreis gehören. Schauspieler, Taschenspieler, Falschspieler. Picasso zum Beispiel, Joseph Goebbels…

– Und Tom Feerebee, ergänzte die Jüngere, namens Erschebet, die lauernde Katzenaugen hatte und stets gewillt schien, einen Skandal anzuzetteln. Wissen Sie, wer das ist?

– Nie gehört, antwortete Anny.

– Tom Feerebee warf die Atombombe auf Hiroschima. Er tötete hunderttausend Menschen und war schön wie ein Apollo.

– Was willst du damit sagen, Erschebet? fragte Rakoschi außer sich.
– Nichts, gab sie zurück, er war auch ein Skorpion.

Was mir mein Freund erzählte, wurde immer spannender, doch es begann mich anzuwidern. Ich hatte zuviel getrunken. Der Primgeiger schluchzte mir die Ohren voll, und ich reagierte mit Verspätung. Was hatte er da gesagt? In Ungarn sei der Abschaum an der Macht? Das war doch nicht mein Genosse, der so sprach. Alles sei hier verpöbelt – hat er behauptet – und verbauert. Was war denn plötzlich so schlecht am Pöbel? Und was störte ihn an den Bauern? Jahrelang waren wir uns einig gewesen. Über die historische Rolle der Unterklassen bei der Geburt einer neuen Welt. Über das Proletariat als Avantgarde im Kampf um den Kommunismus. Mein Prachtmensch war zum Feind übergelaufen. Ganz ohne Zweifel. Das Volk hatte aufgehört ihm zu gefallen. Und er sagte es unumwunden, als setzte er mein Einverständnis voraus. Meine Zunge war schwer. Stumm und mißmutig lauschte ich, wie er mir den weiteren Verlauf jenes Silvesterabends schilderte:
– Ein Taxi brachte uns zum Parlamentsgebäude. Ich half den vier Damen aus dem Wagen. Anny Kardosch war die letzte. Die Stimmung war eisig, doch glücklicherweise kamen Bekannte vorbei. Sie erkundigten sich nach meiner Gesundheit, nach der weiteren und näheren Verwandtschaft und schließlich nach der unwirklichen Erscheinung, die da aufgetaucht war wie ein Komet am Winterhimmel. Ich wich allen Fragen geschickt aus und ging soweit, die Märchenprinzessin

als meine unsterbliche Geliebte vorzustellen, was den Gerüchtemachern den Wind aus den Segeln nahm. Wie ernst jedoch meine Scherze waren, begriff nur meine Frau; denn sie kannte mich in- und auswendig.
Der Ball verlief hektisch, wie alle Dutzendveranstaltungen. Während des ganzen Abends tanzte ich mit den verschiedensten Frauen. Mit den schönsten, den bekanntesten, den einflußreichsten. Zwischendurch spürte ich, daß sich etwas zusammenbraute. Hin und wieder suchte ich sie mit den Augen, wie sie mit jemandem sprach, an einem Glas nippte und mich scheinbar vergessen hatte. Doch plötzlich, zu vorgerückter Stunde, wurde ich am Ärmel gepackt und auf die Tanzfläche gedrängt. Jetzt war es soweit. Sie zog mich an sich heran. Sie umschlang mich mit ihren weißen Armen. Sie schmiegte sich an meinen Körper und flüsterte mir ins Ohr, ich sei verloren. Der Skorpion werde mich stechen. Gift habe sie in ihrem Stachel, und jeder Widerstand sei vergeblich. Das Orchester spielte die große Polonäse. Feierlich und glanzvoll. Sie schaute mir tief in die Augen und fragte, woran ich denke.
– Daß ich fünfzig bin und du zwanzig…
– Fürchtest du mich?
– Ich bin schwach wie alle Männer.
– Odysseus in der Höhle der Circe.
– Was willst du?
– Dich, Rakoschi. Dich will ich, und ich werde dich haben.
In jenem Augenblick gingen die Lichter aus. Die Glokken schlugen Mitternacht. Die Musik verstummte und es geschah – Rakoschi blickte jetzt kirschäugig in die

Ferne – es geschah, was mein Leben von Grund auf veränderte …

Kornetzki soll jetzt nicht spotten, denn es kommt noch blumiger, und ich schwöre, dies sind nicht meine Worte, sondern seine:

– Sie zerrte mich am Schopf, sie riß mich zu sich herunter und biß mich in die Wange, daß ich aufheulte vor Schmerz. Ich ließ sie los, ich schnappte nach Luft, ich suchte mein Gleichgewicht wiederzufinden, doch da ging das Licht wieder an. Ich stand vor einem Wandspiegel und sah, daß mir das Blut übers Gesicht strömte. Es war mir gleichgültig. Ich hatte nichts mehr zu verbergen. Ich drehte mich um, daß jeder mich sehen konnte und … wo war sie, die Furie, die mir diesen Schmerz zugefügt hatte? Ich sah sie nicht. Ich irrte durch den Saal, suchte sie im Vestibül und in den Korridoren. Sie war verschwunden. Weggezaubert. Ich eilte die Treppe hinunter. Ins Foyer und von dort auf den schneebedeckten Platz. Vergeblich. Sie war weg, und ich kehrte zurück. Jetzt wurde mir bewußt, daß ich zerfetzt war.

Ich sagte schon, daß ich zwar zuhörte, aber ohne einen Funken von Sympathie. Rakoschi hatte aufgehört, mein Freund zu sein. Höflichkeitshalber erkundigte ich mich, was weiter passiert sei, doch es interessierte mich kaum.

– Nichts weiter, gab Rakoschi zurück, und Tränen rannen ihm übers Gesicht, während der Primgeiger geschäftstüchtig zu ihm herantrat. Nichts geschah mehr in jener Neujahrsnacht. Oder doch! Ich traf meine Tochter, die strenge Erschebet, die auf meine Verletzung starrte und mich ansah wie einen Erbfeind.

Ich fragte, was los sei, und sie spuckte mir ins Gesicht. Dann ging sie zu ihrer Mutter zurück. Am nächsten Morgen bat ich einen befreundeten Advokaten, mit meiner Frau die Scheidungsformalitäten zu besprechen. Seither wohne ich bei Bekannten, wie du weißt, auf der Margareteninsel.
– Und, fragte ich scheinheilig, willst du nicht nach Wien fahren? In den goldenen Westen? Zu deiner Märchenprinzessin?
– Ich habe dreimal einen Paß verlangt. Er wurde mir dreimal verweigert.
Hier endete sein Abenteuer, und es begann das meine. Die Geschichte vom Liebesbiß war so unheimlich, daß ich an nichts anderes mehr denken konnte. Auch ich träumte davon, zerfetzt zu werden. Wie gesagt, Rakoschi hatte aufgehört, mein Freund zu sein, und es stand mir frei, nun sein Gehege zu betreten. Mehr noch. Ich redete mir ein, daß ich ihn strafen müßte für seinen Verrat. Für seinen Treuebruch an unseren Idealen. Darum beschloß ich, sie zu treffen. Ich wußte nicht genau, wie ich das anstellen würde, wie ich sie aufmerksam machen sollte auf meine Person. Was konnte ihr imponieren, fragte ich mich. Sie hatte ihm gesagt, daß sie ihn wolle und keinen anderen. Meinte sie das wörtlich, und war ich wirklich ein anderer? Ich hatte mich so bedingungslos mit ihm identifiziert, daß ich zum zweiten Rakoschi geworden war. Ein Überrakoschi, den ich nachzuahmen begann. Ich ging wie er. Ich gestikulierte wie er. Ich hatte seinen Tonfall übernommen und betonte mit magyarischer Emphase die Anfangssilben der Wörter. Genügte das, um sie zu gewinnen? Vielleicht; aber nicht sicher. Seit zehn Jahren

träumte sie von Rakoschi. Ich konnte ihn wohl imitieren, aber ersetzen konnte ich ihn kaum. Oder doch? Natürlich konnte ich ihn ersetzen. Ich konnte in den Westen fahren, nach Wien, und er nicht. Ich mußte einen Weg finden. Aber welchen? Für Signale der Vernunft schien sie nicht sonderlich empfänglich. Da fiel mir ein, daß sie sich für Sterndeuterei interessierte. So fing ich an, mich in die Schicksalskunde einzuarbeiten. Ich befragte das Horoskop, ob mir die Gestirne irgendwelche Chancen einräumten. Schon auf der Rückfahrt nach Zürich machte ich mich ans Studium einschlägiger Schriften, die ich am Bahnhof zusammenkaufen konnte. Was ich erfuhr, war entmutigend. Entweder war ich der falsche Mann für Anny Kardosch, oder diese angebliche Wissenschaft ist ein Unsinn. Nach übereinstimmender Meinung aller Autoren sind Skorpionfrauen rechthaberisch und streitsüchtig. Sie haben eine Neigung zu Jähzorn und Grausamkeit. Sie seien unnachgiebig und stürben lieber, als einzugestehen, einen Fehler begangen zu haben. Gott behüte mich vor so einem Ungeheuer, sagte ich mir, und versuchte die Sache zu vergessen. Es gelang mir nicht. Ich sah sie stets vor mir, die Schwanenjungfrau, die plötzlich auftauchte, als wäre sie dem Wasser entstiegen. Ich spürte, wie sie mit mir tanzte, wie sie sich polypenhaft an mich heransog, wie sie den Durst an mir löschte, wie sie mich mit Küssen bedeckte, bis ich schließlich in ihrem Elfenbeinkörper zerrann. Was war das? Hatte ich Sehnsucht nach ihr oder nach den hypnotischen Visionen des Filmregisseurs? Wem gehörte meine Leidenschaft? Ihm oder ihr? Nach einigen Tagen setzte ich mich an meinen Schreibtisch und verfaßte einen Brief folgenden Inhalts: »Sehr geehrtes Fräulein Anny Kardosch. Ich möchte Sie treffen. Wenn möglich in Wien, wo Sie – wie ich höre – bald Ihre Schauspielschule abschließen werden. Ich habe den Wunsch, mit Ihnen ein kurzes Gespräch zu führen, das für Ihre Zukunft nicht gleichgültig sein dürfte. In Erwartung Ihrer baldigen Antwort verbleibe ich mit vorzüglicher Hochachtung« usw.

Das Schreiben war kurz und schlau. Es verriet nicht, was ich im Schild führte, ließ aber vermuten, daß es sich um ein eventuelles Engagement handelte. In Kenntnis komödiantischer Eitelkeit konnte ich hoffen, von ihr zu hören, was auch unverzüglich geschah. Noch in derselben Woche erhielt ich die Antwort, in der es hieß, sie wolle gerne mit mir zusammentreffen, und zwar in Wien, am 10. Juni dieses Jahres. Um zwölf Uhr mittags im Café Sacher, das mir ja zweifellos ein Begriff sei. Das war alles. Ihre Handschrift war so, wie ich sie mir vorgestellt hatte. Stilvoll und persönlich. Widerborstig und stolz, wobei man meinen konnte, die Botschaft sei mit Violinschlüsseln übersät. Nicht eigentlich verschnörkelt, aber verspielt und bewußt mysteriös.

Der zehnte Juni war also mein Tag. Im Café Sacher sollte ich auf sie warten, wobei ich zwar alles über sie wußte, ohne mir jedoch vorstellen zu können, wie sie aussah. Eine Schneekönigin. Eine Kreuzotter mit perlblauen Augen. Eine Circe mit rotblondem Haar. Was war das? Etwas mehr als nichts, doch es zerwühlte meine Phantasie. Rakoschi hatte sie beschrieben. Mit pedantischer Ausführlichkeit und umständlichem Schwulst, doch wäre es ihm nicht eingefallen, mir ein

Bild von ihr zu zeigen. Wer weiß? Vielleicht besaß er gar keines. Woher denn auch? Er hatte sie ja nur dreimal gesehen. Einmal, als sie zehn Jahre alt war. Vor seinem Haus. Zum zweiten Mal an jenem Sonntag im August. Und dann am Silvesterabend, wo sie ihn buchstäblich in Fetzen geküßt hatte.
Ich saß am vereinbarten Ort. Es war der zehnte Juni. Elf Uhr fünfzehn. Eine Lebenszeit, bis sie kommen würde. Ich rauchte eine Zigarette nach der anderen und las die Kronenzeitung, in der es nichts zu lesen gab. Ich hatte mich listigerweise hier einquartiert, im eleganten Hotel Sacher. Wenn sich die Ereignisse so abwickeln sollten, wie ich es erhoffte, konnten wir den zweiten Teil unseres Stelldicheins in meinem Zimmer fortsetzen. Meine Absichten waren eindeutig. Ich wollte sie haben. Ich wollte sie ihm wegnehmen, jawohl. Demütigen wollte ich ihn, weil er unsere Ideale verraten hatte. Abnabeln mußte ich mich. Mich befreien von diesem Zwillingsbruder, der mir langsam unähnlich wurde. Aber wer konnte voraussagen, was passieren würde? Die Gestirne waren gegen uns. Die Astropsychologie prophezeite, daß es zu scharfen Zwistigkeiten kommen werde zwischen uns. Daß mein Skorpionmädchen stechen, beißen, Gift spritzen würde und ich nur *eine* Haltung einnehmen konnte, wenn ich etwas erreichen wollte. Ich zitiere Doktor Winters Seelenkunde der Tierkreiszeichen: »Eine Haltung, die ungefähr der Furchtlosigkeit des Dompteurs entspricht. Zwar nicht mit dem Stock oder der Peitsche, sondern mit unerschrockenem Blick und einer Mischung aus Geduld und Todesmut.«
In den vierzig Minuten, die noch verblieben, bereitete

ich meine Taktik vor und vor allem den Satz, mit dem ich sie überfallen wollte. Ich hatte einen deutlichen Vorsprung, da ich sie kannte. Rakoschi hatte mir alles erzählt, was man über einen Menschen erzählen kann. Ich begehre sie. Ich war ihr verfallen. Sie steckte in meinen Nervenspitzen und wurde zur Mitte meiner Sehnsucht. Sie hingegen wußte nichts von mir. Nicht einmal, daß ich mit Rakoschi befreundet war – in der Vergangenheit – und jetzt entzweit oder gar verfeindet. Sie mußte annehmen, daß ich ein Impresario sei. Ein hellhöriger Theateragent oder der Intendant einer Provinzbühne. So hielt ich – zumindest für den Anfang – alle Karten in meiner Hand. Das beruhigte mich ein wenig, obwohl ich mit beinahe krankhafter Unruhe zur Türe schielte und jedesmal aufspringen wollte, wenn jemand eintrat. Gegen Mittag kamen immer mehr Gäste herein. Das Caféhaus füllte sich mit exquisiten Damen und Herren. Die einen unternehmungslustig und charmant. Die anderen griesgrämlich und zugeknöpft. Als es zwölf Uhr schlug, ging die Türe auf und sie war da. Das konnte nur sie sein. Sie blieb stehen, einen Augenblick lang, blickte in die Runde und erkannte mich. Ich hatte beabsichtigt, mich zu erheben, ihr entgegenzueilen und die Hand zu küssen. Die Beine versagten mir. Ich blieb sitzen. Ich wollte sie anlächeln und begrüßen. Statt dessen nahm ich einen Schluck Tee und tat, als hätte ich sie nicht bemerkt. Dabei flackerte sie wie ein Fixstern. Es wurde still im Caféhaus. Alles drehte sich um nach ihr, nach dieser Königin der Nacht, die unverzagt auf mich zuschritt und mich ansprach wie einen alten Bekannten:
– Sie erinnern mich an einen Freund in Budapest.

– Ich weiß. Er heißt Rakoschi.
Das war mir herausgerutscht. Gegen meinen Willen, und sie setzte sich wie vom Blitz gerührt. Die erste Runde hatte ich gewonnen, aber die Knie schlotterten mir. Sie starrte mich an, entgeistert, und sagte dann mit veränderter Stimme:
– Haben Sie Meerschweinchen im Hut oder was?
– Ich trage keine Hüte, Fräulein Kardosch. Sie stehen mir nicht.
– Also kein Zauberer? Was wollen Sie dann von mir?
– Eine Frage möchte ich stellen. Darf ich?
– Eine einzige, bitte schön! Ich kenne Sie zwar nicht, aber Sie verwirren mich.
Ich verwirrte sie. Auch die zweite Runde war gewonnen, und ich entsann mich des astropsychologischen Ratschlags: unerschrocken wie ein Dompteur! Ich blickte in ihre Augen – sie waren tatsächlich perlblau – und fragte:
– Warum haben Sie Rakoschi in die Wange gebissen? Am Silvesterabend? Um Mitternacht? Im Parlamentsgebäude von Budapest?
Sie erbleichte. Das hatte sie nicht erwartet. Sie stand auf. Bebte am ganzen Leibe. Sie schluckte, zog Luft ein, trat nahe an mich heran, packte mich an der Schulter, riß mich hoch, bereit, einen Tumult zu entfachen. Da wiederholte ich ganz ruhig meine Frage:
– Warum Sie Rakoschi in Fetzen geküßt haben, will ich wissen.
Das war zuviel für die Schneekönigin. Sie ließ mich los und lächelte. Als wollte sie mir verzeihen. Mehr noch. Als gäbe sie sich geschlagen, und sie sagte ganz sanft:

– Weil ich ihn haben will. Darum überfalle ich ihn immer aufs neue. Zum letzten Mal vor einer Woche, und ich werde ihn haben. Darauf können Sie Gift nehmen.
– Aus dem Stachel eines Skorpions? fragte ich hinterhältig.
– Das wissen Sie ebenfalls? erwiderte sie verzweifelt. Was wissen Sie sonst noch?
– Daß ich Lust habe auf dich, du rothaarige Circe. Den zweiten Teil unseres Stelldicheins verbrachten wir in meinem Hotelzimmer, wie ich es insgeheim geplant hatte. Ich muß gestehen, daß Rakoschi keineswegs übertrieben hatte. Eine Hexe war sie. Ein wildes Skorpionmädchen. Mit allen Salben geschmiert. Von einer göttlichen Hemmungslosigkeit, die ich nie vergessen werde.
Einige Tage später, zurückgekehrt nach Zürich, ging ich zu meinem Vater und bat ihn, mich zu untersuchen. Er begriff sofort und lächelte:
– Rakoschi läßt grüßen, mein Sohn. Ein kommunistisches Mißgeschick. Ehrlich geteilt zwischen Genossen. Mit ihm hast du geschlafen. Die Melusine war nur die Mittlerin.
– Du irrst dich, Vater. Gegen ihn. Jetzt bin ich befreit. Von ihm und einigen Illusionen.

Poker

Beim Poker gilt das alte
Sprichwort: ehrlich währt nicht.
Richard Nixon

Es ärgert mich, wenn Frauen mir sagen, sie seien einmal in mich verliebt gewesen. Zum Beispiel Sonja. Was habe ich davon? Heute, nach dreißig Jahren. Und was hat sie davon? Sie bildet sich ein, man könne zurückdrehen. Lächerlich! Das kommt nicht in Frage. Der Zug ist abgefahren. Er ist schon über alle Berge. Irgendwo auf der Milchstraße saust er durch den Kosmos und kehrt nicht zurück.
Sie hatte die Stimme einer Taube. Sie gurrte, schnurrte, lockte, köderte und schmeichelte. Auch singen konnte sie. Wie eine Amsel. Sehnsuchtsvoll und begehrlich. In lauen Frühlingsnächten schlenderten wir am See entlang. Saßen auf einer Schieferplatte. Blickten in den Mond. Sie summte eine Melodie. Ich spielte auf meiner Geige und improvisierte Fiorituren dazu. In jenen Augenblicken wogten unsere Träume über das Mittelmaß unseres Alltags hinaus. Sie zitterten durch mein Geäst und tropften in mich hinein. Aber das war alles.
Ich sehnte mich nach ihrem Haar. Ich hatte Lust auf ihren weißen Hals. Die funkelnden Augen, die auf- und zupulsten wie Muscheln am Meeresgrund. Unsere Beziehung war rein und edel. Um einen Hauch zu edel, wenn ich heute darüber nachdenke. So selbstlos konnte ich gar nicht sein. Ich war zwanzig. Ein ausge-

wachsener Kerl mit wachen Trieben und gesunden Reflexen. Ich wollte sie besitzen, nicht als Seerose, nicht als Libelle über dem Teich. Ihre Haut wollte ich. Ihre Brüste und Schenkel. Das war mein innigstes Ziel, obwohl ich das nicht eingestanden hätte. Ich war so vollgestopft mit Idealen, daß ich nicht zugeben durfte, wonach mich eigentlich dürstete. Zusammendengeln wollte ich sie. Bis sie schreien würde vor Entzücken. So sah es aus in mir, aber niemand konnte es ahnen. Ich war eine Wildsau. Eine theoretische Wildsau, leider. Darum kam es nicht soweit.

Unsere Geschichte gedieh bis zur Halbzeit. Dann wurde das Spiel abgebrochen. Weil ich mein eigener Gefangener war. Gefangen durch mein vornehmes Gehabe. Ich sprach mit ihr über das Morgenrot. Über den Tau auf den Blumen. Über die neue Welt, die wir erbauen wollten. Das war zauberhaft. Ich erschauerte bei meinen eigenen Worten. Ich fand mich unvergleichlich und verpaßte das Flugzeug. Der Paradiesvogel flog mir davon.

Ich war von jetzt an das fünfte Rad an ihrem Wagen. Sie wurde die Geliebte eines Flegels, eines rüpelhaften Grobians, dessen Namen ich lieber verschweigen will, denn es gibt ihn noch. Ich nenne ihn Wetzel, Kurt Wetzel, Schleifer bei Escher-Wyss. Er sah aus wie ein Kanonenputzer. Wenn er redete, dann bestenfalls über Speck und Käse. Er war ein Mann der Tat, wie er sagte. Das machte ihr Eindruck. Mehr als das. Sie gab sich ihm hin. Freiwillig und mit selbstquälerischer Wollust, nehme ich an. Das erbitterte mich über alle Maßen. Zwar konnte ich ihr nichts vorwerfen. Nichts war geschehen zwischen uns; ich meine nichts Konkretes.

Nichts Materielles, das sie verpflichtet hätte, mir Treue zu halten. Wobei in Wirklichkeit sehr viel geschehen war. Meiner Ansicht nach. Aber meine Ansicht tut nichts zur Sache. Für mich ist ein Spaziergang am Wasser wichtiger als ein kurzes Zucken in den Lenden und was noch damit zusammenhängt. Es gibt zwar gewisse Konventionen, sogenannte Pflichten. Wer ihnen nicht nachkommt, heißt es, sei kein richtiger Mann. Ich erfülle diese Pflichten ohne jede Schwierigkeit. Ich habe sie tausendmal erfüllt und bin nicht einmal stolz darauf. Jeder Hund kann das. Jedes Kaninchen. Aber unter einem Haselstrauch sitzen und Geige spielen, das kann nicht jeder. Wir hatten miteinander die Schwerelosigkeit erprobt. Über den Wolken waren wir gekreist, wie zwei Silberreiher. Fäden hatten wir gesponnen. Unsichtbares Garn zwischen meiner Seele und der ihren. Aber das schien sie nicht zu schätzen. Dazu war sie zu diesseitig. Wie eben die Frauen sind. Oder zu ehrlich. Ehrlich bis zur Grausamkeit, und mein Gesäusel über die Symmetrie, über die verblüffende Ordnung der Materie, über die Vernunft des Universums hat sie gelangweilt. Manchmal ertappte ich sie, wie sie die Hand vor den Mund hielt und gähnte. Perlen hatte ich vor die Säue geworfen, obgleich ich zugeben muß, daß sie nicht blöder war als ich. Nur gegenständlicher. Vielleicht auch eine Spur menschlicher. Sie wollte, was auch ich wollte. Aber ich spielte den Apollo. Den Mann aus Marmor. Zu fein um hinzugehn, ihr die Kleider vom Leib zu reißen und zu zeigen, wo Gott hockt. Aber mir war das zu primitiv. Das war unvereinbar mit meiner Weltanschauung. So ein Wetzel konnte das oder Marquese, der außer seinem exotischen Namen nichts anzubieten hatte. Nichts Auserlesenes, will ich sagen. Seine Statur war untersetzt und prall. Der ganze Körper irgendwie verquer. Ein schiefwinkliges Dreieck. Mit Froschaugen und kahlgeschorenem Schädel. Knorrig und borstig, daß er schon fast wieder interessant schien. Er war unerhört. Schämte sich nicht mal seiner Mißförmigkeit. Im Gegenteil. Er unterstrich sie und kokettierte damit. Er hatte sich selbst den Spitznamen gegeben: Quasimodo. Er spielte das Hinkebein, mit hochgezogener Schulter und buckligem Rücken. Trotzdem und möglicherweise deswegen hatte er Erfolg. Die Mädchen waren verrückt nach ihm, denn ein unheimlicher Nimbus umwehte ihn. Er hatte etwas, das niemand hatte außer ihm: er war im Knast gewesen. Subversive Tätigkeit. Kommunistische Propaganda, wie er behauptete. In Wirklichkeit hatte er wegen Urkundenfälschung und Verführung Minderjähriger gesessen. Es schmerzt mich, darüber zu reden, aber sie trieb es mit beiden. Mit Wetzel, dem Schleifer, und Marquese, dem Zuchthäusler. Sie sorgte sogar dafür, daß ich davon hörte. Mit peinlichen Einzelheiten. Zur Strafe, sozusagen, für meine philosophischen Exkurse und meine Enthaltsamkeit. Jetzt, mit dreißigjähriger Verspätung, ruft sie mich an, schreibt mir Briefe und will mich besuchen. Sie möchte wieder anbändeln, aber das Band ist zerrissen. Daraus wird nichts, auch wenn sie behauptet, ihr Leben lang nur mich geliebt zu haben. Sie habe gewartet, versichert sie, und gehofft, doch ohne Erfolg. Nicht beachtet hätte ich sie, nur geredet, dem entscheidenden Akt aber sei ich ausgewichen. Mag sein, daß sie recht hat. Es ist schon lange her, aber

warum hat sie nie etwas gesagt? Ein Wort hätte genügt. Eine Geste, und mein Leben wäre anders verlaufen. Ihres ebenfalls. Wenigstens eine Zeitlang. Sicher nicht ewig, denn sie frißt zuviel. Nudeln und Kartoffeln. Sie ist längst nicht mehr der Engel, der sie einmal war. Aus Gram, möglicherweise, weil es nicht geklappt hat. Mit mir hätte sie anders gelebt. Ihr Leben wäre ein Traum geworden, ein Gestirn über dem Wasser, aber sie wollte es nicht so. Ein Wetzel war ihr gut genug. Sogar dieser Marquese. Ach, reden wir nicht davon!
Sie hat erfahren, daß ich wieder im Land bin. Zurückgekehrt von einer zwanzigjährigen Irrfahrt. Zweimal verheiratet, zweimal geschieden. Ergraut und geläutert. Das hat gezündet. Falsche Hoffnungen erweckt. Das ist ihr Problem und nicht meines. Ich trinke keinen kalten Kaffee. Ich trage nicht zweimal dasselbe Hemd. Sonja interessiert mich nicht mehr. Dann schon eher Wetzel. Wetzel fasziniert mich.
Ich traf ihn mitten in Zürich. Auf der Bahnhofstraße. In einem exquisiten Geschäft, wo ich eine Krawatte kaufen wollte. Nicht ich habe ihn erkannt, sondern er mich. Er näherte sich von hinten, haute mir seine Pranke auf die Schulter, daß ich fast in die Knie sackte, und brüllte meinen Namen so laut, als seien wir Busenfreunde seit frühester Kindheit. Daß ich nicht lache! Rivalen sind wir gewesen. Ungleiche Gegenspieler, und alle Chancen standen auf seiner Seite, denn er hatte einen Stammbaum wie keiner von uns. Er war ein rassereiner Proletarier. Ein Abkömmling von Leibeigenen und Sklaven. Ein Unterhund seit hundert Generationen, dem nun endlich die Stunde geschlagen hatte; als die Geschütze der »Aurora«

durch die Nacht böllerten, als verlauste Bauern den Winterpalast stürmten und Lenin verkündete, der Tag der Vergeltung sei angebrochen. An jenem Novembertag dämmerte der Morgen für alle Wetzels des Erdkreises.
Er war der einzige Arbeiter in der Arbeiterjugend. Unser Alibi. Wir hegten und pflegten ihn. Er lebte bei uns wie die Made im Speck. Wir zitierten jeden Bockmist, den er von sich gab. Er war der Inbegriff der anonymen Masse, die wir vergötterten und in ihm verkörpert wähnten. Die Mädchen bekamen Gänsehaut, wenn sie ihn erblickten. Sonja, das entzückendste Mädchen weit und breit, legte sich auf den Rücken und ließ sich schleifen von diesem Schleifer. Es blieb mir nur ein Trost. Auch ihm setzte sie Hörner auf. Mit dem Knastbruder und Kinderverführer namens Marquese. Der war noch lümmeliger, noch flegelhafter als Wetzel, obschon er gescheiter war. Bedeutend gescheiter, aber sein Stammbaum war zwielichtig. Vom Standpunkt des Marxismus-Leninismus aus war er weder Fisch noch Fleisch. Halb Bauernknecht, halb Landstreicher. Ein Lumpenprolet, und mit ihm hat sie geschlafen. Das verschaffte mir Schmerz und Schadenfreude. Schmerz, weil sie mich verschmähte. Schadenfreude, weil Wetzel ebenfalls drankam. Aber verstehen werde ich das nie. Es wird mir übel, wenn ich nur daran denke.
Ich sagte schon: Wetzel faszinierte mich. Was war wohl geworden aus ihm? Hat er dazugelernt? Ist er klüger geworden? Und was wurde aus dem Tag der Vergeltung? Die Macht hat er nicht ergriffen, Gott sei Dank. Noch nicht. Die Schleifer sind Schleifer geblie-

ben. Die Kinderverführer wandern in den Knast. Es ist noch alles beim alten. Aber nicht davon soll die Rede sein. Ich will von jenem Abend berichten, als Wetzel mich in seinem Hause empfing. Am Bergweg 87 in Schlieren. Wie das schon tönt: Schlieren. Wie das Aufkreischen einer Zugbremse. Wie die Sirene einer Fabrik. Ich kenne diesen Ort nur vom Vorbeifahren. Von den schwarzen Gaskesseln. Von den riesigen Kohlenhalden. Von häßlichen Wohnsiedlungen und verrußten Schloten. Er lebte also in Schlieren. Ich war gespannt. Ich platzte schier vor Neugierde. Wie mochte er wohnen? Was für Bücher las er? Hatte er Geschmack bei der Auswahl der Möbel, der Bilder, der Teppiche? Und außerdem: War er verheiratet? Wenn ja, mit was für einer Frau?
Zwanzig Jahre war ich im Ausland. Die Revolution ist ausgeblieben. Trotzdem hat sich hier etwas verändert. Viel sogar. Die Hochkonjunktur hat uns heimgesucht. Wie ein Sturmwind. Wie ein Erdbeben. Kein Stein blieb auf dem anderen. Sogar ein paar Proleten wurden in den Strudel gerissen. Vielleicht auch Wetzel, dachte ich. Mag sein, daß er jetzt oben sitzt. Alles war möglich. Schließlich trafen wir uns in einem Krawattengeschäft. An der Bahnhofstraße in Zürich. Wollte er wirklich eine Krawatte kaufen? Das tönt wie ein Witz: der Schaufensterproletarier, unser Aushängeschild, das Prunkstück der kommunistischen Jugendbewegung kauft eine Krawatte. Wir hatten doch Baskenmützen getragen. Rote Halstücher und Bastsandalen. Und der geht hin, um das Prestigesymbol des Klassenfeinds zu kaufen, die Eintrittskarte zur besseren Gesellschaft. Ich mußte mich getäuscht haben. Er sah

ganz gewöhnlich aus, als wir uns begegneten. Unauffällig wie ein Privatdetektiv. Weder besonders raffiniert noch ärmlich. Dicker war er als damals. Seine Haut käsig. Einen Regenmantel hatte er an. Einen Filzhut. Sonst fiel mir nichts auf, aber das will hierzulande nichts bedeuten. Man strebt nach Mittelmaß. Der Schweizer ist schlau. Will nicht zeigen, was er hat. Oder nicht hat. Und Wetzel ist ein Schweizer wie alle anderen.

Ich nahm die Einladung an. Aus reiner Bosheit. Um zu erfahren, was aus meinem Gegenspieler geworden ist; aus diesem Niemand, der meinen Jugendtraum zerstört hat. Ich setzte mich in meinen Volkswagen und fuhr nach Schlieren. Zum ersten Mal in meinem Leben. Schlieren. Industrievorstadt von Zürich. Eiserne Lunge des Limmattals. Die Häuser frappieren durch öde Phantasielosigkeit. Riechen nach Bodenwachs und fadem Sauerkraut. An allen Fenstern Geranien. Hinter den Geranien verblichene Tüllvorhänge. Hinter den Tüllvorhängen Langeweile. Du mein lieber Gott! Hier leben die Proletarier unserer Zeit. Als sie jung waren, träumten sie von einer gerechten Welt. Jetzt träumen sie nicht mehr. Das Fernsehen träumt für sie.

Ich fand den Bergweg ohne fremde Hilfe. Ich rollte die Serpentinen hoch, bis es nicht mehr weiter ging. Bis ein Haus die Straße versperrte und der Bergweg zu Ende war. Das war kein Haus, was ich da erblickte. Es war eine Marmorpagode im bengalischen Baustil. Mit einem türkischen Minarett und maurischen Spitzbögen. Da wohnte ein schizophrener Maharadscha. Vielleicht ein amerikanischer Millionär. Ich besah mir die

Eingangspforte. Ich war überzeugt, am falschen Ort zu sein oder an der falschen Nummer. Aber nein! Das war der Bergweg 87. Diese Nummer hatte er mir angegeben, und da prangte eine Goldtafel mit verschnörkelter Schrift: KURT WETZEL, UNTERNEHMER.

Dreißig Jahre sind verflossen. Aus dem Kurt Wetzel, Proletarier, ist ein Kurt Wetzel, Unternehmer, geworden. Und da sagt man, es gebe keine Wunder. Wie hatte er das fertiggebracht? Ich gebe zu, daß man Karriere machen kann, daß man aufsteigt und zu Geld kommt. Aber die Farbe wechseln, zum ehemaligen Feind überlaufen und dann noch ein Namensschild bestellen, auf dem schamlos mitgeteilt wird, daß der Inhaber dieses Hauses fahnenflüchtig, meineidig und treulos ist. Das übersteigt mein Verständnis. Die Leute wissen doch, wo er herkommt. Daß er bei den Kommunisten war, gegen die Kapitalisten krakeelt und blutrünstig die rote Fahne geschwungen hat. Daß man ihn hochspielte – in seinen Kreisen natürlich –, weil er ein Vollblutproletarier war. Und jetzt... Kurt Wetzel, Unternehmer.

Ich drückte auf die Klingel. Mein Herz klopfte. Die Pforte ging von selbst auf. Unter dem Torbogen erschien ein schwarzer Diener in goldgelber Uniform. Goldgelb. Das wollte etwas bedeuten. Er begrüßte mich mit militärischen Ehren. Stramm hob er zwei Finger zur Schläfe und ratterte: »You are welcome, Sir, in the house of Mr. Wetzel. The boss is waiting for you in the stable. Will you hand me your coat, please!«

Ich verbarg nur mühsam meine Verblüffung. Wortlos überreichte ich ihm den Mantel und folgte ihm in den »Stall«, wie er das nannte. Das war kein Stall, sondern ein Spiegelsaal von Versailles. Es roch auch nicht nach Pferden, sondern nach Maschinenöl und Benzin. Das war der blitzblankste Stall, den ich je gesehen hatte, und darin funkelten sechs Hengste der edelsten Herkunft: ein Rolls-Royce, ein Cadillac-Fleetwood, ein Bentley, ein Jaguar 268 PS, ein Mercedes 500 und ein Citroën DS 19. Der Herr des Hauses lag unter einem Wagen – im blauen Overall, selbstverständlich – und bastelte mit einem Schraubenzieher am Kardangelenk herum. Er hatte alles in Szene gesetzt und vorausberechnet, wie überwältigt ich sein würde. Langsam kroch er hervor, wischte die Hände an einem Tüchlein ab und sagte ganz selbstverständlich:

– Das hättest du wohl nicht gedacht, hä?

– Es blockiert mir die Luftröhre, gab ich zurück und putzte den Dunst von meiner Hornbrille.

– Daß ein gewöhnlicher Schleifer seinen Bentley repariert, gell?

– Und die fünf anderen, wem gehören die?

– Alles mein Eigentum, jawoll. Von der Pike auf. Mit diesen zehn Fingern.

Klug war er nicht, aber gerissen. Das war seine Selbstverteidigung, das Plädoyer eines Überläufers. Er gab mir eine Sondervorstellung mit erkennbarer Absicht. Wenn ich heute oben stehe und nicht unten – gab er zu verstehen –, verdanke ich es meinen Händen. Weder Krämpfe habe ich gerissen noch krumme Kniffe. Ehrliche Arbeit habe ich geleistet. Kopf ist gut, aber Hände sind besser. Verstehst du jetzt, warum ich die Sonja hatte und du nicht? Weil die Weiber wis-

sen, worauf es ankommt. Die wollen weder Pfaffen noch Weltverbesserer, sondern Männer mit scharfem Knüppel und harten Murmeln.
Das sagte er nicht wörtlich, sondern deutete es an. Er ließ es durchschimmern. Weniger mit Worten als durch das Programm des Abends, das er listig zusammengestellt hatte. Es war ein Wechselbad. Er stürzte mich von einer Überraschung in die andere, doch ich wurde den Verdacht nicht los, daß etwas nicht stimmte, aber was? Nagte der Pleitegeier an seinem Erfolg? Hatte er Angst vor jemandem? War er unglücklich, fehlte ihm etwas? Das mußte ich herausfinden, und ich beschloß, ihn zum Reden zu bringen. Er war wie alle Senkrechtstarter. Unsicher. Er ertrug die Stille nicht. Hatte ein krankhaftes Bedürfnis, alle Pausen zu stopfen. Um nicht allein zu bleiben mit sich selbst. Er mußte etwas tun. Oder etwas reden. An jenem Abend redete er. Ich hörte zu. Nur hin und wieder warf ich ein paar Worte dazwischen. Als wir zum Speisesaal hinaufstiegen, sagte ich ganz beiläufig:
– Du bist also Unternehmer. Was unternimmst du?
– Ich kaufe, wenn's billig ist, und warte.
– Das ist alles?
– Geduld muß man haben und den längeren Schnauf. Ich kaufe Regenschirme, wenn die Sonne scheint. Dann sind sie billig. Oder Kanonen im Zuge der Abrüstung.
– Und was tust du, wenn nichts los ist?
– Das gibt es nicht, Genosse. Die Welt ist groß, und irgendwo brennt es immer. Afrika, Naher Osten, Mittelamerika.

– Siehst du, sagte ich vieldeutig, das hätte ich nie fertiggebracht.
– Weil du noch an die Zehn Gebote glaubst, wie vor dreißig Jahren. Ich pfeife darauf. Du träumst von Gleichheit, Brüderlichkeit, Menschenwürde. Ich stehe mit den Füßen auf der Erde. Du kriegst den Ausschlag, wenn du einen übers Ohr haust. Mir macht es Spaß. Ich weiß, daß ich meine Gegner auffressen muß, sonst fressen sie mich auf. Wenn ich keine Waffen schiebe, schiebt sie ein anderer. Man jagt oder wird gejagt. Ich bin ein Jäger.
– Du hast einmal anders geredet, sagte ich mit einem hilflosen Lächeln.
– Ich bin ein Mann geworden. Wie du auch. Auch du hast Wasser in den Wein geschüttet, gell? Sonst wärst du nicht hergekommen, heute abend.
Als er das sagte, erreichten wir den Eßsaal. Über uns strahlten Kristalleuchter, Gobelins prangten an der Wand. Perserteppiche auf marmornen Fußböden. Der Tisch, drei Meter lang, war gedeckt und brach fast zusammen unter den Köstlichkeiten. Als wir uns setzten, traten zwei Kellner ein – Smoking, blütenweiße Hemden, seidene Halsbinden – und trugen teure Weine auf. Wetzel kicherte:
– Jeder wird einmal erwachsen. Bediene dich. Jeder desertiert früher oder später aus seinen Kinderschuhen. Rehpastete, Gänseleber, nimm, was du willst. Wer nicht rechtzeitig überläuft, wird zermalmt. Krevetten, Langusten, Hummer oder – er grinste mich ruppig an – willst du einen Fleischkäs wie dazumal?
– Ich frage mich, wie du das fertigbringst. Ich meine, mit dem Gewissen?

– Guten Appetit, Genosse.
– Ich bin kein Genosse. Schon lange nicht mehr, und der Appetit vergeht mir an deinem Tisch.
– Du findest mich unmoralisch, gell? Richtig. Ich bin unmoralisch, und es lohnt sich. Dafür bist du rein geblieben. Wie das Taufbecken in der Dorfkirche. Du rettest, was zu retten bleibt von deinen Illusionen. Altmodisch bist du, Kamerad, und dazu noch eifersüchtig. Du warst immer eifersüchtig auf mich, denn ich hatte Erfolg und du nicht. Übrigens, warum bist du kein Genosse mehr?
– Aus anderen Gründen als du, jedenfalls.
– Kann ich mir vorstellen, grinste er.
– Weil ich drüben war. Zwanzig Jahre lang. Mir genügt es.
– Ich mußte nicht hinfahren, um es zu wissen.
– Ich bin ausgetreten, aber nicht übergelaufen; ein kleiner Unterschied.
– Du sitzt bei mir und trinkst meinen Wein.
– Der Durst ist mir vergangen.
– Essen willst du auch nicht?
– Nein.
– Bitte schön. Wir können darauf zurückkommen. Inzwischen zeig ich dir mein Haus.
Zuerst führte er mich in den Rittersaal voll alter Rüstungen, Waffen und Schilder. An den Mauern hing eine Ahnengalerie, die Familie Wetzel vergangener Jahrhunderte. Ein Adalbert Wetzel, Schultheiß von Wattwil. Ein Huldreich Wetzel, Wundarzt in Nesslau. Ein Siegfried Wetzel, Pfarrer von Lichtensteig, und so weiter. Ich fragte, ob die Bilder echt seien, worauf er antwortete:

– Ich habe sie malen lassen. Von einem rumänischen Porträtfälscher, aber das kümmert keinen. Wer hindert mich daran, eine ganze Sippschaft aus dem Boden zu stampfen? Nur Geld muß man haben, und ich habe Geld. Zehntausend hab ich hingestrichen für einen Stammbaum. Dreißigtausend pro Gemälde, fünfzehn Stück insgesamt. Das Ganze kostet eine halbe Million. Das ist ein Vermögen, und niemand merkt, daß alles nur Knorz ist.
– Ein Kunsthistoriker würde es merken, stelle ich mir vor. Brüschweiler zum Beispiel.
– Der schon, aber er kommt nicht in mein Haus. Bei mir verkehren Geschäftsleute, Großaktionäre und einige Kindsköpfe wie du, aber die zählen nicht. Wer zu mir kommt, sieht keinen Unterschied zwischen Risotto und Rossini. Meine Gäste sind unbelastet. Die wollen nur feststellen, daß ich aus gutem Haus bin. Vertrauens- und kreditwürdig.
Wir wanderten weiter. Über eine Tropfsteinbrücke zum Südflügel der Pagode, der von dichtem Efeu umrankt war, und betraten den »Afrikasalon«. Der war noch monströser als der Rittersaal. Da standen hundertvierundvierzig Götzenbilder in Menschengröße. Die einen aus Holz, die anderen aus Elfenbein. Zwölf mal zwölf in Reih und Glied, mit Glasaugen und goldenen Fingernägeln, aus den verschiedensten Winkeln des Schwarzen Kontinents. Zuvorderst die Riesen aus dem Lande der Massai. Dann die Bambara, fast zwei Meter hoch. Es folgten die langgliedrigen Malinké, die mittelgroßen Bantu, die untersetzten Zulus und zuhinterst die Pygmäen aus dem tropischen Regenwald. Das alles wäre einmalig gewesen und merkwürdig,

wenn Wetzel nicht seinen Verirrungen freien Lauf gelassen hätte. Der Wahnsinn gipfelte darin, daß er die afrikanischen Götter mit helvetischen Requisiten verzierte. Den Massai hängte er Kuhglocken um den Hals. Ans Gesäß der Bambara schnallte er Melkstühle. Die Malinké bekamen je eine Schweizerfahne, die Zulus ein Alphorn und jeder Zwerg eine Sennenkappe auf den Kopf. Ich wollte wissen, was das denn für einen Sinn habe, und er antwortete:

– Es kostet Geld. Das imponiert meinen Geschäftspartnern.

– Und dir gefällt es?

– Überhaupt nicht, entgegnete er. Das ist Schnickschnack für Hinterwäldler. Die meinen, ich sei in Afrika gewesen, als Diamantensucher, Großwildjäger oder sonst was Gefährliches. Sie rechnen sich aus, ich sei ein Fetzen. Ein Schlitzohr, das man besser nicht auf den Rücken legt. Das nützt bei großen Transaktionen.

– Einverstanden, aber die Kuhglocken sind ein Schwachsinn.

– Vielleicht, aber sie sind gemütlich. Im Gegensatz zu den Götzenbildern. Sie wecken Wohlwollen, und das kann ich brauchen. Es geht um Millionen.

– Wozu eigentlich? Du hast doch Millionen.

– Genau. Siebzehn Millionen seit letztem Montag.

– Ich begreife das nicht. Warum legst du dich nicht hin und ruhst endlich aus?

– Das könnte ihm so passen.

– Wem?

– Ihm. Dem Sauhund. Du weißt schon, wen ich im Sinn habe. Aber reden wir nicht von ihm! Der Teufel

holt ihn auch ohne mein Zutun. Die Zähne werden ihm ausfallen vor Neid.
– Was für ein Sauhund, fragte ich und spürte, daß ich ihm auf den Fuß getreten war.
– Wir reden nicht von ihm, hab ich gesagt. Komm, ich zeig dir den Swimming-pool. Wirst was erleben.
Das sagte er mit knurriger Stimme und gab zu verstehen, daß er nicht gewillt sei, über jene Unperson zu konversieren. Er führte mich zum Schwimmbecken, und ich muß zugeben, daß es ein Erlebnis war. Der eigentliche Höhepunkt des Abends. Fünfundzwanzig Meter lang und zehn Meter breit. Es glitzerte wie eine Kristallgrotte. Ich konnte mir nicht erklären, was da so funkelte, doch er lüftete das Geheimnis:
– Edelsteine, Genosse. Zweihundertfünfzig Edelsteine. Eingemauert in die Betonplatten. Granat und Türkis. Saphier und Lapislazuli. Achat, Smaragd und ein Dutzend Diamanten von der Größe einer Haselnuß. Da bleibt dir die Spucke weg, gell?
Er hielt eine Schaltscheibe in der Hand, mit der er die Beleuchtung steuern konnte. Er drückte auf einen Knopf. Fichtengrünes Licht durchschimmerte den Swimming-pool. Ein zweiter Knopf, und das Wasser wurde himbeerrot. Dann zitronengelb und zuletzt tintenblau wie ein sommerlicher Nachthimmel. Jetzt drückte Wetzel den letzten Knopf. Eine Türe ging auf. Ein nacktes Mädchen erschien und hüpfte aufs Sprungbrett hinaus. Ihre Haut war wie goldener Samt. Ihr Körper schlank. Ihre Rundungen von seltener Vollkommenheit. Sie warf mir einen Blick zu, schnellte in die Luft, schlug einen Salto und sprang kopfüber in die Fluten. Es war ein Thaigirl, eine Lo-

tosblume in Menschengestalt. Nach ein paar Zügen stieg sie aus dem Wasser. Sie schüttelte sich die Tropfen vom Leib und glättete das Haar mit den Händen. Dann kam sie auf mich zu, wie eine Seejungfer aus dem Teich. Sie blickte mir in die Augen, ergriff meine Hand und küßte mir die Fingerspitzen. Ich wollte etwas sagen, doch schon tänzelte sie davon. Weg war sie, und ich fragte meinen Gastgeber, ob das seine Frau sei.

– Ich besitze ein Vermögen, Mensch. Ich kann jede Frau haben, die mir gefällt.

– Jede?

– Die einen kosten mehr. Die anderen weniger.

Ich starrte in die Ferne, über die Straße hinweg, in einen Park mit Zypressen und Pinien. Eine mediterrane Vegetation am Ortsende von Schlieren. Ich stutzte. Inmitten eines Feuerwerks von seltenen Blumen und saftigen Pflanzen stand ein Ei. Ein ovales Gebäude von etwa 12 Metern Höhe. Es stand auf der Spitze, ruhte auf einer Achse und schien sich zu drehen.

– Was ist das für ein Ei, fragte ich verwundert.

– Wirst lachen. Ein Haus. Aus Panzerplastik, angeblich.

– Und wer wohnt darin?

– Er.

– Der Sauhund, willst du sagen?

– Er oder ich. Für beide ist kein Platz in diesem Land. Einer von uns muß verschwinden!

– Bist wieder bei deinem Lieblingsthema, höhnte ich hinterlistig, denn ich wollte mehr erfahren über den Gegenspieler. Ich begann zu ahnen, von wem da die Rede war. Plötzlich sagte er heiser:

– Wir hassen uns von allem Anfang an. Wegen einer Frau. Die Frau ist gegangen. Der Haß bleibt.

Die Katze war aus dem Sack. Jetzt hatte ich keine Zweifel mehr:

– Er hat sie dir weggeschnappt, ja?

– Ich werde ihn zerschmettern.

– Was ist das, Panzerplastik?

– Eine seiner Erfindungen. Ein Bluff wie er selbst. Das werde ich beweisen.

– Es scheint, daß er dir vor der Sonne steht.

– Er spielt Poker mit mir. Seit Jahrzehnten.

– Und wer gewinnt?

– Das ist es ja, was mich so verbittert. Keiner. Er treibt den Einsatz in die Höhe. Immer noch höher, und ich muß nachdoppeln. Zuerst wohnten wir in Zürich. Jeder für sich, doch eines Tages übersiedelte er nach Schlieren und baute sein Krokodilsei. Da drüben. Aus Panzerplastik. Unzerstörbar, wie er herumprotzt. Ich mußte mitspielen und kam auch nach Schlieren. Was sollte ich tun? Ich holte einen Architekten aus Kalifornien und gab ihm den Auftrag, höher zu setzen. Er baute meinen Palast. Aus Beton, Marmor und Edelsteinen. Ganze Heerscharen pilgerten herauf, um ihn zu bestaunen. Jetzt war ich oben, doch das wollte er nicht zugeben. Er ging und ließ ein Kabel spannen bis hinunter in die Talsohle. Eine Drahtseilbahn hat er gebaut, und nun kommt und geht er in der eigenen Privatgondel. Ich stand unter Zugzwang und kaufte meine Limousinen, die sechs teuersten Automarken der Welt, aber er gab sich nicht geschlagen. Er ließ eine Piste anlegen, zwanzig Schritt von seinem Ei entfernt. Eines schönen Sonntags landete er im eigenen Hub-

schrauber und wußte, daß ich Galle schwitzte. Ich habe ihn trotzdem übertrumpft, jawohl. Ich flog nach Pakistan und erstand dort das Pferd aller Pferde, den weißen Sahib des Aga Khan. Den edelsten Hengst unserer Zeit, und jetzt reite ich – hörst du –, ich reite jeden Tag zur Arbeit. Hoch zu Roß, an seinem Haus vorbei. Er hingegen lauert hinter dem Vorhang, dieser Zuchthäusler, beobachtet mich und beißt sich die Fingernägel. Nichts wird ihm einfallen. Höher kann man nicht setzen. Er hat ausgepokert.
– Bist du sicher?
– Todsicher.
– Und wenn er sich Sonja schnappt?
Das hätte ich nicht sagen dürfen. Es schlug ein wie der Blitz. An alles hatte er gedacht, aber diese Idee war ihm nicht gekommen. Das war seine Achillesferse. Er wurde bleich und wandte sich ab. Siebzehn Millionen, zusammengeschrumpft zu einem elenden Häuflein. Was konnte er tun, um dem anderen zuvorzukommen? Um das Schreckliche zu verhindern? Nur eines, das war klar. Er mußte sie einfangen, bevor der Rivale seine Netze auswarf. So schnell wie möglich. Sofort! Er schwieg. Er kochte innerlich und kam dann auf mich zu:
– Brauchst du zehntausend Franken?
– Was willst du von mir, du alter Gauner?
– Eine Kleinigkeit. Nur anrufen mußt du und fragen, ob sie herkommt. Zum Nachtessen. Noch heute abend.
– Warum ich?
– Weil sie dir nachläuft.
– Woher weißt du das?

– Ich lasse mich informieren. Also. Bist du einverstanden?
Das war das beste Geschäft, das mir je in die Quere gekommen war. Er blätterte zehn Tausender auf den Tisch, und ich – ein Hornochse alter Schule – warf sie ihm an den Kopf, mit der Bemerkung, daß ich nicht käuflich sei. Dann ging ich zum Telephon und wählte die Nummer. Es klingelte zwölfmal. Zuletzt meldete sich eine Italienerin und sagte in gebrochenem Deutsch, die Signora sei nicht zu Hause und erst morgen wieder erreichbar. Als ich fragte, wo sie denn sei, erwiderte sie unwillig:
– In Schlieren. Villa Marquese...
Wetzel hatte mitgehört. Von einem anderen Anschluß. Er stand da wie vom Schlag gerührt. Schwer schnaufend riß er an einer Glocke, und herein trat Abdulaj, der schwarze Diener in der goldgeben Uniform. Er hob die zwei Finger zur Schläfe und ratterte:
– What can I do for you, boss?
Wetzel rang nach Luft und antwortete auf deutsch:
– Den Karabiner, schnell!
Was weiter geschah, ist banal, aber folgerichtig. Mein Gastgeber eröffnete das Feuer auf das Riesenei seines Gegenspielers. Er beschoß die feindliche Festung, knallte wahllos in die Kunststoffhülle der Villa Marquese, doch die Kugeln prallten ab. Das Hirngespinst des Knastbruders widerstand dem Überfall. Eine viertel Stunde später heulten Polizeisirenen den Bergweg herauf. Noch einige Minuten, und Wetzel wurde abgeführt. In Handschellen wie ein gewöhnlicher Ganove. Die Pokerpartie war ausgespielt. Wetzel hatte verloren. Das heißt aber nicht, daß Marquese der Ge-

winner war. Der Gewinner war ich, so sonderbar das auch scheinen mag. Es geht um eine Frau, jawohl, aber nicht um Sonja. Sonja hat mich enttäuscht. Sie sank unter ihr Niveau, in die Arme dieses Plastikmillionärs, dieses Urkundenfälschers und Kinderverführers. Nur weil er ihr imponierte mit seiner Drahtseilbahn und dem lächerlichen Hubschrauber vor dem Haus. Ich bestreite ja nicht, daß sie mein Traumbild gewesen ist. Vor dreißig Jahren. Aber heute? Nein! Eine Spielkarte im Poker von zwei Emporkömmlingen. Sonja kommt nicht mehr in Frage. Dafür aber ihre Tochter, von der ich gar nicht wußte, daß es sie gibt. Ihr Name ist Dahlia. Sie sieht aus, wie sie heißt. Wie eine Scheherezade aus Tausendundeiner Nacht. Sie hat mich verzaubert. Auf den ersten Blick. Aufgesucht hat sie mich. Zwei Tage nach der Schießerei am Bergweg. Sie kam in meine Wohnung, ohne sich anzumelden, und teilte mir mit, daß ihre Mutter im Spital liege. Auf der Intensivstation. Mit einem Herzinfarkt als Folge eines Schocks, wie die Ärzte erklärten. Ob ich bereit sei, ins Krankenhaus zu kommen. Auf einen Sprung nur. Sie habe ausdrücklich nach mir verlangt.

Ob ich bereit sei? Merkwürdige Frage. Ich war zu allem bereit, was dieses Mädchen vorschlagen würde. Ich fragte einzig, ob sie auch wisse, wer ich sei. Da blinzelte sie mich an und sagte lächelnd:

– Ich weiß alles über Sie. Sie sind der Mann, der die Gelegenheiten verfiedelt. Der Seifenblasenphilosoph, der immer zu spät kommt, der alle Züge verpaßt, der viel redet und nichts unternimmt, wenn es darauf ankommt. Meine Mutter sagt, Sie seien – verzeihen Sie den Ausdruck – eine theoretische Wildsau.

– Was meinen Sie, Dahlia, ist das ein Schimpfwort?
– Für mich nicht, im Gegenteil.

Was dachte sie wohl, als sie sagte »im Gegenteil«? Das konnte alles bedeuten. Vielleicht sogar, daß ich ihr gefiel. Jedenfalls war ich entschlossen, diesmal die Gelegenheit zu nutzen. Als Sühne für die Treulosigkeit ihrer Mutter. Für die zerstörten Träume meiner Jugend.

Herzflattern

> Vor dem Weggehen sollte man die Lichter löschen.
>
> *Adolf Ogi,*
> *Schweizer Energieminister*

Wankelmut, das ist der richtige Ausdruck. Mein Mut wankelte. Bis zum letzten Augenblick. Hin und her. Zwischen Begeisterung und Verzagtheit. Auswandern ins Paradies. Oder dableiben. Im sumpfigen Diesseits, das wahrhaftig nicht vollkommen war, aber es hatte seine Vorteile.

Mein Vater drängte, ich müsse hinfahren. Oder nein. Er sagte hinterlistig, ich solle dableiben. Er war nämlich ein Demagog und predigte stets das Gegenteil, um einem den Kopf zu verdrehen. Das war seine bevorzugte Unart, seine Gehirnwäsche, mit der er fast immer zum Ziel gelangte: »Hier bist du zur Welt gekommen. Hier sollst du verknöchern, Fett ansetzen, Kinder zeugen und das Zeitliche segnen. Das ist der Lauf der Dinge, oder nicht?«

Ich wußte, was er anstrebte. Ein Kolumbus sollte ich werden. Den Anker lichten. Den Seeweg nach Indien suchen. Die Neue Welt, von der man nicht wußte, wie neu sie eigentlich war. Und ob es sie überhaupt gab. Er wünschte mich zu den Antipoden, denn er kalkulierte – mit seiner privaten Wahrscheinlichkeitsrechnung –, dort drüben herrsche die Perfektion, und zwar aus dem einfachen Grund, weil diesseits des großen Meridians alles so ungereimt war. Ich spielte die

Rolle eines Versuchskaninchens, eines Spähtrupps. Er schickte mich als Kundschafter ins Minenfeld der proletarischen Revolution und erwartete von mir die Bestätigung seiner lebenslangen Illusionen. Dabei war er schlau, wie ein Versicherungsagent, der nie so unvorsichtig ist, sich bei der eigenen Firma zu versichern. Es kam ihm nicht in den Sinn, den Sprung selber zu wagen. Dazu war er zu gewitzt. Aber er wollte es wissen. Unbedingt und um jeden Preis, denn es lag ihm daran, ruhig zu sterben. Im Bewußtsein, zum richtigen Gott gebetet zu haben. Darum wiegelte er mich auf:

– Du bist fabelhaft, mein Sohn. Der jüngste Privatdozent an der Universität. Ich gratuliere dir. Doziere nur fleißig weiter. Bald wirst du außerordentlicher und in ein paar Jahren ordentlicher Professor. Deine Karriere ist gemacht. Die Ehre beispiellos für unsere Familie. Du wirst dir einen Hund kaufen. Dann ein Pferd. Zuletzt ein eigenes Haus. Heiraten wirst du selbstverständlich. Ein flachbrüstiges Fräulein, das dich vergöttern wird und weinen über ihr Glück. Die Studenten werden kommen und dir in den Hintern kriechen. Es ist eine Lust zu leben, du mußt in der Schweiz bleiben! Es ist besser, auf den Knien zu dozieren als aufrecht dazuzulernen. Du hast ausgelernt. Bleibe da!

Er hetzte virtuos, aber ich durchschaute ihn. Er hatte ein schlechtes Gewissen, weil er, der Avantgardist, noch am Leben war. Sechzig Jahre lang hatte er Wind gesät, aber keinen Sturm geerntet. Im Gegenteil. Er saß gemütlich im trockenen. Auf einer unversehrten Insel. Rundherum ging die Welt unter. Städte versanken in Schutt. Ganze Völker wurden ausradiert, aber er war gesund. Er lief den Weibern nach und erzählte

Anekdoten. Ausgezeichnete Anekdoten, das muß ich zugeben. Er war der geistreichste Mann, dem ich je begegnet bin, doch riskiert hat er nichts. Er liebte Kastanien über alles und fand immer einen Dummkopf, der sie ihm aus dem Feuer holte.

Es blieben mir noch knappe zwei Tage. Alles war ich losgeworden. Die Möbel, die Bilder und die Bücher, um im letzten Moment nicht doch noch schwach zu werden. Nur mein Fahrrad hatte ich behalten. Ein englisches Wunder Marke Raleigh, von dem ich mich auf keinen Fall trennen wollte. Es spielte eine fast magische Rolle in meinem Leben. Es war mein fliegender Teppich, mit dem ich davonfliegen konnte, wenn es irgendwo heiß wurde. Ich saß am Fenster und blickte hinunter. Zum Fluß. Er war grün und dickflüssig wie Maschinenöl. Er roch nach Algen und toten Fischen. Ein flaumiger Dunst wogte über dem Wasser. Nie war ein Herbst so bunt gewesen und so wehmütig. Theoretisch haßte ich diese Stadt. Aus weltanschaulichen Motiven. Für ihre Frömmelei, ihre Verlogenheit, ihre Habgier. Praktisch aber, in der Tiefe meines Herzens, war ich in sie verliebt. In den See, in die Schwäne, die behäbigen Häuser und tausendjährigen Plätze. Ich gedachte der Tage, die ich im Staatsarchiv verträumt, der Pergamente, die ich entsiegelt, übersetzt und analysiert hatte. Ich erinnerte mich meines Professors, der immer gehofft hatte, ich würde sein Nachfolger, aber das kam nun nicht mehr in Frage. In weniger als vierzig Stunden fuhr mein Zug. Die Würfel waren gefallen. Das heißt: ich hatte sie selber geworfen. Ich und niemand sonst war der Schmied meines Mißgeschicks. Es gab nur noch Ines, aber auch sie konnte nichts mehr ändern. Sie war ein Strohhalm. Eine Spekulation aus Wolken und Spiegelbildern. Ich wußte allerdings: wenn sie mich zurückhielte, würde ich bleiben. Das war mir klar. Aber sie war verheiratet. Sogar glücklich verheiratet, wie sie gesagt haben soll, und bewohnte ein Haus, das kein vernünftiger Mensch je aufgeben würde. Sie war eine Schweizerin bis ins Rückenmark. Sie würde mich nicht zurückhalten. Sie wußte nicht einmal, daß ich sie begehrte. Innig und hoffnungslos. Ich hatte auch keinen Grund anzunehmen, daß sie mich je beachtet hatte. Oder vielleicht doch? Die Chance war mikroskopisch klein. Nie hatte sie mir eine Andeutung gemacht oder ein Zeichen gegeben. Doch, einmal vielleicht. Aber es wäre vermessen, daraus einen Schluß ziehen zu wollen. Sie hatte mir eine Schallplatte in die Hand gedrückt. Sie wußte bereits, daß ich bald abreisen würde; für immer. Sie wollte mir damit etwas mitteilen, aber was? Es handelte sich um ein Schubertquartett. Das wenig bekannte Opus 161 mit dem langsamen Satz, der schmerzt wie ein unwiderruflicher Abschied, wie ein Flehen um ein allerletztes Wiedersehen.

Die Platte lag auf meinem Fußboden. Sie ermahnte mich, hinzugehen und sie zurückzubringen. Ich blickte über die Dächer der Stadt. Ich biß mir die Fingernägel und verfluchte den Seeweg nach Indien, den ich erschließen sollte. Wozu denn? Hatte das alles einen Zweck? Da war eine innere Verwandtschaft. Kolumbus war ein Jude. Wie ich. Er segelte unter falscher Flagge. Ebenfalls wie ich. Er für die Heilige Jungfrau und die christliche Königin von Kastilien. Ich für die Befreiung des Proletariats und die sozialistische Revolution. Mit einem kleinen Unterschied. Kolumbus war ein Eroberer. Ein skrupelloser Konquistador. Er wollte die Königskrone von Indien und die Hälfte aller Reichtümer, die er zusammenrauben würde. Ich hingegen wollte nichts. Ein namenloser Streiter wollte ich sein. Das behauptete ich wenigstens. Kämpfen für ein besseres Dasein. Für die Menschheit. Nicht für mich wollte ich fahren, denn mein Leben ließ nichts zu wünschen übrig. Ich war kein Arbeiter. Vom Proletariat war ich so weit entfernt wie von den Spiralnebeln der Galaxis. Ich war ein Idealist. Ich träumte vom Paradies auf Erden. Ich sehnte mich nach dem absoluten Nullpunkt, bei dem alles neu beginnen und zum Himmel wachsen würde. Nach hingemordeten Städten und unbeugsamen Menschen. Nach dem alten Maciek zum Beispiel, von dem es im Volkslied heißt, er sei tot aus dem Grab gestiegen, um sich noch einmal vollzusaufen, noch einmal übermütig zu sein und einen letzten Tanz zu drehen mit der flachsblonden Wanda. Ich träumte von endlosen Steppen, hungernden Dörfern. Von Pferdegespannen, die über die Kirchtürme jagten. Von Büffelherden in der Wildnis von Kampinow. Von der Baba Jaga, pelzverbrämt auf rasendem Schlitten, wie sie durch Schlesien hetzte. Schwarzer Schnee auf den Feldern. Tausend Schlote. Fördertürme, Kohlenhalden und schweigende Kolonnen von Bergleuten, die zur Nachtschicht hinunterstiegen. Ein eingebildetes Heimweh quälte mich. Ein imaginärer Durst. Ich mußte hinfahren, ihn zu löschen.

Und trotzdem stellte ich mir immer wieder die gleiche Frage: wozu hatte sie mir diese Platte gegeben? Damit ich sie anhörte, höchstwahrscheinlich. Damit ich Gänsehaut bekäme. Das war doch wohl ihre Absicht, aber warum? Sie hätte mir ein Haydnquartett leihen können. Das mit der Serenade, zum Beispiel, in F-Dur, das einem süß in die Seele tropft. Das den Körper umspielt wie kühles Wasser an einem Sommertag. Ich hätte es ausgetrunken, zweifellos, und vergessen. Schubert hingegen durchfröstelte mich wie kaltes Fieber. Wie ein scharfes Messer zersäbelte er meine Haut. Die Wände schoben sich auseinander. Ein silberner See glitzerte in der Nacht und ein Flößer ruderte hinüber. Zur Schatteninsel, von der man nicht heimkehrt. Etwas wollte sie mir sagen mit dieser Platte. Mag sein, daß ich sie zurückbringen sollte, mehr nicht, und daß sie mich wiedersehen wollte. Das war nicht ganz ausgeschlossen. Allein der Gedanke an diese Möglichkeit versetzte mich in Ekstase. Da klingelte es an meiner Wohnungstür. Es war nicht Ines, sondern der Briefträger. Mit einem Telegramm von drüben. Von meiner Mutter, die noch verrückter war als mein Vater, aber anders. Gradliniger und weniger berechnend. Sie war vorausgefahren. In einer Anwandlung von Trotz und Großmut, um etwas zu beweisen – Gott allein weiß, was sie beweisen wollte –, und so kabelte sie: »Fahrrad verkaufen stop sowjetische sind besser.« Das war die wunderlichste Depesche, die mir je zugestellt wurde. Was um Himmels willen verstand die gute Frau von solchen Dingen? Sie bordete über von Menschenliebe und weitherzigen Maximen, aber von Fahrrädern hatte sie keine Ahnung. Sie fürchtete wahrscheinlich, ein letzter Rest persönlichen Eigentums könnte meine Entschlossenheit zermürben. Ich wäre imstand und würde mich anders besinnen, woraufhin sie allein bleiben müßte. Auf der anderen Seite des großen Meridians. Sie betrieb die Taktik der verbrannten Erde. Die Flucht nach vorne. Sie wollte, daß auch ich alle Brükken abrisse hinter mir. Für sie gab es keinen Rückzug. Für mich sollte es auch keinen geben. Vielleicht hatte sie schon bemerkt, daß es keinen Zusammenhang gab zwischen unseren Idealen und der Wirklichkeit, aber das durfte sie nicht eingestehen. Das wäre die Verneinung ihres Glaubens gewesen, und wer kann schon leben ohne Glauben? Darum beschwindelte sie mich und sich, ohne jegliche Skrupel: sowjetische Fahrräder sind besser.

Ich erwartete Ines. Ich hoffte, sie würde zu mir kommen. In meine leere Wohnung, aber sie kam nicht. Sie war eine Wasserjungfrau. Ein Phantasiegewebe. Ihre Augen blinkten wie zwei Seesterne. Sie hatte eine Porzellanstimme. Etwas scherbig, rauh. Sie sprach nicht, sie klirrte die Worte in den Raum. Ihr Gang verwirrte. Sie wiegte sich in den Hüften, als schreite sie übers Moor. Ohne Hast und Ziel. Zum Rhythmus einer unhörbaren Melodie. Manchmal lud sie Freunde zu sich und spielte Klavier. Ausgefallene Stücke, die kaum jemand kannte. Die Zuhörer waren betroffen und erinnerten sich noch lange des eigentümlichen Konzerts. Als ich einmal dort war – mit zahlreichen anderen, die ich nicht näher kannte –, spielte sie ein »Mouvement perpétuel«. Von Poulenc, wenn ich mich nicht täusche. Mittendrin hob sie den Blick von den Tasten und schaute mich an. Flüchtig. Vielverheißend. Als wenn sie mir andeuten wollte, sie übermittle jetzt eine geheime Botschaft, die nur ich verstehen konnte. Und dann, als ich mich verabschiedete, reichte sie mir jene

Schallplatte. Ohne ein Wort zu sagen. Mit kurzem Augenaufschlag – wie vorher –, der bedeuten sollte, darin sei eine Mitteilung enthalten. Ein Anagramm, das ich entziffern solle. Sie führte mich zur Tür und lächelte. Das war alles. Das war der Strohhalm, an den ich mich klammerte, an den ich meine Hoffnungen knüpfte, denn die Platte war kein Geschenk. Davon war nicht die Rede gewesen. Was meinte sie also? Daß sie auf mich wartete, möglicherweise. Um mit mir allein zu sein. Um mit mir zu sprechen, oder zu schweigen. Über das Opus 161. Über die Liebe. Vielleicht über uns. Das war die Chance meines Lebens. Mikroskopisch klein, wie ich bereits andeutete, und doch nicht ganz aussichtslos. Das war leider der Haken an der Sache.

Mein Vater pflegte zu behaupten – halb im Scherz, halb im Ernst –, sein Sohn sei ein Vollblutneurotiker. Ein Schulbeispiel aus dem Handbuch der Psychiatrie. Ein typischer Hansdampf, der immer nur will, was er nicht hat. Und hat, was er nicht will. In diesen Worten steckte ein wahrer Kern, denn seit jeher hetzt mich Rastlosigkeit durchs Labyrinth der Tage. Über Länder und Meere. Von einer Insel zur anderen. Von Circe zu Kalypso. Von Kalypso zu Nausikaa und weiter zu allen Nymphen der Unterwelt, die man ersehnt, aber nicht haben kann. Die Chance mit Ines war so winzig, daß sie nicht ins Gewicht fiel, und doch groß genug, um meine Eroberungslust zu dämpfen. Sie hätte mich abweisen müssen, um meine Energien aufzupeitschen. Statt dessen warf sie mir Blicke zu. Lächelte und lieh mir eine Platte, die ich zurückzubringen hatte. Das war nicht hoffnungslos genug. Nur das Unerreichbare

reizte meine Leidenschaft. Das Unmögliche. Der Kommunismus zum Beispiel. Die Quadratur des Zirkels. Die schwarze Jungfrau von Jasna Gora. Er hat schon recht, mein Vater. Ich bin ein Vollblutneurotiker. Einerseits sage ich, daß ich dableibe, wenn Ines mich zurückhält. Andererseits hoffe ich, sie möge mich nicht zurückhalten, weil ich Träume nicht mag, die sich verwirklichen. Ein Schulbeispiel aus dem Handbuch der Psychiatrie. Und was würde aus uns werden, wenn ich dabliebe? Zuerst heiraten. Dann eine Wohnung. Ein gemeinsames Schlafzimmer. Aufgewickeltes Haar und schiefgetretene Pantoffeln. Unzählige Tage, die sich gleichen würden wie die Füße eines Tausendfüßlers.
Es war Zeit, dieses Land zu verlassen. Nicht wegen des Landes, sondern meintwegen. Hier würde ich verblöden vor lauter Unentschlossenheit. Mein Geist mußte seicht werden und in höchstem Maße unscharf. Man darf nicht die Konturen verwischen zwischen ja und nein. Ich hatte mich entschieden. Alles aufgeben und fahren! Aussteigen, würde man heute sagen. Aber meine Mutter verlangte zuviel von mir. Mein Fahrrad sollte ich verkaufen. Meine verchromte Freiheit. Mein Fluchtzeug, mit dem ich jederzeit das Weite suchen konnte. Wie Pizier, mein Freund aus Paris, Professor an der Sorbonne, der seit Jahrzehnten in einem Wohnwagen haust. Auf einem Campingplatz. Er war Kriegsgefangener gewesen. Bei den Deutschen. Vierzigmal ist er ihnen durchgebrannt. Vierzigmal haben sie ihn geschnappt. Das einundvierzigste Mal ist es ihm gelungen, unter Lebensgefahr. Und jetzt wohnt er auf Rädern, um jederzeit bereit zu sein.

Auch ich bin ein Pizier, der es nicht aushält an einem Ort. Ich brauche Räder, um bereit zu sein. Diesen Besitz konnte und wollte ich nicht aufgeben. Ich war zwar ein Feind allen Eigentums. Ich behauptete sogar, Eigentum sei Diebstahl, aber das Fahrrad mußte ich behalten. Soviel war mir auch der Kommunismus nicht wert. Ich bin mehr Jude als Held, und ein Jude ist fluchtbereit. Seit zweitausend Jahren.
Am Nachmittag hielt ich die letzte Vorlesung. Ich nahm Abschied von den Studenten und besonders von den Studentinnen, die noch hingebungsvoller an meinen Lippen hingen als gewöhnlich. Es war der Höhepunkt meiner Lehrtätigkeit. Ich sprach über die Einführung von Stallfütterung und Naturdünger im vorrevolutionären Frankreich. Mein Vater saß unter den Zuhörern. In der hintersten Reihe. Gleich neben der Tür, und da er sich stets in die Unterlippe biß, zitterte ich, er könnte aufstehen und aus dem Saal laufen. Er tat es nicht, was mich mit Dankbarkeit erfüllte. Meine »Abtrittsvorlesung« – so nannte sie mein Vater – war ein Volltreffer. Ein Bombenerfolg, von dem man noch lange sprechen sollte. Nicht enden wollender Applaus quittierte meine Ausführungen. Mein Herz wurde schwer und schwerer. All die Glückwünsche, all das aufrichtige Händeschütteln machten das Scheiden fast unerträglich. Zuletzt gelang es mir doch noch, durch einen Nebenausgang zu verschwinden und in den Park zu eilen. Dort saß er auf einem Bänklein und rauchte. Etwas manisch, schien mir, und er kaute immer noch an seiner Unterlippe. Ich brannte auf sein Urteil. Ich hoffte, daß er mich loben würde. Wenigstens dies einzige Mal. Nie bisher hatte er ein gutes Wort gefunden

für meine Arbeit. Nie war er zu meinen Vorlesungen gekommen. Meine Forschung ließ ihn gleichgültig, aber heute wollte er dabeisein. Er wußte auch warum. Als ich ihn fragte, wie er mich gefunden habe, antwortete er mit zweideutigem Grinsen:

– Gut habe ich dich gefunden, danke. Ich habe auch lange gesucht.

– Was du von meinem Vortrag denkst, möchte ich wissen.

– Daß er unheimlich dringend war. Lebenswichtig, würde ich sagen.

– Inwiefern? erkundigte ich mich weiter und spürte, daß er eine Niedertracht im Schilde führte.

– Die Stallfütterung im vorrevolutionären Frankreich. Großartig! Die Einführung von Kuhdreck als eigentliche Ursache der großen Umwälzung. Ist das nicht entzückend? Seit meiner Kindheit habe ich davon geträumt, so etwas zu hören. Ich bin stolz auf meinen Sohn. Das ist der schönste Tag meines Lebens.

– Warum kannst du nicht ernst sein, Vater?

– Ernst? Ich bin noch nie so ernst gewesen wie heute. Die Welt liegt in Ruinen. Fünfzig Millionen Leichen verfaulen auf den Schlachtfeldern des Krieges, und du beschäftigst dich mit den Auswirkungen von animalischem Mist auf die Weltgeschichte. Deine Sorgen möchte ich haben. Ein Königreich für deine Sorgen.

Er hatte ja recht. Ich hätte ein brisanteres Thema wählen können, um mich von den Studenten zu verabschieden, aber so unausstehlich mußte er nun auch nicht sein. Mit welchem Recht machte er sich lustig über mich? Auch er stand nicht am Steuerrad der pro-

letarischen Bewegung. Was war er schon? Ein Neurologe. Ein Nervenarzt der klassischen Schule. Mit Elektroschocks und Insulinspritzen gegen Schizophrenie. Mit Gewalt brach er den Willen seiner Patienten. Das war sein Beitrag zur Weltrevolution.
Mit seinem Sarkasmus erreichte er das, was er unbedingt vermeiden wollte. Er weckte meinen Argwohn. Er ging mir auf die Nerven. Sein Wunsch mich loszuwerden schien mir unnatürlich. Er beabsichtigte zweifellos, mich zu festigen mit seiner Demagogie. Statt dessen suchte ich fieberhaft nach Argumenten, um dazubleiben. Es fiel mir nichts ein. Ich hatte alles verquantet oder verschenkt. Ich besaß nichts mehr. Auch keinen eigentlichen Wohnsitz. Nicht einmal einen Menschen, der versucht hätte, mich zurückzuhalten. Ines am allerwenigsten.
Sie hatte mir zugezwinkert. Das ist wahr; doch kein persönliches Wort. Da gab es zwar das Rätsel mit der Schallplatte. Das Opus 161. Wer aber stellt für ein Streichquartett seine Lebenspläne auf den Kopf? Es war mir klar, daß von Ines nichts zu erwarten war. Ich würde hingehn, zurückgeben, was sie mir geliehen hatte, und mich bedanken. Mit Artigkeiten, wie man das eben macht. Einige Klugheiten würden mir einfallen. Über die ungewöhnliche Stimmführung, über die kontrapunktischen Feinheiten, über die Vieldeutigkeit der Harmonien und fertig. Die Episode ist abgeschlossen. Da gibt es keinen Grund, zurückzubuchstabieren. Ich mußte fahren, ob es mir gefiel oder nicht. Ich war der Gefangene meiner Courage. Ich konnte nicht mehr anders. Ich mußte ein Held sein. Dabei wuchs in mir die Beklommenheit. Ein drückendes Vorgefühl

des Dornenwegs, dem ich entgegenging und nicht mehr ausweichen konnte.
Meine Feinde machten sich ein Vergnügen daraus, mich zu warnen: ins Arbeitslager werde man mich sperren, sobald ich ankäme. Mich foltern, lahmprügeln, an die Wand stellen als bürgerlichen Intellektuellen, als verdächtige Person aus der Schweiz, als westlichen Spion. Ich ließ mich nicht einschüchtern, denn ich kannte ihre Mentalität. Kleinmütig waren sie und borniert. Sie glaubten höchstens an ihren Bauch. An das Gesetz der Trägheit. An den Sumpf, in dem sie selbstgefällig versanken. Ärger war es mit meinen Freunden. Mit den Genossen, die mir zu meiner Kühnheit gratulierten. Sechsunddreißig Stunden vor meiner Abreise. Sie schämten sich nicht einmal, ihre Bedenken zu äußern. Es sei schon ein tolles Unterfangen, gleich alles auf eine Karte zu setzen. Der Weg ins Paradies sei bekanntlich eine Einbahnstraße. Man kenne keinen, der zurückgekommen wäre. Die rote Tony, zum Beispiel. Sie sei unter sonderbaren Umständen umgekommen. Im Gefängnis, soviel man wisse. Es heißt auch, man habe sie totgeschlagen. Obwohl sie schwanger war. Im achten Monat. Aber man weiß ja nie, wer sie wirklich war. Sie hatte klare, blaue Augen. Ein liebenswertes Geschöpf, schien es, aber richtig gekannt habe sie niemand. Vielleicht hatte sie etwas auf dem Kerbholz, und wir wußten es nicht. Wenn sie ganz astrein gewesen wäre, hätte man ihr gewiß kein Haar gekrümmt. Dort sind doch Genossen am Ruder. Erprobte Kommunisten wie du und ich. Die würden sich doch nicht an unschuldigen Menschen vergehen, oder? Mach dir keine Sorgen, Kame-

rad! Wenn dein Hemd sauber ist, kann dir nichts passieren. Leb wohl, wenn wir uns nicht mehr sehen sollten. Und schreibe, wenn es dir möglich ist!
Wozu hatte ich herumgeschwatzt? Warum konnte ich nicht mein Maul halten? Andere umgeben sich mit Schweigen. Sie lächeln undurchsichtig, wenn man sie befragt. Sie lassen sich alle Hintertürchen offen und tun schließlich, was ihnen am günstigsten erscheint. Ich kann das nicht. Ich schütze mich vor meiner eigenen Feigheit, indem ich die Brücken hinter mir abreiße. Das habe ich von meiner Mutter. Wir verbauen uns bewußt alle Fluchtwege, und als einziger Ausweg bleibt der Angriff. Ich bin die vollkommene Kreuzung zwischen meinen Eltern. Eine unbesonnene Frau auf der einen Seite. Und ein Schönredner, von dem man sagte, er sei ein Sonntagskommunist, auf der anderen. Es war die väterliche Erbmasse, die mir einflüsterte, das Fahrrad zu behalten. Für alle Fälle! Aber es war ein lächerlicher Selbstbetrug. Dort drüben hilft auch kein Markenvelo englischer Fabrikation. Von dort kehrt man nicht zurück.
Was meine Mutter bewogen hat, den Schmerzenspfad nach Osten einzuschlagen, werde ich nie verstehen. Einleuchtende Motive hatte sie nicht. In der Partei war sie nie gewesen. Mit Marx und Lenin wußte sie wenig anzufangen. In der Schweiz war es ihr gutgegangen. Sie erfreute sich hohen Ansehens. Man bewunderte ihren Charme, ihre berufliche Kompetenz und die Würde, mit der sie ihre Probleme bewältigte. Ihre Gründe lagen tiefer. In der Beziehung zu meinem Vater, nehme ich an, der ihr jahrzehntelang das Leben verdarb. Da er ein schuldgeplagter Jude war, unzufrie-

den mit sich selbst und von tausend Ängsten gemartert, suchte er bei ihr die Ursache seiner Mißerfolge. Sie sei ein Weichtier, pflegte er zu sagen. Sentimental und überspannt. Unfähig zu harten Entschlüssen. Ohne intellektuelle Disziplin und ausgesprochen prinzipienlos. Sie sei es, die ihn zu schlaffer Tatenlosigkeit nötige, zu biederer Häuslichkeit. Er nörgelte so lang, bis sie eines Tages die Koffer packte und hinüberreiste. In die Neue Welt, von der mein Vater nur immer zu schwärmen wußte. Sie fuhr in den gewaltigsten Trümmerhaufen des Jahrhunderts, der bei den einen Hoffnung erregte; bei den anderen Schrecken. Sie wollte demonstrieren, stelle ich mir vor, daß sie sehr wohl zum großen Abenteuer taugte, obwohl sie nicht danach aussah. Als sie drüben ankam, schrieb sie eine Postkarte, die Befremden und Kopfschütteln verursachte: »Herzliche Grüße aus dem einundzwanzigsten Jahrhundert.«

Dieser Satz war noch haarsträubender als der von den sowjetischen Fahrrädern. Sie wußte genau, daß sie log, aber sie wollte etwas erreichen. Mich herüberlocken wollte sie und traf ins Schwarze, denn ich schämte mich, auf der Stelle zu treten, in der Vergangenheit zu verkommen, während meine fast sechzigjährige Mutter bereits die Zukunft erprobte. Auch ich mußte mich auf die Zeitmaschine schwingen und davonsausen ins einundzwanzigste Jahrhundert. Die Zukunft faszinierte mich. Mehr als die Vergangenheit, obwohl ich Historiker war von Beruf. Sie beseelte mich zu verwegenen Taten. Trotz dem dunklen Punkt, der meine letzten Stunden vergiftete: die rote Tony.

Ich war ein Anhänger der marxistischen Geschichtstheorie. Von der spiralförmigen Entwicklung der menschlichen Gesellschaft. Vom unvermeidlichen Aufstieg zu immer höheren Strukturen des sozialen Zusammenlebens. Aber das Schicksal der roten Tony deutete aufs Gegenteil. Es war ein Rückfall um ein halbes Jahrtausend. Ich hatte sie doch gekannt. Sie war von entwaffnender Reinheit. Für sie war unsere Partei ein Vortrupp der Nächstenliebe. Sie praktizierte ein Leben von urchristlicher Zärtlichkeit und erbarmte sich ihrer Feinde. Mag sein, daß es gerade das war, was man ihr nicht verzeihen konnte. Man lehrte uns ja, daß die Welt geteilt sei. In zwei Lager. Unversöhnliche Bastionen, und es gebe keine Gnade im Klassenkampf. Keine Nachgiebigkeit, sonst gehen wir unter! Das war einfach, um nicht zu sagen einfältig, aber es beruhigte das Gewissen. Auch meines, obschon ich hätte wissen müssen, wie trügerisch solche Gleichungen sind. Es war aber eine Lebensnotwendigkeit für mich, die Ereignisse so zurechtzubiegen, daß die Theorie intakt blieb. Lieber die Tatsachen leugnen als die Glaubenssätze! Darum redete ich mir ein, die rote Tony müsse sich verirrt haben. Sie sei wohl abgeglitten auf zwielichtige Positionen. Wenn das so war, dachte ich, verdiente sie ihr Schicksal, und die Doktrin von der Aufwärtsentwicklung war gerettet. Sofern sie stimmte, natürlich. Und wenn sie nicht stimmte? Was dann? Was würde mit mir passieren? Jetzt war ich an der Reihe. Auch mir konnte es an den Kragen gehn. Auch mir konnte man etwas ankreiden. Etwas würden sie schon finden. Meine bürgerliche Herkunft, zum Beispiel. All die Zweifel, die an mir nagten. Westliche Vorurteile von Rechtsstaatlichkeit und Demokratie.

Liberale Hemmungen, wenn es nötig wurde zuzuschlagen und den Widerstand des Gegners zu zermalmen. Außerdem meine Tendenz, Fragen zu stellen. Beweise zu verlangen. Zu zögern mit abschließenden Urteilen. Ich mußte als ein Bazillus bezeichnet werden. Ein Krankheitserreger im Organismus der Revolution. Wenn es für die rote Tony keinen Platz gab im kommunistischen Paradies, dann war ich dort untragbar. Es war nicht auszudenken, was meiner dort wartete. Mein Schicksal war besiegelt. Meine Feinde würden sich ins Fäustchen lachen und sagen, sie hätten mich gewarnt. Keinen Finger würden sie rühren für mich. Im Gegenteil. Und die Genossen? Sie würden den gleichen Mechanismus einschalten, der auch bei mir so tadellos funktioniert hatte: dort sind doch Freunde an der Macht, und sie wissen, was sie tun.
Der Morgen dämmerte. Noch vierundzwanzig Stunden in der Schweiz. Am darauffolgenden Tag mußte ich fahren. Ich hatte auf dem Fußboden geschlafen. Die Betten waren weg. Ich erwachte mit blauen Flekken am Körper und in Schweiß gebadet. Der Kopf hämmerte. Ich wußte, daß ich mich auf ein selbstmörderisches Abenteuer einließ. Aber bleiben konnte ich nicht. Ich hätte mich so ungeheuer lächerlich gemacht, daß niemand dagewesen wäre, mir je wieder zu vertrauen. Die Linken hätten mich zum Renegaten erklärt, die Rechten, die Ewiggestrigen, zur Wetterfahne. Ich wäre eingeklemmt geblieben. Zwischen Stuhl und Bank. Es blieb wirklich nur der Strohhalm. Die aussichtslose, winzig kleine Hoffnung, Ines könnte mich zurückrufen. Sie stand jenseits der Bastionen. War weder Freund noch Feind. Einfach eine

Frau, die ich begehrte. Für eine Frau darf man den Verstand verlieren. Wenigstens diesseits des Eisernen Vorhangs. Man würde munkeln, ich sei ein Schürzenjäger, ein triebhafter Erotomane. Witze würde man reißen über mich und despektierliche Bemerkungen. Aber zu guter Letzt stand ich da als ein Mann. Das war die ideale Lösung. Ein Held ist gut. Ein Mann ist besser.

Den ganzen Morgen irrte ich ziellos durch die Stadt. Um Abschied zu nehmen. Es war schon kühl. Eine bleiche Herbstsonne verklärte die Straßen. Ich hatte keine Lust zu essen. Zu nervös war ich. Zu zerrissen. Gegen Mittag fuhr ich aufs Land hinaus. Mit dem Fahrrad, von dem ich so viel erzählt habe. Ein letzter Versuch zu flüchten. Vor mir selbst, höchstwahrscheinlich. Es duftete nach Tau. Nach feuchtem Laub und gelben Birnen. Die Schatten wurden länger. Ich kehrte nach Hause zurück. Nach Hause? In meine vier Wände, besser gesagt. Weiße Vierecke an den Tapeten, Beweise, daß da einmal Bilder hingen. Schöne Bilder von Slodky und Aberdam. Weggeschenkt hatte ich sie. Verraten. Eine Hälfte meines Lebens. Auf dem Boden lag die Platte. Ich nahm sie unter den Arm und ging hin. Zum Tode verurteilt. Mit einem Gnadengesuch an die Königin. Mein letzter Nachmittag.

Sie war ein Unwetter, das Bäume ausreißt und Mauern zum Einsturz bringt. Sie jubelte und jauchzte. Sie weinte und wimmerte. Sie biß mich in den Hals. Sie sog mich aus und krallte sich in meine Schenkel. Sie war unersättlich in ihrem Hunger nach Leidenschaft, nach Raserei und immer wiederkehrender Ekstase.

Das alles geschah wie im Traum. Sie habe mich erwartet, sagte sie. Sie war bereit, obwohl wir uns nicht verabredet hatten. Sie hatte gewußt, daß ich kommen würde. An jenem Nachmittag. Zu jener Stunde. Kaum betrat ich die Wohnung – ihr Mann war verreist und konnte vor dem Abend nicht zurück sein –, stürzten wir ineinander, als hätten wir diesem Augenblick entgegengefiebert. Seit Monaten und Jahren. Sie trug ein gelbseidenes Hemd. Sonst nichts, und der Sesam öffnete sich. Glitzerte und funkelte. Alle Schätze Arabiens boten sich dar, alle Edelsteine der Liebe und süßen Wollust...

Wenn ich heute daran zurückdenke, stehe ich vor einem Rätsel. Nicht vor meinem, allerdings. Mein Wahnsinn ist begreiflich. Er flackerte empor aus der Lebenslust eines Verzweifelten, der noch einmal untertauchen wollte im Strudel des Genusses. Ein Lebewohl ans Leben. Ines glaubte, das Feuer gelte ihr allein. Ihrer engelhaften Schönheit, ihrem marmornen Körper, ihrem duftenden Wesen. Sie wußte nicht, daß sie mein Strohhalm war. Sie konnte nicht ahnen, daß mein Schicksal in ihren Händen ruhte. Ich sagte es bereits. Ein Wort von ihr, und alles wäre anders gekommen. Aber nicht von mir will ich reden. Wie kam es, daß sie das Wunder vollbrachte? Solche Wunder ereigneten sich nur ein einziges Mal im Leben. Es kommt der Tag, wo jeder Mensch seine Kräfte zusammenströmen läßt, alle Sehnsucht und Lust irgendwo zwischen Herz und Hüfte. So war es bei Ines, an jenem Nachmittag. Nur frage ich mich, was für eine Rolle meine Person, mein Körper, meine Seele spielten in ihrer Sternstunde. Warum war ich es, der in ihr jenes Erdbeben auslöste? Sie kannte mich ja kaum. Sie wußte auch nicht um die Hoffnungen, die ich mit ihr verknüpfte. Ich finde nur eine Erklärung: das Opus 161. Sie hatte gehört, daß mein Abschied unwiderruflich sei. Daß in ihm kein Morgen schimmerte, keine Zukunft. Keine Aussicht auf Rückkehr. Im Normalfall ist die Vereinigung von zwei Körpern nur der Bruchteil einer Liebesgeschichte. Eine Anzahlung, könnte man sagen. Hier war es nicht der Bruchteil, sondern alles. Die ganze Liebesgeschichte in einer Umarmung. Nicht der Anfang, sondern das Ende. Eine Henkersmahlzeit. Der letzte Kuß unter dem Galgen. Das war es wahrscheinlich, was unserem Glück die traurige Süße verlieh. Was uns beflügelte und aufpeitschte zu immer neuer Wonne.

Und trotzdem. Es bleibt ein Stachel in meiner Erinnerung. Warum hielt sie mich nicht zurück? War sie phantasielos? Oder kleinmütig? Was hätte es sie gekostet, sich an mich zu klammern und zu flehen, ich müsse bleiben, sie wolle nicht mehr leben ohne mich und ähnlichen Unsinn, den man vor sich hinlallt, wenn man glücklich ist. Wir lagen erschöpft nebeneinander. Warum sprach sie nicht das eine Wort? Wovor hatte sie Angst? Vor mir? Vor meiner Vollblutneurose? Vor ihrem Mann? Dem Verlust ihrer Sicherheit? Oder war sie eine Königin der Nacht, die ein einziges Mal erblüht? Einige Stunden eines Herbsttags? Vielleicht fürchtete sie die Wiederholung. Ganz einfach. Sie ahnte, daß unsere Liebe nur dann unvergeßlich bliebe, wenn sie ein Punkt war im Raum. Ohne Dimensionen. Unmeßbar.

Am nächsten Morgen verließ ich die Schweiz. Ich war der Flößer, der hinüberrudert. Zur Schatteninsel, von der man nicht zurückkehrt, und wenn man zurückkehrt, ist man nicht mehr derselbe. Der Zug rollte durch vertraute Landschaften. Durch Orte, deren Namen ich mir fest einprägte. Als Meilensteine meines Heimwehs, das mich bald packen mußte. Als Reisegepäck waren zwei Koffer dabei und das Fahrrad, mein geliebtes Fluchtzeug für alle Fälle.

An der Grenze sagte ein Zollbeamter: »Leben Sie wohl!« und es stieg mir etwas in den Hals, was man landläufig als Tränen bezeichnet.